L'ASSASSIN DE L'AGENT DE POLICE

PAR

MAJ SJÖWALL et PER WAHLÖÖ

Traduit du suédois
par Philippe BOUQUET

10|18

INÉDIT

Série « Grands Détectives »
dirigée par Jean-Claude Zylberstein

Titre original :
Polismördaren

ISBN 2-264-01071-1

1

Elle arriva en avance à l'arrêt de l'autobus. Celui-ci ne serait pas là avant une demi-heure. Trente minutes, dans une vie humaine, ce n'est pas grand-chose. En outre, elle avait coutume de d'attendre et de toujours être en avance. Elle pensa à ce qu'elle allait faire pour le repas et à l'air qu'elle avait. Cela faisait partie de ses habitudes.

Mais, quand l'autobus arriverait, elle ne penserait plus à rien, en fait, puisqu'il ne lui restait plus que vingt-sept minutes à vivre.

Il faisait beau, l'air était limpide car le vent soufflait et on pouvait y percevoir une pointe de fraîcheur automnale précoce, mais ses cheveux étaient bien trop apprêtés pour être affectés par le temps qu'il faisait.

A quoi ressemblait-elle, debout au bord de cette route? Elle pouvait avoir dans les quarante ans, c'était une femme d'assez grande taille, bien bâtie, aux jambes droites et aux hanches puissantes, avec une légère tendance à l'embonpoint et très inquiète à l'idée que cela puisse se remarquer. Sa façon de s'habiller était directement influencée par la mode, souvent aux dépens de sa propre commodité : en cette journée d'automne si venteuse, elle portait un manteau vert clair à la mode des années 30, des bas nylon et de légères chaussures vernies brunes à semelle compensée. A son épaule gauche pendait un petit sac carré à grand fermoir métallique, également de couleur brune, de même que ses gants de skaï. Ses cheveux blonds étaient bien laqués et son maquillage appliqué avec soin.

Elle ne remarqua pas la voiture avant que celle-ci ne s'arrête à sa hauteur. L'homme qui était assis sur le siège avant se pencha et ouvrit la portière.

– Tu veux monter? demanda-t-il.

– Bien sûr, dit-elle, légèrement surprise. Je ne pensais pas...

– Tu ne pensais pas quoi?

– Eh bien, je ne m'attendais pas à cette proposition. J'avais l'intention de prendre le bus.

– Mais moi je savais que tu étais là. Et il se trouve que ça tombe très bien. Allez, dépêche-toi.

Dépêche-toi. Combien de secondes cela lui prit-il de monter dans la voiture et de s'asseoir à côté du chauffeur? Dépêche-toi. Il conduisait vite et ils ne tardèrent pas à sortir de l'agglomération.

Elle était assise, son sac sur les genoux, quelque peu tendue, peut-être étonnée ou légèrement surprise. Mais il n'était pas facile de dire si c'était agréablement ou désagréablement; elle ne le savait pas elle-même.

Elle le regarda de côté, mais il semblait absorbé par la conduite de son véhicule.

Il quitta la grande route en tournant sur la droite mais obliqua à nouveau presque immédiatement. La manœuvre se répéta. La route devenait de plus en plus mauvaise. On pouvait même se demander si c'était bien encore une route.

– Pourquoi fais-tu ça? demanda-t-elle en poussant un petit rire afin de dissimuler sa peur.

– J'ai quelque chose à faire.

– Où ça?

– Ici, dit-il en arrêtant la voiture.

Devant lui, il pouvait voir les traces de ses propres

roues dans la mousse. Des traces qui n'étaient vieilles que de quelques heures.

– Là-bas, dit-il avec un signe de tête. Derrière le tas de bois. On sera bien.

– Tu veux rire?

– Je ne plaisante jamais avec ces choses-là.

On aurait dit que cette question l'avait blessé ou scandalisé.

– Mais... mon manteau..., dit-elle

– Laisse-le dans la voiture.

– Mais...

– Il y a des couvertures...

Il sortit de la voiture, en fit le tour et alla lui ouvrir la porte.

Elle prit appui sur lui et enleva son manteau. Elle le posa, soigneusement plié, sur le siège avant, à côté de son sac.

– Très bien.

Il paraissait calme et sûr de lui, mais il ne la prit pas par la main lorsqu'il se dirigea lentement vers le tas de bois. Elle le suivit.

Derrière, ils étaient à l'abri du vent, et, au soleil, il faisait bon. On entendait les mouches voler et la verdure embaumait. C'était presque encore l'été et celui-ci avait été le plus chaud de l'histoire de la météorologie.

En fait, ce n'était pas un tas de bois coupé mais simplement des troncs de hêtres abattus et empilés sur près de deux mètres de haut.

– Enlève ton corsage.

– Oui, dit-elle, un peu gênée.

Il attendit patiemment qu'elle eût fini de le déboutonner. Puis il l'aida à l'enlever, très doucement, sans la toucher.

Elle resta debout, son corsage à la main, sans savoir quoi en faire. Il le prit et le posa délicatement sur le bord de la pile de troncs d'arbres. Un perce-oreille se mit à courir dessus en faisant des zigzags.

Elle se tenait devant lui, en jupe, avec ses seins qui pendaient dans son soutien-gorge de couleur chair, le regard baissé vers le sol et le dos appuyé à la paroi lisse que constituait l'extrémité sciée des troncs d'arbres.

Il était temps d'agir et il le fit si brusquement et si rapidement qu'elle n'eut pas le temps de se rendre compte de ce qui se passait. Elle n'avait jamais été très prompte à réagir.

Des deux mains, il empoigna le bord de sa jupe, juste sur son nombril, et, en tirant un grand coup, il arracha en même temps celle-ci et son collant. Il était fort et l'étoffe se déchira aussitôt, dans un grand bruit de tissu, comme lorsque l'on met en pièces la toile d'un vieil auvent. La jupe tomba sur ses mollets et il baissa son collant et sa culotte jusqu'à ses genoux puis souleva le bonnet gauche de son soutien-gorge, de sorte que son sein se mit à pendre, lourd et flasque.

Ce n'est qu'alors qu'elle leva le regard et le dévisagea. Ses yeux à lui étaient pleins de dégoût, de haine et d'un désir bestial.

Elle n'eut pas le temps d'avoir l'idée de crier. D'ailleurs, cela n'aurait servi à rien. Il avait bien choisi son endroit.

Il leva les bras, serra ses doigts puissants et bronzés autour de son cou et l'étrangla.

L'arrière de sa tête vint cogner contre les troncs d'arbres et elle pensa : ma coiffure.

Ce fut sa dernière pensée.

Il continua à serrer son cou un peu plus longtemps que nécessaire. Puis il lâcha la main droite et, tout en la maintenant debout, il lui assena un grand coup de poing dans le bas-ventre, de toutes ses forces.

Elle tomba sur le sol et resta allongée là, pratiquement nue, parmi l'aspérule odorante et les feuilles mortes. Il entendit un râle sortir de sa gorge. Il savait que c'était normal et qu'elle était déjà morte.

La mort n'est jamais particulièrement belle à voir;

de plus, cette femme n'avait jamais été particulièrement jolie, même pendant sa jeunesse. Elle était tout au plus pathétique, tandis qu'elle gisait là, au milieu des taillis de cette forêt.

Il attendit une minute environ, le temps de reprendre son souffle et que son cœur se calme un peu. Puis il redevint normal, calme et parfaitement rationnel.

Derrière les troncs entassés se trouvait un lacis impénétrable d'arbres arrachés par la grande tempête de l'automne 1968 et, un peu plus loin encore, une plantation serrée de petits sapins, à peine de taille humaine. Il la prit sous les bras et sentit le contact déplaisant des poils piquants et couverts de sueur de ses aisselles.

Il lui fallut pas mal de temps pour la traîner à travers ce maquis de troncs renversés et de souches arrachées, mais il n'était pas pressé. A quelques mètres à l'intérieur de la plantation de sapins se trouvait un creux bourbeux rempli d'une eau jaunâtre. Il la laissa tomber à cet endroit et, avec les pieds, enfonça son corps sans résistance dans la vase. Ce n'est qu'alors qu'il la regarda un instant et constata qu'elle avait toujours le teint bronzé du soleil de l'été mais que son sein gauche était blanc, avec de petits points brun clair. D'une pâleur cadavérique, pouvait-on peut-être dire.

Il regagna la voiture et alla chercher le manteau vert. Il resta un moment à se demander ce qu'il allait faire du sac. Puis il ôta le corsage de la pile de troncs et enveloppa le sac dedans, avant d'emporter l'ensemble jusqu'à ce creux rempli de vase. Le manteau se remarquait un peu à cause de sa couleur. Il alla donc chercher une grosse branche et enfonça le tout, manteau, sac et corsage, aussi profondément qu'il le put.

Il consacra le quart d'heure qui suivit à ramasser des branches de sapin et de grandes quantités de mousse. Il recouvrit l'endroit avec suffisamment de soin pour que personne, se trouvant passer par là, ne puisse soupçonner qu'il pût y avoir là un bourbier.

Il observa le résultat pendant quelques minutes et rectifia un ou deux détails avant de s'estimer satisfait.

Puis il haussa les épaules et regagna sa voiture. Il sortit du coffre un chiffon au moyen duquel il nettoya ses bottes de caoutchouc. Lorsqu'il eut terminé, il le jeta par terre. Il resta là, humide et couvert de boue, parfaitement visible. Cela n'avait aucune importance. Un chiffon peut rester n'importe où. Il ne prouve rien et ne peut être relié à rien de précis.

Puis il monta dans la voiture et quitta l'endroit.

Sur la route, il se dit que tout s'était bien passé et qu'elle n'avait eu que ce qu'elle méritait.

2

Près d'un immeuble de rapport de Råsundavägen, à Solna, une voiture était garée. Une Chrysler noire à bavettes blanches portant le mot POLICE en grandes lettres blanches sur les portières, le capot et le coffre. En collant un morceau de scotch blanc sur une partie de l'une des lettres de son immatriculation, quelqu'un avait transformé celle-ci en une épithète peu flatteuse pour ses occupants.

Ses phares étaient éteints, de même que l'éclairage intérieur, mais la lumière des réverbères se reflétait faiblement sur des boutons d'uniforme bien astiqués et des ceinturons blancs installés à l'avant du véhicule.

Bien qu'il ne fût que huit heures et demie et que cette soirée d'automne fût claire et étoilée, mais pas particulièrement froide, cette longue rue était par moments entièrement déserte. Des deux côtés, les fenêtres des immeubles étaient éclairées et, à certaines d'entre elles, on pouvait voir le reflet bleuté, glacial, d'un écran de télévision.

Quelques passants attardés regardèrent le véhicule avec curiosité mais s'en désintéressèrent bien vite du fait que sa présence ne semblait pas liée à une effervescence quelconque. Tout ce qu'il y avait à voir, c'était deux agents de police assis à ne rien faire dans une voiture.

Pour leur part, les occupants de celle-ci n'auraient pas eu d'objection à un peu d'action. Ils stationnaient là depuis plus d'une heure et, pendant tout ce temps, leur attention avait été fixée sur l'entrée d'un immeuble, de l'autre côté de la rue, et sur une fenêtre éclairée, au rez-de-chaussée, à droite de cette entrée. Mais ils étaient capables d'attendre. Ils avaient l'habitude.

A les regarder de plus près, on aurait peut-être pu se faire la réflexion qu'ils n'avaient pas vraiment l'air d'agents de police tout à fait comme les autres. Il n'y avait rien à reprocher à leur tenue, celle-ci était parfaitement réglementaire et il n'y manquait ni le ceinturon, ni le bâton, ni le revolver dans son étui. Ce qui clochait, c'était le fait que le conducteur, un homme corpulent au regard éveillé et à la mine joviale, ainsi que son camarade, un peu plus mince, légèrement ramassé sur lui-même et l'épaule appuyée contre la vitre, paraissaient tous deux avoir dans les cinquante ans. Les agents en patrouille sont en général des hommes jeunes et bien entraînés et, lorsqu'il est fait exception à cette règle, un policier d'âge mûr est en général assisté d'un collègue plus jeune.

Une patrouille dépassant la centaine d'années au total, comme celle-ci, était donc quelque chose de tout à fait extraordinaire. Il y avait pourtant une explication.

Les deux occupants de cette Chrysler pie étaient en fait *déguisés* en simples agents et derrière cet astucieux camouflage ne se dissimulaient personne d'autre que le chef de la brigade criminelle du pays, Martin Beck, et son collaborateur direct, Lennart Kollberg.

L'idée de ce déguisement revenait à Kollberg et était basée sur ce qu'il savait de l'homme sur lequel ils étaient en train d'essayer de mettre la main. Cet homme s'appelait Lindberg, alias Limpan *, et c'était un voleur. Il était spécialisé dans les cambriolages mais avait également commis quelques attaques à main armée et s'était même essayé, sans grand résultat il est vrai, à l'escroquerie. Il avait passé de nombreuses années de sa vie en prison mais, pour l'instant, il venait de purger sa dernière peine et se trouvait en liberté. Une liberté qui promettait d'être de courte durée si Martin Beck et Kollberg parvenaient à leurs fins.

Trois semaines plus tôt, Limpan était entré bien tranquillement dans une bijouterie du centre d'Uppsala et, sous la menace d'un revolver, avait contraint le propriétaire à lui remettre des bijoux, des montres et de l'argent liquide pour un montant total d'environ deux cent mille couronnes. Jusque-là tout s'était déroulé parfaitement, si l'on peut dire, et Limpan aurait pu disparaître avec son butin si une employée n'avait tout à coup surgi de l'intérieur du magasin. Limpan avait alors perdu son sang-froid et tiré un coup de feu qui avait atteint cette femme à la tête et l'avait tuée sur le coup. Limpan avait réussi à s'échapper et lorsque, deux heures plus tard, la police de Stockholm lui rendit visite chez sa fiancée, dans le quartier de Midsommarkransen, il était au lit. La jeune femme répondit aux enquêteurs qu'il était enrhumé et qu'il n'avait pas mis le pied dehors depuis plus de vingt-quatre heures. La fouille à laquelle il fut procédé ne permit de découvrir ni bijoux, ni montres, ni argent liquide. Limpan fut interrogé et confronté avec le propriétaire de la bijouterie, qui se montra quelque peu évasif quant à l'identité du bandit du fait que celui-ci portait un masque lors de l'attaque. La police, par contre, n'avait pas le moindre doute. D'une part, elle savait fort bien que Limpan était à sec après son long séjour en prison et un mouchard l'avait également

* A peu près : la Miche. (*N.d.T.*)

informée que Limpan avait parlé d'un coup qu'il préparait « dans une autre ville »; d'autre part, deux jours avant l'attaque, un témoin avait vu Limpan arpenter la rue dans laquelle se trouvait la bijouterie, probablement à des fins de reconnaissance. Limpan, quant à lui, niait avoir jamais mis les pieds à Uppsala et il fallut en fin de compte le laisser en liberté, faute de preuves.

Depuis trois semaines, on le surveillait, persuadé que, tôt ou tard, il allait se trouver dans l'obligation de se rendre sur les lieux où était caché son butin. Mais Limpan semblait se douter de quelque chose; à une ou deux reprises, il avait même fait un petit signe de la main aux agents en civil qui le suivaient et il ne semblait avoir autre chose en tête que de leur fournir de l'occupation. De toute évidence, il n'avait pas d'argent; du moins n'en dépensait-il pas, puisque sa fiancée travaillait et lui assurait le gîte et le couvert, en plus de la somme qu'il allait régulièrement toucher, chaque semaine, au bureau d'aide sociale.

Pour finir, Martin Beck décida de prendre lui-même les choses en main et Kollberg eut cette idée de génie de se déguiser en simples agents en patrouille. Étant donné que Limpan était capable de reconnaître de très loin un policier en civil, aussi travesti fût-il, mais s'était toujours comporté avec une désinvolture méprisante envers le personnel en tenue, l'uniforme devait, en principe, être le meilleur déguisement possible. Tel était en tout cas le raisonnement de Kollberg, et Martin Beck tomba d'accord avec lui, malgré certaines réticences au départ.

Ni l'un ni l'autre ne s'était attendu à ce que cette nouvelle tactique donne rapidement des résultats et ils furent vraiment très surpris de voir Limpan, aussitôt qu'il ne se sentit plus surveillé, prendre un taxi et se rendre à cette adresse de Råsundavägen. Le choix du moyen de transport, à lui seul, semblait traduire une certaine détermination et ils furent persuadés qu'il y avait donc anguille sous roche. S'ils pouvaient mettre la main sur lui avec le butin, et peut-être même avec l'arme du crime, sa culpabilité serait prouvée et la chose réglée en ce qui les concernait.

Or cela faisait maintenant une heure et demie que Limpan se trouvait dans cette maison, de l'autre côté de la rue; une heure plus tôt, ils avaient aperçu sa silhouette à la fenêtre qui se trouvait à droite de l'entrée mais, depuis, il ne s'était rien passé.

Kollberg commençait à avoir faim. Il avait souvent faim et parlait tout aussi souvent de maigrir. De temps en temps, il adoptait un régime amaigrissant mais ne le suivait généralement pas bien longtemps. Il pesait au moins vingt kilos de trop mais était en forme et bien entraîné et, quand il le fallait, il pouvait se révéler étonnamment souple et vif pour un homme de sa corpulence et pour un quasi-quinquagénaire.

– Ça fait un bout de temps qu'on n'a rien bouffé, dit Kollberg.

Martin Beck ne répondit pas. Pour sa part il n'avait pas faim mais il ressentait tout à coup l'envie de fumer une cigarette. Il avait, en gros, cessé de fumer deux ans plus tôt, après une sérieuse blessure à la poitrine.

– Un homme de ma taille ne peut vraiment pas se contenter d'un œuf dur par jour, continua Kollberg.

Si tu ne mangeais pas tant, tu n'aurais pas cette taille-là et tu n'aurais pas besoin de manger autant, se dit Martin Beck qui, cependant, ne souffla mot. Kollberg était son meilleur ami et c'était là un point quelque peu délicat. Il ne voulait pas lui faire de peine et il savait que Kollberg n'était jamais d'aussi mauvaise humeur que lorsqu'il avait faim. Il savait également que Kollberg avait demandé à sa femme de lui imposer un régime amaigrissant uniquement à base d'œufs durs. Cependant, ce régime n'était guère suivi puisque, bien souvent, le petit déjeuner était le seul repas qu'il prît à la maison; les autres, il les mangeait à la cantine de l'hôtel de police et, là, il ne se contentait pas d'œufs durs, Martin Beck pouvait le jurer.

Kollberg indiqua de la tête, à une vingtaine de mètres de la voiture, la vitrine éclairée d'une pâtisserie.

– Tu ne voudrais pas...

Martin Beck ouvrit la portière qui donnait sur le trottoir et posa un pied par terre.

– Mais si. Qu'est-ce que tu veux? Un petit pain?

– Oui, et un gâteau à la pâte d'amandes, dit Kollberg.

Martin Beck revint avec le sac en papier et ils restèrent à surveiller en silence la maison dans laquelle se trouvait Limpan, tandis que Kollberg mangeait en faisant tomber des miettes sur son uniforme. Lorsqu'il eut fini il repoussa le siège d'un cran et dégrafa son ceinturon.

– Qu'est-ce que tu as dans ton étui? demanda Martin Beck.

Kollberg ouvrit celui-ci et lui tendit son arme. C'était un pistolet pour enfants de fabrication italienne, compact et très bien imité, presque aussi lourd que le Walther de Martin Beck mais ne pouvant rien tirer d'autre que des amorces.

– Pas mal, dit Martin Beck. C'est ce qu'il m'aurait fallu quand j'étais gosse.

Personne parmi les collègues de Kollberg n'ignorait que celui-ci refusait d'être armé. La plupart pensaient que cette attitude était due à une sorte de pacifisme et au fait qu'il voulait donner le bon exemple, puisque personne n'était plus opposé que lui à ce que la police soit armée en service normal.

Cela n'était pas faux mais ce n'était que la moitié de la vérité. Martin Beck était l'un des rares qui fussent au courant de la raison exacte pour laquelle Kollberg refusait d'être armé.

Lennart Kollberg avait un jour tué un homme. Cela s'était passé plus de vingt ans auparavant mais il ne l'avait jamais oublié et cela faisait maintenant pas mal d'années qu'il ne portait plus d'arme, même dans le cas de missions délicates et dangereuses.

La chose s'était produite au mois d'août 1952, à l'époque où Kollberg était encore attaché au second district du quartier de Söder, à Stockholm. Tard dans la soirée, l'alerte avait été donnée, depuis la prison de Långholmen, où trois hommes armés avaient tenté de libérer un prisonnier, avaient tiré et blessé un gardien. Lorsque la voiture à bord de laquelle se trouvait Kollberg était arrivée à la prison, les fuyards avaient démoli la leur, dans leur précipitation, contre le parapet du pont de l'Ouest et l'un d'entre eux avait été capturé. Les deux autres avaient réussi à s'échapper en sautant dans le parc de Långholmen, par-dessus la culée du pont. On avait tout lieu de penser qu'ils étaient armés et, comme Kollberg passait pour un bon tireur, il avait été désigné pour faire partie du groupe de policiers lancé à la poursuite des fugitifs pour tenter de les encercler.

Le pistolet à la main, il était descendu vers le bord de l'eau et avait ensuite suivi la berge, fuyant la lumière des réverbères qui se trouvaient sur le pont, l'œil et l'oreille aux aguets dans l'obscurité. Au bout d'un moment, il s'était arrêté sur un rocher plat qui formait un petit éperon au-dessus du lac et, là, il s'était baissé et avait trempé une main dans l'eau tiède et douce. Lorsqu'il se redressa, il entendit claquer un coup de feu et sentit une balle frôler la manche de sa veste avant d'aller se perdre dans l'eau à quelques mètres derrière lui. Le tireur se trouvait quelque part dans l'obscurité, au milieu des buissons disséminés sur la pente qui descendait vers lui. Kollberg s'était immédiatement jeté à plat ventre et avait rampé afin de gagner un groupe de roseaux poussant au bord du lac et s'y dissimuler. Puis il s'était mis à monter très lentement, toujours à plat ventre, en direction d'un rocher qui se trouvait légèrement sur le côté et surplombait l'endroit où il pensait que se trouvait le tireur. Lorsqu'il arriva à cette grosse pierre, il vit en effet l'homme se détacher sur le fond clair du lac. Il n'était qu'à une vingtaine de mètres de là, à demi tourné vers lui, l'arme à la main, prêt à tirer, et promenant lentement la tête d'un côté à l'autre. Derrière lui se trouvait la berge escarpée de Riddarfjärden.

Kollberg avait soigneusement visé sa main droite. Mais, au moment précis où il appuyait sur la détente, quelqu'un surgit derrière l'inconnu, se jeta sur son bras et au-devant de la balle de Kollberg, avant de disparaître tout aussi rapidement en dévalant la pente.

Kollberg ne comprit pas immédiatement ce qui s'était passé. L'homme se mit à courir, Kollberg tira à nouveau et, cette fois-ci, le toucha à l'arrière du genou. Puis il se dirigea vers la berge.

En dessous de lui, juste au bord de l'eau, gisait celui qu'il avait tué. C'était un jeune agent du même district que lui. Ils avaient souvent été de service ensemble et s'entendaient extraordinairement bien.

L'histoire avait été étouffée et le nom de Kollberg n'avait jamais été prononcé dans cette affaire. Officiellement, le jeune homme avait été tué par une balle perdue, venue d'on ne sait où, au cours d'une dangereuse chasse à l'homme. Le supérieur de Kollberg lui avait fait un petit sermon, au cours duquel il l'avait mis en garde contre le danger de trop réfléchir et contre les reproches que l'on se fait à soi-même, et il avait terminé en rappelant que Charles XII lui-même avait un jour tué par erreur et par négligence un écuyer qui était un de ses amis; c'était donc un accident qui pouvait arriver à n'importe qui et même aux plus grands hommes. L'affaire fut ainsi classée mais Kollberg, lui, ne surmonta jamais vraiment le choc et c'est pourquoi, depuis des années, il portait ce petit revolver à amorces lorsqu'il devait faire semblant d'être armé.

Mais ni Martin Beck ni lui-même ne pensait à cette vieille histoire tandis qu'ils restaient assis dans cette voiture en stationnement, en train d'attendre que Limpan veuille bien faire son apparition.

Kollberg bâilla et se tortilla sur son siège. Il était mal à l'aise derrière le volant et à l'étroit dans son uniforme. Il ne se souvenait pas quand il en avait porté un pour la dernière fois mais, en tout cas, il y avait bien longtemps de cela. Celui qu'il portait en ce moment, il l'avait emprunté. Il était certes trop petit pour lui mais il était loin de l'être autant que son vieil uniforme personnel, toujours accroché chez lui, dans la penderie.

Il regarda Martin Beck, qui s'était affaissé encore un peu plus sur son siège et surveillait la rue par le pare-brise de la voiture.

Aucun des deux ne disait mot. Ils se connaissaient depuis longtemps, ils avaient travaillé ensemble et partagé leurs loisirs pendant de nombreuses années et n'éprouvaient donc nul besoin de parler pour le simple plaisir de parler. Ils étaient bien des fois restés assis de la sorte, à attendre, la nuit, dans une rue quelconque.

Depuis que Martin Beck avait été placé à la tête de la brigade criminelle, il était en principe déchargé de tâches aussi vulgaires que les filatures : il avait des subordonnés pour cela. Pourtant, il lui arrivait encore assez souvent de s'en charger, bien qu'elles fussent en général d'un ennui mortel. Il ne voulait pas perdre contact avec ce côté de son travail pour la seule raison qu'il avait monté en grade et que les mille et un tracas d'une bureaucratie sans cesse croissante occupaient une part sans cesse plus grande de son temps. Même si l'un n'excluait pas l'autre, hélas! il préférait rester assis à bâiller dans une voiture en compagnie de Kollberg plutôt que de rester assis à essayer de s'empêcher de bâiller dans une réunion avec le directeur de la police nationale.

Martin Beck n'aimait ni la bureaucratie, ni les réunions, ni le directeur de la police nationale. Par contre, il aimait beaucoup Kollberg et avait du mal à imaginer de travailler sans lui. Cela faisait longtemps que ce dernier manifestait, de temps à autre, le désir de quitter la police mais, ces derniers mois, il paraissait de plus en plus décidé à mettre ses projets à exécution. Martin Beck ne voulait ni l'encourager ni le dissuader; il savait que Kollberg n'éprouvait maintenant plus aucun sentiment de solidarité vis-à-vis de ses collègues et qu'il était de plus en plus fréquemment en conflit avec sa conscience. Il n'ignorait pas qu'il aurait probablement beaucoup de mal à retrouver un travail satisfaisant et de niveau à peu près analogue. En cette époque de chômage où les diplomés et le personnel qualifié de presque toutes les branches et toutes les catégories – principalement les jeunes – étaient sans emploi, les perspectives d'avenir n'étaient pas excellentes pour un ancien policier quinquagénaire. Très égoïstement, Martin Beck désirait naturellement que Kollberg reste mais il ne poussait tout de même pas ce défaut au point de tenter d'influencer son ami.

Kollberg bâilla à nouveau.

– On manque d'air, ici, dit-il en baissant la vitre. On a eu bien de la chance d'être de patrouille à une époque où les agents utilisaient encore leurs pieds pour marcher et pas seulement pour donner des coups. C'est à vous donner la claustrophobie, ces bagnoles.

Martin Beck approuva de la tête. Lui non plus n'aimait pas être enfermé.

Tous deux avaient commencé leur carrière dans la police à Stockholm, au milieu des années 40. Martin Beck avait usé avec ses chaussures les trottoirs du quartier de Norrmalm et Kollberg avait arpenté les ruelles de la Vieille ville. A l'époque, ils ne se connaissaient pas mais le souvenir qu'ils en avaient gardé était en gros similaire.

Il était maintenant neuf heures et demie. La pâtisserie ferma et les lumières commencèrent à s'éteindre le long de la rue. Mais l'appartement qu'ils surveillaient était toujours éclairé.

Soudain, la porte de l'immeuble s'ouvrit et Limpan sortit sur le trottoir. Il avait les mains dans les poches de sa veste et une cigarette au coin de la bouche.

Kollberg posa la main sur le volant et Martin Beck se redressa sur son siège.

Limpan resta sur le pas de la porte à fumer tranquillement sa cigarette.

– Il n'a pas de sac, dit Kollberg.

– C'est peut-être dans ses poches, dit Martin Beck. A moins qu'il n'ait tout vendu. Il faudra vérifier chez qui il était.

Quelques minutes passèrent. Rien ne se produisit. Limpan leva les yeux vers le ciel étoilé; il semblait apprécier la douceur du soir.

– Il attend sans doute un taxi, suggéra Martin Beck.

– Ça a l'air drôlement long, dit Kollberg.

Limpan tira une dernière bouffée sur sa cigarette et, d'une pichenette, jeta le mégot par terre. Puis il remonta le col de sa veste et entreprit de traverser la rue, de biais, en direction de la voiture de police.

– Il vient par ici, dit Martin Beck. Merde! Qu'est-ce qu'on fait? On l'embarque?

– Oui, dit Kollberg.

Limpan avança lentement jusqu'à la hauteur de la voiture, se pencha, regarda Kollberg par la vitre et se mit à rire. Puis il fit le tour du véhicule et monta sur le trottoir. Il ouvrit alors la portière avant, près de laquelle Martin Beck était assis, en riant aux éclats, cette fois.

Martin Beck et Kollberg restèrent un instant silencieux, sans réagir, tout simplement parce qu'ils ne savaient pas quoi faire d'autre.

Au bout d'un instant, Limpan se remit un peu de son fou rire et dit :

– Alors, on vous a enfin dégradés? Parce que c'est tout de même pas Carnaval!

Martin Beck poussa un soupir et sortit de la voiture. Il ouvrit la portière arrière.

– Allez, entre, Lindberg. On t'emmène gratuitement à Västberga.

– Magnifique, dit Limpan, débonnaire. Ça me rapprochera de chez moi.

Au cours du trajet qui les conduisait à l'hôtel de police sud, Limpan leur confia que c'était son frère qu'il était allé voir à Råsunda, ce qui put rapidement être confirmé par une voiture radio envoyée exprès sur les lieux. Dans l'appartement on ne trouva ni argent ni bijoux volés. Quant à Limpan, il avait en tout et pour tout vingt-sept couronnes sur lui.

A minuit moins le quart, il fallut donc songer à le relâcher et Martin Beck et Kollberg purent se préparer à rentrer chez eux.

Avant de partir, Limpan leur dit :

– Je n'aurais jamais cru que vous aviez autant d'humour. Pour commencer, vous vous déguisez – ce qui n'est déjà pas mal. Mais avoir imaginé une immatriculation comme celle de votre voiture, ça c'est tellement bon que j'aurais pu le faire moi-même.

Tous deux ne trouvèrent la chose que très modérément drôle mais ils purent entendre son rire résonner pendant tout le temps qu'il mit à descendre l'escalier. On aurait presque dit *Le policier qui rit* *.

* 10/18, nº 1718. (*N.d.T.*)

A vrai dire, cela n'avait pas beaucoup d'importance. Limpan ne tarderait pas à se retrouver à l'ombre. Il était de ceux qui finissent toujours par se faire prendre.

Et, quant à eux, ils allaient bientôt avoir d'autres chats à fouetter.

3

L'aéroport était un scandale national et il était à la hauteur de sa réputation. Le trajet de Stockholm à Arlanda n'avait, certes, pris que cinquante minutes, mais cela faisait maintenant déjà une heure et demie que l'avion était en train de tourner en rond au-dessus de la pointe méridionale du pays.

L'explication, dans tout son laconisme, était la suivante : brouillard.

A quoi d'autre pouvait-on s'attendre? Une fois la population déportée, cet aéroport avait été installé à l'endroit le plus exposé au brouillard de toute la Suède. Pour plus de sûreté, on l'avait placé en plein sur l'un des itinéraires les plus fréquentés par les oiseaux migrateurs et à une distance particulièrement peu pratique de la ville qu'il desservait.

En outre, il avait endommagé un site naturel qui aurait dû être protégé par la loi. Les dégâts étaient considérables et irréparables et constituaient une atteinte de premier ordre au milieu, typique du cynisme antihumaniste qui, de plus en plus, était la marque de cette « Société Plus Humaine » tellement vantée. Cette expression, à son tour, était marquée au coin d'un cynisme tellement éhonté que le commun des mortels avait du mal à le concevoir.

Le pilote finit par se lasser et par atterrir, brouillard

ou pas brouillard. Une poignée de passagers au visage blême et couvert de sueur pénétra à la queue leu leu dans le bâtiment de l'aéroport.

A l'intérieur, la peinture elle-même, à base de gris et de jaune safran, semblait avoir été choisie à dessein pour renforcer encore cette désagréable impression d'incompétence et de corruption.

Mais l'essentiel était que quelqu'un ait pu placer quelques millions de couronnes sur un compte en Suisse. Quelqu'un qui occupait dans le pays un poste si élevé que chaque citoyen avait honte de la petite part qu'il détenait lui-même, de façon toute formelle, dans la pseudo-démocratie suédoise et dans cette faillite qui ne tarderait pas à être complète.

Martin Beck venait de passer quelques heures bien déplaisantes. Il avait toujours détesté les voyages en avion et les progrès de la technique n'avaient rien arrangé en ce qui le concernait. L'appareil était un DC9 et donc un modèle à réaction; il avait commencé par prendre de l'altitude de façon très sèche et était monté jusqu'à des hauteurs incompréhensibles pour un être humain ordinaire, c'est-à-dire aimant bien sentir la terre sous ses pieds. Puis il avait traversé le pays à une vitesse défiant l'imagination mais uniquement pour terminer son voyage en tournant en rond de façon vraiment lassante. Le liquide que l'on avait servi dans des gobelets en carton portait bien le nom de café mais son seul effet était de donner immédiatement envie de vomir. Dans la cabine, l'air était confiné et étouffant, les rares passagers étaient des technocrates et des hommes d'affaires bousculés qui n'arrêtaient pas de regarder leur montre et de jeter des coups d'œil nerveux dans leur porte-document.

Il aurait été encore trop flatteur de dire que le hall d'arrivée n'était pas accueillant. La seule expression appropriée pour le qualifier était celle de monstruosité, de catastrophe écologique. A côté de cela, l'autogare la plus poussiéreuse, située au diable vauvert, aurait véritablement paru humaine et animée. Tout ce que l'on pouvait trouver, dans cette caricature d'aéroport, c'était un marchand de saucisses qui vous servait une parodie de nourriture immangeable et garantie exempte de tout élément nutritif, un kiosque à journaux vendant des magazines pornographiques et des préservatifs, des tapis roulants déserts destinés aux bagages et un certain nombre de chaises qui semblaient avoir été fabriquées aux plus beaux jours de l'Inquisition. A part cela, une douzaine d'agents de police et de douaniers en train de bâiller et de s'ennuyer à mourir, qu'il avait certainement fallu réquisitionner, et un unique taxi dont le conducteur dormait, le dernier numéro d'une revue cochonne étalé sur son volant.

Martin Beck attendit un temps fou sa petite valise mais elle finit par arriver et il sortit alors dans le brouillard automnal.

Le taxi prit un passager à bord et partit.

Dans le hall, personne n'avait rien dit ni paru le reconnaître. Tout le monde était amorphe et donnait l'impression d'avoir perdu la parole ou, tout au moins, le désir de s'exprimer.

Le chef de la brigade criminelle du pays était arrivé mais c'était un événement auquel personne ne semblait attacher l'importance qu'il méritait. Même les journalistes les plus nouveaux dans la profession n'avaient pas daigné se traîner jusque-là afin d'enrichir leur vie en jouant aux cartes, en mangeant des saucisses bouillies jusqu'à perdre tout semblant de goût et en buvant des sous-produits de l'industrie chimique pompeusement baptisés boissons rafraîchissantes. D'ailleurs, aucune vedette de l'actualité ne mettait jamais les pieds à cet endroit.

Deux autobus de couleur orange foncé stationnaient devant le bâtiment de l'aéroport. Deux écriteaux en plastique indiquaient leur destination : Lund et Malmö. Les chauffeurs fumaient en silence.

La nuit était tiède et l'air humide. Les lampes électriques étaient entourées d'un halo de brouillard.

Les autobus partirent, l'un vide, le second avec un seul passager à bord. Les autres voyageurs se dirigèrent vers le parking des voitures particulières.

Martin Beck avait toujours les mains moites; il rentra dans le bâtiment et chercha les toilettes. La chasse d'eau ne fonctionnait pas. Dans l'urinoir gisaient une saucisse à moitié consommée et une bouteille d'eau-de-vie vide. Des poils étaient restés collés dans l'épaisse frange de saleté du lavabo. Le distributeur de serviettes en papier était vide.

Tel était donc Sturup, l'aéroport de Malmö, tellement neuf qu'il n'était pas encore complètement terminé.

Martin Beck se demanda si cela valait vraiment la peine de l'achever. Tel quel, il était déjà parfait : l'image même du ratage complet.

Martin Beck s'essuya les mains avec son mouchoir. Il resta un instant debout dans l'obscurité, se sentant bien seul. Il ne s'était certes pas attendu à trouver l'orchestre de la police, bien en rang, dans le hall d'arrivée, ni le préfet de la police de l'endroit à cheval, devant l'entrée. Mais peut-être s'était-il, malgré tout, attendu à un petit quelque chose.

Il chercha un peu de monnaie dans sa poche et envisagea un instant de se mettre en quête d'une cabine téléphonique dont les fils ne fussent pas coupés ou dont les fentes ne fussent pas obstruées avec du chewing-gum.

C'est alors qu'il vit un éclair percer le brouillard. Une voiture pie de police monta lentement la rampe d'accès à ce bâtiment couleur jaune safran en forme de boîte et vint se ranger devant l'entrée.

Elle avançait très lentement et s'immobilisa à la

hauteur du voyageur solitaire. L'une des vitres latérales s'abaissa et un homme roux, portant des favoris peu fournis, se mit à le dévisager froidement.

Martin Beck ne dit mot.

Au bout d'une minute environ, l'homme leva la main et lui fit signe d'approcher. Il avança jusqu'à la voiture.

– Qu'est-ce que vous faites là?

– J'attends la voiture de service.

– La voiture de service? T'as de drôles d'expressions.

– Vous pourriez peut-être m'aider?

L'agent eut l'air interloqué.

– T'aider? Qu'est-ce que tu veux dire par là?

– Je suis en retard et vous pourriez peut-être lancer un appel radio.

– T'es pas un peu fou?

Sans quitter Martin Beck du regard, il jeta quelques mots par-dessus son épaule :

– T'entends ça, un peu? Il voudrait qu'on lance un appel radio. Il croit peut-être qu'on va lui trouver une pute, aussi? Non mais, t'entends ça?

– J'ai entendu, dit l'autre agent, très modérément intéressé.

– T'as tes papiers? reprit le premier agent.

Martin Beck porta la main à sa poche-revolver, mais se ravisa et laissa retomber son bras.

– Oui, dit-il. Mais je ne désire pas vous les montrer.

Il tourna les talons et alla rejoindre sa valise.

– T'entends ça? répéta l'agent. Monsieur ne désire pas nous montrer ses papiers. Monsieur veut jouer au dur. Tu trouves qu'il a l'air d'un dur, toi?

L'ironie de ces paroles était si lourde qu'elles firent presque l'effet d'une brique en tombant.

– Allez, laisse tomber, dit celui qui était au volant. Ça suffit comme ça pour ce soir, tu trouves pas?

Le rouquin regardait toujours fixement Martin Beck. Il ne le lâcha pas des yeux pendant un bon moment. Puis il dit quelques mots inaudibles à son camarade et la voiture se mit à avancer. Vingt mètres plus loin, elle s'arrêta de nouveau, de telle façon que les agents puissent l'observer dans le rétroviseur.

Martin Beck, lui, poussa un profond soupir et regarda ailleurs. Il est vrai que l'on pouvait presque le prendre pour n'importe qui, à le voir ainsi. Au cours des derniers mois, il avait réussi à se débarrasser d'une bonne partie de ses vieilles manies de policier. Par exemple, il ne se prenait plus les mains derrière le dos à tout bout de champ et il était désormais capable de rester immobile pendant un bon moment avant de se mettre à osciller d'avant en arrière sur la plante des pieds.

Bien qu'il ait pris un peu de poids, c'était encore, à l'âge de cinquante et un ans, un homme de belle taille, bien bâti et vigoureux, quoique légèrement voûté. Il s'habillait également de façon un peu plus sportive qu'avant, sans pour autant tomber dans l'affectation de la juvénilité : sandales, jeans, polo et veste de dralon bleue. Par contre, on pouvait dire qu'il était habillé de façon peu conventionnelle pour un commissaire de police.

Les deux agents de la voiture radio s'y étaient de toute évidence laissés prendre. Et ils étaient toujours en train de s'interroger sur le comportement à adopter lorsqu'une Opel Ascona couleur tomate vint se ranger devant le bâtiment de l'aéroport. Un homme en sortit, fit le tour de la voiture et dit :

– Nöjd?

– Beck.

– D'habitude, tout le monde ricane quand je dis « Nöjd *? ».

* Ce nom propre peut aussi être un adjectif au sens de : content, satisfait. *(N.d.T.)*

– Ricane?
– Oui, rigole, quoi.
– Ah bon, dit Martin Beck.

Pour sa part, il n'était pas très porté à rire.

– Il faut avouer, aussi, que c'est un nom plutôt marrant pour quelqu'un de la police. Herrgott Nöjd. C'est pourquoi je me présente toujours comme ça, de façon interrogative. Nöjd? Ça décontenance toujours un peu les gens, ils ont l'impression que je leur demande s'ils sont satisfaits.

L'homme mit la valise de Martin Beck dans le coffre.

– Je suis en retard, dit-il. Personne ne savait où l'avion allait atterrir. J'ai cru que ça allait être à Copenhague, comme d'habitude. Et j'étais déjà à Limhamn quand j'ai été averti que ce serait ici. *Sorry.*

Il regardait Martin Beck les yeux mi-clos, comme pour essayer de deviner si son hôte de marque était de mauvaise humeur.

Martin Beck haussa les épaules.

– Ça ne fait rien. Je ne suis pas pressé.

Nöjd jeta un coup d'œil sur la voiture radio, toujours immobile, moteur en marche.

– Ce n'est pas mon district, dit-il en riant. Cette bagnole-là vient de Malmö. Vaut mieux filer avant de nous faire arrêter.

De toute évidence, il était assez porté à rire, lui. De plus, il le faisait à voix basse et de façon contagieuse.

Mais Martin Beck ne se déridait toujours pas. D'une part, il ne trouvait pas drôle ce que disait l'autre, d'autre part il essayait de se faire une idée de celui-ci. D'en brosser intérieurement un portrait provisoire, en quelque sorte.

Nöjd était un petit homme aux jambes arquées, ou plutôt il était relativement petit pour faire partie de la police. Avec ses bottes en caoutchouc vertes bien lacées, son costume en croisé gris-brun et son chapeau de safari complètement délavé rejeté sur l'arrière de la tête, on aurait dit un paysan ou, tout au moins, quelqu'un n'ayant d'ordre à recevoir de personne. Il avait le visage bronzé des gens qui vivent à l'extérieur, un regard vif et brun et des pattes d'oie au coin des yeux. Et pourtant, il était typique d'une certaine catégorie d'agents de police de campagne. Un genre d'homme qui n'était pas à son aise dans le nouveau style – beaucoup plus uniforme – et donc en voie d'extinction, bien que pas encore totalement disparu.

Il était probablement plus âgé que Martin Beck, mais il avait l'avantage de travailler dans un milieu plus calme et plus sain, ce qui ne voulait pas dire grand-chose, il est vrai.

– Ça fait près de vingt-cinq ans que je suis ici. Mais c'est la première fois que ça m'arrive : la brigade criminelle qui vient exprès de Stockholm. Quelle histoire...

Nöjd secoua la tête.

– Ça se passera certainement très bien, dit Martin Beck. Ou bien alors...

Il acheva intérieurement sa phrase : ou bien alors ça n'ira pas du tout.

– Exactement, dit Nöjd. Vous comprenez parfaitement la situation ici.

Martin Beck se demanda si cet homme le vouvoyait par habitude ou bien parce qu'il n'était pas sûr de lui. A moins qu'il n'ait parlé au pluriel : Lennart Kollberg arrivait de Stockholm en voiture et serait probablement là le lendemain. Depuis bien des années, c'était le plus proche collaborateur de Martin Beck.

– Ça ne va pas tarder à se savoir, dit Nöjd. J'ai vu un ou deux types dans le coin, aujourd'hui. Des journalistes, je crois.

Il secoua à nouveau la tête.

– On n'est pas habitués à ça, nous autres. A faire la une.

– Une simple disparition, dit Martin Beck. Ça n'a rien d'extraordinaire.

– Non, mais ce n'est pas ça le hic. Pas du tout. Est-ce qu'on parle de ça tout de suite?

– Je préfère que non, si tu n'y vois pas d'objection.

– Je ne vois jamais d'objection. C'est pas mon genre.

Il se mit à nouveau à rire mais s'interrompit et ajouta sobrement ;

– Mais, évidemment, ce n'est pas moi qui suis chargé de l'enquête préliminaire.

– On va peut-être la retrouver. Ça arrive très souvent.

Nöjd secoua la tête pour la troisième fois.

– Je ne crois pas, dit-il. Si tant est que mon opinion ait de l'importance. D'ailleurs, c'est une affaire entendue. C'est ce que tout le monde dit. Et ils ont probablement raison. Tout ce barouf, oh pardon, je veux dire : la brigade criminelle et tout, ça prouve que c'est une affaire pas ordinaire.

– Qui dit ça?

– Le patron. Le chef.

– Le commissaire de police de Trelleborg?

– Bien sûr. D'accord, on laisse ça de côté maintenant. On est sur la nouvelle route qui mène à l'aéroport. Et ici on retrouve la grande route de Malmö à Ystad. Toute neuve, elle aussi. Tu vois les lumières, là-bas, sur la droite?

– Oui.

– C'est Svedala. C'est toujours dans le district de police de Malmö. Tu parles d'un district.

Ils étaient sortis du brouillard, qui était de toute évidence un phénomène tout à fait local. On voyait maintenant briller les étoiles. Martin Beck avait baissé la vitre de son côté et respirait les odeurs qui lui parvenaient par celle-ci : celles de l'essence et du gas-oil, mais aussi un mélange assez gras de terre et d'engrais. Il paraissait lourd et saturé. Nourrissant. Ils ne parcoururent que quelques centaines de mètres sur la grande route. Puis Nöjd prit à droite et l'air de la campagne se fit plus riche.

L'odeur avait quelque chose de spécial.

– Les fanes et la betterave, dit Nöjd. Ça me rappelle mon jeune temps.

Sur la grande route, les voitures particulières et les poids lourds ne cessaient de défiler en un flot continu et assourdissant mais, sur cette petite route, ils avaient l'impression d'être tout seuls. La nuit pesait, noire et cotonneuse, sur ce paysage de plaine aux douces ondulations.

Il était évident que Nöjd avait parcouru ce trajet des centaines de fois auparavant et qu'il en connaissait véritablement chaque tournant. Il ne réduisait jamais la vitesse et ne semblait même pas avoir besoin de regarder la route.

Il alluma une cigarette et tendit le paquet à Martin Beck.

– Non merci, dit celui-ci.

– Si j'ai bien compris, tu préfères loger à l'auberge, dit Nöjd.

– Oui, ça ira très bien.

– J'y ai retenu une chambre, en tout cas.

– Parfait.

Les lumières d'une agglomération apparurent devant eux.

– On est pratiquement arrivés, dit Nöjd. Voilà Anderslöv.

Les rues étaient vides mais bien éclairées.

– Y a pas de noctambules, ici, remarqua Nöjd. C'est calme et paisible. C'est agréable. J'ai toujours habité là et je n'ai jamais eu à m'en plaindre. Jusqu'à maintenant.

Cela avait l'air bigrement mort, pensa Martin Beck. Mais c'était peut-être normal.

Nöjd arrêta la voiture, montra du doigt un bâtiment bas, en brique jaune, et dit :

– Voilà le poste de police. C'est fermé en ce moment, naturellement. Mais je peux ouvrir, si tu veux.

– Pas pour moi.

– L'auberge est juste au coin de la rue. Le jardin qu'on vient de passer en fait partie. Mais le restaurant n'est pas ouvert à cette heure-ci. Si tu veux, on peut aller chez moi prendre une bière et un sandwich.

Martin Beck n'avait pas faim. Le voyage en avion lui avait coupé l'appétit. Il déclina donc poliment cette offre avant d'ajouter :

– La mer, c'est loin d'ici?

Cette question ne parut pas étonner son compagnon. Mais peut-être celui-ci n'était-il pas facile à déconcerter.

– Non, dit-il. Pas vraiment.

– Combien de temps en voiture?

– Un quart d'heure, pas plus.

– Ça ne te ferait rien qu'on y aille?

– Pas du tout.

Nöjd prit une rue qui paraissait être l'artère principale de l'agglomération.

– Voici la grande attraction du coin, dit-il. La route nationale. La route avec un grand R. C'est l'ancienne route de Malmö à Ystad. En prenant à droite, on se trouve « au sud de la Route », comme on dit par ici. Et là, c'est vraiment la Scanie.

La petite route sur laquelle ils s'engagèrent était très sinueuse, mais Nöjd la suivit avec autant de facilité que l'autre. Ils passèrent devant quelques fermes et des églises aux murs blanchis à la chaux.

Au bout d'une dizaine de minutes, ils sentirent la mer. Un peu plus tard, ils se retrouvèrent au bord de l'eau.

– Tu veux qu'on s'arrête?

– Oui, merci.

– Si tu veux prendre un bain de pieds, j'ai une paire de bottes de rechange dans le coffre, dit Nöjd en pouffant de rire.

– Ce n'est pas de refus.

Martin Beck passa les bottes. Elles étaient un peu petites mais il n'avait pas l'intention d'aller bien loin.

– Où sommes-nous exactement?

– A Böste. Les lumières que tu vois à droite, c'est Trelleborg. Le phare à gauche, c'est Smygehuk. Impossible d'aller plus loin.

Smygehuk est la pointe sud de la Suède.

A en juger d'après les lumières et leur reflet sur le ciel, Trelleborg faisait l'effet d'une grande ville. Un gros navire de ligne tout illuminé se dirigeait vers l'entrée du port : sans doute le ferry-boat en provenance de Sassnitz, en Allemagne de l'Est.

L'eau de la Baltique venait mollement lécher le rivage. On l'entendait disparaître, avec un léger grésillement, dans le sable fin de la plage.

Martin Beck posa le pied sur la large bande de goémon, élastique sous son poids. Il fit un ou deux pas dans l'eau. Il sentit son contact agréablement rafraîchissant à travers le caoutchouc.

Il se pencha en avant et puisa un peu d'eau de mer entre ses mains en forme de coupe. Il s'en baigna le visage et inspira cette fraîcheur par les narines. Elle était légèrement saumâtre et dégageait une bonne odeur de sel.

L'air était humide. Il sentait le goémon, le poisson et le goudron.

A quelques mètres de lui, il vit des filets en train de sécher ainsi que les contours d'un bateau de pêche.

Comment disait Kollberg, déjà?

Ce qu'il y a de bien, à la criminelle, c'est qu'on vous envoie à la cambrousse de temps en temps.

Martin Beck baissa la tête et prêta l'oreille. Tout ce qu'il réussissait à entendre, c'était la mer.

Au bout d'un moment il regagna la voiture. Nöjd était appuyé à l'aile avant, en train de fumer. Martin Beck lui fit un petit signe de tête.

Demain, il s'occuperait de l'affaire.

Il n'en attendait pas grand-chose. La plupart du temps, ce n'était que pure routine, la triste répétition de choses déjà vues. Le plus souvent tragiques et déprimantes.

Le vent qui soufflait de la mer était doux et frais.

Un cargo longeait la ligne d'horizon, dans la nuit, cap à l'ouest. Martin Beck vit son feu de position vert, à tribord, et les lumières qui éclairaient le centre du navire.

Il aurait bien voulu être à bord.

4

Martin Beck fut parfaitement réveillé à la seconde même où il ouvrit les yeux. La chambre était d'un confort spartiate mais agréable. Elle comportait deux lits et une fenêtre donnant sur le nord. Les lits étaient disposés parallèlement, à un mètre l'un de l'autre; sur l'un d'eux était posée sa valise, sur l'autre il était lui-même étendu et sur le sol gisait le livre dans lequel il avait lu une demi-page et la légende de deux illustrations avant de s'endormir. C'était un album faisant partie d'une collection sur les grands paquebots du passé : *The French Line Quadruple-Screw Turbo-Electric Liner Normandie.*

Il regarda sa montre. Sept heures et demie. De l'extérieur lui parvenaient des bruits épars : des voix et des moteurs de voitures. Quelque part dans la maison, il entendit actionner une chasse d'eau. Quelque chose n'était pas comme d'habitude. Il découvrit rapidement de quoi il s'agissait : il avait dormi en pyjama; désormais, il ne le faisait plus que lorsqu'il se trouvait en voyage.

Martin Beck se leva, alla jusqu'à la fenêtre et regarda à l'extérieur. Le temps avait l'air d'être au beau et il pouvait voir le soleil briller sur la pelouse du parc qui se trouvait derrière l'auberge.

Il fit rapidement sa toilette, s'habilla et descendit. Il se demanda un instant s'il allait prendre le petit déjeuner mais il écarta cette idée. Il n'avait jamais beaucoup aimé manger le matin, surtout pas étant enfant, lorsque sa mère le forçait à prendre une tasse de chocolat au lait et trois tartines beurrées avant de partir pour l'école. Il lui était souvent arrivé de tout vomir en chemin.

Au lieu de cela, il chercha une pièce d'une couronne dans sa poche et la glissa dans la fente de la machine à sous qui se trouvait à gauche de l'entrée. Il tira sur le manche, vit s'afficher deux cerises et empocha l'argent ainsi gagné. Puis il sortit, traversa en biais la place pavée, passa devant le magasin du Monopole de l'alcool, qui n'était pas encore ouvert, tourna deux fois et se retrouva devant le poste de police. Le corps des sapeurs-pompiers municipaux était de toute évidence logé juste à côté car une de leurs voitures était garée devant l'entrée. Il lui fallut presque ramper sous l'échelle pour passer. Un homme vêtu d'un bleu graisseux était en train de réparer le véhicule.

– Salut! lança-t-il gaiement.

Martin Beck sursauta. Il n'était pas habitué à un comportement aussi peu formaliste.

– Salut! répondit-il.

La porte du poste de police était fermée à clé et un papier griffonné au stylo à bille était apposé, avec du scotch, sur la vitre.

Heures d'ouverture :

Semaine : 8 heures 30 à 12 heures et 13 heures à 14 heures 30.

Jeudi uniquement : 18 heures à 19 heures.

Fermé le samedi.

Quant au dimanche, il n'en était même pas question. La criminalité semblait inexistante ce jour-là; peut-être même était-elle interdite.

Martin Beck regarda pensivement cet avis. Quand on venait de Stockholm, on avait du mal à croire ce genre de choses possible.

Il aurait peut-être dû prendre le petit déjeuner, après tout.

– Herrgott arrive tout de suite, dit l'homme en bleu de travail. Il est sorti avec son chien il y a dix minutes.

Martin Beck le remercia d'un signe de tête.

– C'est toi, le célèbre enquêteur?

La question était délicate et il n'y répondit pas immédiatement.

L'homme continuait à s'affairer sur la voiture de pompiers. Sans se retourner, il dit :

– Te fâche pas. J'ai simplement entendu dire qu'il y avait un flic célèbre à l'auberge. Et je ne t'ai pas reconnu.

– Alors, ce doit être moi, dit Martin Beck, évasif.

– Alors comme ça Folke va se faire coffrer.

– Qu'est-ce qui te fait croire ça?

– Bah! tout le monde le sait.

– Ah bon?

– Dommage. Ses harengs fumés étaient drôlement bons.

La conversation s'arrêta là, car l'homme se glissa sous la voiture et disparut.

Si telle était bien l'opinion générale, Nöjd n'avait véritablement pas exagéré.

Martin Beck resta sur place à se gratter la racine des cheveux d'un air pensif.

Au bout d'une minute ou deux, Herrgott Nöjd fit son apparition de l'autre côté de la voiture de pompiers. Il portait toujours sur l'arrière de la tête son chapeau de chasseur de lions et, pour le reste, une chemise de flanelle à carreaux, un pantalon d'uniforme et des chaussures basses en daim. Un gros chien-loup gris et blanc tirait sur sa laisse. Ils se glissèrent par-dessous la voiture de pompiers et le chien se mit aussitôt sur ses pattes de derrière, posa les pattes de devant sur la poitrine de Martin Beck et commença à lui lécher le visage.

– Couché, Timmy, dit Nöjd. Couché, je te dis. Ah! ce chien.

Le chien était lourd et Martin Beck dut reculer de deux pas.

– Couché, Timmy, répéta Nöjd.

Le chien fit trois tours sur lui-même puis s'assit à contrecœur, regarda son maître et dressa les oreilles.

– C'est probablement le pire de tous les chiens policiers au monde. Mais il a une excuse : il n'a aucun entraînement. Il n'obéit pas. Mais, puisque je suis dans la police, c'est quand même un chien policier. A sa façon.

Nöjd se mit à rire. Il n'y avait pas vraiment de quoi, se dit Martin Beck.

– Quand le HIF est venu jouer ici, je l'ai emmené au match.

– Le HIF?

– Eh bien oui, le club de Helsingborg. Tu ne t'intéresses pas au foot?

– Non, très peu.

– Enfin bref, il s'est échappé et il a pénétré sur la pelouse. Il est allé prendre la balle à un gars de chez nous et ça a failli faire une émeute. Total : je me suis fait engueuler par l'arbitre. C'est ce qui s'est passé de plus sensationnel ici ces dernières années. Jusqu'à aujourd'hui, bien entendu. Qu'est-ce que tu voulais que je fasse? Arrêter l'arbitre? Je ne sais pas trop quel statut ils ont sur le plan strictement juridique, les arbitres.

Il se mit à rire à nouveau.

– Tu me vois pénétrer sur la pelouse et aller trouver l'arbitre. Lui dire : « Nöjd? Inspecteur de police. Si vous voulez bien me suivre. Offense à un agent de la force publique dans l'exercice de ses fonctions. » Impossible. J'aurais eu l'air d'un idiot.

Nöjd rit à nouveau et Martin Beck ne put s'empêcher de lui demander :

– Pourquoi ris-tu?
– Je pensais simplement à ce qui serait arrivé si Timmy avait marqué un but.
Martin Beck ne savait vraiment pas quoi répondre à cela.
– Salut, au fait, dit Nöjd.
– Bonjour, Herrgott, dit une voix qui semblait sortir de la tombe mais provenait en fait de dessous la voiture de pompiers.
– Dis donc, Jöns, est-ce que tu ne pourrais pas garer ton engin ailleurs que juste devant le quartier général de la police?
– Tu n'as pas encore ouvert, répondit Jöns.
Sa voix paraissait très sourde.
– Mais je vais ouvrir tout de suite.
Nöjd sortit son trousseau de clés et, en entendant ce bruit, le chien se mit aussitôt sur ses pattes.
Nöjd ouvrit la porte, jeta un regard rapide de ses yeux bruns en direction de Martin Beck et dit :
– Soyez le bienvenu dans la sous-section d'Anderslöv du district de police de Trelleborg. Vous vous trouvez en ce moment dans la maison communale. Abritant à la fois la caisse d'assurance-maladie, le poste de police et la bibliothèque. Pour ma part, je loge juste au-dessus. Tout est du dernier cri, comme on dit. Cellules de première classe. Je les ai utilisées à deux reprises l'an dernier. Et voici mon bureau. Je vous en prie.
La pièce était agréable. Elle comprenait un bureau et deux fauteuils destinés aux visiteurs. Les grandes fenêtres donnaient sur une sorte de patio. Le chien alla se coucher sous la table.
Derrière celle-ci se trouvaient des étagères chargées d'une foule de livres. Surtout des ouvrages à caractère professionnel, mais également beaucoup d'autres.
– Ils ont déjà téléphoné de Trelleborg, dit Nöjd. Le commissaire et les autres. Ils ont eu l'air déçus que tu sois venu loger ici.

Il alla s'asseoir à son bureau et sortit une cigarette de son étui en secouant celui-ci.

Martin Beck s'assit dans l'un des deux fauteuils.

– Ils vont certainement s'amener aujourd'hui. Au moins le commissaire. Si nous n'allons pas les trouver à Trelleborg.

– Je préfère les attendre ici.

– D'accord.

Il fouilla parmi les papiers qui se trouvaient sur sa table.

– Voilà ce dont je dispose. Tu veux regarder ça?

Martin Beck réfléchit un instant, puis il dit :

– Est-ce qu'on ne pourrait pas faire ça oralement?

– Très volontiers.

Martin Beck se sentit soulagé. Il aimait bien Nöjd. Ça allait sans doute bien marcher.

– De combien de personnes disposes-tu?

– Cinq. Un préposé aux écritures. Une fille, en fait. Trois assistants, quand il n'y a pas de poste vacant. Une voiture radio. Tu as pris ton petit déjeuner?

– Non.

– Tu le veux?

– Oui.

Ça tombait bien, il commençait à avoir envie de prendre quelque chose.

– Bon, dit Nöjd. Comment fait-on? On monte chez moi. Britta va venir ouvrir à huit heures et demie. S'il y a quelque chose de particulier, elle m'appellera. J'ai du café, du thé, du pain, du fromage, de la confiture et des œufs. Je ne sais pas au juste. Tu veux du café?

– Je préfère le thé.

– Moi aussi, je bois du thé. Je prends les papiers et on monte à l'étage au-dessus. D'accord?

L'appartement était agréable et avait un cachet personnel. Il était bien rangé mais ne respirait pas la vie de famille. On voyait tout de suite que son occupant était célibataire depuis bien des années, peut-être même depuis toujours, et endurci dans l'état. Au mur étaient accrochés deux fusils de chasse et un vieux sabre de police. Le pistolet de service de Nöjd, un Walther 7,65, était démonté sur un morceau de toile cirée posé sur ce qui devait être la table de la salle de séjour.

Il était apparemment en train de nettoyer son arme.

– J'aime bien le tir, dit-il.

Puis il se mit à nouveau à rire et ajouta :

– Mais pas tirer sur les gens. Je ne l'ai jamais fait. Je n'ai même jamais mis qui que ce soit en joue. D'ailleurs, je ne le porte jamais. J'ai également un revolver de compétition. Mais il est sous clé, en bas, dans la cave.

– Tu tires bien?

– Bah! il m'arrive de gagner. C'est-à-dire rarement. J'ai la médaille, bien sûr.

Cela ne pouvait vouloir dire qu'une chose : la médaille d'or, réservée aux tireurs d'élite de la police.

Martin Beck, lui, tirait comme un pied. Il n'avait jamais été question de médaille en ce qui le concernait, ni en or ni en quoi que ce soit. Par contre, il avait déjà mis des gens en joue et avait même tiré sur eux. Heureusement, il n'avait jamais tué personne. C'était toujours cela.

– Je peux débarrasser la table, dit Nöjd sans grand enthousiasme. Quand je suis seul, je mange dans la cuisine, bien sûr.

– Moi aussi, dit Martin Beck.

– Tu es célibataire également?

– Plus ou moins.

– Ah! je vois.

Mais cela ne parut pas piquer sa curiosité.

Martin Beck était divorcé et avait deux enfants

d'âge adulte : une fille de vingt-deux ans et un fils de dix-huit.

Quand il disait être « plus ou moins » célibataire, il faisait allusion au fait que, depuis un an, une femme venait régulièrement chez lui. Elle s'appelait Rhea Nielsen et il en était probablement amoureux. Et ce fait avait changé sa vie; en mieux, selon lui.

Mais cela ne regardait pas Nöjd, qui paraissait d'ailleurs se moquer totalement de la façon dont le chef de la brigade criminelle du pays avait organisé sa vie privée.

La cuisine était bien installée et équipée de tous les appareils modernes. Nöjd posa une casserole sur la plaque chauffante, sortit quatre œufs du réfrigérateur et fit du thé dans la cafetière, c'est-à-dire qu'il fit chauffer de l'eau et mit ensuite des sachets de thé dans les tasses. Méthode efficace mais pas particulièrement appréciée des gourmets.

Ayant le sentiment de devoir se rendre utile, Martin Beck mit deux tranches de pain précoupées dans le grille-pain électrique.

– On trouve du pain qui est vraiment bon, ici, dit Nöjd. Mais, la plupart du temps, je vais à la Coopé. Je trouve que c'est bien, comme magasin.

Martin Beck n'était pas vraiment de cet avis mais ne dit rien.

– C'est tout près. Ici, rien n'est jamais bien loin. J'ai l'impression qu'Anderslöv possède le centre-ville le plus concentré de tout le pays. Ou alors il s'en faut de peu.

Ils mangèrent, firent la vaisselle, puis retournèrent dans la salle de séjour.

Nöjd sortit les feuilles de papier pliées en quatre de sa poche-revolver et dit :

– Ces papiers, ce que je peux en avoir marre! Le boulot, c'est plus que de la paperasse : des demandes, des autorisations, des copies et toute cette merde.

Jadis, c'était dangereux d'être dans la police, ici. Deux fois par an, au moment de l'arrachage des betteraves. Il venait toutes sortes de gens. Certains buvaient et se bagarraient, fallait voir ça. Parfois, il fallait s'en mêler. Et alors il s'agissait de frapper le premier, si on ne voulait pas se faire amocher. C'était plutôt moche mais c'était marrant, d'une certaine façon. Maintenant, c'est bien différent. Tout est automatisé, mécanisé.

Il marqua une pause.

– Mais c'est pas de ça qu'il faut que je te parle. J'ai pas besoin de ces papiers, d'ailleurs. C'est drôlement simple, en fait. La dame en question s'appelle Sigbrit Mård. Elle a trente-huit ans et travaille dans une pâtisserie de Trelleborg qui fait aussi salon de thé et cafétéria. Divorcée, sans enfant, elle habite seule à Domme, dans une petite maison. C'est sur la route de Malmö.

Nöjd regarda Martin Beck. Son regard était sombre, mais plein d'humour. Il répéta :

– Du côté de Malmö. C'est-à-dire vers l'ouest sur la nationale 101.

– Tu n'as pas l'air d'avoir tellement confiance dans mes connaissances en géographie, dit Martin Beck.

– Tu ne serais pas le premier à te perdre dans notre plaine, dit Nöjd. D'ailleurs...

– Quoi?

– La dernière fois que je suis allé à Stockholm – et j'espère bien que ce sera vraiment la dernière, bon sang! –, parce que j'avais à faire à la direction nationale de la police, je suis entré par erreur dans la rédaction du journal *Ny Dag*. J'ai rencontré C.H. Hermansson * dans l'escalier et je me suis demandé ce qu'il pouvait bien faire là, chez les flics. Mais il a été

* Il s'agit du journal et d'un ancien secrétaire général du parti communiste suédois. (*N.d.T.*)

gentil, il m'a remis dans le droit chemin. Sans se séparer de son vélo, naturellement.

Martin Beck se mit à rire.

Nöjd en profita pour continuer.

– Mais c'est pas tout. Le lendemain, j'avais l'intention d'aller dire bonjour au préfet de police de Stockholm. L'ancien, celui qui était à Malmö avant. Le nouveau, je ne le connais pas, Dieu merci. Je suis entré dans l'hôtel de ville et là quelqu'un a essayé de me faire visiter la salle bleue. Après avoir réussi à lui faire comprendre ce que je voulais, je me suis rendu en vitesse au Palais de Justice, Scheelegatan. Là, le préposé m'a demandé de quoi j'étais accusé et dans quelle salle passait mon affaire. Quand j'ai enfin trouvé la bonne adresse, c'est-à-dire Agnegatan, Lüning était déjà parti. Je n'ai donc pas pu le saluer. Ensuite, j'ai pris le train de nuit. Tu ne peux pas savoir comme j'étais heureux. Six cents kilomètres de plus vers le sud, quelle différence.

Il eut l'air de réfléchir un instant.

– Stockholm, dit-il. Qu'est-ce que ça peut être moche, comme ville. Mais, toi, tu t'y plais, naturellement.

– J'y ai toujours habité, dit Martin Beck.

– Malmö est moins mal, dit Nöjd. Mais pas tellement. J'aimerais pas y travailler; à moins d'être préfet de police, bien sûr. Mais ne me parle pas de Stockholm.

Il partit à nouveau de son grand rire sonore.

– Revenons à Sigbrit Mård, dit Martin Beck.

– Ce jour-là, elle ne travaillait pas. Elle avait laissé sa voiture à réviser et elle a donc pris le bus pour Anderslöv. Elle avait des courses à faire. Elle est allée à la banque et à la poste. Puis elle a disparu. Elle n'a pas repris l'autobus. Le chauffeur la connaît et affirme qu'elle n'est pas montée à bord. Personne ne l'a revue depuis. C'était le 17 octobre. Il était à peu près une heure quand elle a quitté la poste. Sa voiture, une Volkswagen, est toujours au garage. On n'a rien trouvé dedans. J'ai regardé moi-même. Puis on a opéré des prélèvements qui ont été envoyés à Helsingborg pour analyse, mais tout s'est révélé négatif. Aucune piste, pour ainsi dire.

– Tu la connais? Personnellement?

– Bien sûr. Jusqu'à ce que la vague verte se mette à déferler, je connaissais tout le monde, ici. Maintenant, c'est plus pareil. Il y a des gens qui vont habiter dans des maisons abandonnées et dans des logements d'ouvriers agricoles désaffectés. Ils ne s'inscrivent pas à la mairie et, quand on vient les voir, ils sont déjà partis, la plupart du temps. C'est quelqu'un d'autre qu'est là à la place. Il ne reste plus que la chèvre et le carré de légumes « macrobiotiques ».

– Mais Sigbrit Mård est différente, elle?

– Tu le demandes? Elle est du genre normal. Ça fait plus de vingt ans qu'elle habite ici. Elle est originaire de Trelleborg. Elle a l'air parfaitement équilibrée. Elle a toujours bien fait son travail et n'a jamais eu d'histoires. Parfaitement normale. Peut-être un peu frustrée.

Il alluma une cigarette après l'avoir examinée attentivement. Puis il ajouta :

– Mais, dans ce pays, ça n'a rien d'anormal. Moi, par exemple, je fume trop. C'est certainement signe de frustration, également.

– Il est donc possible qu'elle ait fait une fugue, tout simplement?

Nöjd se pencha en avant et gratta le chien derrière les oreilles.

– Oui, finit-il par dire. Ce n'est pas impossible. Mais je n'y crois pas. Ici, on ne part pas comme ça, sans se faire remarquer. Par exemple, on ne part pas en laissant sa maison dans un état impeccable. Je l'ai fouillée de fond en comble avec ceux de Trelleborg.

Tout était resté là, tous ses papiers, ses objets personnels, ses bijoux. Tout, quoi. Y avait même encore la cafetière et sa tasse à café sur la table. Tout était comme si elle n'avait l'intention d'être partie que quelques heures.

– Alors, quelle est ton hypothèse?

Cette fois, la réponse se fit attendre un peu plus longtemps. Nöjd tenait sa cigarette dans la main gauche tandis que le chien lui mordillait la droite par jeu. Toute trace d'envie de rire avait disparu de son visage.

– Je crois qu'elle est morte, dit-il.

Il n'ajouta pas un mot sur le sujet.

Le bruit de l'intense circulation de la route nationale parvenait jusqu'à eux.

Nöjd dressa l'oreille et reprit :

– La plupart des poids lourds prennent encore cette route-ci pour aller de Malmö à Ystad, bien que la nouvelle route, la 11, soit plus rapide. Les chauffeurs aiment bien leurs habitudes, eux aussi.

– Et Bengtsson, maintenant? demanda Martin Beck.

– Tu en sais probablement plus long sur lui que moi.

– Ce n'est pas si sûr. Nous l'avons arrêté pour crime sadique il y a près de dix ans *. Après bien des péripéties. C'était un type bizarre. Mais je ne sais pas ce qu'il est devenu depuis.

– Moi, je le sais, dit Nöjd. Tout le monde le sait, ici. Il a été reconnu sain d'esprit et il a fait sept ans et demi de prison. Ensuite, il est venu par ici et il a acheté une petite maison. Il devait avoir un peu d'argent de côté parce qu'il a également fait l'acquisition d'un bateau et d'un vieux camion. Il gagne sa vie en fumant du poisson, en partie le produit de sa propre

* Voir *Roseanna*, 10/18, nº 1716. *(N.d.T.)*

pêche et le reste il l'achète à des gens qui pêchent un peu sans être syndiqués. Ça n'est pas très bien vu parmi les professionnels, mais ça n'est pas vraiment illégal. Du moins pas de mon point de vue. Alors il fait le tour du secteur avec son camion et il vend ses harengs fumés et des œufs frais, surtout à une poignée de clients habituels. Il s'est fait accepter ici, Folke, les gens le trouvent bien, il n'a jamais fait de tort à personne. Il ne parle pas beaucoup et il s'occupe surtout de ses affaires. Le genre renfermé. Les fois où je l'ai rencontré, j'ai eu l'impression qu'il cherchait à faire excuser son existence. Mais...

– Mais quoi?

– Mais tout le monde sait que c'est un assassin. Qu'il a été jugé et condamné. Et puis, c'est quand même un crime assez affreux, commis sur la personne d'une étrangère innocente.

– Elle s'appelait Roseanna McGraw. C'est vrai que c'était horrible. Un crime de malade. Mais il avait été l'objet de provocations sexuelles. Selon lui. Il nous a d'ailleurs également fallu le provoquer pour le pincer. Pour ma part, je ne comprends pas qu'on ait pu le reconnaître sain d'esprit.

– Bah! dit Nöjd, et ses pattes d'oie se mirent à tisser des toiles d'araignée autour de ses yeux. Je suis allé à Stockholm, moi aussi, pour suivre une formation accélérée en psychiatrie criminelle. Dans cinquante pour cent des cas, les toubibs sont plus cinglés que les malades, je te jure.

– Mais, selon moi, il était évident que Folke Bengtsson n'était pas sain d'esprit. Un mélange de sadisme, de moralisme exacerbé et de phobie de la femme. Est-ce qu'il connaît Sigbrit Mård?

– La connaître? s'exclama Nöjd. Il habite même pas à deux cents mètres de chez elle. Ils n'ont pas de plus proche voisin, l'un et l'autre. Elle fait partie de ses clients réguliers. Mais il y a encore plus grave que ça.

– Vraiment?

– Il se trouve qu'il était à la poste en même temps qu'elle. Des témoins les ont vus parler. Il avait garé son camion sur la place. Il était derrière elle dans la queue et il a quitté la poste même pas cinq minutes après elle.

Il y eut un instant de silence.

– Toi qui connais Folke Bengtsson, commença Nöjd...

– Oui?

– Peut-on penser que...

– Oui, répondit Martin Beck.

5

Nöjd reprit :

– Pour être honnête, comme je le suis toujours, je pense que Sigbrit est morte et que Folke est dans le pétrin. Je ne crois pas au hasard.

– Tu as parlé de son mari...

– Oui, c'est vrai. Il est capitaine au long cours mais boit beaucoup trop. Il y a six ans, il a attrapé une mystérieuse maladie de foie et il a été rapatrié d'Equateur. Il n'a pas été licencié mais, comme il n'avait pas de certificat médical, il n'a pas pu trouver d'autre commandement. Il est venu habiter ici, il a continué à boire et, après ça, ils n'ont pas tardé à divorcer. Maintenant, il habite Malmö.

– Tu n'as pas eu de contacts avec lui?

– Oh si! Malheureusement. Et même des contacts physiques. Pour dire les choses de façon délicate. Il se trouve que c'est elle qui voulait divorcer. Lui, il était contre. Et pas qu'un peu. Mais, bien sûr, elle a eu gain de cause. Ça faisait longtemps qu'ils étaient mariés mais il était en mer la plupart du temps. Il revenait chez lui une fois par an, peut-être, et ça se passait très bien. Mais après, quand il a fallu qu'ils vivent ensemble tout le temps, ça a été la catastrophe.

– Et maintenant?

– Eh bien, quand il prend une cuite, il vient ici pour

parler de tout ça. Mais il n'y a rien à discuter et, la plupart du temps, il finit par la frotter.

– La frotter?

Nöjd se mit à rire :

– Oui, enfin comment dites-vous, là-haut? Lui filer une raclée, c'est ça? En jargon policier ça s'appelle « querelle domestique ». Tu parles d'une expression! En tout cas, j'ai été obligé d'intervenir à deux reprises. La première, j'ai réussi à le calmer. Mais, la deuxième, ça ne s'est pas passé aussi bien. Il a fallu que je lui tape dessus et que je l'amène ici, dans une de nos belles petites cellules. Sigbrit avait l'air bigrement amochée, cette fois-là. De grands bleus un peu partout et de vilaines marques sur le cou.

Nöjd tripota le bord de son chapeau.

– Je le connais, Bertil Mård. Il boit périodiquement, mais je ne crois pas qu'il soit aussi mauvais bougre qu'il en a l'air. Et il était certainement amoureux de Sigbrit. Et puis il est jaloux. Mais je ne crois pas qu'il ait de quoi. Je ne sais rien de sa vie sexuelle, à elle, si tant est qu'elle en ait une. Mais, dans ce cas-là, je le saurais. Ici, tout le monde sait à peu près tout sur tout le monde. Mais c'est moi qui en sais le plus.

– Qu'est-ce qu'en dit Mård lui-même?

– On l'a entendu à Malmö. Il a une sorte d'alibi pour le 17. Il était à Copenhague ce jour-là, selon lui. Il a pris le ferry *Malmöhus*, mais...

– Tu sais qui l'a interrogé?

– Oui. Un inspecteur du nom de Månsson.

Martin Beck connaissait de longue date Per Månsson et avait toute confiance en lui. Il se racla la gorge et dit :

– En d'autres termes, Mård n'est pas exempt de tout soupçon, lui non plus.

Nöjd eut l'air de réfléchir. Il gratta son chien un petit moment puis il reprit :

– Non. Mais je peux te dire que ce n'est rien à côté de Folke Bengtsson.

– Si tant est qu'il se soit passé quelque chose.

– Elle a disparu. Pour moi, c'est déjà beaucoup. Personne de sa connaissance n'a pu fournir une explication plausible.

– Comment est-elle, au fait?

– Comment elle est en ce moment, je préfère ne pas y penser, dit Nöjd.

– Pas d'opinions préconçues, si tu veux bien.

– Bien sûr. Je te dis simplement ce que j'en pense. Autrement, elle est comme ça.

Il plongea la main dans sa poche-revolver et en retira deux photographies : une photo d'identité et un agrandissement en couleurs plié en quatre.

Il jeta un coup d'œil sur les photos avant de les tendre à Martin Beck. Puis il ajouta :

– Elles sont bonnes toutes les deux. Je dirais qu'elle a l'air normale. Elle est comme la plupart des gens. Bien de sa personne, naturellement.

Martin Beck regarda longuement les photos. Il doutait que Nöjd fût capable de les voir avec les mêmes yeux que lui, ce qui était d'ailleurs physiquement impossible.

En fait, Sigbrit Mård n'était pas bien de sa personne. C'était une femme assez laide et assez lourde. Par contre, il était exact qu'elle faisait tout son possible pour s'embellir, ce qui ne donne pas toujours d'excellents résultats, c'est bien connu. Son visage était irrégulier, pointu et irrémédiablement miné par les soucis. Mais la photo d'identité n'était pas du genre de celles qui sont prises maintenant dans des cabines automatiques ou à l'aide d'un polaroïd, c'était un véritable cliché de professionnel. Elle avait apporté beaucoup de soin à son maquillage et à sa coiffure et le photographe l'avait certainement fait choisir entre plusieurs épreuves. L'autre était une photo d'amateur mais la copie n'avait pas été tirée automatiquement : elle avait été développée avec soin et retouchée. Sur celle-ci on la voyait en pied, sur le quai d'un port, et, à l'arrière-plan, se trouvait un paquebot blanc à deux cheminées. Elle regardait le soleil d'un air affecté, en plissant les yeux, dans une pose qu'elle croyait probablement avantageuse. Elle était vêtue d'un mince corsage vert sans manches et d'une jupe plissée de couleur bleue, elle avait les jambes nues et portait un grand sac d'été jaune et orange sur l'épaule droite. Aux pieds, elle portait des sandales à semelle compensée. Elle avançait légèrement le pied droit, le talon ne touchant pas le sol.

– Celle-ci est récente, dit Nöjd. Elle a été prise l'été dernier.

– Par qui?

– Une amie. Elles étaient en voyage ensemble.

– A Rügen, apparemment. C'est le *Sassnitz* qui est à quai derrière, n'est-ce pas?

Nöjd eut l'air extrêmement étonné.

– Tu en sais des choses, dit-il. Il m'est arrivé d'être employé au contrôle des passeports, quand ils n'ont pas assez de personnel, et pourtant je suis incapable de les reconnaître les uns des autres, tous ces ferries. Mais tu as raison. C'est bien le *Sassnitz* et elles étaient en effet en voyage à Rügen. On peut aller voir la *Stubbenkammer* * et jeter un coup d'œil sur les communistes et tout le bazar. Mais la plupart des gens sont déçus : ils ont l'air tout à fait ordinaires. Heureusement, l'aller et retour ne coûte que quelques dizaines de couronnes.

– Comment t'es-tu procuré cette photo?

– Je l'ai prise chez elle au cours de la perquisition. Elle était accrochée au mur avec du scotch. Elle la trouvait sans doute bien.

Il mit la tête de côté et regarda la photo en fermant à moitié les yeux.

– Elle n'est pas mal, cette photo. C'est bien elle. Beau brin de fille.

* Célèbre falaise de craie de l'île de Rügen. (*N.d.T*).

– Tu n'as jamais été marié? demanda soudain Martin Beck.

Nöjd retrouva aussitôt toute sa gaieté.

– On dirait que tu te mets à m'interroger, ma parole! lança-t-il en riant. C'est ce que j'appelle commencer par le commencement.

– Pardon, dit Martin Beck. C'est une question idiote. Ça n'a rien à voir.

C'était faux. La question avait bien quelque chose à voir avec l'affaire.

– Je n'ai pas d'objection à y répondre. Jadis, je fréquentais une fille d'Abbekås, sur la côte. Nous étions fiancés. Mais, bon Dieu! on aurait dit une plante carnivore. Au bout de trois mois j'en avais assez, moi, mais, elle, au bout de six mois elle n'en avait toujours pas assez. Depuis ce temps-là j'ai toujours eu un chien. Tu peux me croire sur parole. On se passe très bien de femme. Une fois que l'habitude est prise, c'est un soulagement considérable. Je le ressens chaque fois que je me réveille. Elle a empoisonné la vie de trois hommes. Mais, bien sûr, elle est plusieurs fois grand-mère.

Il resta silencieux un moment, puis il ajouta :

– Parfois, la vie est un peu triste, sans enfant. Mais il y a aussi des fois où ça fait l'impression contraire. Même s'il n'y a pas trop à se plaindre ici, précisément, il y a quelque chose qui ne marche pas dans la société dans son ensemble. Je n'aurais pas voulu élever des enfants ici. On peut d'ailleurs se demander si c'est possible quelque part.

Martin Beck ne répondit pas. En matière d'éducation, il avait surtout passé son temps à fermer sa gueule et à laisser ses enfants grandir d'une façon qui paraissait naturelle. Le résultat n'avait été qu'à moitié réussi. Il avait une fille qui était devenue quelqu'un de bien et d'indépendant et qui avait l'air de l'aimer. Par contre, il avait également un fils qu'il n'avait jamais réussi à comprendre. A dire vrai, il avait une mauvaise opinion de lui et, pour sa part, ce garçon, qui avait maintenant dix-huit ans, n'avait jamais fait preuve envers lui d'autre chose que de méfiance, de duplicité et, ces dernières années, de mépris non dissimulé.

Il s'appelait Rolf. La plupart des fois où ils avaient essayé de parler l'un avec l'autre, cela s'était terminé par : « Écoute, vieux, ça ne sert à rien de continuer à discuter avec toi, tu piges rien de toute façon. » Ou bien : « Si j'avais cinquante berges de plus, on aurait peut-être eu une chance mais, tu sais, on n'est plus au XIXe siècle. » Ou encore : « Si au moins t'étais pas flic. »

Nöjd s'était occupé de son chien pendant un moment. Puis il dit, avec un petit sourire de satisfaction :

– Est-ce que je peux te poser une question, moi aussi?

– Bien sûr.

– Pourquoi m'as-tu demandé si j'étais marié?

– Par stupidité.

Pour la première fois depuis leur rencontre, Nöjd eut l'air totalement sérieux. Et même légèrement froissé.

– Ce n'est pas vrai. Je sais que ce n'est pas vrai. Et je crois même comprendre pourquoi tu l'as fait.

– Pourquoi, alors?

– Parce que tu penses que je ne comprends rien aux femmes.

Martin Beck posa les photographies. Il avait beaucoup plus de facilité à être honnête depuis qu'il avait rencontré Rhea.

– D'accord, acquiesça-t-il. Tu as raison.

– Bien, dit Nöjd en allumant une cigarette, l'air distrait. Parfait. Merci. Il est possible que tu aies raison. Je suis un homme qui a vécu sans femme dans sa vie privée. A part ma vieille, bien sûr, et cette fille de pêcheur d'Abbekås. J'ai toujours considéré les femmes comme des êtres comme les autres, des êtres semblables à moi et aux hommes en général. S'il existe des différences subtiles, il est possible qu'elles m'aient échappé. Comme je sais que je suis ignare, j'ai lu un certain nombre de livres et d'articles sur le rôle des femmes et leur place dans la société, mais la plupart ne valaient pas tripette. Tout ce qui n'est pas des conneries pures et simples est tellement évident que même un Hottentot l'aurait compris. L'égalité des salaires et la fin de la discrimination sexuelle, par exemple.

– Pourquoi parles-tu d'Hottentot, au juste?

Nöjd éclata d'un tel rire que son chien se dressa sur ses pattes et se mit à lui lécher le visage.

– Au conseil municipal, il y a quelqu'un qui a dit que les Hottentots étaient le seul peuple civilisé qui n'ait même pas réussi à inventer la roue en l'espace de deux mille ans. Tu vois le niveau. Je n'ai pas besoin de te dire à quel parti appartient l'intéressé.

Martin Beck ne voulait pas le savoir. Il n'avait pas non plus l'intention d'interroger Nöjd sur ses opinions politiques. Lorsque les gens se mettaient à parler politique, il se faisait toujours muet comme une carpe.

Et il était toujours muet comme une carpe lorsque, trente secondes plus tard, le téléphone se mit à sonner.

Nöjd prit le combiné et dit :

– Nöjd?

L'autre répondit probablement par quelque chose de drôle.

– Oui, je le suis assez.

Puis, après une légère hésitation :

– Oui, il est à côté de moi.

Martin Beck prit le combiné et dit :

– Beck.

– Salut, ici Ragnarsson. Il nous a bien fallu une centaine de coups de fil pour te mettre la main dessus. Qu'est-ce qui se passe?

L'un des principaux inconvénients attachés à la fonction de patron de la brigade criminelle, c'est le fait que les grands journaux ont des gens qui sont payés uniquement pour savoir où vous allez et pour quoi faire. Pour parvenir à leurs fins, ils sont bien obligés d'avoir des informateurs rémunérés dans la police elle-même, ce qui est certes très vexant mais à peu près inévitable. Le plus vexé de tous était le directeur de la police nationale, mais celui-ci avait surtout peur que la chose se sache. Avec lui, il fallait que rien ne se sache.

Ragnarsson était journaliste, c'était l'un des meilleurs et des plus honnêtes, ce qui ne voulait nullement dire que son journal fît partie des meilleurs et des plus honnêtes.

– Pourquoi ne réponds-tu pas? demanda Ragnarsson.

– Quelqu'un a disparu, dit Martin Beck.

– Disparu? Y a des gens qui disparaissent tous les jours sans que ça t'oblige à te déplacer. J'ai d'ailleurs entendu dire que Kollberg n'allait pas tarder à se pointer, lui aussi. Y a anguille sous roche.

– Peut-être que oui. Peut-être que non.

– Je voulais te prévenir qu'on envoie un ou deux gars. C'est tout ce que j'avais à te dire, mais je ne voulais pas faire ça derrière ton dos. Tu sais que tu peux avoir confiance en moi. Salut!

– Salut!

Martin Beck se gratta la racine des cheveux. Il avait confiance en Ragnarsson mais pas en ses reporters et surtout pas en son journal.

Nöjd avait l'air préoccupé.

– Les baveux?

– Oui.

– De Stockholm?
– Oui.
– Alors comme ça, ça va se savoir.
– Certainement.
– On en a ici aussi. Ils savent tout. Mais ils sont corrects. Une sorte de loyauté. Le *Trelleborgs Allehanda* est bien. Mais ceux de Malmö, c'est pas pareil. Le pire, c'est celui du soir, le *Kvällsposten*. Et puis l'*Aftonbladet* et l'*Expressen*.
– Malheureusement, on n'y peut plus rien.
– C'est chiant.
En Scanie, ce mot était une expression somme toute banale mais, dans le reste du pays, ce n'est pas pareil.
Nöjd ne le savait peut-être pas. A moins qu'il n'y ait attaché aucune importance.
Martin Beck aimait bien Nöjd.
Une sorte d'amitié qui allait de soi. Ça allait sans doute marcher.
– Qu'est-ce qu'on fait, maintenant?
– A toi de décider, dit Martin Beck. Tu es chez toi, ici.
– Oui, on peut le dire. Tu veux qu'on fasse un tour dans le secteur? En voiture. Mais pas avec celle de la police. Vaut mieux prendre la mienne.
– Celle qui est couleur tomate?
– Oui. Bien sûr, tout le monde la connaît. Mais on est plus à son aise dedans. On y va?
– Comme tu veux.
Dans la voiture ils parlèrent de trois choses.
La première, Nöjd n'en avait pas encore soufflé mot, pour une raison ou pour une autre.
– Voici la poste et là-bas l'arrêt du bus. La dernière fois qu'on a vu Sigbrit, elle se trouvait à peu près là.
Il ralentit et s'arrêta.
– Un témoin a également vu autre chose.
– Quoi donc?

– Folke Bengtsson. Il est arrivé avec son camion et, juste à la hauteur de Sigbrit, il a ralenti et s'est arrêté. Tout cela paraissait parfaitement naturel. Il avait été chercher son engin et rentrait chez lui. Ils se connaissent puisqu'ils sont voisins. Il sait qu'elle attend le bus et il lui propose de la ramener chez elle.

– Qui est-ce, ce témoin?

Nöjd se mit à tapoter sur son volant.

– Une vieille dame d'ici. Elle s'appelle Signe Persson. Quand elle a appris que Sigbrit avait disparu, elle est venue nous trouver et nous a dit qu'elle marchait de l'autre côté de la rue quand elle avait vu Sigbrit. C'est à ce moment-là que Bengtsson est arrivé dans l'autre sens. Il a freiné et s'est arrêté. Mais, le jour où elle est venue, il n'y avait que Britta au poste. Elle lui a dit qu'il valait mieux qu'elle revienne me dire tout ça à moi. Elle est en effet revenue le lendemain et je lui ai parlé. En gros, elle a confirmé ses dires de la veille. C'est-à-dire qu'elle avait vu Sigbrit et que Bengtsson s'était arrêté à côté d'elle. Alors, je lui ai demandé si elle avait vraiment vu le camion s'arrêter et Sigbrit monter dedans.

– Et qu'est-ce qu'elle a dit, alors?

– Qu'elle n'avait pas voulu se retourner pour ne pas avoir l'air indiscrète. C'est parfaitement absurde puisque tout le monde sait dans le pays que c'est la pire pipelette qui soit. Lorsque je l'ai eu cuisinée un peu, elle a dit qu'elle avait tourné la tête peu après et qu'elle n'avait plus vu Sigbrit ni le camion. Alors on a continué à parler de choses et d'autres et, au bout d'un moment, elle a dit qu'elle n'était pas sûre. Qu'elle ne voulait pas raconter des bobards sur les gens. Mais le lendemain elle a rencontré un de mes gars à la Coopé, et là elle a affirmé catégoriquement qu'elle avait bien vu Bengtsson s'arrêter et Sigbrit monter avec lui. Si elle maintient ses déclarations, cela implique évidemment Bengtsson dans la disparition.

– Qu'est-ce qu'il en dit lui-même?

– Je n'en sais rien. Je ne lui ai pas parlé. Deux gars de Trelleborg sont venus l'interroger mais il n'était pas chez lui. Ensuite il a été décidé de faire appel à vous et on m'a plus ou moins donné ordre de ne rien faire en attendant. De ne pas prendre les devants, pour ainsi dire. De voir venir et d'attendre les résultats de l'expertise. Je n'ai même pas vraiment rédigé le procès-verbal de l'audition de Signe Persson. Tu vas peut-être penser que j'ai été très négligent.

Martin Beck ne répondit pas.

– Moi, je trouve que j'ai été vachement négligent, dit Nöjd en riant dans sa barbe. Mais j'ai un peu peur de Signe Persson. Elle a été mêlée à l'affaire la plus délicate que j'aie eue. Il doit y avoir cinq ans de ça. Elle est venue se plaindre que sa voisine avait empoisonné son chat et elle a déposé une plainte en règle. On a donc été obligés de procéder à une enquête. Alors l'autre a porté plainte contre Signe Persson, accusant son chat d'avoir tué sa perruche. On a déterré le chat et on l'a envoyé à Helsingborg. Mais on n'a pas trouvé trace de poison. Alors Signe a dit que l'autre bonne femme avait acheté deux cigares au bureau de tabac et les avait fait bouillir. Elle avait lu dans un hebdomadaire que, si on fait bouillir des cigares le temps qu'il faut, on obtient des cristaux de nicotine et que c'est un poison mortel qui ne laisse aucune trace. En effet, la voisine avait bien acheté deux cigares mais elle a dit que c'était pour offrir et que c'était son frère qui les avait fumés. Je lui ai alors demandé comment le chat avait bien pu tuer la perruche puisqu'elle était toujours enfermée dans sa cage. Elle m'a répondu que Signe avait excité son bon Dieu de chat afin qu'il fiche une frousse mortelle à la perruche parce que celle-ci savait parler et qu'elle avait raconté des vérités pas très agréables pour tout le monde. A cela, Signe a répondu qu'il était parfaitement exact que cette perruche l'avait traitée de vieille pute au moins à cinq reprises. A ce moment-là, j'avais un stagiaire, ici, qui était drôlement branché. Il a potassé cette théorie sur les cigares et il est parvenu à la conclusion qu'elle était théoriquement plausible et que, si la victime fumait beaucoup, il était impossible de prouver qu'il y avait bien eu empoisonnement. C'est pourquoi, quand Signe est revenue ici pour la dix ou douzième fois, je lui ai demandé si son chat avait l'habitude de fumer le cigare. Après ça, elle ne m'a plus dit bonjour pendant des années. L'affaire a été classée et, quant au stagiaire, il a tellement passé de temps chez lui à faire bouillir des cigares qu'il a fini par se faire remercier. Depuis, il s'est installé à Eslöv comme inventeur.

– Et il a découvert quelque chose?

– La seule chose que je sache c'est qu'il a cherché à faire breveter un pot de chambre à bord phosphorescent et un détecteur de nicotine qui se met à miauler si on le plonge dans un bol de soupe aux choux empoisonnée. Comme cela s'est révélé impossible, il a tenté de le transformer en chat mécanique fonctionnant à l'acétylène.

Nöjd regarda la pendule. Puis il dit :

– Ça, c'était la curiosité numéro un. L'arrêt du bus. Avec, en prime, l'histoire du témoin Signe Persson et celle d'un homme qui a vu sa vie gâchée par un chat qui fumait trop le cigare. Je dois ajouter que je frémis d'avance à l'idée d'une affaire dans laquelle Signe Persson serait le témoin principal. Il vaut mieux filer, maintenant. Le bus ne va pas tarder à arriver.

Il engagea la première et jeta un coup d'œil dans son rétroviseur.

– Nous avons de la compagnie. Une Fiat verte avec deux types à bord. Ça fait un petit bout de temps qu'ils sont derrière nous. On leur fait visiter le pays?

– Aucune objection.

– C'est intéressant d'être pris en filature. Pour moi, en tout cas, c'est de l'inédit.

Il ne dépassa pas le trente à l'heure, mais l'autre voiture ne fit rien pour les doubler.

– Les maisons que tu vois là-bas, c'est Domme. C'est là qu'habitent Sigbrit Mård et Folke Bengtsson. Tu veux qu'on y aille?

– Pas maintenant. A-t-il été procédé à une inspection des lieux par des spécialistes?

– Chez Sigbrit? Non, pas vraiment. Nous y sommes allés, nous, et c'est alors que j'ai pris cette photo sur le mur, au-dessus de son lit. Nous avons certainement laissé quelques empreintes digitales.

– Si elle était morte...

Martin Beck s'interrompit. C'était une question plutôt stupide.

– Et si c'était moi qui l'avais tuée, qu'aurais-je fait du corps? Je me le suis demandé. Mais il y a beaucoup trop de possibilités. Des tas de marnières et de vieilles baraques en ruine. Des dépendances et des bicoques délabrées. Des kilomètres de côte sur la Baltique, des villas vides. Des forêts avec des arbres abattus par la tempête, des fourrés, des fossés et tout le tremblement.

– Des forêts?

– Oui, près du lac de Börringe. Dans le temps, la police procédait chaque année à des exercices de tir dans une clairière située sur la rive est. Mais, depuis la tempête de 68, c'est une telle jungle qu'on ne pourrait pas y pénétrer avec un char d'assaut. Il faudra bien une centaine d'années avant qu'on ait nettoyé tout ça. Et puis... D'ailleurs, j'ai une carte dans la boîte à gants.

Martin Beck sortit la carte et la déplia.

– Nous sommes en ce moment à Alstad, sur la nationale 101, et nous nous dirigeons vers Malmö. Comme ça, tu pourras t'orienter toi-même.

– Tu as l'intention de continuer à cette allure-là?

– Oh non, merde! J'oubliais. Je voulais simplement m'assurer que nos gars étaient toujours là.

Nöjd prit sur la gauche. La voiture verte les suivit.

– Nous ne sommes plus sur le territoire de la police d'Anderslöv, dit-il. Mais nous allons bientôt y revenir.

– Qu'est-ce que tu voulais dire tout de suite : « Et puis... »?

– Oui, et puis la plupart des gens sont d'avis que Sigbrit Mård est montée à bord d'une voiture. Et il y a même un témoin qui l'affirme, ne l'oublie pas. Si tu regardes la carte, tu verras qu'il y a trois grandes routes qui traversent le secteur. L'ancienne route nationale que nous venons de quitter, la nationale 10, qui suit la côte de Trelleborg à Ystad et qui continue ensuite jusqu'à Simrishamn, et enfin un morceau de la route européenne numéro 14, qui est toute nouvelle et qui part du débarcadère du ferry venant de Pologne et mène jusqu'à Malmö et ensuite Dieu sait où. En outre, nous avons un réseau de routes secondaires qui est sans doute le plus dense de tout le pays.

– Je m'en aperçois, dit Martin Beck.

Fidèle à son habitude, il commençait à ne pas se sentir très bien.

Cela ne l'empêchait cependant pas d'étudier le paysage qu'ils traversaient. Il n'était encore jamais venu dans cette partie du pays et tout ce qu'il en savait était constitué par des souvenirs de vieux films d'Edvard Persson. La plaine du sud du pays possède une beauté douce et ondulée, c'est un peu plus qu'un petit paradis relativement peuplé : un pays bien particulier possédant une harmonie qui lui est propre.

Tout à coup lui revinrent à l'esprit quelques bribes du chœur des plaintes que l'on entend un peu partout sur les conditions de vie qui règnent dans le pays. La Suède est un pays impossible mais qui est quand même drôlement beau. Quant à se rappeler qui avait dit ou écrit cela, impossible.

Nöjd continuait à bavarder.

– La circonscription d'Anderslöv est un coin un peu à part. Quand on ne s'y occupe pas de paperasse on est en général en train de circuler. Par exemple, nous faisons chaque année quatre-vingt mille kilomètres avec la voiture de service. Dans l'agglomération résident environ mille personnes et, dans tout le district dont nous avons la responsabilité, au maximum une dizaine de milliers. Mais nous avons environ vingt-cinq kilomètres de côte et, en été, la population dépasse les trente mille personnes. Alors tu peux t'imaginer tout ce qui est vide à cette époque-ci de l'année. Et encore, je parle des gens que nous connaissons et dont nous savons à peu près où les trouver. Mais je suppose qu'il y a cinq ou six mille personnes qui échappent à tout contrôle, qui logent dans des maisons abandonnées ou dans des caravanes et qui n'arrêtent pas de se déplacer, ce qui fait que d'autres viennent prendre leur place dès qu'ils sont partis.

Martin Beck observait une très belle église aux murs blanchis à la chaux. Nöjd suivit son regard et dit :

– Dalköpinge. Si tu t'intéresses aux belles églises, je peux t'en montrer une trentaine; dans l'ensemble du secteur, bien sûr.

Ils arrivèrent à la route côtière et la suivirent en direction de l'est. La mer était calme et gris-bleu; à l'horizon, on pouvait voir des cargos.

– Je veux dire par là que, si Sigbrit est morte, elle peut se trouver en une bonne centaine d'endroits. Et si elle est montée à bord d'une voiture, celle de Folke ou une autre, il y a de bonnes chances pour qu'elle ne soit plus du tout dans le secteur. Dans ce cas, les possibilités se comptent par milliers.

Il promena son regard le long de la côte et dit :
– C'est beau, hein?

C'était de toute évidence un homme qui aimait sa région. Et il n'avait pas tort, pensa Martin Beck.

Ils dépassèrent Smygehuk. La Fiat verte était toujours derrière.

– Smygehamn, dit Nöjd. De mon temps, ça s'appelait Östra Torp.

Les agglomérations étaient proches les unes des autres. Beddinge Strand. Skateholm. De petits ports de pêche à moitié transformés en stations balnéaires mais qui avaient su rester coquets. Sans immeubles de béton ou hôtels de luxe.

– Skateholm, dit Nöjd. Mon district s'arrête ici. Au-delà, c'est celui d'Ystad. Je t'emmène à Abbekås. Ceci, c'est Dybeck. C'est marécageux et moche. C'est ce qu'il y a de plus laid sur toute la côte. Elle est peut-être là, dans un de ces marécages. Voilà Abbekås.

Nöjd traversa le petit port à faible allure.

– C'était là qu'elle habitait, la fille dont je t'ai parlé. Celle qui a conditionné une fois pour toutes mes rapports avec les femmes. Tu veux jeter un coup d'œil sur le port?

Martin Beck ne prit pas la peine de répondre.

Un petit port de pêche avec un banc pour les vieux bonimenteurs à casquette. Trois bateaux de pêche. Des caisses de harengs empilées les unes sur les autres et des filets en train de sécher.

Ils sortirent de la voiture et allèrent s'asseoir chacun sur une bitte d'amarrage. Des mouettes poussaient leurs cris au-dessus du brise-lames.

La Fiat verte s'était arrêtée à une vingtaine de mètres. Ses occupants restèrent assis sur le siège avant.

– Tu les reconnais? demanda Martin Beck.

– Non, dit Nöjd. Ce sont des jeunots. S'ils veulent

quelque chose, ils n'ont qu'à venir nous trouver. Ça ne doit pas être marrant de rester là à regarder dans le vide.

Martin Beck ne répondit rien. Au fur et à mesure qu'il vieillissait, les journalistes rajeunissaient. Ce qui rendait le contact de plus en plus difficile d'année en année. En outre, la police n'était plus très bien vue maintenant, si tant est qu'elle l'ait jamais été. Personnellement, Martin Beck ne pensait pas devoir avoir honte de ce qu'il faisait mais il en connaissait beaucoup pour qui c'était le cas et plus encore pour qui cela aurait vraiment dû être le cas.

– Qu'est-ce que tu voulais dire, à propos de moi et des femmes? demanda Nöjd.

– Je me suis rendu compte qu'on n'en sait pas bien long sur Sigbrit Mård. On sait comment elle est, où elle travaillait et qu'elle ne se faisait pas remarquer. On sait qu'elle est divorcée et qu'elle n'a pas d'enfant. Mais c'est à peu près tout. Est-ce que tu as pensé au fait qu'elle est à l'âge où bien des femmes se sentent frustrées, surtout si elles n'ont pas d'enfants, si elles n'ont pas le sens de la famille ni d'intérêt bien marqué pour quoi que ce soit? Au moment où elles approchent de la ménopause et commencent à se sentir vieilles. Elles ont le sentiment d'avoir raté leur vie, de façon générale, et leur vie sexuelle en particulier, et elles font souvent des bêtises. Elles se sentent attirées vers des hommes plus jeunes qu'elles et se lancent tête baissée dans des aventures. Elles se font souvent exploiter de belle façon, aussi bien sur le plan financier que sur le plan affectif.

– Merci pour le cours, dit Nöjd.

Il prit sur le sol un morceau de planche et le lança dans l'eau. Le chien s'y jeta immédiatement pour aller le chercher.

– Bien, dit Nöjd. Comme ça, il va dégueulasser encore un peu plus le siège arrière. Alors, comme ça, tu veux dire que Sigbrit Mård avait une vie sexuelle secrète ou quelque chose dans ce goût-là.

– Je veux dire que c'est pensable. Qu'il faut fouiller sa vie privée. Dans la mesure du possible. Qu'il existe malgré tout une possibilité qu'elle ait tout simplement filé avec un type de sept ou huit ans de moins qu'elle. Qu'elle ait tout plaqué pour être heureuse pendant un petit moment. Même une quinzaine de jours ou bien deux mois.

– Pour s'en payer une tranche, quoi, dit Nöjd.

– Ou bien simplement pour pouvoir parler à quelqu'un avec qui elle a l'impression d'avoir des affinités.

Nöjd inclina la tête et se mit à ricaner.

– C'est une théorie, dit-il. Mais je n'y crois pas.

– Parce qu'elle ne cadre pas avec le reste.

– Exactement. Elle ne cadre pas du tout avec le reste. Qu'est-ce que tu as l'intention de faire? Si ce n'est pas indiscret.

– J'ai l'intention d'attendre l'arrivée de Lennart. Ensuite, on pourra peut-être aller bavarder un peu avec Folke Bengtsson et Bertil Mård.

– J'en serais volontiers.

– Oui. Je le pense bien.

Nöjd se mit à rire. Puis il se leva, se dirigea vers la voiture verte et frappa à la vitre avant. Le conducteur, un jeune homme à la barbe rousse, baissa celle-ci et le regarda d'un air étonné.

– On rentre à Anderslöv, maintenant, dit Nöjd. Mais je vais passer par Källstorp pour aller chercher des œufs chez mon frère. Ça reviendra moins cher à votre journal si vous passez par Skivarp.

La Fiat les suivit même pour aller chercher les œufs.

– Apparemment, ils n'ont aucune confiance en la police, dit Nöjd.

Pour le reste, il ne se passa rien de particulier en ce vendredi 2 novembre.

Martin Beck effectua l'obligatoire visite à Trelleborg pour y rencontrer les autorités de police locales. Il envia au responsable de la sécurité publique son bureau, qui avait vue sur le port.

Mais, quant au fond de l'affaire, personne n'avait quoi que ce soit à dire. Sigbrit Mård était disparue depuis dix-sept jours et on ne savait pas grand-chose d'autre que les bruits qui couraient à Anderslöv.

D'un autre côté, pourtant, de tels bruits sont rarement sans fondement. Pas de fumée sans feu. Que de clichés!

Le soir, Kollberg l'appela au téléphone pour lui dire qu'il détestait conduire et qu'il avait l'intention de passer la nuit à Växjö. Puis il lui demanda :

– Et Anderstorp, comment est-ce?

– Tu veux dire Anderslöv.

– Ah bon.

– C'est un endroit qui n'est pas désagréable, mais les journalistes sont déjà accrochés à nos basques.

– Mets-toi en uniforme, ça les impressionnera.

– Ta gueule! dit Martin Beck.

Puis il appela Rhea mais n'obtint pas de réponse. Il essaya de nouveau une heure plus tard et fit une dernière tentative juste avant d'aller se coucher. Cette fois, elle était rentrée.

– J'ai essayé de te joindre toute la soirée, dit-il.

– Ah bon.

– Qu'est-ce que tu étais en train de faire?

– Ça ne te regarde pas, dit-elle gaiement. Et de ton côté, comment ça va?

– Je ne sais pas au juste. Il y a quelqu'un qui a disparu.

– Les gens ne disparaissent pas comme ça. Tu devrais le savoir, toi qui es policier.

– Je crois que je t'aime.

– Je le sais bien, dit-elle, toute guillerette. Si tu tiens absolument à le savoir, je suis allée au cinéma et puis manger un brin.

– Bonne nuit.

– C'est tout ce que tu voulais me dire?

– Non, mais ça attendra.

– Dors bien mon chéri, dit-elle avant de raccrocher.

Martin Beck se brossa les dents en chantonnant. S'il y avait eu quelqu'un pour l'écouter, il aurait eu de quoi être surpris.

Le lendemain, c'était fête. La Toussaint *. On pouvait toujours s'arranger pour gâcher ce jour-là à quelqu'un. Par exemple Månsson, à Malmö.

* En Suède, la Toussaint se fête le samedi précédant le premier dimanche de novembre. *(N.d.T.)*

6

– J'ai connu bien des goujats dans ma vie, dit Per Månsson, mais Bertil Mård est l'un des plus beaux.

Ils étaient sur le balcon de Månsson, dans son appartement de Regementsgatan, et trouvaient la vie belle.

Martin Beck avait pris le car de Malmö surtout pour le plaisir et afin de pouvoir dire, au moins, qu'il avait parcouru le trajet que Sigbrit Mård, de toute évidence, n'avait pas effectué.

Il avait également essayé de tirer les vers du nez du chauffeur mais sans grand résultat car l'homme en question était un remplaçant qui n'était pas de service ce jour-là.

Månsson était un homme de belle taille et assez flegmatique qui prenait les choses comme elles venaient et employait rarement de grands mots. Mais cela ne l'empêcha pas de dire :

– Il me fait l'effet d'un sale type.

– Certains capitaines au long cours deviennent un peu drôles, dit Martin Beck. Ce sont de grands solitaires et, s'ils ont des dispositions pour l'arrogance, ils deviennent volontiers autoritaires et durs à cuire. Ce que tu appelles des goujats. Ils ne fréquentent que le chef.

– Le chef?

– Le mécanicien en chef.
– Ah bon.
– Beaucoup boivent et se comportent en tyrans envers l'équipage. Parfois, ils ne semblent même pas s'apercevoir qu'il existe. Ils ne fréquentent même pas leurs subordonnés immédiats.
– Tu en sais des choses sur la question.
– Oui, ça m'intéresse. J'ai eu une affaire sur un bateau, une fois. Un crime. Dans l'océan Indien. Sur un cargo. L'une des affaires les plus intéressantes parmi toutes celles dont je me suis occupé.
– Pour ma part, je connais le capitaine du *Malmöhus* et c'est un type bien.
– En général, c'est différent sur les bateaux qui transportent des passagers. Les armateurs n'y placent pas le même type d'officiers. Parce que ces capitaines-là doivent absolument fréquenter les passagers. Sur les grands paquebots, il y a ce qu'on appelle *the captain's table* et ce genre de choses.
– *The captain's table?*
– Oui, ils ont leur propre table dans la salle à manger. Afin d'y recevoir les passagers de première classe les plus en vue.
– Ah, je vois.
– Mais Mård travaillait à bord de cargos qui faisaient du *tramping.* Et ce n'est pas du tout la même chose.
– En tout cas, il s'est montré drôlement mal embouché, dit Månsson. Il a passé son temps à m'engueuler ainsi que sa bonne femme. Sinistre individu! Il n'a pas l'air de se prendre pour une merde de chien. Il est arrogant et crâneur. D'habitude, je garde mon calme mais cette fois-là je me suis presque foutu en colère. Et pourtant, il m'en faut pas mal.
– Qu'est-ce qu'il fait, maintenant?
– Il tient un débit de boisson à Limhamn. Tu connais l'histoire, hein? Il s'est esquinté le foie, en

Équateur et au Venezuela, à force de boire. Il est resté malade là-bas un certain temps puis son armateur l'a rapatrié par avion. Mais il n'a pas pu obtenir de certificat médical et n'a donc pas pu retrouver de commandement. Il est rentré chez lui, à Anderslöv, et là, ça s'est très mal passé. Il a continué à boire et s'est mis à battre sa femme. Elle a voulu divorcer. Lui ne voulait pas mais elle est parvenue à ses fins. Facile comme Basile.

– Nöjd dit qu'il a un alibi pour le 17.

– Oui, une sorte d'alibi. Il a pris le ferry pour Copenhague afin de s'offrir une cuite. Mais ça ne vaut pas grand-chose comme alibi, selon moi. Il dit qu'il est resté dans le salon avant. Le ferry part à midi moins le quart maintenant, avant il partait à midi. Il dit qu'il était seul dans le salon et que le serveur avait l'air d'avoir la gueule de bois. Qu'il y avait un membre de l'équipage qui jouait avec la machine à sous. Ce ferry, je le prends souvent moi-même. Le serveur – il s'appelle Sture – a toujours la gueule de bois et il a de grandes poches sous les yeux. Et le même matelot est chaque fois en train de mettre des pièces dans la machine à sous.

Månsson sirotait le contenu de son verre. Il buvait toujours le même mélange : gin et grapetonic. C'est un cocktail typiquement finlandais qui s'appelle « Gripenberg », d'après le nom de son inventeur, un officier noble qui n'a pas laissé d'autre trace dans l'histoire du pays.

Il faisait beau sur Malmö et la ville paraissait presque habitable.

– Je trouve que tu devrais aller lui parler toi-même, à Bertil Mård, dit Månsson.

Martin Beck approuva de la tête.

– Les témoins l'ont identifié, dit Månsson. Il n'est pas difficile à reconnaître. Le hic, c'est que les mêmes choses se reproduisent tous les jours. Le ferry part tous les jours à la même heure, presque toujours avec les mêmes passagers. On ne peut pas s'attendre à ce que le personnel reconnaisse les gens quelques semaines après et soit sûr du jour où il les a vus. Va causer avec lui et tu verras.

– Tu l'as déjà interrogé?

– Oui, mais il ne m'a pas convaincu.

– Il a une voiture?

– Oui, il habite à l'ouest de la ville, à un jet de pierre d'ici – pour quelqu'un qui a un peu de force. Mäster Johansgatan numéro 23. Il en a pour une demi-heure à se rendre à Anderslöv. A peu près.

– Pourquoi précises-tu ça?

– Eh bien, parce qu'il le fait de temps en temps, il semble bien.

Martin Beck laissa tomber la question.

On était le samedi 3 novembre et c'était presque encore l'été. Bien que ce fût jour de fête, la Toussaint, Martin Beck avait l'intention d'aller déranger le capitaine Mård. Il n'était sans doute pas particulièrement pieux.

Kollberg n'avait pas donné de ses nouvelles. Peut-être s'était-il pris de passion pour Växjö et avait-il l'intention d'y rester un jour de plus. Mais, dans ce cas, pour quelles raisons? Peut-être quelqu'un l'avait-il tenté en lui faisant miroiter des écrevisses pêchées à la sauvette. Il est vrai qu'il y en avait des congelées, maintenant, mais Kollberg n'était pas aussi facile que cela à mener en bateau. Surtout quand il s'agissait d'écrevisses.

Rhea l'avait appelé le matin et cela lui avait fait plaisir. Comme toujours. En l'espace d'un an, elle avait transformé son existence et lui avait apporté plus de satisfactions que vingt ans de mariage avec quelqu'un qu'il avait aimé, jadis, c'est vrai, et qui lui avait donné deux enfants et bien des moments de bonheur. Il valait mieux ne penser qu'à ceux-là. Et puis d'ailleurs, quelle expression idiote que ce mot de « donné ». Comme si on n'était pas deux, en pareil cas. En tout cas, il n'avait jamais eu ce sentiment.

Avec Rhea Nielsen, tout était différent : ils étaient libres et même un peu trop libres. Du moins à son goût, parfois. Mais, avant tout, il sentait que des liens profonds l'unissaient, bien au-delà de l'amour, à cette femme à la fois parfaite et singulière. En sa compagnie il avait eu avec les autres des rapports dont il n'avait jamais été capable auparavant. Son immeuble à Stockholm n'était pas un ensemble de logements en location comme les autres. On pouvait presque parler d'une communauté, sans les côtés troubles, bien souvent fondés mais tout aussi souvent imaginaires, de ce mot. En général, quand on parle de communauté on pense à des gens qui fument le hasch et qui couchent tous ensemble comme des lapins. En outre, ils racontent des idioties et mangent de la nourriture macrobiotique, passent leur temps à ne rien faire et se considèrent comme des victimes du système bien que vivant grâce à l'aide sociale. Bien souvent, ils prennent du LSD et ils se sentent alors des ailes, ou bien ils donnent un coup de couteau dans le ventre de leur meilleur copain pour voir l'effet que ça fait, à moins qu'ils ne mettent fin à leurs propres jours.

Il n'y a pas si longtemps, il pensait lui-même ce genre de choses, du moins en partie et par moments. Et il est vrai qu'elles recouvraient une part de vérité et même pas qu'une petite part.

Ses fonctions lui valaient le plaisir douteux d'avoir accès à un certain nombre de documents confidentiels. La plupart avaient trait à la politique, et il les faisait immédiatement suivre au bureaucrate assermenté le plus proche, spécialisé dans ce genre de travail. Par contre, il lisait tout ce qu'il pensait présenter un certain rapport avec son travail. Les suicides, par exemple, commençaient à l'intéresser de plus en plus.

Les documents confidentiels à ce sujet étaient également de plus en plus nombreux. Le point de départ était toujours le même : la Suède était en tête du championnat du monde de la spécialité avec une avance qui semblait chaque fois plus grande mais, comme tant d'autres informations en provenance de la direction nationale de la police, il ne fallait pas que celle-ci transpire. Les explications, par contre, variaient. Pendant un certain temps on fit par exemple valoir que les autres pays truquaient leurs statistiques. Il avait alors été de bon ton de viser tout particulièrement les pays catholiques, mais l'archevêque et certains membres haut placés de la police, ayant des convictions religieuses, avaient protesté. Ensuite cela avait donc été le tour de certains États à gouvernement socialiste, mais la Sûreté nationale avait immédiatement mis le holà, arguant du fait qu'on ne pourrait plus employer les prêtres comme agents secrets. Étant donné que les cachotteries de la Sûreté nationale faisaient partie de ces choses qui finissent toujours par se savoir, on poussa un soupir de soulagement au quartier général de la police nationale et, selon certaines rumeurs, le directeur lui-même aurait émis des réserves à l'idée que certains prêtres suédois, dont bon nombre étaient rouges et syndiqués, puissent espionner les communistes suédois ou bien être en mesure d'abattre un adversaire aussi puissant que l'URSS.

Mais tout cela n'était, comme d'habitude, que des rumeurs non contrôlées. Il ne fallait pas que ça se sache, disait-on parfois en manière de plaisanterie, ou bien pour varier, tout au moins, l'expression employée. Mais les bien-pensants ne supportaient même pas cette petite subtilité. Pour eux, c'était : rien ne doit transpirer. Un point, c'est tout.

La Sûreté nationale n'aimait pas les plaisanteries, elle non plus. C'est peut-être normal dans un métier où l'on est sans cesse exposé au ridicule. Quelques semaines plus tard, elle montra en effet les dents. Ses agents arrêtèrent deux écrivains qui ne plaisaient pas au régime et opérèrent une descente à la rédaction d'un journal. On se serait cru dans un film de gangsters, avec des agents secrets sans mandat déguisés en agents secrets. On avait certainement pris la précaution d'ôter les marques de nettoyage des impers pour le cas où cela tournerait comme d'habitude, c'est-à-dire mal. Pour plus de sûreté – si l'on ose dire –, on arrêta même quelques-uns des siens et le procureur chargé de l'affaire avait paru tellement excité par ce zèle soudain qu'il se serait sans doute arrêté lui-même s'il n'y avait pas eu cette peine de prison attachée au refus d'indiquer la source de ses informations.

Le Premier ministre lui-même en perdit la parole, ce qui était un événement considérable dans la capitale suédoise. Peu de temps auparavant, il avait utilisé une attaque à main armée contre une banque – attaque qui, pour une fois, avait échoué – ainsi que le décès de Sa Majesté le roi pour faire un discours électoral, bien que dans une tenue vestimentaire différente et en arborant une mine différente, il est vrai.

Les termes du discours avaient également été différents.

En direct à la télévision, il avait en effet traité de monstre une personne que la police elle-même avait fait venir sous bonne escorte de la prison à la banque.

Au bout du compte, alors qu'elle n'avait pas pris part activement à l'attaque de la banque et ne s'était rendue coupable d'aucun délit, cette personne avait fini par être condamnée à six années de prison supplémentaires.

Mais inutile d'en dire plus sur le plus haut responsable politique du pays.

Lui, au moins, ne prononçait pas le mot de malhonnêteté. Or il faut quand même bien considérer comme malhonnête le fait d'attaquer une banque, même si elle est propriété de l'État dans ce système de socialisme de façade que l'on appelle l'économie mixte.

La journée avait été rude pour le directeur de la police nationale. Il n'avait même pas eu l'occasion de prendre la parole et, de plus, il était tellement mal placé pendant la conférence de presse qu'il avait été la plupart du temps masqué par des journalistes un peu trop empressés.

Le ministre de la Justice, lui, avait eu l'air triste. Il avait la réputation d'être honnête et paisible et était fort peu populaire dans certains cercles au sein de la police.

Peut-être pensait-il au dernier rapport confidentiel sur le suicide, qui disait en substance ceci : puisque la plupart des gens ne se mettent pas une balle dans la tête et ne sautent pas du haut du pont de l'Ouest mais commencent par s'enivrer avant d'avaler une boîte de somnifères, cette dernière catégorie pouvait être classée sous la rubrique « accidents dus à l'absorption de médicaments », ou bien même être tout simplement supprimée des statistiques, qui deviennent dès lors beaucoup plus présentables.

Martin Beck lui-même pensait souvent à cela. Par exemple en ce moment.

Månsson rallongea un peu son cocktail. Il n'avait rien dit depuis longtemps et, à en juger par la façon dont il était habillé, il ne semblait pas non plus décidé à sortir de chez lui.

Il portait en effet un maillot de corps en filet, un pantalon de flanelle et des pantoufles en tissu éponge ainsi qu'une robe de chambre qui avait l'air assez ancienne.

– Ma femme va arriver dans un moment, dit-il. Elle se pointe toujours vers trois heures.

Apparemment, Månsson avait repris sa vie de célibataire partiel, en ce sens qu'il passait cinq jours de la semaine seul et les week-ends avec sa femme. Chacun avait son appartement.

– C'est un bon système, dit-il. C'est vrai que j'ai eu une petite amie à Copenhague pendant environ un an. Elle était bien mais je n'ai pas pu soutenir le rythme, à la longue. On n'a plus vingt ans.

Martin Beck réfléchit un instant à ce que l'autre venait de dire. Certes, Månsson était plus âgé que lui mais il ne pouvait guère s'agir que d'un ou deux ans.

– Mais elle a été drôlement bien pour moi le temps que ça a duré. Elle s'appelait Nadja. Tu l'as peut-être rencontrée.

– Non, dit Martin Beck.

Il avait tout à coup envie de changer de sujet.

– Et comment va Benny Skacke, maintenant?

– Eh bien, pas mal. Il est inspecteur, tu sais, et il est marié avec sa rééducatrice. Ils ont eu une fille ce printemps. Elle est née un dimanche, un peu plus tôt que prévu, et il était à Minnesberg en train de jouer au football lorsque c'est arrivé. Il dit que tout ce qui lui arrive d'important se produit pendant qu'il joue au football. Je me demande bien ce qu'il veut dire par là.

Martin Beck savait parfaitement à quoi Skacke faisait allusion mais il ne souffla mot *.

– En tout cas, c'est un bon policier, dit Månsson. Et ça ne court plus tellement les rues. Malheureusement, j'ai l'idée qu'il aimerait bien partir d'ici. On dirait qu'il n'arrive pas à s'habituer à cette ville. Ça fait pourtant près de cinq ans qu'il est là, mais il pense toujours à Stockholm.

– Je n'arrive pas à comprendre ça, moi, ajouta-t-il en guise de conclusion en vidant son verre.

Puis il regarda ostensiblement la pendule.

* Voir *Vingt-deux, v'là des frites*, 10/18, n° 1759. (*N.d.T.*)

– Il vaut mieux que je me sauve, dit Martin Beck.

– Oui, dit Månsson. Je voulais dire : si tu veux trouver Mård à jeun. Mais, en fait, la vraie raison n'est pas là.

– Quelle est la vraie raison, alors?

– Si tu restes encore un quart d'heure, tu vas rencontrer ma femme. Et, dans ce cas-là, il va falloir que je m'habille. Elle a des idées bien arrêtées et ne pourrait pas supporter l'idée de me voir fréquenter des membres importants de la police dans cette tenue. Je t'appelle un taxi?

– Non, je préfère marcher.

Cela faisait déjà plusieurs fois qu'il venait à Malmö et il connaissait son chemin, du moins dans les quartiers du centre. En outre il faisait beau et il désirait réfléchir un peu avant de rencontrer Bertil Mård.

Il était conscient du fait que cet entretien avec Månsson avait orienté sa façon de voir les choses dans un sens passablement préconçu. Apparemment, ce ne serait pas le genre d'opinion qui allait manquer dans cette affaire. Or les idées préconçues ne valent rien. Car on risque autant à se laisser influencer par elles qu'à les ignorer. Il faut toujours être bien persuadé qu'une idée peut être exacte tout en étant préconçue. Mais Martin Beck tenait beaucoup à se faire sa propre idée de Mård. Il savait qu'ils allaient bientôt se rencontrer.

Le débit de boisson était fermé pour la journée et Månsson avait pris la peine de faire surveiller par un stagiaire la maison de Mäster Johansgatan et donné des instructions pour qu'on le prévienne si Mård quittait son domicile.

7

Celui-là, il aurait eu du succès sur scène ou à la télé pour faire rire les gens en leur montrant comment on s'y prend pour ne pas avoir l'air de surveiller une maison. Le pire, c'était qu'elle était toute petite, cette maison, et que les immeubles qui l'entouraient avait été détruits. Il était donc posté de l'autre côté de la rue, les mains derrière le dos, en train de regarder dans le vide tout en lorgnant continuellement en direction d'une porte derrière laquelle la victime de son zèle était censée demeurer.

Martin Beck s'arrêta à quelque distance de là pour observer le spectacle. Au bout d'une minute ou deux, le stagiaire traversa la rue à pas lents et alla inspecter la porte de près. Il mit le doigt sur la plaque portant le nom de l'occupant de la maison. Puis il regagna son poste avec une lenteur étudiée et se retourna avec la vitesse de l'éclair pour le cas où quelque chose d'anormal se serait passé derrière son dos. Comme tant d'autres policiers en mission secrète ou délicate, il portait des chaussures basses de couleur noire, des chaussettes bleu foncé, un pantalon d'uniforme, une chemise bleu clair et une cravate bleu foncé. Mais il avait camouflé le tout, pensait-il, au moyen d'un bonnet jaune, d'unc veste de cuir claire à gros boutons brillants, surpiquée en jaune vif sur les manches, ainsi que, autour du cou, d'une écharpe aux couleurs du club de football local, que Martin Beck connaissait parfaitement. Sur le côté droit sa veste faisait une grosse bosse, comme s'il avait un demi-litre d'eau-de-vie dans sa poche.

Lorsque Martin Beck arriva à sa hauteur, il sursauta comme si un serpent l'avait mordu, porta aussitôt la main à sa casquette inexistante et fit son rapport :

– Personne n'a quitté la maison, commissaire.

Martin Beck resta silencieux pendant un instant, surpris d'être reconnu. Puis il tâta l'écharpe et demanda :

– C'est ta mère qui t'a tricoté ça?

– Non, dit le jeune homme en rougissant. En fait, ce n'est pas elle. C'est le copain de ma petite sœur. Il s'appelle Enok Jansson et il est drôlement doué pour le tricot, bien qu'il travaille à la poste. Mais il est même capable de tricoter en regardant la télé.

– Et si Mård était sorti par-derrière?

Le jeune homme rougit encore un peu plus.

– Quoi? dit-il. Mais c'est pas possible.

– Et pourquoi ça?

– Je ne peux tout de même pas être à la fois devant la maison et derrière, c'est impossible. Tu... vous n'allez pas me faire un rapport pour ça, monsieur le commissaire?

Martin Beck secoua la tête mais, tout en traversant la rue, il se demanda comment la police pouvait bien s'y prendre pour toujours recruter les jeunes gens les plus bizarres.

– En tout cas, c'est la bonne maison, dit le jeune homme en le suivant. Je suis allé voir trois fois et il y a bien marqué « Mård ».

– Et ça n'a pas changé entre-temps?

– Non. Voulez-vous que je rentre avec vous? Je veux dire que j'ai un revolver, en cas de besoin. Et puis ma radio, je l'ai mise sous ma chemise pour qu'on ne la voie pas.

– Au revoir, dit Martin Beck en appuyant sur le bouton de la sonnette.

Pour un peu, Bertil Mård ouvrait la porte avant que la sonnerie ne retentisse.

Il portait lui aussi un pantalon d'uniforme mais noir, et par ailleurs il était en maillot de corps et en sabots. Il empestait l'alcool mais sentait également la lotion et, dans l'une de ses puissantes mains, il tenait en effet une bouteille d'après-rasage et un rasoir à main qu'il pointa dans la direction de son ange gardien en s'écriant :

– Qui est-ce, cet abruti qu'est là devant ma porte depuis deux heures?

– Insulte à agent de la force publique, dit le stagiaire d'un ton rogue.

– Si je te revois encore une fois, espèce de pauvre guignol, je te coupe les oreilles avec ça, s'écria Mård.

– Mais il va jusqu'aux menaces...

– Pas du tout, dit Martin Beck en tirant la porte derrière lui. Pas du tout...

– Comment ça, pas du tout? dit Mård. Qu'est-ce que c'est que ce cirque?

– Calmez-vous.

– Mais c'est que je veux pas me calmer. Je veux qu'on me foute la paix! Et puis je ne veux pas avoir tout un tas de pignoufs en tenue de carnaval qui viennent m'espionner. J'ai l'habitude de faire ce que je veux, moi. Et d'ailleurs qui es-tu, toi? Le grand flic en personne?

– C'est ça, dit Martin Beck.

Il fit deux pas pour passer à côté de Mård et alla regarder autour de lui dans la pièce. Cela puait comme si cinquante individus avaient dormi là-dedans la nuit précédente, hommes et bêtes mélangés par-dessus le marché. De vieux panneaux isolants à moitié crevés et tachés de graisse étaient apposés sur les fenêtres et ne laissaient pénétrer qu'une lumière très parcimonieuse; on pouvait cependant en soulever l'un des coins afin de regarder à l'extérieur. Le long de l'un des murs se trouvait un lit qui n'avait certainement pas été fait depuis des semaines, voire des mois. Le reste de l'ameublement se composait de quatre chaises, d'une table et d'une grande armoire. Sur la table se trouvait un verre et deux bouteilles de vodka russe de contrebande titrant soixante degrés. Elles portaient une étiquette bleue et l'une d'entre elles était vide, l'autre l'étant seulement à moitié. Dans l'un des coins de la pièce se trouvait un grand tas de linge sale et, par la porte du fond, on pouvait apercevoir une cuisine dont le désordre était indescriptible; par-derrière, un water-closet où brûlait une ampoule électrique et où, de toute évidence, Mård venait de faire sa toilette.

– Je suis allé dans cent huit pays, dit Mård. Et je n'ai jamais rien connu de pareil. Les flics à mes trousses. La caisse d'assurance maladie à mes trousses. A moins que ce ne soit le fisc, le comité antialcoolique, l'assistante sociale ou je sais pas quoi. Y a aussi l'électricité, la douane, le recensement, l'action sanitaire. Même la poste me cherche des noises, et pourtant je ne veux pas recevoir de courrier.

Martin Beck regarda Mård d'un peu plus près. C'était un colosse mesurant au moins un mètre quatre-vingt-dix et pesant au moins cent vingt-cinq kilos en tenue de combat. Il était brun et avait des yeux bruns, des yeux de bête.

– Comment sais-tu que ça en fait cent huit et pas cent sept? demanda Martin Beck.

– Je ne vous ai pas permis de me tutoyer. Je n'accepte pas de me faire tutoyer par le premier venu. Dites-moi au moins *sir*, ou « monsieur Mård ». Comment est-ce que je le sais? Parce que j'en tiens le compte, pardi! Le cent huitième, ça a été la Haute-Volta. J'y suis allé en avion à partir de Casablanca. Le cent septième c'était le Yémen du Sud. Et je jure que je n'ai jamais rien connu de plus moche qu'ici. J'ai été à l'hôpital en Corée du Nord, au Honduras, à Macao, en République Dominicaine, au Pakistan et en Équateur. Mais j'ai jamais rien vu de pis qu'ici, à Malmö, l'été dernier. On m'a flanqué dans une salle qui avait dû être construite en 1890. On était vingt-neuf là-dedans, dont dix-sept venaient d'être opérés. Et ensuite il y a des assistantes sociales qui viennent vous voir, qui vous demandent de quoi on se plaint et qui vous disent de fermer votre gueule parce que tout ça c'est gratuit. Gratuit. Avec le fisc qui vous court aux fesses sans arrêt. Vous pouvez m'expliquer, vous, pourquoi il est toujours en place, ce putain de gouvernement? Dans bien des endroits que je connais on se ferait pendre pour moins que ça.

Mård jeta un coup d'œil autour de lui.

– Oui, je sais, c'est pas rangé. Mais c'est pas mon fort le rangement. Je sais pas comment on fait.

Il prit les bouteilles de vodka et les emmena dans la cuisine.

– Bon, voilà. C'est fait. Et maintenant je voudrais vous demander une chose. Qu'est-ce que c'est que ce cirque, bon Dieu? Pourquoi est-ce qu'il y a un imbécile qu'est en train de fricoter je sais pas quoi devant ma porte pendant que je me rase? Je me rase toujours deux fois par jour, à six heures du matin et à trois heures de l'après-midi. Et je le fais toujours moi-même. De préférence avec un coupe-chou. C'est ce qu'il y a de mieux.

Martin Beck ne répondit rien.

– Je vous ai posé une question, reprit Mård. Et je n'ai pas eu de réponse. Et puis d'abord qui êtes-vous? Et qu'est-ce que vous venez foutre chez moi?

– Je m'appelle Martin Beck et je suis de la police. Plus précisément commissaire et responsable de quelque chose qui s'appelle la brigade criminelle.

– Date de naissance?

– Le 25 septembre 1922.

– Ah bon. Ça change un peu de pouvoir poser les questions soi-même. Qu'est-ce que vous voulez?

– Votre femme a disparu depuis le 17 octobre.

– Et alors?

– Eh bien nous aimerions savoir où elle se trouve.

– Ah oui. Mais, bon sang de bon Dieu, j'ai déjà dit que je n'en sais rien. Et le 17, justement, j'étais à bord du ferry *Malmöhus* et je buvais un coup. Je me pintais, si vous voulez. C'est le seul bateau à peu près convenable qu'il y ait dans cette ville. C'est pas possible de vivre dans ce pays, alors je passe le plus clair de mon temps sur le bateau de Copenhague à lever le coude.

– Vous êtes propriétaire d'une sorte de débit de boisson, n'est-ce pas?

– Oui. Et j'ai deux gonzesses pour le tenir. Et je peux vous dire que faut que ça soit propre et que ça brille, parce que sans ça c'est mon pied quelque part. Je fais une inspection de temps en temps. Et elles ne savent jamais à l'avance quand ce sera.

– Je comprends.

– Vous avez parlé de meurtre, je crois.

– Oui, ce n'est pas exclu. Il semble qu'elle ait été enlevée. Et votre alibi n'est pas excellent.

– Qu'est-ce qu'il a, mon alibi? J'étais sur le *Malmöhus*. Et puis y a un détraqué sexuel qui habite à côté de chez elle. S'il a fait quelque chose à Sigbrit, je la zigouillerai de mes propres mains.

Martin Beck regarda les mains de Mård. Elles étaient affreuses. Il serait certainement capable d'étrangler un ours.

– Vous avez dit *la* zigouiller.

– C'est ma langue qu'a fourché. J'aime Sigbrit.

Martin Beck comprit tout à coup beaucoup de choses. Bertil Mård était un homme dangereux et à l'humeur capricieuse. Depuis des années il avait l'habitude de commander les autres et de faire très peu de choses lui-même. C'était probablement un bon marin qui avait eu du mal à s'adapter à la vie à terre. On pouvait s'attendre à tout de sa part, y compris, probablement, le pire.

– Le malheur de ma vie c'est d'être né dans cette foutue ville de Trelleborg, reprit Mård. D'être citoyen d'un pays que je déteste. Un pays que je n'ai jamais pu supporter plus d'un mois ou deux. Mais tout s'est bien passé jusqu'à ce que je tombe malade. J'aimais bien Sigbrit et je revenais la voir à peu près tous les ans. On passait un bon moment ensemble. Et puis je repartais. Mais ensuite j'ai eu ces ennuis au foie et ça a été la fin de tout : plus moyen de reprendre la mer.

Il resta silencieux un moment.

– Allez-vous-en, dit-il brusquement. Autrement je vais prendre un coup de sang et vous foutre sur la gueule.

– D'accord, dit Martin Beck. Si je reviens, ce sera sans doute pour vous emmener en prison.

– Foutez-moi le camp!

– Comment est votre femme? Quel genre de femme est-ce?

– Ça ne vous regarde pas. Disparaissez.

Martin Beck fit un pas en direction de la porte.

– Au revoir, capitaine Mård.

– Attendez, dit soudain Mård.

Il posa sa bouteille de lotion et replia son rasoir.

– J'ai changé d'avis. Pourquoi, je n'en sais rien.

Il s'assit et se versa un verre de vodka.

– Vous buvez?

– Oui, dit Martin Beck. Mais pas maintenant et surtout pas de la vodka pure et à moitié tiède.

– Moi non plus, je n'aime pas ça. Et je n'en boirais pas si j'avais un steward ou un garçon pour m'amener du jus de lime avec de la glace pilée dès qu'il m'entend tousser. Parfois, je me demande si je ne devrais pas vendre mon débit de boisson et aller m'embarquer à Panama ou au Libéria.

Martin Beck s'assit à la table.

– Le malheur, c'est que je ne retrouverai jamais un commandement. Je pourrais tout au plus être le second d'un type dans mon genre. Et ça, je ne le supporterais pas. Je l'étranglerais, ce salaud-là.

Martin Beck ne disait toujours rien.

– Mais, en tout cas, on devrait pouvoir boire jusqu'à en clamser, en pleine mer. Ce que je veux, c'est Sigbrit et un bateau. Et, en ce moment, je n'ai ni l'un ni l'autre. Ici, on ne peut même pas se pinter à mort sans avoir tout le monde sur le paletot.

Il regarda autour de lui et ajouta :

– Vous croyez que c'est ça que je veux? Vous croyez que je veux rester dans cette merde?

Il frappa de la main sur la table et faillit en renverser son verre.

– Non, je sais ce que vous pensez, s'écria-t-il. Vous croyez que j'ai fait quelque chose à Sigbrit. Mais ça, c'est pas vrai. Vous n'arrivez pas à comprendre ça, hein? Parce que je sais ce que valent les flics, ici comme ailleurs. C'est des vrais écumeurs et ils ne sont bons à rien d'autre qu'à monter à bord et à vous taper d'un peu de bibine et de sèches si vous ne voulez pas avoir d'histoires. Je me rappelle un salaud, à Millwall, dans le temps. Un « bobby », comme ils disent. Il était là comme une statue, à chaque fois qu'on venait s'amarrer, il vous sortait des *Yes, sir* et des *glad to see you, captain* longs comme ça, mais quand il repartait il croulait tellement sous les bouteilles et les cigarettes qu'il était à peine capable de franchir la passerelle. Et ici c'est pareil.

– Mais moi, je ne viens pas vous prendre votre alcool et votre tabac.

– Eh bien, qu'est-ce que vous voulez, merde alors?

– Je désire savoir ce qui est arrivé à votre ancienne femme. C'est pour cela que je vous demande des renseignements sur elle. Quelle sorte de personne c'était.

– Bien. Elle était bien, Sigbrit. Qu'est-ce que vous voulez que je vous dise? Je l'aime. Mais vous cherchez à vous en prendre à moi. Ce flic d'Anderslöv a dû vous dire que je lui foutais des trempes. Mais savez-vous que c'est lui qui m'a foutu sur la gueule, une fois? Je ne croyais pas qu'il en serait capable. Moi qui m'étais fait rosser qu'une seule fois dans ma vie, et encore il avait fallu qu'ils s'y mettent à quatre. C'était à Anvers. Mais j'ai compris que c'est lui qui avait raison et moi qui avais tort.

Martin Beck regarda Mård l'air pensif.

– Vous avez été mariés longtemps? demanda-t-il.

– Oui. Sigbrit n'avait que dix-huit ans quand on s'est mis ensemble. Deux mois après je suis parti en mer. Et j'y suis resté tout le temps depuis ça, mais je revenais un mois ou deux tous les ans sans exception et on était bien ensemble.

– Sexuellement aussi?

– Oui. Elle aimait bien faire ça avec moi. Elle disait toujours que c'était comme se faire passer sur le corps par un train.

– Et le restant de l'année?

– Elle disait qu'elle m'était fidèle. Et je n'ai jamais eu la preuve du contraire. Mais je trouvais quand même que c'était un peu bizarre qu'elle soit drôlement en chaleur pendant un mois tout juste et puis après plus rien pendant onze. Mais elle disait que c'était pas difficile. Qu'il suffisait de ne pas y penser.

– Et vous-même?

– Bien sûr que j'allais chez les putes quand on était au port.

– Dans cent huit pays?

– Non, j'ai jamais compté les bordels où je suis allé

mais il y en a eu pas mal. Je peux même vous donner des adresses si vous voulez. Mais, dans certains pays, c'est impossible d'en trouver. Je me souviens d'un : la Roumanie. Je suis resté à Constantza avec un bateau pendant trois mois. Pas une pute dans toute la ville. J'ai pris le train pour Bucarest : pareil. J'ai jamais vu ça.

– Qu'est-ce que vous avez fait, alors?

– Je suis allé au Pirée. Là, il y en avait des milliers. J'ai passé un mois à picoler et à baiser. Je sortais pas du lit. Parole!

Mård regardait fixement son verre sans boire.

– Je sais ce que vous pensez : vous vous dites que les marins ça ne fait rien d'autre que courir les bordels dans tous les ports. Mais ça ne prouve qu'une chose.

– Quoi donc?

– Que vous ne connaissez rien à la marine. Pendant sept ans j'ai eu à bord un chef mécanicien qui était de Bergkvara. Il était marié. Et je peux vous jurer que pendant tout ce temps il n'a pas mis la main sur une fille. Je trouvais que c'était drôlement bien de sa part. C'est comme ça qu'il aurait fallu que je sois. Et j'en connais bien d'autres.

– Et chez vous, qu'est-ce que vous disiez?

– A Sigbrit? Bien sûr, je lui disais que je lui avais été fidèle comme tout et que tout ce que j'attendais c'était mes petites vacances. Naturellement, il fallait que je fasse gaffe à pas ramener des morpions, la chaude-pisse ou des suçons partout. La pénicilline, c'est une sacrée invention. Mais je disais à Sigbrit que je ne regardais jamais les filles et je lui jurais mes grands dieux. Et je l'avouerais toujours pas maintenant, même s'il n'était pas trop tard pour que ça ait de l'importance.

– Vous voulez dire : parce qu'elle est morte?

Si Martin Beck s'était attendu à voir l'autre exploser, il avait eu tort. Mård se contenta de boire un petit coup d'une main très ferme.

– Vous essayez de me piéger, dit-il calmement. Mais vous n'y arriverez pas. D'une part parce que j'y étais vraiment, sur ce ferry, et d'autre part parce que je ne crois pas que Sigbrit soit morte.

– Quelle est votre opinion, alors?

– Je n'en sais rien. Mais je sais certaines choses auxquelles vous n'avez pas pensé.

– Par exemple?

– Sigbrit était un peu pimbêche. Elle trouvait que c'était chouette d'être femme de capitaine et d'avoir une belle maison pour elle toute seule. Avec ce qu'on gagnait tous les deux, elle n'avait pas de bile à se faire. Et puis, j'ai toujours eu un peu d'argent à moi. Ensuite, on s'est séparés et j'ai pas eu d'objection mais je n'ai pas accepté de lui donner de l'argent pour se débarrasser de moi, aussi il a jamais été question de pension alimentaire ou de quoi que ce soit. Alors, après le divorce, elle a dû y trouver un cheveu.

– Pourquoi avez-vous divorcé?

– Je n'y tenais plus, de rester à ne rien faire dans ce trou à péquenots. Je passais mon temps à picoler et à lui crier de cirer mes chaussures et de faire le ménage, et puis je lui foutais des trempes et elle ne trouvait pas ça de son goût. C'est pas étonnant, d'ailleurs. Bien sûr, après coup, j'ai drôlement regretté. Ici, j'ai plus que ça à faire : regretter. Je peux même regretter d'avoir bu deux litrons par jour pendant quinze ans. A la vôtre!

Mård vida d'un seul trait le restant de son verre, soit à peu près trente centilitres d'alcool à soixante degrés. Il avait avalé cela comme si ç'avait été de l'eau, sans même pousser un soupir après.

– J'aimerais bien savoir une chose, demanda Martin Beck.

– Quoi donc?

– Avez-vous eu des relations sexuelles avec elle après votre divorce?

– Bien sûr. Je suis allé la trouver et elle y est passée pas mal de fois. Mais ça fait longtemps de ça. Au moins un an et demi.

– Et qu'est-ce qu'elle en a dit?

– Elle trouvait toujours que c'était comme de se faire passer sur le corps par un train. Formidable. Plus elle vieillissait, plus elle avait le con large et mouillé. A ce moment-là, je croyais encore qu'on pourrait se rapapilloter mais, maintenant, c'est trop tard.

– Pourquoi?

– Pour bien des raisons. Entre autres, parce que je suis malade. Mais aussi parce que, en fait, il y a plus rien à recoller. Trop de mensonges et de coups en dessous. Même si j'étais le seul à mentir. Et pourtant, je l'aime, Sigbrit.

Martin Beck réfléchit quelques instants, puis il dit :

– D'après ce que vous dites vous-même, il semble que vous ayez une certaine expérience des femmes, capitaine Mård.

– C'est pas faux. Les bonnes putes, elles savent faire une chose : baiser. Et puis après?

– Votre femme était-elle, ou est-elle, une personne particulièrement attirante sur le plan sexuel?

– Ah ça oui, je vous en fiche mon billet! C'était pas pour rien que je revenais à Anderslöv au moins un mois par an, bon Dieu!

Martin Beck ne se sentait plus très sûr de lui. Plus la conversation progressait, moins il savait quoi penser. Il n'était même plus vraiment certain d'avoir une aussi mauvaise opinion que ça de Mård.

– Je suis vraiment impressionné par vos cent huit pays, dit-il. Vous voulez vraiment dire que vous vous souvenez...

Mård plongea la main dans sa poche-revolver et en

sortit quelque chose. C'était un petit carnet relié en cuir, presque aussi gros qu'un psautier.

– Merde alors! je vous ai dit que je tenais mes comptes. Vous n'avez qu'à regarder.

Il tourna les pages de ce gros carnet, qui paraissait en partie rempli de notes. Les pages étaient rayées, avec de très petits interlignes.

– Tenez, dit Mård. C'est marqué là, le toutim. Ça commence avec la Suède, la Finlande, la Pologne et le Danemark et ça se termine avec le Ras Al-Kaïmah, Malte, le Yémen du Sud et la Haute-Volta. Malte, j'y étais déjà allé avant, mais je l'ai pas mis sur la liste avant que ce soit indépendant. Il est drôlement bien, ce carnet. Je l'ai acheté à Singapour y a vingt ans de ça et j'en ai jamais vu d'aussi bien depuis.

Il le remit à sa place et dit :

– C'est comme qui dirait mon livre de bord personnel. Ma vie, quoi. Il en faut pas plus pour noter tout ce qu'il y a à retenir sur un seul homme. La plupart du temps, c'est même bien trop gros.

Martin Beck se leva. Mård l'imita. Il se dressa tout d'un coup, avec la vitesse de l'éclair, et tendit ses grosses mains.

– Mais si y a quelqu'un qu'a fait des saloperies à Sigbrit, vous n'avez qu'à me laisser faire. D'ailleurs, y a personne qu'a le droit d'y toucher, à Sigbrit, elle est à moi.

Son regard sombre lançait des éclairs.

– Je le mettrai en pièces, dit-il. Ça m'est déjà arrivé. Avec ces mains-là.

Martin Beck les regarda.

– Vous devriez réfléchir un peu à ce que vous avez fait le 17, capitaine Mård. Votre alibi ne tient guère.

– Mon alibi? pouffa Mård. Alibi pour quoi?

Il traversa la pièce en deux grandes enjambées et alla ouvrir la porte sur la rue.

– Foutez-moi le camp! dit-il. Et vite, avant que je pique vraiment une colère.

– Au revoir, capitaine Mård, dit poliment Martin Beck.

En regardant le visage de cet homme à la lumière, il remarqua que le blanc de ses yeux était d'un jaune très prononcé.

– Écumeur! cria Mård.

Et il referma violemment la porte.

Martin Beck fit une centaine de mètres en direction de la ville. Puis il changea de direction et se dirigea vers le port. Lorsqu'il arriva devant l'hôtel Savoy, il entra dans le bar et alla s'asseoir.

– Bonjour, dit le barman d'une voix légèrement affectée.

Martin Beck répondit d'un petit signe de tête et commanda un whisky.

– Avec de l'eau et de la glace, comme d'habitude?

Cela faisait plus de quatre ans qu'il n'avait pas mis les pieds dans ce bar *. Certaines personnes ont de la mémoire.

Il resta longtemps assis devant son verre, à réfléchir. Il ne savait plus trop quoi penser. Par moments, il se disait que Mård avait réussi à l'embobiner, d'une façon ou d'une autre, mais il ne savait pas vraiment laquelle.

De deux choses l'une : ou bien Mård avait été d'une sincérité totale, ou bien il était bigrement malin. Mais, dans les deux cas, il avait un peu trop parlé de tuer des gens.

Au bout d'un moment, Martin Beck se mit à penser à autre chose. Il lui restait certains souvenirs de cet hôtel et l'un d'entre eux, au moins, n'était pas désagréable.

* Voir *Vingt-deux, v'là des frites*, 10/18, nº 1759. (*N.d.T.*)

Il prit un autre whisky. Lorsque celui-ci fut fini, il paya, sortit, franchit le canal et continua jusqu'à la file de taxis qui stationnaient devant la gare. Il monta dans celui qui se trouvait en tête et dit :

– Anderslöv.

Le trajet prit exactement vingt-neuf minutes.

8

Le soir, Kollberg appela au téléphone d'un endroit qui s'appelait Jät.

– Ça fait des heures que je cherche à te joindre. Où étais-tu passé?

– A Malmö.

– Chez Per Månsson?

– Entre autres. Et toi, où es-tu?

– J'ai rencontré par hasard un vieux copain, à Växjö. Il a une petite maison de vacances, ici, au bord du lac Åsnen, avec sauna et tout le fourniment. Est-ce que tu serais vraiment très déçu si je n'arrivais que demain?

– Mais non, reste prendre ton sauna, dit Martin Beck. On peut encore se baigner dans le lac, à cette époque-ci?

– Je compte bien essayer après le sauna. Et devine ce qu'on va manger, ensuite?

Martin Beck sourit et répondit, de façon assez hypocrite :

– Quoi donc?

– Des écrevisses.

On aurait dit un enfant le soir de Noël.

– Tu as un chouette de copain, tu sais, dit Martin Beck. Allez, salut. A demain.

Il posa le combiné et retourna dans sa chambre. Il alla se poster près de la fenêtre et regarda le jardin et les lumières de la salle à manger de l'hôtel, qui éclairaient l'allée de gravier et la pelouse en dessous de lui. Il n'avait pas faim et ne ressentait aucune envie de descendre. Nöjd était à Källstorp, chez son frère, et il ne connaissait personne d'autre, à Anderslöv, avec qui passer la soirée. Folke Bengtsson attendrait l'arrivée de Kollberg et, par ailleurs, il avait assez parlé comme cela dans la journée. Rhea était chez des amis, à la campagne, avait-elle dit, il ne pouvait donc pas l'appeler au téléphone et quant à se promener dans la localité, cela ne lui disait rien. Il opta donc pour la seule solution qui lui restait : le lit et le livre sur le *Normandie*.

Kollberg ne fit son apparition que tard dans l'après-midi du dimanche et motiva son retard de façon tout à fait acceptable, en disant que les écrevisses avaient été accompagnées d'une quantité non négligeable d'eau-de-vie qu'il avait bien fallu éliminer au moyen d'un sauna et d'un bain froid avant de pouvoir s'installer derrière un volant, la conscience tranquille et le sang nettoyé de toute trace d'alcool.

Le soir, ils se prêtèrent main-forte pour préparer le repas chez Nöjd et, comme Martin Beck s'y était attendu, Nöjd et Kollberg devinrent immédiatement bons amis.

Tôt le lundi matin, Nöjd reprit avec enthousiasme le rôle de cicérone et Kollberg ne tarit pas d'éloges tant sur ce guide qui n'avait pas sa langue dans sa poche que sur le charme de sa région. Martin Beck était assis sur le siège arrière, en compagnie de Timmy, et luttait contre le mal de la route. Il s'étonna de la faculté que possédait Nöjd de décrire les mêmes choses qu'au cours de leur précédente tournée sans vraiment se répéter et sur le fond inépuisable d'histoires qu'il connaissait sur la région et sur les gens qui y habitaient.

Arrivés à Domme, ils se dirigèrent vers la maison de

Folke Bengtsson. Son camion n'était pas là et personne ne répondit lorsqu'ils frappèrent à la porte.

– Il doit être parti à la pêche, dit Nöjd. Ou bien il est en train de faire la tournée de ses clients. Mais ce soir il sera certainement de retour.

Au lieu de faire demi-tour pour regagner la grande route, Nöjd continua dans la même direction, passa devant la maison de Sigbrit Mård et parcourut encore quelques centaines de mètres avant de s'arrêter à l'embranchement d'une voie qui menait à une ferme située en haut de la colline.

– Je me suis dit que vous voudriez peut-être voir cet endroit-là, dit-il. C'est là qu'est née Victoria Bruzelius. En 1850, si mes souvenirs sont exacts.

– Ah! dit Martin Beck. Et qui était-ce?

Kollberg répondit immédiatement :

– Elle a pris le nom de Benedictsson après son mariage avec le maître de poste de Hörby et elle a écrit sous le pseudonyme d'Ernst Ahlgren. Puis elle est allée vivre à Copenhague, elle a lutté pour la libération de la femme, est tombée amoureuse de Georg Brandes et s'est suicidée à moins de quarante ans.

– Est-ce que tu peux également nous citer un livre d'elle? demanda Martin Beck.

– Non, dit Kollberg. Mais je sais qu'elle avait une belle devise : Travail et vérité.

– Ce qui me fait penser que le devoir nous appelle, dit Nöjd en mettant le moteur en marche.

Ils se séparèrent devant le bureau de Nöjd; celui-ci avait du travail de routine à effectuer. Martin Beck et Kollberg, eux, descendirent lentement à pied vers la grande route. L'air était clair et pur et on sentait la chaleur des rayons du soleil.

– Il y a de quoi envier Herrgott, remarqua Kollberg. Quelle différence avec Stockholm!

– Tu devrais solliciter un poste en province, dit Martin Beck.

Kollberg regarda le soleil en plissant les yeux et secoua la tête.

– Ça ne marcherait pas. Tout ça a l'air très bien quand on voit Herrgott mais, moi, j'aurais le mal du pays au bout de quinze jours, dans un trou pareil. Tu devrais savoir ça, parce que tu es comme moi. Et puis Gun veut recommencer à travailler ou au moins continuer ses études, si elle ne trouve pas de travail.

Kollberg était marié avec Gun depuis sept ans. Ils avaient deux enfants, une fillette de six ans et un garçon de trois ans, et Martin Beck avait toujours été béat d'admiration devant leur mariage. Avant d'avoir lui-même rencontré Rhea Nielsen, il était jaloux de Kollberg. Gun était très vive d'esprit et pleine de vitalité, elle avait de l'humour tout en étant chaleureuse, et, apparemment, c'était une excellente mère. En outre, elle était belle et ne paraissait pas ses trente-cinq ans. Il pouvait fort bien l'imaginer en train de donner des cours d'espagnol, de danse moderne ou bien de n'importe quoi aux autres femmes d'Anderslöv si elle venait habiter dans cet endroit. Elle trouverait certainement quelque chose à faire mais, comme Kollberg lui-même, elle ne s'y plairait pas. Elle était stockholmoise née, elle aussi.

Une camionnette jaune portant le nom du journal KVÄLLSPOSTEN inscrit en grosses lettres rouges sur le côté quitta le stationnement devant la Coopé. Tandis qu'elle grimpait la côte, l'employé du kiosque sortit une affichette qu'il alla apposer sur le panneau prévu à cet effet.

La moitié supérieure en était occupée par ce titre, en gros caractères : UNE FEMME ASSASSINÉE. En dessous figurait, en beaucoup plus petit, la mention : *à Anderslöv?*

Kollberg prit Martin Beck par le bras et descendit du trottoir, mais Martin Beck fit un signe de tête en direction de la camionnette, qui était maintenant arrêtée devant la pharmacie, juste en face de l'auberge.

– J'ai l'habitude d'acheter mes journaux au bureau de tabac qui se trouve sur la place, dit-il.

– L'habitude, fit Kollberg. Tu en as déjà pris?

– Bah! J'aime bien cette boutique. Elle est rurale et bien approvisionnée. Ils ont également des jouets, si tu veux acheter quelque chose pour Bodil et Joakim.

La propriétaire de la boutique se tenait derrière son comptoir, l'affichette à la main.

– Eh bien, vous avez retrouvé Sigbrit, comme ça? dit-elle.

Martin Beck était déjà célèbre dans le coin.

– La pauvre petite, ajouta-t-elle.

– Ne croyez pas tout ce qu'il y a de marqué dans les journaux, dit Kollberg. En fait, elle n'est toujours que disparue. Et il y a bel et bien un point d'interrogation, même s'il n'est pas très gros.

– Ma foi, c'est vrai, dit la dame derrière son comptoir. De nos jours, on ose à peine vendre les journaux qu'on reçoit. Rien que des mensonges, des saletés et des choses pas reluisantes.

Ils achetèrent le *Kvällsposten* et le *Trelleborg Allehanda* et Kollberg examina pendant quelques minutes le rayon des jouets, qui était en effet fort bien fourni. Il trouva des choses qu'il n'aurait jamais trouvées chez NK, PUB, Åhlens ou tout autre des grands magasins de Stockholm et qu'il se promit d'acheter pour ses enfants par la suite.

A côté de la voiture de Kollberg se trouvait un cabriolet décapoté garé avec l'arrière en direction de la boutique du Monopole de l'alcool. C'était un modèle relativement ancien, aux lignes très pures; il paraissait bien entretenu et sa peinture vert bouteille brillait sous les rayons du soleil. Martin Beck, qui ne s'intéressait pourtant pas beaucoup aux voitures, s'arrêta pour le regarder.

– C'est une Singer, dit Kollberg. Elle a au moins vingt-cinq ans. Elle est bien, mais il y fait bougrement froid en hiver.

Ils entrèrent dans la salle à manger de l'auberge. C'était l'heure du déjeuner et la plupart des tables étaient occupées. Ils s'assirent dans le coin proche de la terrasse couverte et ouvrirent leurs journaux.

Le *Trelleborg Allehanda* avait, en première page, un court article de deux colonnes sur la disparition de Sigbrit Mård. Le texte en était sobre et objectif et portait la marque des propos mesurés de Nöjd. L'article ne citait aucun autre nom que ceux de la disparue, de Nöjd et de Martin Beck. Le sous-titre et le texte lui-même faisaient mention de l'arrivée de la brigade criminelle, mais le journaliste s'était efforcé d'éviter de donner au lecteur une idée préconçue de l'affaire et les termes de « meurtre » et de « meurtrier » n'apparaissaient pas. L'article était illustré de la photo d'identité de la disparue et, en dessous de celle-ci, il était mentionné que l'on recherchait des témoins ayant pu voir cette femme après l'heure de sa disparition.

Le *Kvällsposten* ne faisait pas preuve d'une pareille discrétion. En première page s'étalait, sur deux colonnes, une photo représentant Sigbrit Mård à l'âge de vingt ans, avec queue de cheval et grandes boucles d'oreilles blanches. A l'intérieur du journal figuraient d'autres photos : la maison de Sigbrit Mård et celle du meurtrier de Roseanna, l'arrêt d'autobus où elle avait été vue pour la dernière fois, une photo de Folke Bengtsson, le regard effrayé, prise huit ans auparavant dans une voiture de police et une de Martin Beck, la bouche ouverte et les cheveux en bataille.

Le texte ne manquait pas de souligner que Sigbrit Mård habitait juste à côté d'un maniaque sexuel et, dans un encadré, était rappelée l'affaire Roseanna, vieille de neuf ans. Quelques habitants d'Anderslöv, interviewés, donnaient leur opinion sur la disparue –

« une chic fille qui n'était pas avare de sourires ni d'amabilités » – et sur Folke Bengtsson – « un homme étrange, un solitaire qui repoussait les gens ». Mme Signe Persson, « peut-être la dernière à avoir vu Sigbrit Mård vivante », racontait avec force détails qu'elle l'avait aperçue à l'arrêt d'autobus et qu'ensuite elle était « probablement » montée dans le camion de Bengtsson.

Dans un second encadré, on parlait également du « patron bien connu de la brigade criminelle, le chasseur d'assassins Martin Beck » mais, lorsque celui-ci parvint à l'endroit où l'on parlait de lui comme du « Maigret suédois », il jeta le journal sur la chaise vide qui se trouvait à côté de lui.

– Pouah! fit-il avec une grimace, en se retournant pour essayer de trouver la serveuse.

– Tu peux le dire, approuva Kollberg. Le pire, c'est que tu vas maintenant avoir l'*Expressen* et l'*Aftonbladet* sur le dos pour te tirer les vers du nez.

– Je n'ai pas l'intention de faire la moindre déclaration, dit Martin Beck. Mais il faudra bien qu'on finisse par tenir une sorte de conférence de presse.

La serveuse arriva et ils commandèrent du bœuf à la scanienne, accompagné de betteraves et de concombres.

Ils mangèrent en silence. Kollberg eut fini le premier, comme toujours. Il s'essuya la bouche et explora du regard la salle maintenant presque vide.

Outre lui-même et Martin Beck, il ne restait plus qu'un convive, un homme assis juste à côté de la porte menant à la cuisine. Il avait devant lui un verre et une bouteille d'eau minérale. Il fumait la pipe et feuilletait un journal tout en jetant de temps en temps un regard sur les deux policiers.

Kollberg avait vaguement l'impression de le reconnaître et l'observait sans en avoir l'air. Il paraissait avoir dans les quarante ans, il avait d'abondants cheveux blonds, tellement longs dans le cou qu'ils tombaient sur le col de sa veste de daim brun clair. Il portait des lunettes cerclées de métal, était rasé de près mais portait de gros favoris bouclés. Son visage était maigre et ses pommettes proéminentes et les traits qui entouraient sa bouche étaient amers voire cyniques. Il fronçait les sourcils tout en vidant sa pipe dans le cendrier qui se trouvait devant lui. Ses doigts étaient longs et noueux.

D'un geste vif il leva la tête et fixa Kollberg droit dans les yeux. Son regard d'un bleu très soutenu était calme et ferme. Kollberg n'eut pas le temps de détourner les yeux et, pendant un instant, ils restèrent tous les deux à s'observer.

Martin Beck repoussa son assiette et vida son verre de bière. Au moment où il reposait celui-ci, l'homme plia son journal, se leva et se dirigea vers leur table.

– Je ne sais pas si vous me reconnaissez, dit-il.

Martin Beck le regarda de près et secoua la tête. Kollberg resta sans rien dire.

– Åke Gunnarsson, dit-il. Mais maintenant je m'appelle Boman.

Ils se souvenaient très bien de lui. Six ans auparavant, au cours d'une rixe, il avait tué un journaliste qui était son collègue, avait le même âge que lui et s'appelait Matsson. Tous deux étaient ivres. Gunnarsson avait été victime de graves provocations de la part de Matsson et on pouvait presque parler d'accident. Une fois remis du choc immédiat, Gunnarsson avait agi avec intelligence et sang-froid afin d'effacer les traces de son acte. Martin Beck avait été chargé de l'enquête et avait dû, entre autres choses, passer une semaine à Budapest avant de retrouver la trace de Gunnarsson *. Kollberg était également présent lors de l'arrestation, qui ne leur avait pas paru bien satisfai-

* Voir *L'homme qui partit en fumée*, 10/18, n° 1747. (*N.d.T.*)

sante à l'un ni à l'autre, car ils s'étaient pris de sympathie pour Gunnarsson en qui ils voyaient une victime de circonstances malheureuses plutôt qu'un meurtrier agissant de façon délibérée.

A l'époque, Gunnarsson était gros, il portait la barbe et des cheveux coupés court.

– Assieds-toi, dit Martin Beck en enlevant le journal de la chaise.

– Merci, dit l'homme en s'asseyant.

– Tu as changé, remarqua Kollberg. Je te trouve maigri, par exemple.

– Ça, je ne l'ai pas fait exprès. Mais, pour le reste, c'est vrai que j'ai fait tout ce que j'ai pu pour changer d'aspect, physiquement, et je ne suis pas mécontent que vous ne m'ayez pas reconnu. Mais vous ne l'auriez peut-être pas fait, de toute façon.

– Mais pourquoi te fais-tu appeler Boman, au juste? demanda Kollberg.

– C'était le nom de jeune fille de ma mère. C'était plus pratique. Maintenant, j'y suis habitué et j'ai presque oublié mon ancien nom. Ça me ferait plaisir si vous vouliez bien en faire autant.

– Alors allons-y pour Boman, dit Kollberg.

Martin Beck s'étonna de cette étrange coïncidence qui les réunissait après tant d'années, Kollberg et lui, dans un endroit comme Anderslöv, en compagnie de deux autres personnes qui avaient été mêlées à certaines de leurs enquêtes les plus difficiles.

– Qu'est-ce que tu fais, ici, à Anderslöv? demanda Martin Beck. Tu y habites?

– Non, dit Åke Boman. A vrai dire, je suis ici pour essayer de vous interviewer. J'habite à Trelleborg et je bosse maintenant à l'*Allehanda.* C'est moi qui ai écrit ce que vous venez de lire, en première page.

– Mais tu n'étais pas spécialisé dans l'automobile? demanda Kollberg.

– Si, mais, dans un feuille de chou comme celle-ci,

il faut bien faire un peu de tout. J'ai eu de la veine de trouver ce boulot. C'est mon agent de probation qui me l'a déniché.

La serveuse vint débarrasser et Kollberg dit :

– On prend un café?

– D'accord, dirent en même temps Åke Boman et Martin Beck.

– Tu veux peut-être un digestif?

Åke Boman secoua la tête et la serveuse disparut dans la cuisine.

– Jamais pendant le service, n'est-ce pas? dit Kollberg.

– Jamais, un point c'est tout. Pas depuis...

Il ne termina pas sa phrase, sortit une boîte de Capstan et commença à bourrer sa pipe.

– Ça fait combien de temps que tu travailles dans ce journal? demanda Martin Beck.

– Un an et demi maintenant. Comme vous savez, j'en ai pris pour six ans. Homicide involontaire sous l'emprise de la boisson. Je suis resté en taule trois ans, puis j'ai bénéficié d'une réduction automatique et d'une mise en liberté conditionnelle. Au début, ça a été vraiment affreux. Presque pire qu'en prison et ce n'était pas peu dire. Je ne savais pas quoi faire de ma peau et la seule chose dont j'étais certain c'était qu'il fallait absolument que je quitte Stockholm. D'abord parce qu'il y a trop de gens qui me connaissent et ensuite parce que tout le bazar aurait recommencé : le bistrot, les cuites... enfin, vous savez. Et puis j'ai fini par trouver du travail dans un garage de Trelleborg et un agent de probation sensationnel. C'est elle qui m'a convaincu de reprendre mon ancien métier et qui m'a trouvé ce poste. Il n'y a que le rédacteur en chef et une ou deux autres personnes en ville qui sachent qui je suis... En fait, je peux dire que j'ai eu une sacrée veine.

Pourtant, il ne paraissait pas particulièrement gai ni heureux.

Ils restèrent silencieux un moment, afin de boire le café.

– Elle est à toi, la Singer qui est dehors?

Åke Boman eut l'air très fier lorsqu'il répondit :

– Oui, et j'ai eu de la veine là aussi. Elle était dans l'écurie d'un petit château, près d'Önnestad, où j'ai travaillé l'été dernier. Le type qui la possédait était mort un an auparavant et la veuve l'avait gardée sans s'en servir.

Il tira une grosse bouffée sur sa pipe.

– Elle ne payait pas de mine mais ce n'était pas difficile d'y remédier. Je fais des extras à droite et à gauche, des articles pour des revues d'automobile, une nouvelle par-ci par-là, et comme ça j'ai un peu d'argent de côté.

– Tu es toujours sous probation? demanda Martin Beck.

– Non, plus depuis le mois de septembre, dit Åke Boman. Mais je la vois toujours. Elle et sa famille. Elle m'invite à déjeuner, de temps en temps; comme je suis célibataire, elle croit que je ne sais pas faire la cuisine.

Martin Beck se souvint d'une photographie qui se trouvait dans l'appartement de Boman, six ans plus tôt. Une jeune femme blonde avec laquelle il devait se marier.

Åke Boman tira sur sa pipe et regarda Martin Beck, l'air pensif.

– En fait, le journal m'a envoyé ici pour que je vous tire les vers du nez au sujet de cette disparition, dit-il, l'air désolé. Et voilà que c'est moi qui suis en train de vous raconter ma vie.

– Nous n'avons pas grand-chose à ajouter à ce que tu as déjà écrit, dit Martin Beck. Tu as parlé avec Herrgott Nöjd, n'est-ce pas?

– Oui, mais le simple fait que vous soyez là tous les deux, ça veut quand même bien dire que vous avez une petite idée derrière la tête, dit Åke Boman. Dites, vous croyez vraiment que c'est Folke Bengtsson qui l'a tuée?

– Pour le moment nous ne croyons rien, répliqua Martin Beck. Nous n'avons même pas encore parlé avec Bengtsson. La seule chose dont nous soyons certains, c'est que Sigbrit Mård n'est pas rentrée chez elle depuis le 17 octobre et que personne n'a l'air de savoir où elle est.

– Vous avez lu le journal du soir, n'est-ce pas? demanda Åke Boman.

– Oui, mais ce qu'ils disent n'engage qu'eux-mêmes, répondit Kollberg. Toi, au moins, tu as l'air de travailler dans un journal qui se respecte.

– Nous avons l'intention de tenir une conférence de presse dans un certain temps, dit Martin Beck. Pour l'instant cela ne servirait à rien, puisque nous n'avons toujours rien à dire. Mais, si tu veux bien attendre un peu, je t'appellerai dès que j'aurai du nouveau. D'accord?

– D'accord, dit Boman.

Ils avaient tous les deux le sentiment de lui devoir quelque chose. Quant à savoir quoi et pour quelle raison...

9

Martin Beck ne pouvait s'empêcher de penser aux mains de Bertil Mård et, après le déjeuner, il lui vint à l'idée d'aller jusqu'à Trelleborg et d'expédier de là une demande de renseignements sur Mård à Interpol, à Paris.

La plupart des gens, et même de nombreux policiers, croient qu'Interpol est un organisme de collaboration internationale passablement inefficace, lourd et bureaucratique, et que c'est essentiellement une façade derrière laquelle il ne se passe rien.

La demande concernant Bertil Mård vint infirmer de telles supputations.

Martin Beck n'avait rien trouvé de mieux à demander que de savoir si on avait trace, quelque part, du nom de Mård et, si oui, pour quelle raison.

La réponse lui parvint en moins de six heures et, en outre, elle était assez volumineuse.

Le soir même, ils étaient tous trois réunis dans l'appartement de Nöjd afin d'examiner ce document, qui leur causa certaines surprises.

En même temps, ils buvaient de la bière et mangeaient des canapés.

Là-haut, chez Nöjd, ils avaient toujours la possibilité d'être à peu près en paix du fait qu'à cette heure-là, comme d'habitude, le bureau était fermé.

Un répondeur téléphonique renvoyait toutes les communications à la police de Trelleborg, où ce n'était plus tellement drôle d'être de garde au téléphone.

L'auberge, elle, était pleine de journalistes.

Pour plus de sûreté, Nöjd avait débranché son téléphone personnel.

Ils examinèrent le télex.

La police de Trinidad-Tobago faisait savoir que Mård avait été arrêté le 6 février 1965 pour avoir tué à coups de poing un graisseur de nationalité brésilienne. Il avait été déféré devant le tribunal de simple police le jour même et avait été reconnu coupable d'avoir perturbé l'ordre public ainsi que de quelque chose qui était qualifié dans ce rapport de *justifiable homicide* et qui, à Trinidad-Tobago, n'était pas considéré comme un délit. Par contre, il avait été condamné à quatre livres d'amende pour avoir ainsi troublé l'ordre public. Le graisseur avait importuné une femme qui se trouvait en compagnie de Mård et on avait estimé qu'il avait provoqué lui-même ce qui s'était passé. Mård avait quitté le pays dès le lendemain.

– Cinquante balles, dit Kollberg. C'est pas cher payé pour la peau d'un type.

– *Justifiable homicide*, précisa Nöjd. Qu'est-ce qu'on dirait chez nous? Bien sûr, il y a la légitime défense. C'est la même chose, en principe. Mais ce n'est pas une traduction.

– C'est intraduisible, dit Martin Beck.

– C'est une notion qui n'existe pas, ajouta Kollberg.

– C'est là où tu fais erreur, dit Nöjd en riant. Aux États-Unis elle existe bel et bien. Dès que la police tue quelqu'un, là-bas, ça passe sous la rubrique *justifiable homicide*. Homicide légitime, ou quelque chose comme ça. Ça arrive tous les jours.

Un silence de mort s'abattit sur la pièce. Kollberg repoussa avec une grimace de dégoût l'assiette sur laquelle se trouvait son canapé à moitié terminé. Il avait le regard totalement vide et était affaissé dans son fauteuil, les avant-bras sur les cuisses et les mains pendantes entre les genoux.

– Qu'est-ce qu'il y a? dit Nöjd.

– Tu as ri au moment où il ne fallait pas, dit Martin Beck.

Nöjd ne comprenait pas ce qu'il avait fait de mal, mais il se rendit compte qu'il valait mieux ne pas insister. En tout cas pas tout de suite.

Martin Beck regarda son vieil ami, l'air attentif et soucieux, mais ne dit rien lui non plus. Nöjd finit de fumer sa cigarette. Il en alluma une autre et la fuma également. Puis il resta un moment à ne rien faire du tout.

Martin Beck continuait à regarder Kollberg.

Pour finir, Kollberg haussa ses grosses épaules et dit :

– Excuse-moi, Herrgott. Ça me prend par moments. C'est à peu près comme les épileptiques. Je ne peux pas m'en empêcher.

Il but un grand trait de son verre de bière et essuya la mousse de sa bouche avec le revers de sa main.

– Où est-ce qu'on en était? demanda-t-il. Mård a un alibi qui ne tient pas, ou plutôt il n'en a pas du tout. Et il est connu pour être violent. Mais a-t-il un motif?

– La jalousie, dit Martin Beck.

– Envers qui?

– Bertil Mård serait jaloux de son chat, dit Nöjd en riant un peu, pour voir la réaction. C'est pour ça qu'ils n'avaient pas de chat.

– Ça ne pèse pas lourd, dit Kollberg.

– Hep là! dit Nöjd. Timmy venait de lui prendre son canapé au jambon des mains et de l'engloutir.

Martin Beck éclata de rire.

– A la niche, Timmy, dit Nöjd. Quel chien policier! Un vrai record du monde. Vous avez vu : il m'a tout simplement fauché mon canapé. Tu t'intéresses au football, Lennart?

– Non, dit Kollberg en se bidonnant très littéralement : on voyait son ventre agité de soubresauts.

– Bon, alors inutile de te parler du HIF, dit Nöjd. Il nous reste encore Folke.

– Folke Bengtsson n'a aucun alibi et il est connu pour être violent. Mais est-ce qu'il a un motif?

– Dans son cas, le motif serait d'ordre psychiatrique, dit Nöjd.

– Dans l'affaire Roseanna McGraw, le motif était très profondément enfoui et très compliqué, remarqua Martin Beck.

– Tu dis des bêtises, Martin, objecta Kollberg. Il y a une chose dont on n'a jamais parlé, toi et moi, mais à laquelle j'ai pensé bien des fois. Tu es convaincu que Folke Bengtsson était coupable. Et moi aussi. Mais la preuve de sa culpabilité? Bien sûr, il a avoué devant toi, lorsque je lui ai cassé le bras et après avoir été l'objet de provocations éhontées de notre part. Mais devant le tribunal il a nié. Ce qui est prouvé, c'est qu'il a essayé de violer et *peut-être* d'étrangler une auxiliaire de police déguisée à qui nous avions donné l'ordre de se livrer sur lui à des manœuvres de séduction et qui était pratiquement nue quand il a pénétré dans son appartement. Mais je dis bien : peut-être. J'ai toujours considéré que, dans un État de droit, Folke Bengtsson n'aurait jamais été condamné pour le meurtre de Roseanna. Les preuves étaient trop minces. En outre, c'était un cas de dérangement mental et on l'a mis en prison au lieu de l'envoyer dans un hôpital psychiatrique.

– Où veux-tu en venir?

– Tu ne comprends pas? Toi et moi, ainsi que quelques autres, au nombre desquels le juge qui l'a condamné, nous étions convaincus qu'il avait tué mais nous n'avions pas vraiment de preuves. Ça fait une sacrée différence.

– Il avait les lunettes de soleil de la victime, entre autres choses.

– Un bon avocat de la défense aurait réduit cet argument en bouillie. Et un tribunal digne de ce nom n'aurait pas retenu le chef d'accusation. Dans un État de droit...

Kollberg se tut.

– Trinidad-Tobago en est peut-être un, dit Nöjd.

– Certainement, dit Kollberg.

Un État de droit.

Cette expression était tellement suspecte, depuis les scandales judiciaires des années 50, que bien des Suédois ne voulaient plus la prononcer et que d'autres éclataient de rire en entendant quelqu'un l'employer sérieusement. Il était exact qu'il existait des lois, dans ce pays, mais l'évolution de ces dernières années avait prouvé que celles-ci pouvaient être mises à toutes les sauces par les autorités et par le régime en place. Celui qui n'y retrouvait pas son compte c'était, comme d'habitude, le simple citoyen.

– En tout cas, demain, il faut qu'on aille entendre Folke Bengtsson.

C'était Martin Beck qui venait de dire cela, sans doute afin de parler de quelque chose de plus drôle.

– Oui, dit Nöjd. Le moment est sans doute arrivé.

– A mon avis, il faut aussi qu'on tienne une sorte de conférence de presse, dit Kollberg. Même si ça nous déplaît profondément.

Martin Beck acquiesça, la mine sombre.

– Une conférence de presse, dit Nöjd. Je n'ai encore jamais participé à aucune. Et pour Folke, qu'est-ce qu'on fait? Est-ce qu'on lui dit de venir ici?

– Je préfère lui parler chez lui, dit Martin Beck.

Kollberg objecta :

– On va y aller avec une meute de journalistes à nos trousses?

– Je ne vois pas comment on pourrait faire autrement, répondit Martin Beck.

– La conférence de presse, on la tiendra avant ou après?

– Je propose que ce soit après.

– Et comment saura-t-on quand Bengtsson aura la bonté de se trouver chez lui? dit Kollberg.

– Je le sais, moi, dit Nöjd. Il part de chez lui à six heures du matin et il rentre à une heure de l'après-midi. Ensuite, il va poser ses filets dans la soirée. Il a ses habitudes.

– D'accord. Alors on y va à une heure et quart, dit Kollberg. Et à trois heures on recevra la presse.

Nöjd eut l'air de s'attendre à une journée intéressante, et même passionnante, pour le lendemain.

Martin Beck et Kollberg croyaient avoir de bonnes raisons de ne pas être du même avis.

– Tu crois qu'on peut oser tenter une sortie et aller se coucher? demanda Kollberg avec un bâillement.

– Le bar est fermé depuis plusieurs heures, dit Martin Beck, l'air confiant. Ceux qui ne sont pas encore couchés sont certainement partis jouer aux cartes quelque part.

10

Ce fut un cortège extrêmement imposant. A une heure tapant, le 6 novembre 1973, ils quittèrent le poste de police d'Anderslöv avec un auxiliaire de police en uniforme à leur tête. Kollberg avait l'impression d'être Abbott et Costello en une seule et même personne, tandis qu'il s'avançait derrière Martin Beck avec Timmy qui lui flairait les talons. Nöjd marchait le dernier, portant, comme d'habitude, ses bottes de caoutchouc vertes et son chapeau de safari sur la nuque. Le chien, lui, tirait sur sa laisse, comme d'habitude également. Nöjd se dit tout à coup qu'ils auraient peut-être dû se munir de petits drapeaux bleu et jaune, puisque c'était le jour anniversaire de la mort de Gustave II Adolphe à la bataille de Lützen.

– Il vaut mieux ne pas trop se presser pour ne risquer de lâcher personne, dit-il avec un petit rire.

Kollberg et Martin Beck s'assirent dans la voiture de police, tandis que Nöjd faisait monter son chien dans son Ascona couleur tomate et s'installait ensuite au volant afin de prendre la tête de l'expédition.

Cependant, si Lennart Kollberg se sentait ridicule, ce n'était rien à côté des motifs qu'eurent véritablement certaines autres personnes d'éprouver cette impression.

Personne n'y avait songé auparavant mais le

moment qu'ils avaient choisi coïncidait avec un événement à caractère presque rituel pour la plupart des reporters, à savoir le déjeuner.

Mais, de toute évidence, on avait posté un guetteur car la nouvelle se répandit avec la vitesse de l'éclair.

De la salle à manger de l'auberge, on vit alors sortir des hommes et des femmes la bouche pleine de harengs aux pommes de terre ou de jambonneau à la purée de navets. L'un d'entre eux tenait même son petit verre d'alcool dans une main et son sac reporter dans l'autre. Ils étaient suivis d'une escorte de serveuses intriguées qui se demandaient ce que signifiait cette façon de partir tous à la fois sans payer et d'autres convives qui se disaient probablement qu'il y avait le feu quelque part ou quelque chose comme cela. La confusion s'accrut encore du fait que certains avaient garé leur voiture sur la place et d'autres sur le parking en longueur situé derrière le jardin de l'hôtel.

Cependant, comme il l'avait promis, Nöjd prit tout son temps et, lorsque Kollberg se retourna, juste après avoir dépassé l'église, il ne vit pas moins d'une dizaine de voitures derrière la leur. On avait tout lieu de penser qu'elles transportaient ce que l'on appelait jadis le troisième pouvoir.

Il ne manquait qu'un véhicule dans ce cortège, c'était la Singer verte d'Åke Boman. L'explication en était très simple. En effet, Kollberg avait tenu sa parole de la veille et téléphoné à Trelleborg pour lui donner le tuyau.

A mi-chemin de Domme, Nöjd réduisit l'allure, se rangea sur le bas-côté et s'arrêta. Il descendit de voiture, enjamba le fossé et disparut derrière une petite construction en bois. Au bout d'une minute environ il réapparut en rajustant tranquillement son pantalon sous le regard des occupants de toute cette queue de voitures, dont une partie se demandaient bien s'ils ne devraient pas sortir eux aussi.

Nöjd alla jusqu'à la voiture de police, se pencha en avant et dit :

– Simple manœuvre de diversion. Pour voir si tout le monde suit bien.

Il examina attentivement la file de voitures puis regagna la sienne et reprit la route. De loin, Kollberg et Martin Beck virent ses épaules se soulever à plusieurs reprises. Apparemment, il riait tout seul de son coup.

– Bon Dieu! ce que je peux l'envier, dit Kollberg. Quelle santé!

– Oui, dit tout à coup l'auxiliaire de police. Il ne manque pas d'humour. C'est un vrai plaisir de bosser sous ses ordres, et ne croyez pas que je dise ça pour plaisanter *. Avec lui, on n'a jamais le sentiment d'être un subordonné. Je suis bien en dessous de lui question salaire mais on ne le dirait pas.

– Ça fait combien de temps que tu es dans la police?

– Six ans. C'est la seule chose que j'aie pu trouver. Ça ne fait peut-être pas très bel effet de dire ça mais, avant, j'étais en poste à Malmö et j'ai trouvé ça vraiment infernal. Les gens me regardaient comme si je n'étais pas un être humain et j'ai remarqué que je commençais à devenir bizarre moi-même. J'étais là en 1969 quand on a réprimé une manif et qu'on tapait comme des dingues sur les gens avec nos bâtons. Moi-même, j'ai frappé une fille qui ne devait pas avoir plus de dix-sept ans et qui, en plus, portait un petit enfant dans ses bras.

Martin Beck regarda Evert Johansson. C'était un jeune homme au regard clair et ouvert.

* Jeu de mots intraduisible ayant trait à la position respective des intéressés. *(N.d.T.)*

Kollberg poussa un soupir mais ne dit rien.

– Je me suis même vu à la télé après. J'ai presque eu envie d'aller me mettre la corde au cou. Le soir même, j'ai pris la décision de quitter la police, mais...

– Mais...?

– Eh bien, il se trouve que j'ai une femme drôlement bien. C'est elle qu'a eu l'idée que je demande un poste quelque part à la campagne. Et j'ai eu de la veine. J'ai obtenu ce poste-ci. Autrement, je ne serais certainement plus dans la police aujourd'hui.

Nöjd tourna à droite et, peu après, ils furent arrivés à destination.

La maison était ancienne et petite mais elle avait l'air bien entretenue. Près de la barrière se trouvait garée la voiture de sport d'Åke Boman; il était lui-même assis au volant en train de lire un livre.

Nöjd fit le tour de sa voiture et sortit du coffre un sac de plastique. Martin Beck se demanda ce qu'il pouvait y avoir dedans.

– Tu fais attention au chien, Evert, dit Nöjd. Je sais que ce n'est pas marrant mais mets-toi à notre place. Et puis essaye d'empêcher tout ce monde-là d'envahir la maison.

Il poussa la barrière. Martin Beck et Kollberg le suivirent. Kollberg fit bien attention à refermer derrière lui.

Folke Bengtsson posa la bêche qu'il tenait entre les mains et se dirigea vers eux.

– Salut! Folke, dit Nöjd.

– Salut! dit Folke Bengtsson.

– On peut entrer te dire deux mots?

– A quel sujet?

– On a toutes les autorisations qu'il faut, tu sais. D'ailleurs, tu me connais. Je ne viendrais pas te trouver si ce n'était pas nécessaire.

– Eh bien alors, entrez.

– Merci, dit Martin Beck.

Kollberg, lui, ne dit rien.

Une fois entré, Nöjd sortit une paire de chaussures de son sac en plastique et rangea ses bottes près de la porte.

Martin Beck eut l'air pensif. Il savait vraiment peu de chose sur les coutumes de la campagne. Et puis ce n'était pas flatteur pour ses capacités de déduction. On va chez quelqu'un en bottes. Conclusion : on a une paire de chaussures à portée de la main.

Folke Bengtsson ôta lui aussi ses bottes.

– On n'a qu'à se mettre dans la salle de séjour, dit-il d'une voix neutre.

Martin Beck commença par inspecter cette pièce meublée de façon spartiate mais bien en ordre. Les seules choses qui pouvaient être considérées comme du luxe étaient un grand aquarium et un poste de télévision.

A l'extérieur, on entendit ronronner le moteur de voitures en train de se garer et, juste après, une sorte de brouhaha.

Bengtsson avait fort peu changé en neuf ans. Et, si la prison l'avait marqué, cela ne se voyait pas.

Martin Beck repensa à l'été 1964. Bengtsson avait alors trente-huit ans et l'air en bonne santé, calme et robuste. Il avait les yeux bleus et les cheveux légèrement grisonnants. C'était un homme de belle taille, bien habillé et faisant belle impression. Il avait donc maintenant quarante-sept ans et ses cheveux étaient un peu plus gris. Mais, par ailleurs, pas la moindre différence.

Martin Beck se passa la main sur le visage. Tout à coup, tout lui revenait en mémoire. Comme il avait été difficile de percer les défenses de cet homme, de l'amener à se découvrir, à se couper ou à faire le moindre aveu.

– Bon, dit Nöjd. Ce n'est pas moi qui vais parler

mais je suppose que tu sais de quoi il retourne.

Folke Bengtsson acquiesça d'un petit signe. Peut-être. En tout cas, il fit un léger mouvement de la tête.

– Je crois que tu connais ces messieurs, dit Nöjd.

– Oui, dit Bengtsson, je connais très bien l'inspecteur principal Beck et l'inspecteur Kollberg. Bonjour.

– Ils sont tous les deux commissaires, maintenant, dit Nöjd, mais ça n'a pas grande importance.

– Bah! dit Kollberg, en fait, je fais seulement fonction de commissaire, mon titre exact est toujours inspecteur. Mais, comme le dit Herrgott, ça n'a aucune importance. Je pense d'ailleurs qu'on peut se tutoyer?

– Pas d'objection, dit Bengtsson. D'ailleurs c'est ce que tout le monde fait, par ici. J'ai remarqué que les enfants tutoient même le pasteur.

– Oui, c'est vrai, fit Nöjd. Ils lui disent « Salut, Kalle » quand ils le voient s'amener en grande tenue. Et il les connaît tous par leur prénom et leur répond toujours. « Salut, Jens », par exemple.

– A la prison non plus, on ne faisait pas de salamalecs, dit Bengtsson.

– Ça ne te dérange pas trop qu'on parle de ce temps-là? demanda Martin Beck.

– Pas du tout. Je m'y suis beaucoup plu. L'existence y était paisible et régulière. Bien plus agréable que chez moi. Je n'ai pas de mal à dire de la prison. C'était une vie agréable. Dénuée de complications, pour ainsi dire.

Kollberg s'assit sur l'une des chaises à dossier droit qui se trouvaient autour de la table ronde et mit ses mains devant son visage.

Il est fou, ce type, pensa-t-il. Puis : ça va recommencer, tout ce cirque.

– Eh bien, asseyons-nous, dit Bengtsson.

Personne d'entre eux ne pensa au fait qu'il n'y avait que trois chaises.

– Il s'agit de Sigbrit Mård, dit Martin Beck.

– Ah bon.

– Vous... tu la connais, n'est-ce pas?

– Bien sûr, elle habite à deux cents mètres d'ici, de l'autre côté de cette route.

– Elle a disparu.

– J'ai entendu dire ça.

– Personne ne l'a vue depuis peu après une heure, le 17 du mois dernier. C'était un mercredi.

– Oui, c'est bien ce que j'ai entendu dire.

– Elle est allée à la poste d'Anderslöv. Ensuite elle devait prendre le bus jusqu'au carrefour, ici.

– C'est aussi ce que j'ai entendu dire.

– Il y a des témoins qui disent qu'ils vous ont vus parler l'un avec l'autre à la poste.

– C'est exact.

– De quoi avez-vous parlé?

– Elle m'a demandé si je pouvais lui fournir des œufs le vendredi.

– C'est tout?

– Je lui ai dit que je pourrais certainement lui en fournir une douzaine.

– Et alors?

– Voilà ce qu'elle m'a demandé. Une douzaine d'œufs.

– Et ensuite, qu'est-ce qu'elle a dit?

– Merci. Ou quelque chose dans ce goût-là. Je ne me souviens plus exactement, à vrai dire.

– Ce jour-là, Sigbrit Mård n'avait pas sa voiture.

– Non, j'ai également entendu dire ça.

– Alors, la question que je te pose est celle-ci : savais-tu qu'elle n'avait pas sa voiture? Au moment où vous vous êtes rencontrés, à la poste?

Folke Bengtsson resta un bon moment sans répondre. Puis il dit :

– Oui.

– Comment se fait-il que tu le savais?

– Quand on habite aussi près l'un de l'autre, on ne peut éviter de s'apercevoir de certaines choses, qu'on le veuille ou non.

– Mais, toi, tu étais venu à Anderslöv avec ton camion?

– Oui, il était garé sur la place.

– C'est interdit, en fait, dit Nöjd en regardant Folke Bengtsson d'un air malin.

– Je ne le savais pas.

– Il y a un panneau d'interdiction.

– Je ne l'ai pas remarqué, je vous assure.

Nöjd sortit une vieille montre en argent de sa poche et ouvrit le boîtier.

– Exactement à cette heure-ci, Sigbrit Mård a dû se trouver à l'arrêt d'autobus, dit-il. Si personne ne l'a prise à bord de sa voiture.

Folke Bengtsson regarda sa montre-bracelet.

– Oui, dit-il. Ça doit être vrai. Et puis, ça cadre avec ce que j'ai entendu dire.

Martin Beck dit :

– Et avec ce qui a été marqué dans les journaux, n'est-ce pas?

– Je ne lis jamais les journaux, dit Folke Bengtsson.

– Même pas des revues coquines? Ou des journaux de sport?

– Je vois à quoi vous faites allusion. Mais ça ne me dit plus rien, maintenant. Et les journaux de sport n'existent plus. Quant aux hebdomadaires, ils sont trop chers.

– Vous vous êtes donc rencontrés à la poste et elle n'avait pas de voiture. Alors est-ce qu'il n'était pas naturel qu'elle revienne ici en camion? C'était le même chemin, non?

Martin Beck remarqua à son grand déplaisir qu'il

avait beaucoup de mal à tutoyer Bengtsson et qu'il avait de ce fait recours à des formules assez compliquées.

La réponse fut longue à venir, cette fois encore.

– Si, dit Bengtsson. Ça paraît peut-être naturel; mais ça ne l'était pas, en fait.

– Est-ce qu'elle a demandé à être ramenée?

Bengtsson tarda tellement à répondre que Martin Beck jugea utile de répéter la question.

– Est-ce que Sigbrit Mård a demandé si elle pouvait revenir ici dans le camion?

– Je ne me rappelle vraiment de rien en ce sens.

– Est-il possible qu'elle l'ait fait?

– Je ne sais pas. C'est tout ce que je peux dire.

Martin Beck regarda Nöjd, qui leva les sourcils et haussa les épaules.

– C'est peut-être l'inverse? On lui a peut-être proposé de revenir dans le camion?

– Certainement pas, répondit immédiatement Bengtsson.

Il était évident qu'il était beaucoup plus sûr de lui sur ce point.

– Aucun doute possible là-dessus?

– Aucun, dit Folke Bengtsson. Je ne prends jamais de stoppeurs. Si quelqu'un monte dans mon camion, c'est toujours que ça a un rapport direct avec mon travail. Et ça ne s'est produit que quelques rares fois.

– C'est bien vrai?

– Oui, c'est vrai.

Martin Beck regarda à nouveau Nöjd, qui fit une nouvelle grimace. Il semblait disposer d'un stock inépuisable de mimiques; le responsable de la police d'Anderslöv aurait certainement pu faire un bon mime.

– C'est donc exclu?

– Totalement, dit Bengtsson. Absolument impensable.

– Pourquoi est-ce tellement impensable?
– Ce n'est pas dans mon caractère.
Martin Beck réfléchit pendant quelques instants à ce qu'il savait du caractère de Bengtsson. Cela méritait vraiment réflexion, mais ce n'était pas vraiment le moment.
Martin Beck dit :
– Comment ça?
– Je suis comme ça, je suis un type qui ne peut pas se passer d'habitudes bien établies. Tous mes clients vous diront, par exemple, que je suis toujours à l'heure. Si je me trouve retardé, je fais tout pour rattraper mon retard.
Martin Beck regarda Nöjd, qui se fit presque une tête à la Harpo Marx. Il était évident que la ponctualité de Bengtsson ne pouvait être mise en doute.
– Je suis agacé si quelque chose vient perturber le rythme de ma vie. Par exemple, je dois dire que cette conversation me dérange vraiment beaucoup. Pas personnellement, bien sûr, mais il y a tout un tas de petites choses qui vont en souffrir.
– Je comprends.
– Et, comme je vous l'ai déjà dit, je ne prends jamais de stoppeurs. Surtout pas des femmes.
Kollberg ôta ses mains de son visage et demanda :
– Pourquoi?
– Je ne comprends pas ce que tu veux dire.
– Pourquoi as-tu dit : « surtout pas des femmes »?
Le visage de Bengtsson changea d'expression et se fit plus grave. Son regard n'était plus indifférent. Mais que reflétait-il? La haine? Le dégoût? Le désir? La sévérité? Peut-être la folie.
– Réponds, dit Kollberg.
– Les femmes ne me portent pas chance.
– Nous le savons. Mais ça n'empêche pas qu'environ la moitié des habitants de cette planète soient des femmes.

– Il y a différentes sortes de femmes, dit Bengtsson. Presque toutes celles que j'ai rencontrées étaient mauvaises.

– Mauvaises?

– Oui, mauvaises. Tout simplement. Indignes de leur sexe.

Kollberg regarda par la fenêtre, l'air désespéré. Il était fou, ce type. Mais qu'est-ce qui le prouvait? Et ce photographe de presse qui jouait les chimpanzés, dans le poirier sur lequel il était grimpé, à vingt mètres de la maison, pouvait-on dire qu'il était parfaitement sain d'esprit? Probablement.

Kollberg poussa un profond soupir et s'affaissa comme un ballon de baudruche qu'on viendrait de percer. Martin Beck continua de poser ses questions sans se laisser désarmer :

– Laissons cela pour l'instant.

– Ce n'est pas de refus, dit Bengtsson.

– Tenons-nous-en plutôt aux faits. Vous avez quitté la poste à quelques minutes d'intervalle, n'est-ce pas?

– Oui.

– Qu'est-ce qui s'est passé ensuite?

– Je suis allé chercher mon camion et je suis rentré chez moi.

– Directement?

– Oui.

– Nous en arrivons donc à la question suivante.

– C'est-à-dire?

Martin Beck fut pris de dégoût envers lui-même. Pourquoi n'arrivait-il pas à tutoyer Bengtsson? Kollberg le faisait bien, lui, et, pour Nöjd, il n'y avait apparemment rien de plus naturel.

– Le camion a dû passer près de Sigbrit Mård, soit à l'arrêt du bus, soit alors qu'elle en était tout près.

Folke Bengtsson ne répondit rien. Martin Beck s'entendit lui-même demander :

– Sigbrit Mård était-elle visible aux alentours?

Magnifique. La meilleure réponse était naturellement : non, elle était invisible. Mais Folke Bengtsson ne semblait pas avoir conscience du dilemme dans lequel se trouvait le commissaire. Il ne répondit pas et se contenta de regarder, l'air absent, ses grandes mains bronzées.

Martin Beck ne savait plus à quel saint se vouer. La question avait été formulée de façon trop stupide pour pouvoir être répétée. Ce fut Nöjd qui trancha le nœud gordien en disant :

– Enfin quoi, la question est simple, Folke, merde! Tu l'as vue ou tu l'as pas vue?

Bengtsson finit par répondre :

– Je l'ai vue.

– Un peu plus fort si possible, dit Martin Beck.

– Je l'ai vue.

– Où exactement?

– Près de l'arrêt du bus. A quelques mètres peut-être.

– Il y a un témoin qui affirme que le camion a ralenti exactement à cet endroit-là. Qu'il s'est peut-être même arrêté.

Les secondes s'égrenèrent. Le temps passa. Tout le monde vieillit d'une minute. Bengtsson finit par dire à voix basse :

– Je l'ai vue et il est possible que j'aie ralenti. Elle marchait sur le côté droit de la route. Je conduis toujours très prudemment et j'ai l'habitude de ralentir quand je double un piéton. Peut-être qu'il y a eu une voiture qui venait en face, je ne me souviens plus.

– Est-ce que le camion a ralenti au point de s'arrêter?

– Non, je ne me suis pas arrêté.

– Est-ce qu'il a pu donner l'impression de s'arrêter?

– Je ne sais pas. Vraiment pas. Mais je sais que je ne me suis pas arrêté.

Martin Beck se tourna vers Nöjd et dit :

– Est-ce qu'il n'a pas dit il y a un instant que quand il était en retard il se dépêchait?

– Si, dit Nöjd. C'est exact.

Martin Beck se tourna à nouveau vers l'assassin. Merde! c'était bien ce qu'il venait de se surprendre à penser : l'assassin. Il dit :

– Est-ce que le fait de passer à la poste n'a pas entraîné un retard qui vous a amené à vous dépêcher par la suite?

– Je vais toujours à la poste le mercredi, dit Folke Bengtsson. Pour envoyer une lettre à ma mère, à Södertälje. Et puis j'ai souvent autre chose à y faire.

– Sigbrit Mård n'est pas montée dans le véhicule?

– Non. Je vous assure.

La question était orientée. Mais pas dans le sens qu'il fallait.

– Sigbrit Mård est-elle montée dans le camion?

– Non. Absolument pas. Je ne me suis pas arrêté.

– Autre chose : Sigbrit Mård a-t-elle fait signe de la main, ou d'une façon ou d'une autre?

Il s'ensuivit à nouveau un de ces silences incompréhensibles et très pénibles. Bengtsson ne répondit pas. Il regardait Martin Beck dans les yeux mais ne disait rien.

– Sigbrit Mård a-t-elle fait un signe quand elle a vu le camion?

Il s'écoula à nouveau un moment de leur vie à tous. Martin Beck pensa aux femmes et à la façon dont ce moment aurait pu être mis à profit. Ce fut à nouveau Nöjd qui dénoua la situation. Il se mit à rire et dit :

– Enfin quoi, bon sang! pourquoi ne réponds-tu pas, Folke? Sigbrit t'a-t-elle fait un signe, oui ou non?

– Je ne sais pas, dit Bengtsson, à voix tellement basse que c'était presque inaudible.

Martin Beck demanda donc :
– Il ne sait pas?
– Non, je ne sais pas.
Kollberg regarda Martin Beck, l'air résigné. Inutile de dire quoi que ce soit, le sens était clair : laisse tomber, Martin.
Mais il restait encore un certain nombre de choses. Pas des plus faciles.
Martin Beck dit :
– Je me souviens de la fois où nous étions ensemble à Kristineberg, il y a neuf ans.
– Moi aussi.
– On a beaucoup parlé des femmes, ce jour-là. Un certain nombre d'opinions ont été émises. Certaines étaient assez étranges.
– Je n'ai pas trouvé.
– Pour moi, elles étaient très étranges. Est-ce que vous avez toujours la même opinion des femmes, Bengtsson?
Long silence.
– J'essaie de ne pas penser à elles.
A elles.
– Mais vous connaissez Sigbrit Mård, Bengtsson?
– Elle fait partie de mes clients habituels. Nous sommes voisins. Mais j'essaie de ne pas penser à elle en tant que femme.
– Vous essayez? Qu'est-ce que vous voulez dire par là, Bengtsson?
Nöjd se secoua. Martin Beck ne lui avait encore jamais vu l'air aussi malheureux et triste au cours des six jours qui s'étaient écoulés depuis qu'il avait fait sa connaissance. Ce qui ne voulait naturellement pas dire grand-chose, étant donné son tempérament. Simplement qu'il paraissait un peu moins guilleret que d'habitude.
– Pourquoi est-ce que tu ne tutoies pas Folke? C'est bigrement compliqué, comme ça.

– Je n'y arrive pas, dit Martin Beck.

C'était vrai. Il n'y arrivait pas. En même temps, il fut tout heureux de pouvoir être franc.

– Ah bon, dit Nöjd. Inutile d'insister alors. La vérité ne change pas avec les saisons. Elle sort par tous les temps et porte toujours ses habits du dimanche.

Kollberg eut l'air quelque peu étonné.

– C'est ce qu'on dit par ici, remarqua Nöjd en riant.

Folke Bengtsson, lui, ne trouva pas cela drôle.

– Vous connaissez donc Sigbrit Mård. Vous devez quand même penser à elle en tant que femme de temps en temps. Je vais vous poser une question à laquelle je désire que vous répondiez franchement. Quelle idée vous faites-vous d'elle, Bengtsson? En tant que femme?

Silence.

– Réponds, dit Nöjd. Folke, il faut que tu répondes. Sois franc.

– Parfois, je la vois en tant que femme. Mais pas souvent.

Martin Beck reprit :

– Et alors?

– Je trouve qu'elle...

– Qu'elle est quoi?

Folke Bengtsson et Martin Beck se regardèrent dans les yeux. Ceux de Bengtsson étaient bleus. Ceux de Martin Beck étaient gris-bleu; il le savait depuis longtemps.

– Répugnante, dit Folke Bengtsson. Dépravée. On dirait une bête. Elle sent. Mais je la rencontre souvent. Et je n'ai pensé ça que deux ou trois fois.

Il est cinglé, pensa Kollberg.

– Laisse tomber, Martin.

– C'est bien ce que vous vouliez me faire dire, n'est-ce pas? demanda Folke Bengtsson.

– Es-tu allé lui porter ses œufs? demanda Martin Beck.

– Non, je savais qu'elle n'était plus là.

Plus là.

Ils restèrent silencieux un instant. Folke Bengtsson reprit :

– Vous me faites du mal. Mais je n'ai pas une mauvaise opinion de vous. Vous faites votre boulot. Le mien, c'est de vendre du poisson et des œufs.

– Oui, dit Kollberg d'un air sombre. On t'a déjà fait du mal et on t'en fait à nouveau. Je t'ai cassé l'épaule, une fois. Inutilement.

– Oh, ça s'est remis très vite. En fait, elle est parfaitement guérie. Vous m'emmenez?

Martin Beck eut une dernière idée.

– As-tu déjà rencontré l'ancien mari de Sigbrit Mård?

– Oui. Deux fois. Il est venu dans une Volvo de couleur beige.

Nöjd fit une grimace difficile à interpréter mais ne dit rien.

– On arrête là? demanda Kollberg.

Martin Beck se leva. Nöjd ôta ses chaussures et les plaça dans son sac en plastique. Puis il remit ses bottes.

Il fut le seul qui eut l'idée de dire :

– Salut, Folke, excuse-nous.

– Au revoir, dit Kollberg.

Martin Beck ne dit rien.

– A bientôt, sans doute, dit Folke Bengtsson.

– Ça dépend, dit Nöjd.

A l'extérieur, les appareils-photos se mirent à crépiter comme de la grêle. On entendit une voix provenant d'un véhicule équipé d'un émetteur à ondes courtes dire :

– Le patron de la brigade criminelle sort à l'instant de la maison de l'assassin de Roseanna, en compagnie de son collaborateur direct. Il semble que l'assassin de Roseanna soit laissé en liberté.

Boman alla trouver Kollberg et lui dit :

– Eh bien?

Kollberg secoua la tête. Soudain, quelqu'un dit d'une voix caverneuse :

– Gunnarsson, si tu fais des messes basses avec les flics, on va crier sur les toits qui tu es. Après ça, tu pourras te faire appeler Boman autant que tu voudras. Comme ça, tu sais à quoi t'en tenir.

– Tu le feras de toute façon, dit Boman.

Martin Beck jeta un coup d'œil sur celui qui venait de parler. Un type avec un gros ventre, une abondante barbe grise et un air de bébé. Il s'appelait Mohlin et travaillait naturellement pour la presse du soir. Il avait l'air d'avoir vieilli de quinze ans depuis la dernière fois où ils s'étaient vus, en 1966. L'abus de la bière probablement.

– C'était un copain d'Affe, dit Boman d'une voix neutre.

Nöjd s'éclaircit la gorge et dit :

– La conférence de presse est retardée d'une demi-heure. Rendez-vous à la maison communale. Je crois que le mieux, ce sera d'utiliser la salle de la bibliothèque.

11

Il leur restait une demi-heure avant le début de la conférence de presse et ils l'utilisèrent à tenter d'analyser ce que Folke Bengtsson avait dit au juste. Ou n'avait pas dit.

– Il se conduit exactement comme la dernière fois, dit Martin Beck. Il donne des réponses claires et sans ambiguïté aux questions sur lesquelles il sait que nous possédons des preuves.

– Il est cinglé, dit Kollberg, l'air abattu. Ce n'est pas plus compliqué que ça.

– Et puis il ne répond pas vraiment, dit Nöjd. C'est bien ce que tu veux dire?

– Oui, en gros. Quand on aborde les questions véritablement importantes, il devient fuyant et étrange.

– Je suis un amateur en ce domaine mais...

Nöjd s'interrompit et éclata de rire.

– Qu'est-ce que tu as à te marrer, demanda Kollberg, légèrement agacé.

– Eh bien, je ne veux pas dire par là que j'aime les assassins et ce genre de choses, dit Nöjd. Parce qu'un véritable amateur c'est bien quelqu'un qui aime quelque chose, non?

– Si on laissait tomber la sémantique, suggéra Kollberg, on pourrait peut-être comparer nos impressions?

– Oui, dit Martin Beck. Peut-être. Qu'est-ce que tu en penses, pour ta part?

– Si on met de côté l'opinion de Bengtsson sur les femmes, qui prouve bien, selon moi, qu'il est dérangé...

– Anormal du point de vue sexuel, dit Nöjd.

– Exactement. Mis à part ça...

– Qu'on ne peut pas mettre à part, coupa Martin Beck.

– Non. Mais, en tout cas, il y a deux questions sur lesquelles il a été plutôt évasif. La première, c'est : qu'est-ce qui s'est dit, au juste, à la poste? Et la seconde : est-ce que Sigbrit Mård a fait un signe quelconque quand il est passé près d'elle, à l'arrêt du bus?

– Deux questions qui ont trait à la même chose, dit Martin Beck. L'a-t-il fait monter avec lui ou non? Si elle lui a parlé d'autre chose que de ses œufs, à la poste, il est probable que cela a été pour lui demander s'il pouvait la ramener chez elle. Ou bien est-ce que je vais trop loin, selon vous?

– Pas du tout, dit Nöjd, puisqu'ils avaient le même chemin à faire pour rentrer chez eux.

– Mais pensez-vous vraiment qu'elle ait pu le faire? demanda Martin Beck. Elle savait aussi bien que tout le monde dans le pays que Bengtsson sortait de prison et la raison pour laquelle il y était allé, c'est-à-dire un crime sexuel.

– Ouais, dit Kollberg. C'est sans doute vrai. Mais, d'une certaine façon, c'est une galipette du point de vue logique. Parce qu'elle faisait partie de ses clients attitrés. Si ça veut dire quelque chose, c'est qu'il venait chaque semaine chez elle pour lui livrer ce qu'elle lui avait commandé.

– Surtout du poisson, dit Nöjd. Le sien n'est pas cher et il est bon. Les œufs, c'est en plus. Il n'a pas des masses de poules.

– Si elle avait vraiment eu peur de lui, elle n'aurait jamais eu recours à lui pour ce genre de service.

– Non, dit Nöjd. Je ne crois pas que Sigbrit ait eu peur de Folke. Je n'ai jamais remarqué que quelqu'un ait peur de lui. Au contraire, tout le monde sait qu'il est un peu bizarre et qu'il ne demande qu'à rester tranquille dans son coin.

– D'après l'expérience que j'ai de Bengtsson, sa conduite est assez typique, dit Martin Beck. Il file doux quand il s'agit de la conversation à la poste et de ce qui s'est passé à l'arrêt du bus. Il sait qu'il y a des témoins qui ont entendu ce qu'ils disaient et il sait également qu'il peut y avoir des témoins du fait qu'elle a essayé de se faire prendre en voiture pour rentrer chez elle.

– Mais il n'a aucune raison de mentir si elle ne lui a pas demandé ce service, objecta Nöjd. Et surtout pas s'il ne s'est pas arrêté à l'arrêt du bus.

– Il ne faut pas oublier qu'il a de très mauvais souvenirs de la police et de la justice, dit Kollberg.

Martin Beck se frotta la base du nez entre le pouce et l'index de la main droite. Puis il dit :

– Essayons d'imaginer la situation. C'est un hasard qu'ils se soient trouvés en même temps à la poste. C'est également un hasard que Sigbrit n'ait pas eu sa voiture ce jour-là. C'est pourquoi elle lui demande s'il veut bien la ramener chez elle et il dit non pour une raison ou pour une autre. Par exemple sous le prétexte qu'il a autre chose à faire. Elle termine ses courses et se rend à l'arrêt du bus. Quand elle voit Bengtsson arriver au volant de son camion, elle lui fait signe pour lui demander de la prendre. Il ralentit mais ne s'arrête pas.

– Ou bien alors il s'arrête et il la fait monter, dit Kollberg, toujours aussi sombre.

– Exactement.

– Mais ça ne nous donne toujours pas de cadavre ni

de meurtre, et surtout pas de quoi accuser Bengtsson.

– Ça n'empêche tout de même pas qu'il se conduit de façon étrange, dit Martin Beck. Une troisième chose qui m'a frappé, c'est qu'il n'est pas allé lui livrer ses œufs. Il devait le faire deux jours plus tard et, du fait que Sigbrit Mård travaillait à heures fixes, cela n'avait rien d'extraordinaire qu'il ne la voie pas le jeudi, et pourtant il conclut aussitôt qu'elle n'est pas chez elle le vendredi.

– La nouvelle de sa disparition s'est répandue drôlement vite, dit Nöjd. En ne la voyant pas venir travailler le jeudi, ni répondre au téléphone, il y a bien des gens qui se sont demandé où elle était passée. Moi, je l'ai appris dès le jeudi, mais je me suis dit que tout le monde a quand même bien le droit d'aller où il veut un jour ou deux. Au garage, cependant, ils se sont étonnés qu'elle ne soit pas venue rechercher sa voiture le jeudi, comme elle avait dit qu'elle le ferait. Et, en effet, on peut se le demander.

Il sortit sa montre de sa poche et ouvrit le boîtier.

– C'est l'heure? demanda Kollberg.

– A peu près, dit Nöjd. Je voudrais simplement attirer votre attention sur un petit détail qui vous a certainement échappé.

– C'est-à-dire?

– Eh bien, dit Nöjd, Folke a dit qu'il connaissait Bertil Mård et qu'il l'avait vu deux fois dans une Volvo beige. Ça ne colle pas avec ce que je sais. Ça fait longtemps que Mård n'est pas venu par ici. Il a quitté Sigbrit avant que Folke n'achète sa baraque et ne vienne habiter ici.

– Oui, dit Martin Beck. J'ai noté ce détail. C'est vrai que Mård m'a dit qu'il venait ici, de temps en temps, pour coucher avec elle, mais qu'il y avait au moins un an et demi de ça.

– Ce qui pourrait vouloir dire que ton capitaine a menti, dit Kollberg.

– Il y a eu pas mal de choses, dans cette conversation, que je ne sais pas trop si je dois croire ou pas.

– Il faut y aller maintenant, dit Nöjd. Est-ce qu'on parle de Mård?

– Je préfère que non, dit Martin Beck.

La conférence de presse fut extrêmement improvisée et, pour Martin Beck et pour Kollberg, elle fut particulièrement déplaisante, du fait qu'ils avaient si peu de chose à dire.

Mais, d'un autre côté, c'était une nécessité en ce sens que c'était leur seule chance de pouvoir travailler un peu dans le calme.

Nöjd prit la chose avec plus de flegme et de bonne humeur. On aurait presque dit qu'il trouvait toujours cela drôle.

La toute première question fut très significative, dans sa brutalité dépourvue de subtilité :

– Considérez-vous que Sigbrit Mård a été assassinée?

Martin Beck ne put faire autrement que répondre :

– Nous ne savons pas.

– Le simple fait que tu sois ici avec ton principal collaborateur ne suffit-il pas à prouver que vous avez des raisons de penser que Sigbrit Mård a été tuée?

– C'est exact, en effet. Nous ne pouvons pas écarter une telle éventualité.

– Peut-on dire que vous avez un suspect mais pas de cadavre?

– Je ne dirais pas ça.

– Qu'est-ce que la police est prête à dire, alors?

– Nous ne savons pas où se trouve Mme Mård ni ce qui a pu lui arriver.

– Vous avez déjà interrogé quelqu'un, n'est-ce pas?

– Nous avons entendu plusieurs personnes dans l'espoir d'obtenir des renseignements sur l'endroit où Mme Mård peut se trouver.

Martin Beck détestait les conférences de presse. Les questions étaient souvent brutales et provocantes. Il était difficile d'y répondre et presque tout pouvait être interprété de travers.

– Est-ce que vous vous apprêtez à arrêter quelqu'un?

– Non.

– Mais vous avez envisagé de le faire, n'est-ce pas?

– Je ne dirais pas ça. Nous ne savons même pas s'il a vraiment été commis quelque chose de répréhensible.

– Alors, comment expliquer que des membres de la brigade criminelle soient ici?

– Une femme a disparu. Nous essayons de tirer cela au clair.

– J'ai l'impression que la police tourne plutôt autour du pot.

– En tout cas, ce n'est pas un reproche qu'on peut faire à la presse, dit Kollberg, afin de soulager un peu la tension qui régnait dans la pièce.

– Nous autres, notre rôle c'est d'informer le public. Quand la police nous refuse les moyens de le faire, il faut bien qu'on essaye de se les procurer par nous-mêmes. Pourquoi ne pas jouer cartes sur table?

– Parce que nous n'avons pas de cartes à y mettre, dit Kollberg. Nous sommes à la recherche de Sigbrit Mård. Si vous voulez nous aider à la trouver, ce n'est pas de refus.

– N'est-il pas raisonnable de penser qu'elle a été victime d'un crime sexuel?

– Non, dit Kollberg. Il n'est pas raisonnable de penser quoi que ce soit tant que nous ne savons pas où elle se trouve.

– J'aimerais connaître l'opinion de la police sur cette affaire, en résumé. Est-ce possible?

Kollberg ne répondit pas. Il regarda la personne qui avait posé cette question, une jeune femme blonde dans les vingt-cinq ans.

– Eh bien?

Ni Kollberg ni Martin Beck ne dirent quoi que ce soit pendant un moment.

Nöjd jeta un regard dans leur direction avant de prendre la parole.

– Ce que nous savons est très simple. Nous savons que Mme Mård a quitté la poste d'Anderslöv vers midi le mercredi 17 octobre. Depuis, personne ne l'a revue. Un témoin pense l'avoir aperçue à l'arrêt du bus ou en train de s'y rendre. Un point c'est tout.

Le reporter qui avait proféré des menaces à l'encontre de Boman, à Domme, s'éclaircit la gorge et dit :

– Beck?

– Oui, monsieur Mohlin.

– Ça suffit comme ça, les plaisanteries.

– Quelles plaisanteries?

– Cette conférence de presse est une véritable parodie. Tu es le patron de la brigade criminelle et, au lieu de nous donner franchement des réponses, tu n'arrêtes pas de mettre en avant tes collaborateurs ou les représentants de la police locale. Est-ce que tu as l'intention d'arrêter Folke Bengtsson, oui ou non?

– Nous l'avons entendu. C'est tout.

– Et qu'est-ce qu'il en est ressorti? Vous avez bien été deux heures à causer avec lui.

– Pour l'instant, il n'y a pas lieu de le soupçonner de quoi que ce soit.

Martin Beck mentait et n'aimait pas avoir à le faire. Mais que pouvait-il dire d'autre?

La question suivante fut encore moins de son goût :

– Quel effet est-ce que ça vous fait d'être membre

de la police dans une société où, en l'espace de moins de dix ans, il faut arrêter deux fois la même personne pour le même genre de crime horrible?

Oui, quel effet cela faisait-il, au juste? Martin Beck avait déjà assez de mal comme cela à tirer au clair les relations qu'il entretenait avec la société sans que la presse s'en mêle.

Sa seule réponse fut de hocher la tête.

Kollberg continua à répondre aux questions suivantes, qui ne présentaient aucun intérêt et n'avaient qu'un rapport lointain avec les faits et obtinrent donc les réponses qu'elles méritaient.

On commençait à manquer d'air, dans cette pièce. Tout le monde en avait conscience à l'exception, peut-être, de Herrgott Nöjd, qui dit tout à coup :

– Puisque nous avons la chance d'avoir aujourd'hui, à Anderslöv, autant de représentants des grands journaux nationaux, de la radio et du reste, j'espère que vous allez en profiter pour parler un peu de notre pays.

– C'est une plaisanterie, ou quoi?

– Pas du tout. Tout le monde se plaint de l'insécurité qui règne dans le pays et, si j'en crois les mass media, on ose à peine mettre le nez dehors, dans les grandes villes, de peur de se le faire couper. Mais ici tout se passe bien. Nous n'avons même pas de chômeurs ni de drogués. En outre, la vie est agréable. Les gens sont gentils, pour la plupart, et la région est belle. Allez visiter les églises, par exemple.

– Un instant, dit Mohlin. Nos journaux ont des gens qui sont spécialisés dans la culture et qui sont là pour parler des églises et de ce genre de choses. Mais, personnellement, j'ai trouvé que la dernière question était excellente. Quel effet est-ce que ça fait d'être obligé d'aller deux fois en dix ans à la chasse du même détraqué? Qu'est-ce que vous avez à répondre à ça?

– Je n'ai rien à déclarer, dit Martin Beck.

Ainsi prit fin la conférence de presse de la maison communale d'Anderslöv.

Le nom de Bertil Mård n'avait même pas été cité.

Le seul qui n'ait rien dit était Åke Boman.

12

Si les articles de journaux du lundi et du mardi avaient causé une certaine sensation, ce ne fut rien à côté du cyclone qui s'abattit sur la localité le mercredi.

Le téléphone n'arrêta pas de sonner, aussi bien là-haut, chez Herrgott Nöjd, qu'en bas, au bureau, pour ne pas parler du commissariat de Trelleborg.

On avait vu Sigbrit Mård un peu partout : aussi bien à Abisko, tout là-haut en Laponie, qu'à Skanör, tout au sud, aussi bien à Majorque qu'à Rhodes et qu'aux Canaries, et une voix assura même au téléphone que la veille au soir elle avait exécuté un strip-tease dans un sex-club d'Oslo, aussi invraisemblable que l'endroit puisse paraître *.

On l'avait vue aussi bien sur le ferry reliant Ystad à la Pologne que sur celui reliant Trelleborg à Sassnitz. On l'avait également aperçue en divers endroits de Malmö, de Stockholm, de Göteborg et de Copenhague. Des bruits particulièrement insistants la localisaient dans le hall d'attente des aérodromes de Kastrup et de Sturup.

Il n'y avait guère qu'à Anderslöv qu'on ne l'avait pas vue.

* La Norvège passe généralement, en Scandinavie, pour un pays assez prude. *(N.d.T.)*

Sept témoins l'avaient aperçue en compagnie de Folke Bengtsson, dans les endroits les plus invraisemblables, mais pas un seul d'entre eux n'était capable de dire la façon dont elle était habillée. En effet, la police n'avait pas encore fait de révélations sur ce point et chaque journal disposant d'un reporter avait rapporté des informations totalement erronées et divergentes sur sa tenue vestimentaire : cela allait du pantalon rouge avec un anorak blanc jusqu'à une robe noire avec des bas et chaussures de la même couleur. Ce journal-là l'appelait d'ailleurs « la femme en noir ».

Quant au signalement de Folke Bengtsson, par contre, il ne régnait pas la moindre ambiguïté. Certes, seuls les journaux qui avaient le moins de retenue osaient le nommer par son nom et reproduire des photos récentes. Pour les autres, c'était « l'homme à la casquette » ou encore « le maniaque sexuel devenu marchand de harengs ».

Vers trois heures de l'après-midi, Martin Beck se trouvait chez Nöjd, en proie à une violente migraine. Il venait de causer une belle sensation en se rendant à la pharmacie pour y acheter de l'aspirine et voyait déjà les titres qu'il y aurait le lendemain dans la presse. « Le casse-tête d'Anderslöv », par exemple. Il avait également failli aller au Monopole de l'alcool pour acheter une demi-bouteille de whisky mais s'était abstenu à l'idée des commentaires que cette démarche ne manquerait pas de susciter : « Gueule de bois à Anderslöv? » ou autre chose du même goût.

Et voilà que le téléphone sonnait. Saleté de téléphone.

Il n'avait réussi à toucher Rhea ni le matin ni la veille au soir.

– Nöjd? Quoi? Non, je ne l'ai pas vu de l'après-midi.

Le responsable de la police d'Anderslöv ne reculait

pas, de temps en temps, devant un petit mensonge. Mais cette fois-ci cela ne marcha pas.

– Pardon? Qui ça? Ah oui, un instant, s'il vous plaît, je vais voir s'il est là.

Nöjd posa la main sur le microphone et dit :

– C'est Malm, de la direction nationale, à Stockholm. Tu veux lui parler?

Mon Dieu, pensa Martin Beck, bien qu'il ne fût pas croyant le moins du monde. Pour lui, Malm était ce que le chiffon rouge est au taureau ou, plus exactement, un bourreau manquant chaque fois son coup. Malgré cela, il répondit :

– Bon, je le prends.

Que peut-on faire d'autre quand on est fonctionnaire?

– Allô, ici Beck, dit-il.

– Salut Martin, comment ça va?

Comment cela allait?

– Plutôt mal, jusqu'ici.

Malm changea tout de suite de ton.

– Il faut que je te dise une chose, Martin. Ça commence à tourner au scandale. Je viens de parler avec le directeur.

Ils étaient probablement dans la même pièce. Le directeur de la police nationale était célèbre pour ne pas aimer parler aux gens qui avaient la possibilité de poser des questions ou de le contredire.

Il n'aimait pas parler à Martin Beck, en particulier, parce que, peu à peu, celui-ci avait acquis un peu trop de prestige. En outre, il était gravement atteint de la manie de la persécution. Il s'était longtemps imaginé que l'impopularité croissante de la police et sa corruption sans cesse plus profonde étaient dues au fait que « certains éléments » n'appréciaient pas la personne de son chef. Maintenant, il pensait avoir des raisons de croire que de tels éléments existaient au sein même de la police.

– As-tu arrêté l'assassin?
– Non.
– Mais la police tout entière est en train de se ridiculiser.
Il n'avait pas tort de dire cela.
– Quoi, on envoie nos plus fins limiers et il ne se passe rien! L'assassin se promène au vu et au su de tout le monde et donne des interviews pendant que la police lui fait des courbettes. Il y a même des photos de l'endroit où le cadavre est enterré, dans les journaux.
Malm savait de l'affaire ce qu'il en avait lu dans la presse du soir, de même qu'il tirait ses connaissances en matière de pratique policière de ses visites au cinéma.
Des grognements gutturaux se firent entendre en fond sonore.
– Quoi? dit Malm. Ah oui. Il faut que tu saches que, de notre côté, on n'a pas lésiné sur les moyens. Nous considérons que tu es notre meilleur enquêteur depuis Herbert Söderström.
– Herbert Söderström?
– Oui, ou bien un nom comme ça.
Malm voulait sans doute parler de Harry Söderman, criminologue suédois bien connu qui avait fini ses jours comme chef de la police de Tanger et avait un jour proposé d'aller tuer Hitler pour mettre fin à la Seconde Guerre mondiale.
Les bruits de gorge se firent à nouveau entendre et Malm dit quelque chose à voix basse à côté du microphone. Puis il reprit d'un ton aigre :
– La police va être la risée générale. L'assassin raconte sa vie dans les journaux. Il va bientôt se mettre à écrire un livre pour expliquer la façon dont il a dupé la brigade criminelle. On a déjà assez d'ennuis comme ça.
Ce dernier détail, au moins, était vrai. La police avait en effet des ennuis.

Les difficultés avaient en gros commencé en 1965, lors de l'étatisation de la police. Depuis cette date, elle était devenue chaque jour un peu plus un État dans l'État, détestée par tous les gens. Des enquêtes récentes prouvaient également que les opinions des membres de la police sur les autres citoyens étaient de plus en plus haineuses et horriblement réactionnaires. Un sur trois, par exemple, pensait qu'il était bon d'utiliser la violence dans l'éducation des enfants dès la plus tendre enfance, que des peines sévères et les châtiments corporels étaient la seule façon efficace de former la génération montante. Neuf sur dix étaient d'avis que l'on était trop indulgent envers les personnes soupçonnées de crime et que les peines souvent arbitraires infligées par les tribunaux étaient insuffisantes.

Pendant ces huit années de direction étatique, les ressources de la police avaient été multipliées plusieurs fois et la nouvelle législation, qui avait été adoptée largement en fonction des désirs des forces de l'ordre, donnait à celles-ci le droit d'arrêter n'importe qui sans motif. Il suffisait que l'agent puisse dire, après coup, qu'il avait cru que l'intéressé constituait un danger pour le respect des lois et la sécurité publique.

Tout cela faisait que la police disposait de pouvoirs plus étendus que jamais auparavant dans l'histoire du pays. Cela avait également pour conséquence que la Suède avait la police la plus chère au monde. Chaque policier suédois revenait à cent soixante-cinq couronnes par an et par habitant, c'est-à-dire par contribuable. Aux États-Unis, le chiffre correspondant était de soixante-cinq couronnes. La comparaison avec les autres pays scandinaves donnait des résultats grotesques. Et, en plus, les polices danoise et norvégienne étaient populaires.

Et pourtant, la criminalité ne cessait de croître, de même que la violence. A la direction de la police, personne ne semblait capable de comprendre cette vérité toute simple que la violence engendre la violence et que, en fait, c'était la police qui avait frappé la première.

La chose devenait franchement désagréable quand on savait que, dans les sphères supérieures de la police, personne ne voulait admettre cela; à ce niveau, on avait de tout autres intentions.

Sur ce point, donc, Malm avait raison : les gens commençaient en effet à se lasser. On avait du mal à comprendre pourquoi un agent de police suédois devait forcément coûter trois fois plus par contribuable que son homologue finlandais, juste à côté.

– Tu es toujours là? demanda Malm.

– Oui, je suis toujours là.

– Il faut que tu mettes la main sur ce Bengtsson et que tu t'arranges pour le faire arrêter.

– Je n'ai pas de preuves.

– On en aura par la suite.

– Je n'en suis pas si sûr, dit Martin Beck.

– Mise à part cette triste histoire de Bergsgatan, il y a un an *, ton coefficient de réussite est remarquable. Et puis, c'est clair comme de l'eau de roche, cette affaire.

Martin Beck rit doucement en lui-même. Il avait résolu l'énigme du crime de Bergsgatan mais, par ailleurs, le comportement douteux de la police avait eu pour conséquence que le coupable avait été condamné pour un autre crime, qu'il n'avait en fait pas commis. Pour Martin Beck, cette affaire avait eu pour résultat qu'il s'était vu dispensé de solliciter sa promotion à un poste de chef de division qu'il ne désirait aucunement occuper. C'est Stig Malm qui en avait bénéficié.

– Il rigole?

On entendit distinctement la voix. Le potentat qui se

* Voir *La Chambre close*, 10/18, nº 1865. *(N.d.T.)*

cachait derrière le dos de Malm était apparemment en train de se fâcher, ce qui arrivait assez fréquemment.

– Tu ris? demanda Malm.

– Pas du tout, répondit innocemment Martin Beck. Il y a des bruits bizarres sur la ligne. Tu es peut-être sur table d'écoute?

Encore une chose dont il valait mieux ne pas parler.

Malm ne se fit pas faute de le dire :

– Ce n'est pas le moment de plaisanter. Il s'agit de frapper. Sans plus tarder.

Martin Beck ne répondit pas et Malm dit, sur un ton un peu plus doux :

– Si tu as besoin de renforts, Martin, tu sais que nous pouvons te les fournir immédiatement. D'après le nouveau principe de concentration...

Martin Beck savait très bien ce qu'impliquait le nouveau principe de concentration : en l'espace de moins d'une heure, trente cars de police pleins à craquer pouvaient se trouver sur place. Il impliquait aussi des pistolets-mitrailleurs, des tireurs d'élite, des bombes lacrymogènes, des hélicoptères, des gilets pare-balles et autres moyens de protection individuelle.

– Non, dit Martin Beck. Les renforts, c'est ce dont j'ai le moins besoin.

– Tu vas arrêter ce type dès aujourd'hui, je suppose?

– Non, ce n'est pas vraiment dans mes intentions.

En guise de réponse, il entendit qu'on murmurait quelque chose, en aparté, à l'autre bout du fil.

Malm finit par dire :

– Tu es bien conscient du fait que nous pouvons avoir recours à d'autres moyens de persuasion?

Martin Beck ne répondit pas.

– Si tu fais ta mauvaise tête, ajouta Malm.

Martin Beck n'était que trop conscient de tout ce qui pouvait être fait en la matière. Il suffisait d'un simple coup de téléphone du directeur de la police au procureur général. Il n'avait peut-être même pas besoin de prendre cette peine. Malm pouvait certainement le faire à sa place.

– Je considère qu'il est indéfendable d'arrêter Bengtsson en ce moment, dit Martin Beck.

– Il faut mettre fin à ces articles de presse.

– Les preuves sont insuffisantes.

– Les preuves, pouffa Malm. On n'est pas dans un film de Sherlock Holmes.

Peut-être Malm avait-il vu Sherlock Holmes à la télévision une ou deux fois. Mais il n'y avait guère de raisons de penser qu'il ait jamais lu un seul livre de Conan Doyle.

– Eh bien, dit Malm. Tu vas l'arrêter, oui ou non?

– J'avais plutôt l'intention d'essayer de savoir ce qui a pu arriver à cette femme. S'il existe un assassin, j'espère que nous pourrons prouver qu'il est coupable du crime.

– On dirait qu'il va falloir qu'on te donne un coup de main.

– Je préfère que non.

Martin Beck entendit très nettement une porte se fermer dans le bureau, là-haut, à Stockholm.

– Ce n'est pas moi qui décide, dit Malm, pour se disculper. Mais il vaudrait mieux pour toi que tu arrêtes Bengtsson.

– Je n'en ai pas l'intention.

– Immédiatement, dit Malm. Avant que...

– Surtout pas immédiatement.

Malm dit alors, d'un ton détaché :

– Eh bien, tu n'auras à t'en prendre qu'à toi-même. Et, pour les preuves, je te fais confiance. Bonne chance.

– Toi de même, dit Martin Beck.

La conversation s'arrêta là.

Dans le cadre de ce qu'on appelle la justice, la voie hiérarchique est souvent longue et pénible, ralentie par tout un tas d'obstacles de nature bureaucratique.

Mais parfois on dirait qu'elle n'existe pas. Quelqu'un empoigne un téléphone et dit qu'il faut que ce soit comme ci ou comme ça. Et puis on n'en parle plus.

Moins d'une demi-heure après la conversation de Martin Beck avec Malm, l'ordre arriva.

Folke Bengtsson devait immédiatement être placé en garde à vue.

Kollberg, qui était depuis un certain temps en train de tenter de résoudre un problème d'échecs dans le journal du dimanche, jeta son stylo-bille et dit :

– Je n'en suis pas.

– Pas besoin, dit Martin Beck.

Nöjd et lui se rendirent en voiture chez Folke Bengtsson. Ils étaient suivis de quelques journalistes mais ceux-ci étaient encore plus nombreux à attendre devant la maison de Bengtsson. En outre, un certain nombre de personnes qui n'avaient rien à faire là s'étaient donné le mal de faire le déplacement.

Pourtant, il n'y avait pas grand-chose à voir.

Le crépuscule et une petite maison en bois avec un poulailler en planches et un garage en tôle ondulée. Et un homme qui pelletait des fanes sur son tas de fumier, l'air de ne se rendre compte de rien.

Folke Bengtsson était habillé exactement de la même façon que la dernière fois qu'ils s'étaient vus.

Il n'eut pas l'air étonné de les voir, ni d'avoir peur, d'être inquiet ou en colère. Il avait l'air exactement comme d'habitude.

Les choses se répétèrent de façon presque ridicule. Nöjd alla fouiller dans son coffre et en sortit son sac en plastique.

Martin Beck se dit : il a quelque chose d'autre dans son sac. Mais quoi? Il réfléchit intensément pendant quelques secondes puis il dit :

– Herrgott?

– Oui.

– Est-ce que tu as une lampe de poche dans ton sac?

– Tout juste, dit Nöjd. Il faut en avoir une quand on vit à la campagne. Quand vient l'obscurité propice à la pêche aux anguilles, comme on dit par ici, il fait noir comme dans le trou de balle d'un nègre.

Bengtsson posa sa pelle et avança vers eux.

– Salut, Folke, dit Nöjd.

– Salut, dit Folke Bengtsson.

– Il va falloir que tu nous suives, maintenant.

– Ah bon.

Il n'était pourtant pas totalement impassible car il regarda autour de lui, dans le crépuscule qui tombait, et dit :

– Y en a du monde.

– Oui, plutôt, dit Nöjd. On rentre?

– Bien sûr.

– On n'est pas pressés. Tu devrais mettre quelque chose d'autre et préparer quelques affaires dont tu peux avoir besoin. Je peux te prêter un sac, si tu veux.

– Merci, j'ai ce qu'il me faut.

Nöjd ôta ses bottes pour mettre ses chaussures. Puis il dit :

– Prends ton temps. Martin et moi, on peut jouer à la pierre et aux ciseaux pendant un petit moment.

Martin Beck ne connaissait pas ce jeu parfaitement respectable, que l'on peut jouer sans le moindre accessoire.

Il l'apprit en l'espace d'une minute et demie.

Deux doigts écartés, c'est une paire de ciseaux, la paume ouverte c'est une feuille, le poing serré c'est une pierre. Les ciseaux coupent la feuille. La feuille recouvre la pierre. La pierre casse les ciseaux.

– Onze à trois pour moi, dit Nöjd au bout d'un moment. Tu réagis trop vite. C'est pour ça que tu perds. Il faut le faire exactement en même temps.

Et tu réfléchis trop vite, se dit Martin Beck. D'ailleurs, il perdait toujours. A tous les jeux, quels qu'ils soient.

Au bout d'un moment, Folke Bengtsson eut l'air d'être prêt. Pour la première fois, il avait l'air un peu inquiet.

– Qu'est-ce qui te tracasse, Folke? demanda Nöjd.

– Il faudrait donner à manger à mes poissons. S'occuper de mes poules. Et puis nettoyer l'aquarium de temps en temps.

– Je m'en charge, dit Nöjd. Parole.

Il eut un sourire gêné et ajouta :

– Il y a quelque chose d'autre qui ne va sans doute pas te faire très plaisir. Demain, on va venir retourner ton jardin.

– Pourquoi ça?

– Il faut bien chercher le corps.

– C'est dommage pour les reines-marguerites, dit laconiquement Folke Bengtsson.

– On essaiera de ne pas trop faire de dégâts. Ne te fais pas de souci.

– C'est le commissaire qui va m'interroger?

– Oui, fit Martin Beck. Mais pas aujourd'hui. Et probablement pas demain non plus. A moins que Trelleborg ne veuille s'y mettre tout de suite. Mais je ne le crois pas.

– D'acc, dit Nöjd. On passe d'abord chez moi, à Anderslöv. Pour prendre une tasse de thé et manger un brin. A moins que tu ne préfères du café.

– Oui, merci.

– On ira en chercher au bistrot. Ils ont des petits pains à la cannelle. Tu es prêt?

– Oui.

Folke Bengtsson eut l'air de réfléchir un moment. Puis il dit :

– Et pour les œufs?

– T'en fais pas, dit Nöjd.

– Parole encore, ajouta-t-il en riant.

– Bon. Tu es un chic type, Herrgott.

Nöjd eut l'air agréablement surpris.

– On fait ce qu'on peut, dit-il.

– Je suis arrêté, maintenant? demanda Bengtsson.

– Pas encore vraiment. On va d'abord chez moi pour débiter quelques conneries. Puis ils vont venir de Trelleborg, dans une demi-heure environ. Et ils t'emmèneront en voiture. Si tu veux le savoir, tu es pour l'instant placé en garde à vue mais ça n'est pas aussi terrible que ça en a l'air. On va t'accompagner à Trelleborg. C'est là-bas que tu seras déclaré en état d'arrestation. Ensuite, il ne se passera plus rien pendant quelque temps.

Quand ils quittèrent la maison, Folke Bengtsson avait l'air un peu effondré. Il ferma la porte à clé et donna celle-ci à Nöjd.

– Si tu veux bien la garder. Au cas où je serais plus long que prévu. Et puis, tu as dit que tu donnerais à manger aux poissons.

Nöjd mit la clé dans sa poche. Il faisait déjà sombre quand ils montèrent dans la voiture de police, au milieu d'un véritable feu croisé de flashes.

Aucun d'entre eux ne dit mot au cours du trajet.

Nöjd alla chercher du café et des petits pains frais à la cafétéria qui se trouvait à côté de la Coopé. Pour sa part, il but du thé, comme d'habitude.

Kollberg était retourné à son problème d'échecs. Il n'avait même pas regardé Folke Bengtsson quand ils étaient entrés dans la pièce.

Martin Beck ne disait rien, lui non plus. Ils avaient été placés dans une situation qu'aucun d'entre eux n'avait voulue et leur marge de manœuvre quant à la façon de conduire cette affaire avait été considérablement réduite.

Pourtant, Nöjd n'était nullement enclin au silence ni aux pensées ruminées en secret. Il tendit à son prisonnier le gobelet en carton contenant le café et dit :

– Tiens, Folke. Ici, tu peux encore te considérer comme un homme libre.

Il poussa un petit rire étouffé et poursuivit :

– Jusqu'à un certain point, évidemment. Si tu essaies de t'enfuir, il faudra bien qu'on s'efforce de t'en empêcher.

Kollberg poussa un grognement. Il se souvenait parfaitement d'une occasion où Bengtsson avait tenté de s'enfuir.

Cette fois-là, c'était précisément Kollberg, ancien parachutiste et spécialiste du close-combat, qui avait été dans l'obligation de tenter de l'en empêcher.

– Je voudrais être chez moi, dit-il tout à coup.

Il dit cela de façon tout à fait spontanée, sans savoir ce qu'il voulait dire exactement. Il était vrai qu'il avait hâte de retrouver sa femme et ses enfants, de même qu'il était vrai qu'il ne voulait pas s'occuper de Folke Bengtsson ni de toute cette affaire. Mais son mécontentement envers l'existence avait des racines encore plus profondes que cela.

Sa maison, située à un jet de pierre du métro, n'avait rien de tellement merveilleux qui justifiât une telle nostalgie et encore moins la confrontation quotidienne avec des policiers et avec des gens qui se révoltaient contre la loi. Parfois, il se disait que la seule chose normale dans sa vie c'était sa femme et ses enfants. Par ailleurs, le monde semblait grouiller d'agents de police et de criminels. Et maintenant il nourrissait des sentiments tout aussi hostiles envers ces deux catégories.

Ce n'est pas normal, se disait-il. La vie ne peut pas ressembler à un film de gangsters, avec deux sortes de gens uniquement.

Le téléphone sonna. Ce fut Nöjd qui répondit.

– Non. Personne n'a avoué quoi que ce soit. Oui, nous avons quelqu'un ici. Je ne peux pas en dire plus.

Il posa le combiné et regarda l'heure à sa montre en argent. Puis il dit :

– Il ne nous reste plus beaucoup de temps, Folke. Si tu sais quelque chose sur Sigbrit Mård, je suggère que tu nous le dises maintenant. Ça simplifie toujours bougrement les choses.

– Mais je vous ai dit que je ne sais rien, dit Folke Bengtsson.

Martin Beck le regarda attentivement. Je ne sais rien. Folke Bengtsson n'avait pas changé. Ils allaient être obligés de l'interroger heure après heure, jour après jour, et il n'avouerait rien si ce n'est sur les points où les preuves étaient accablantes. Peut-être même pas.

– Mais je ne l'aime pas. Ça, non.

– C'est une réponse qui ne va pas faire particulièrement plaisir à ton avocat, dit Nöjd.

Il donna une petite tape au chien qui était couché à ses pieds.

– Je ne voudrais pas être à sa place pour un empire, Folke, dit-il.

Le téléphone eut encore le temps de sonner une fois avant que les gens de Trelleborg n'arrivent pour procéder à l'arrestation en bonne et due forme.

– C'est ton copain de Stockholm, dit Nöjd avec la main sur le microphone.

Martin Beck prit le combiné.

– Eh bien, tout s'arrange, d'après mes informations, dit Malm.

– Tu trouves?

– Ne fais pas le misanthrope. Tu es vraiment devenu un peu bizarre depuis que cette promotion t'est passée sous le nez.

Il y en a, je vous jure, qu'est-ce qu'ils trimbalent, pensa Martin Beck.

– Mais ce n'est pas pour ça que je t'appelle, dit Malm d'un ton acide. Il y a autre chose qui paraît bizarre et dont on a parlé en haut lieu.

– Et qu'est-ce que c'est?

– On dit dans les journaux que vous favorisez une certaine personne, un ancien meurtrier qui travaille maintenant comme reporter. Quelqu'un du nom de Gunnarsson.

– Il s'appelle Boman, dit Martin Beck. Et il se trouve simplement que je le connais depuis longtemps.

– Condamné pour avoir étranglé quelqu'un, récemment libéré et servant maintenant d'ordonnance à la brigade criminelle, en quelque sorte. C'est marqué textuellement. J'ai le journal devant moi. Je n'ai pas besoin de te dire qu'ici on trouve que ça fait très mauvais effet, bon sang de bois!

Tout en Malm était grotesque, même sa façon de jurer.

– Et moi, je n'ai pas besoin de te dire que je me fiche pas mal de ce que vous pensez, dit Martin Beck.

– Quoi qu'on dise, tu le prends toujours en mauvaise part, dit Malm d'une voix geignarde.

– Au revoir.

Ils passèrent le reste de la journée à Trelleborg; du temps passablement perdu. Martin Beck fit savoir qu'il reprendrait ses auditions ultérieurement.

Folke Bengtsson fut déclaré en état d'arrestation.

Le lendemain matin, la police commença à retourner son jardin.

13

Il n'y avait personne aux aguets lorsque, tôt le jeudi matin, Martin Beck et Kollberg sortirent sur le perron de l'auberge. Il n'était encore qu'un peu plus de huit heures et le soleil avait tout juste eu le temps de se hisser au-dessus de l'horizon. L'air était glacial et les pavés de la place luisaient encore de gelée nocturne.

Ils montèrent dans la voiture de Kollberg et prirent la route nationale en direction de Domme. Kollberg conduisait prudemment et jetait de temps en temps un regard dans le rétroviseur. Ils étaient seuls sur la route.

Nöjd leur avait procuré une clé de la maison de Sigbrit Mård; pour sa part, il y avait pénétré avec l'aide d'un serrurier, mais il avait trouvé un double accroché à un clou, dans la cuisine.

Ils roulaient en silence; ils n'étaient ni l'un ni l'autre particulièrement bavards le matin et, en outre, Kollberg était mécontent de ne pas avoir eu le temps de prendre son petit déjeuner.

Lorsqu'ils passèrent devant la maison de Folke Bengtsson, après avoir tourné à droite, ils virent l'une des camionnettes de la police de Trelleborg parquée devant la petite route qui y menait. Elle venait apparemment d'arriver car les portes arrière étaient ouvertes et deux hommes en bottes de caoutchouc et en bleus de travail étaient en train d'en sortir des pelles et des pioches.

Un troisième se trouvait dans la cour et se grattait la nuque tout en ayant l'air de réfléchir à la situation.

Ils parcoururent encore environ deux cents mètres et Kollberg arrêta la voiture. Martin Beck descendit et ouvrit la barrière qui donnait accès à la maison de Sigbrit Mård. Kollberg alla garer la voiture devant les portes du garage, qui était accolé à la maison, sur le pignon.

Avant de pénétrer à l'intérieur, ils firent du regard le tour du jardin. La cour qui se trouvait sur le devant était recouverte de gravier, à l'exception d'un petit espace rond semé d'herbe et planté de roses, juste devant la maison, et d'une bande de terre d'un mètre de large, contre le mur, qui était nue et sarclée de frais; sans doute dans l'idée d'y planter des fleurs au printemps.

Le terrain n'était pas particulièrement grand. Sur le derrière de la maison, il était essentiellement constitué d'une pelouse avec quelques pommiers, quelques arbustes et, dans un coin, contre la haie, un petit potager. Sur l'allée de gravier qui menait de l'escalier de la cuisine à l'entrée de la cave se trouvait un sèche-linge en métal léger. Quelques pinces à linge en plastique rose y étaient accrochées.

Martin Beck et Kollberg revinrent sur le devant de la maison. Celle-ci n'était pas particulièrement belle. Elle était construite en briques jaunes sur un socle en béton, présentait un toit en tuiles rouges, des encadrements de fenêtres et de portes peints en vert. Elle ressemblait à une boîte, dépourvue d'enjolivures ou de décorations inutiles.

Trois marches en béton longées par une rampe peinte en vert montaient jusqu'à la porte d'entrée. Martin Beck ouvrit celle-ci avec la clé que lui avait donnée Nöjd.

Ils pénétrèrent dans un hall dallé. Au-dessus d'une petite commode aux pieds courbes et dorés recouverte d'une plaque de marbre blanc se trouvait une glace entourée d'un cadre également doré et flanquée de deux appliques en cristal. Des deux côtés de la commode, des tabourets sur lesquels étaient placés des coussins brodés.

La salle de séjour avait deux fenêtres donnant sur la route et une au-dessus du toit du garage, sur le pignon.

Martin Beck fit le tour de la pièce d'un coup d'œil et comprit immédiatement ce que Bertil Mård avait voulu dire quand il avait affirmé que sa femme était un peu pimbêche.

La pièce ne visait aucunement au confort; elle était meublée uniquement dans l'intention de faire impression. Sur le sol se trouvaient des tapis qui étaient peut-être authentiques, au plafond pendait un lustre de cristal, la banquette était recouverte de velours lie-de-vin et la table basse de forme ovale placée devant le sofa était faite d'une essence de bois rare, de couleur sombre et luisante.

La décoration murale était relativement réduite et consistait en quelques petites peintures à l'huile assez sombres, de deux plats de porcelaine peints à la main et d'une grande glace au cadre très large et très travaillé.

Derrière les portes de verre d'une vitrine en acajou, on pouvait voir divers bibelots et souvenirs que Bertil Mård avait probablement ramenés de ses nombreux voyages.

Kollberg avait gagné la cuisine, où on l'entendit ouvrir et fermer des portes de placard et des tiroirs pendant un bon moment avant qu'il ne vienne retrouver Martin Beck, toujours planté devant la vitrine, en train d'examiner tous ces objets.

– C'est drôlement bien rangé, dit Kollberg. Tout est

propre et impeccable, chaque chose est à sa place. C'est presque gênant.

Martin Beck ne répondit pas. Il était plongé dans la contemplation d'un trois-mâts de belle allure qui fendait les vagues d'une mer de plâtre peinte en bleu, le tout placé dans une grosse bouteille large de corps et étroite de goulot. Derrière ce navire en bouteille se trouvait un plateau fait d'ailes de papillons aux magnifiques teintes bleues et vertes.

Il se rappelait avoir possédé, étant enfant, un de ces tableaux, offert par un membre de sa famille au retour d'un voyage en Amérique du Sud.

Pour lui, cela représentait l'aventure : des ports exotiques, des forêts vierges et de larges fleuves, des endroits mystérieux au-delà de vastes mers; autant de pays lointains qu'il explorerait sans nul doute quand il serait grand. Un court instant, il se souvint avec beaucoup de netteté de ses rêves et de ses espoirs et eut quelque peu l'impression d'avoir trahi le jeune garçon qu'il avait jadis été.

Il se secoua et tourna le dos à la vitrine et à ses souvenirs.

– Drôle de pièce, dit Kollberg.

– Comment ça?

– Il n'y a pas un seul livre, pas de radio, pas d'électrophone ni même de télévision.

– Il y avait une antenne sur le toit, dit Martin Beck. Elle doit avoir la télévision dans une autre pièce.

– Herrgott a bien dit qu'elle travaille le soir, en semaine, la plupart du temps, dit Kollberg. Mais elle doit quand même être chez elle de temps en temps. Qu'est-ce que tu crois qu'elle fait, quand elle est toute seule?

Martin Beck haussa les épaules.

– On va voir le reste de la maison, dit-il.

Entre la cuisine et la salle de séjour se trouvait une petite salle à manger. Elle était meublée de façon conventionnelle au moyen d'une table ronde laquée en blanc, entourée de quatre chaises, quatre autres étant alignées le long du mur; deux petites tables de service et une armoire de coin contenant des verres et de la porcelaine. Rideaux de dentelle blancs et plantes vertes sur le rebord de la fenêtre.

Ils traversèrent la cuisine pour regagner le hall, ouvrirent une ou deux portes, jetèrent un coup d'œil dans une penderie et dans un cabinet de toilette avec siège de W.-C. Puis ils entrèrent dans la chambre à coucher.

De même que la salle de séjour, elle donnait sur la cour mais elle était plus petite et n'avait qu'une fenêtre. Par celle-ci ils pouvaient voir la barrière, qu'ils avaient oublié de fermer, et une partie de la petite route menant à la maison de Folke Bengtsson.

Derrière la chambre à coucher se trouvait une vaste salle de bains, dans laquelle ouvrait une autre porte menant à une pièce pourvue d'une fenêtre donnant sur le jardin, derrière la maison.

De toute évidence, c'était là que Sigbrit Mård passait ses soirées de liberté.

Dans un coin de cette pièce se trouvait un poste de télévision et, en face de celui-ci, un fauteuil confortable et une petite table sur laquelle étaient posés un cendrier, quelques revues et une boîte à cigarettes en métal. Au mur était accrochée une étagère supportant une bibliothèque qui n'avait rien d'impressionnant.

Une trentaine de livres de poche, une douzaine de volumes reliés d'un club du livre quelconque, une bible scolaire à la couverture noire, un atlas mondial et quelques livres de cuisine.

Le reste de l'étagère était occupé par une pile de revues, un nécessaire à couture, un transistor, quelques coupes en céramique et un chandelier en étain.

Dans cette pièce se trouvaient également un secrétaire, une banquette avec de nombreux coussins et, devant celle-ci, une table basse et un fauteuil. Sur une table, devant la fenêtre, était posée une machine à écrire.

Kollberg actionna l'un des tiroirs de la table. Il contenait quelques journaux de mode et des patrons en papier de soie. L'autre tiroir renfermait du papier à lettres, des enveloppes, quelques stylos à bille et un jeu de cartes.

Puis il consacra son attention aux tiroirs et aux compartiments du secrétaire, où il trouva des lettres, des reçus et des documents divers; le tout soigneusement rangé dans des chemises portant des étiquettes rédigées d'une main appliquée.

Martin Beck retourna dans la chambre à coucher. Il resta un long moment à regarder par la fenêtre en direction de la maison de Folke Bengtsson, qui était presque entièrement dissimulée par les arbres. On ne voyait qu'une partie du toit et la cheminée. Il entendit derrière lui Kollberg se rendre dans la cuisine, et au bout d'un moment ses pas résonnèrent lourdement sur l'escalier de la cave.

La chambre était aussi bien rangée que le reste de la maison. Outre le lit et la table de nuit, elle renfermait une commode, une coiffeuse, un fauteuil bas avec un tabouret pour les pieds, deux chaises et un coffre rustique. Par terre, à côté du fauteuil, se trouvait un panier d'osier contenant des pelotes de laine de toutes les couleurs et un tricot commencé.

Martin Beck quitta la fenêtre et se vit lui-même dans une glace qui couvrait tout le mur, entre la porte de la salle de bains et celle de la penderie. Il lui arrivait rarement de se regarder dans une glace, surtout pas des pieds à la tête, et il se fit la réflexion qu'il ne faisait pas particulièrement soigné.

Ses jeans étaient chiffonnés, ses chaussures n'étaient pas cirées et sa veste de popeline bleue commençait à avoir l'air un peu usée et défraîchie.

Il se détourna et se mit à explorer systématiquement la pièce en commençant par la coiffeuse. Elle était bien pourvue en bouteilles, boîtes et tubes en tous genres. Sigbrit Mård prenait apparemment grand soin d'elle-même et sa provision de cosmétiques était impressionnante. En outre, il y avait un coffret à bijoux en cuir rouge qui contenait une foule de bracelets, de bagues, de broches, de boucles d'oreilles et d'amulettes. Des chaînes et colliers de divers modèles étaient accrochés à des fiches de bois, à côté du miroir de la coiffeuse.

Martin Beck n'était pas expert en métaux rares et pierres précieuses mais il était tout de même capable de se rendre compte qu'il ne s'agissait pas là d'une bijouterie de bien grande valeur; c'était surtout des articles de bazar.

Il regarda dans la penderie, où des robes, des corsages, des jupes et des tailleurs étaient accrochés, l'un à côté de l'autre, parfois sous des housses de plastique afin de les protéger de la poussière.

Des paires de chaussures étaient alignées sur le plancher. Sur l'étagère à chapeaux se trouvait une toque de fourrure noire, un chapeau de soleil en batik de coton et un carton à chaussures. Martin Beck prit celui-ci. Il était entouré d'une ficelle. Il défit le nœud et ouvrit la boîte. Elle était remplie de lettres et de cartes postales et Martin Beck n'eut besoin que de les feuilleter rapidement pour voir qu'elles étaient toutes écrites de la même main et portaient toutes des timbres étrangers.

Il regarda les cachets. Apparemment, tout était classé par ordre chronologique avec, tout en dessous, une grosse lettre datée de 1953 et, sur le dessus, une carte du Yémen du Sud, vieille de six ans.

Bertil Mård avait écrit à sa femme au cours de leurs quatorze années de mariage, qu'il avait toutes passées en mer.

Martin Beck ne prit pas la peine de lire ces lettres; d'ailleurs, elles étaient presque illisibles. Il ficela à nouveau le carton et le reposa sur l'étagère.

Il entendit les pas de Kollberg qui remontait de la cave. Au bout d'un moment, celui-ci vint retrouver Martin Beck et lui dit :

– Rien que des vieilleries, en bas. Des meubles de jardin, quelques outils, un vieux vélo, une brouette et des trucs comme ça. Une laverie et une réserve de nourriture. Tu as trouvé quelque chose d'intéressant?

– Les lettres de Bertil Mård sont dans un carton dans la penderie. Autrement, rien.

Il alla jusqu'à la commode et actionna les tiroirs. Dans celui du dessus se trouvaient des sous-vêtements, des mouchoirs et du linge de nuit, en piles bien rangées. Dans celui du milieu, il y avait des gilets et pulls de toutes sortes. Celui du dessous, enfin, contenait deux grosses vestes en laine, un petit livre à couverture bleue sur lequel était marqué en lettres d'or le mot *Poèmes* et un gros journal intime pourvu d'un fermoir et d'un petit cadenas en forme de cœur.

Tous ces documents dataient de l'adolescence de Sigbrit Mård, de même que deux albums de photos, rangés sous des châles de soie bien pliés.

Le petit livre bleu renfermait les courts poèmes habituels écrits par des amies, vingt-cinq ans plus tôt.

Martin Beck ouvrit la dernière page et lut le genre de vers qu'il s'était attendu à y trouver.

Dans ce livre je suis la dernière
mais parmi les amies, j'espère, la première.
Anne-Charlotte

Kollberg fit sauter le cadenas du journal intime au moyen d'une épingle à cheveux trouvée dans une coupe, sur la commode.

25 décembre 1949. Cher journal ! Tu m'as été offert hier, en cadeau de Noël, et, à partir d'aujourd'hui, je te confierai toutes mes pensées les plus intimes.

Kollberg lut quelques pages.

Un tiers d'entre elles était couvert d'une écriture enfantine et ronde mais, le 13 mars de l'année suivante, Sigbrit s'était de toute évidence lassée de se confier à son journal.

Les albums de photos contenaient des clichés d'amateur représentant des camarades de classe et des professeurs, des parents, des frères et sœurs et des petits amis. A la fin de l'un de ces albums se trouvaient quelques photographies éparses plus récentes. L'une d'entre elles représentait un jeune marié, les cheveux peignés à l'eau, et une mariée encore plus jeune, aux yeux clairs et aux joues rondes.

– Bertil Mård, dit Martin Beck.

– Il était déjà costaud à l'époque, remarqua Kollberg.

Quelques photos d'identité de Bertil Mård et quelques autres clichés d'amateur représentant Sigbrit, apparemment pris au cours de son voyage à Sassnitz, complétaient la collection. Ils remirent le tout en place dans le tiroir et le refermèrent.

Kollberg passa dans la salle de bains. Martin Beck l'entendit ouvrir l'armoire de toilette.

– Une sacrée collection de produits de beauté, de papillotes et de trucs comme ça. Mais ni médicaments ni pilules. Rien que de l'aspirine et de l'Alka-Seltzer. C'est curieux. De nos jours, tout le monde a des calmants ou des somnifères chez soi.

Martin Beck alla jusqu'à la table de nuit et sortit le tiroir. Il n'y trouva aucun médicament mais, entre autres choses, un almanach de poche.

Martin Beck le prit et le feuilleta. Il contenait l'indication de choses à se rappeler du genre : *coiffeur, blanchisserie* ou *dentiste.* La dernière, correspondait au 16 octobre : *révision voiture.* Par ailleurs, il n'y avait guère que la date de ses règles, indiquée au moyen d'une petite croix, et la lettre *K* qui revenait à intervalles réguliers.

Martin Beck tourna, une à une, les pages de ce carnet. En janvier et février, K apparaissait régulièrement chaque jeudi. Même chose en mars. Mais, la deuxième semaine, il figurait également le vendredi et, la dernière, le mercredi et le jeudi. Au mois d'avril, pas de K le jeudi saint mais tous les jeudis de mai, sauf celui de l'Ascension, compensé par trois samedis de suite. En juin et juillet, pas un seul K mais en août cette lettre faisait son apparition trois ou quatre fois par semaine. En septembre et octobre reprenait la litanie des jeudis, jusqu'au 12 octobre.

Martin Beck avait entendu Kollberg retourner au secrétaire, dans l'autre pièce. Il mit l'almanach dans sa poche, l'air pensif, avant de baisser le regard vers le tiroir de la table de chevet. Sous un tube de crème de nuit se trouvait une petite pile de papiers pliés. Il les posa sur le dessus de la table et les déplia l'un après l'autre. Il s'agissait surtout de reçus ainsi que de quelques factures impayées, toutes de date récente.

Tout en dessous de la pile se trouvaient cependant deux morceaux de papier d'allure différente. Deux lettres très brèves, ou plus exactement des messages écrits à la main sur le même papier bleu clair fin, aux rayures serrées.

La première disait ceci : *Ma chérie, ne m'attends pas. Le frère de Sissy est là et je n'ai pas l'ombre d'une chance de me libérer. Te téléphonerai plus tard ce soir, si je peux. Je t'embrasse. Kaj.*

Martin Beck relut ce bref message. L'écriture était facile à lire car très appliquée, légèrement penchée en avant, et elle faisait presque l'effet d'être en script.

Puis il lut la seconde.

Sigge chérie! Peux-tu me pardonner? J'étais hors

de moi et je ne pensais pas ce que j'ai dit. Il faut que tu viennes jeudi pour que je puisse faire amende honorable. Je t'attends. Je t'aime. Kaj.

Il prit les deux morceaux de papier et alla trouver Kollberg, debout devant le secrétaire, en train d'examiner des livrets de tenue de compte bancaire.

– Elle n'avait pas beaucoup d'argent devant elle, dit-il sans se retourner. Elle retirait à peu près tout ce qu'elle déposait. On dirait qu'elle essayait de faire des économies mais qu'elle n'y parvenait pas. Avant son divorce, elle était plutôt à l'aise, question finances. Qu'est-ce que c'est?

– Des billets doux, il me semble.

Kollberg les lut et dit :

– On le dirait bien, en effet. Elle a peut-être filé avec ce Kaj.

Martin Beck sortit l'almanach et le montra à Kollberg, qui émit un petit sifflement avant d'ajouter :

– Un amant aux habitudes bien arrêtées. Mais pourquoi le jeudi particulièrement, je me le demande.

– Il a peut-être un boulot qui ne lui permet de venir que le jeudi, par exemple, suggéra Martin Beck.

– Un livreur de bière, dit Kollberg, qui fait ses livraisons tous les jeudis. Ou quelque chose comme ça.

– Curieux que Herrgott ne soit pas au courant.

Martin Beck prit une enveloppe vide dans le tiroir de la table de la machine à coudre, y mit l'almanach et les deux billets et fourra le tout dans sa poche-revolver.

– Tu as fini par ici? demanda-t-il.

Kollberg regarda autour de lui.

– Oui, dit-il. Il n'y a rien de particulièrement intéressant. Des feuilles d'impôts, des pièces d'état civil, des lettres sans intérêt, des reçus et des trucs comme ça.

Il remit le secrétaire en ordre.

– Viens, on s'en va, dit-il.

En regagnant la route, ils virent une longue file de voitures parquées devant chez Folke Bengtsson. Il était maintenant neuf heures et demie et les journalistes avaient apparemment fini par se réveiller.

Kollberg mit les gaz et passa à toute vitesse près du groupe afin de rejoindre la grande route. Ils eurent le temps de voir que deux autres voitures de police étaient venues se ranger dans la cour et que l'accès de celle-ci était maintenant interdit à l'aide d'une corde.

Ils restèrent silencieux pendant un bon moment. Puis Martin Beck finit par dire :

– Sur l'un des deux morceaux de papier, il y avait marqué : « il faut que tu viennes ». Ça semblerait indiquer qu'ils ne se rencontraient pas chez elle?

– On verra ce qu'en dira Herrgott, dit Kollberg, plein de confiance. Il sait peut-être quelque chose.

Herrgott Nöjd fut très intrigué par ce qu'avait trouvé Martin Beck. Il ne connaissait pas de Kaj.

Dans tout Anderslöv, il n'y avait pas une seule personne portant ce nom. Si, une : un enfant de sept ans et venant seulement de commencer à aller à l'école.

Et, d'après ce qu'il savait, Sigbrit travaillait à la pâtisserie de Trelleborg, le jeudi soir. D'habitude, elle ne rentrait pas chez elle avant onze heures environ, quand elle travaillait le soir.

– Il l'appelle Sigge, dit-il. Je n'ai jamais entendu personne l'appeler comme ça. Sigge, ça fait gamin. Et puis c'est un nom de garçon et ça ne convient pas du tout à une femme comme Sigbrit.

Il fixait les deux morceaux de papier bleu et se grattait la nuque. Puis il se mit à ricaner.

– Et si elle avait filé avec son amant? dit-il. Dans ce cas-là, ils peuvent bien creuser tout le terrain de Folke et en faire un champ de patates.

14

Il soufflait un vent léger en provenance du sud et, à l'abri de la terre, le lac ressemblait à un miroir parfaitement lisse mais, un peu plus loin, des risées venaient troubler sa surface paisible. Là où les rayons obliques du soleil de l'après-midi ne donnaient pas, un froid humide montait du sol marécageux et une légère brume restait accrochée aux roseaux, près des berges.

C'était le 11 novembre, un dimanche, et le ciel était toujours aussi bleu et immaculé. Il était une heure et demie et le soleil devait briller encore environ deux heures avant que le crépuscule et la fraîcheur du soir ne l'emportent.

Un groupe de personnes arrivait à pied le long du chemin qui longeait la berge sud-ouest du lac. Six femmes, cinq hommes et deux enfants de huit à dix ans. Ils portaient tous des bottes dans la tige desquelles était rentré le bas de leur pantalon et la plupart avaient un sac à dos ou une musette sur l'épaule. Ils avançaient d'un bon pas, en file indienne car le chemin serpentait entre de grandes touffes de roseaux jaunes et des buissons d'aunes et de noisetiers et ne laissait pas la place à deux personnes de front. Tous regardaient où ils mettaient les pieds, sur ce sol boueux et glissant.

Lorsqu'ils eurent marché un moment, les buissons prirent fin et le chemin se mit à longer une clôture faite de piquets à moitié rongés par la pourriture et de fil de fer barbelé rouillé. De l'autre côté se trouvait un champ en jachère. Derrière celui-ci, un bois de sapins assez touffu.

L'homme qui marchait en tête s'arrêta et observa le paysage en plissant les yeux sous le soleil. Il était svelte et sec, assez petit de taille, et avait plus l'air d'un adolescent que d'un homme de cinquante ans. Son visage était bronzé et ses cheveux bruns ébouriffés.

Au bout de quelques instants, les autres se rassemblèrent autour de lui. En dernier venait un homme de haute taille à la barbe grisonnante, qui avançait à grands pas lents. Il avait les mains dans les poches de son blouson et il regarda le petit homme d'un air paisible et plein d'humour avant de dire :

– Qu'est-ce que tu mijotes? Un changement de cap?

– J'ai envie de traverser ce champ jusqu'au bois de sapins qui se trouve là-bas, dit l'homme qui semblait à la tête de cette expédition.

– Mais alors on va s'éloigner du bord du lac, dit l'une des femmes.

Elle s'était assise sur une pierre, les pieds en croix, et avait allumé une cigarette.

– On avait pourtant décidé de faire le tour du lac, ajouta-t-elle, mais tu cherches toujours à nous entraîner dans une autre direction. Et puis j'ai faim. Est-ce qu'on va bientôt manger?

Les autres approuvèrent. Ils avaient tous faim et étaient désireux d'alléger le poids de leur musette.

– On va se reposer quand on aura traversé ce champ, dit le chef du groupe.

Il souleva le plus petit des enfants et le posa par terre de l'autre côté de la clôture. Puis il l'enjamba lui-même et s'éloigna à grands pas à travers l'herbe.

Lorsqu'ils arrivèrent au bois de sapins, celui-ci se révéla tellement touffu qu'il était impénétrable même pour un enfant. On se remit à discuter et, comme on n'était pas d'accord sur le chemin à prendre, le chef du groupe, les enfants et deux des femmes prirent à droite, le long du bois, et les autres, avec le grand à leur tête, à gauche, en direction du lac.

Au bout d'un quart d'heure les deux groupes se retrouvèrent de l'autre côté du bois et se mirent à chercher un endroit convenable pour le pique-nique.

Cette fois-ci, ils tombèrent d'accord. Ils posèrent donc leurs sacs et leurs musettes sur le sol dans une clairière ensoleillée située entre une pile de troncs de hêtres abattus et un enchevêtrement d'arbres déracinés par le vent. Et, lorsqu'un homme qui avait l'air de s'y connaître en feux de camp eut trouvé un endroit propice, ils se mirent tous à rassembler du combustible.

A l'endroit où le vent avait arraché les arbres, il ne manquait pas de branches et de rameaux secs et, bientôt, un beau feu se mit à crépiter.

Ils s'installèrent confortablement autour de celui-ci afin de jouir d'un moment de repos bien gagné car ils avaient marché presque sans arrêt pendant trois heures sur un terrain difficile.

Sandwichs, thermos et gourdes furent sortis des sacs, mais on ne se laissa pas réduire au silence pour autant. La conversation était gaie et détendue et passait d'un sujet à l'autre.

Un homme portant une veste verte et un bonnet en laine se tenait debout près du feu pour se réchauffer les pieds.

– Il est trop grand, ce lac. Dimanche prochain, il faudra en choisir un plus petit. Et puis un qui soit un peu moins boueux sur le pourtour.

Il fit une pause pour vider un petit gobelet en argent contenant de l'eau-de-vie de sorbe. Puis il leva les yeux vers le ciel et dit :

– On ne va jamais avoir le temps de faire le tour avant la nuit, bon sang!

Le feu commençait à retomber et l'on piqua des saucisses sur des rameaux de taille convenable que l'on installa au-dessus des braises.

Les deux enfants couraient l'un après l'autre autour du tas de bois.

Le botaniste du groupe était parti flâner en direction du bois de sapins afin de chercher des champignons. Il avait déjà des chapeaux de mousserons plein la poche de son anorak et il avait rempli un sac en plastique d'aspérules odorantes bien vertes, qu'il allait mettre à sécher chez lui afin qu'elles répandent leur bonne odeur.

Le bois de sapins était moins touffu de ce côté et son regard exercé fouillait le sol jonché d'aiguilles de sapin, entre les troncs d'arbres.

Il ne s'attendait guère à trouver quoi que ce soit, il était déjà tard dans l'année et, tout comme l'été, l'automne avait été sec et chaud.

A quelques mètres à l'intérieur du bois, il aperçut quelque chose qui ressemblait à un bel exemplaire de coulemelle. Il posa le sac contenant les aspérules sur une grosse pierre recouverte de mousse, à la lisière du bois, et s'enfonça entre les arbres. Il écartait les branches de la main tout en essayant de ne pas perdre de vue l'endroit où poussait le champignon.

Tout à coup, il posa le pied sur une plaque de mousse qui céda sous son poids et sa jambe droite s'enfonça presque jusqu'en haut de sa botte, comme dans une tourbière.

Bizarre, pensa-t-il.

Bizarre qu'il y ait une tourbière dans un bois de sapins comme celui-ci.

Il déplaça l'autre pied pour prendre appui sur une branche de sapin qui gisait sur le sol. Celle-ci se brisa sous son poids et sa botte s'enfonça dans la boue, mais seulement d'une dizaine de centimètres, avant de rencontrer quelque chose de dur.

Il retira son pied de la vase, qui collait à sa botte au point de presque la lui enlever, puis il prit l'appui sur son pied gauche, se ramassa sur lui-même et, d'une large enjambée, se retrouva sur la terre ferme.

Il avait oublié son champignon et il se retourna pour observer cette curieuse fosse argileuse recouverte de mousse. Il vit la trace de ses pas et des bulles d'air qui remontaient à la surface de cette vase noire. Puis il découvrit quelque chose qui sortait lentement de la boue, entre la mousse et la branche de sapin, à environ un mètre du trou qu'avait laissé sa botte gauche.

Il resta figé sur place, se demandant ce que cela pouvait être. Soudain l'objet en question prit forme devant ses yeux et il s'écoula une fraction de seconde avant que son cerveau n'enregistre le fait que ce qu'il voyait là c'était une main humaine.

Alors il poussa un cri.

15

Le lundi 12 novembre tout était différent.

Sigbrit Mård n'était plus disparue. C'était maintenant un cadavre en fort mauvais état dans un bourbier de la forêt. Tout le monde savait où elle se trouvait et on l'avait découverte à peu près là où bien des gens s'étaient attendus à ce qu'elle soit. Elle était au-delà du bien et du mal et cela depuis bientôt quatre semaines.

Folke Bengtsson fut incarcéré ce matin-là. Il n'avait fait aucun aveu mais son attitude et les témoignages recueillis, aussi vagues fussent-ils, en tinrent lieu. Lorsque son avocat contesta le bien-fondé de cette décision, ce fut plutôt un geste gratuit qu'une manœuvre bien sérieuse.

C'était pourtant un bon avocat, même s'il était un peu marqué par son métier. En Suède, dans les affaires criminelles, les avocats n'ont que bien peu de chances de jouer un rôle. Les juges y ont habituellement le défaut de commencer à rédiger la sentence, pour gagner du temps, pendant la plaidoirie de la défense. C'est pourquoi tant d'avocats sont résignés et ressemblent si peu à Clarence Darrow, par exemple.

Martin Beck et l'avocat de Folke Bengtsson s'étaient même rencontrés et avaient échangé quelques mots. Cette conversation n'avait rien eu de bien remarquable mais son interlocuteur avait malgré tout tenu certains propos auxquels Martin Beck pouvait souscrire de tout cœur. Entre autres choses :

– Je ne le comprends pas.

Folke Bengtsson n'était pas facile à comprendre, en effet. Martin Beck lui avait parlé le vendredi, trois heures le matin et autant après le déjeuner. Toutes ces paroles avaient été échangées en vain, les deux parties se contentant le plus souvent de répéter les propos qu'elles avaient déjà tenus peu de temps auparavant.

Le samedi, cela avait été au tour de Kollberg. Il s'était attelé à cette tâche avec encore moins d'enthousiasme que Martin Beck et le résultat avait été en conséquence, c'est-à-dire nul.

Au cours de l'interrogatoire, on avait sans cesse buté sur les mêmes points. En particulier sur ce qui s'était passé à la poste.

– Vous avez parlé l'un avec l'autre à la poste, n'est-ce pas?

– Oui, elle m'a fait des avances.

– Des avances?

– Elle est venue me demander si j'aurais des œufs le vendredi.

– Ce n'est pas vraiment ce qu'on appelle faire des avances à quelqu'un.

– Qu'est-ce que c'est alors?

– Est-ce qu'elle vous a demandé autre chose?

– Je ne me souviens pas.

Et ensuite, bien sûr, ce qui s'était passé à l'arrêt de l'autobus.

– Sigbrit Mård vous a-t-elle fait signe? De la main ou autrement?

– Je ne me souviens pas.

– Et elle n'est pas montée avec vous?

– Non. Je vous assure.

Personnellement, Martin Beck avait tendance à

croire que Herrgott Nöjd avait raison. Elle lui avait probablement demandé s'il pouvait la ramener et il avait répondu de façon évasive. Il était également vraisemblable qu'elle lui ait fait signe, un peu à la manière des auto-stoppeurs, lorsqu'il était passé au volant de son camion, quelques minutes plus tard.

L'ennui était qu'il y avait si peu de chose à tirer des témoins. Nöjd avait interrogé tous ceux qui s'étaient trouvés à la poste à ce moment-là. Quatre personnes pouvaient certifier que Sigbrit Mård et Folke Bengtsson s'étaient adressé la parole mais aucune d'entre elles n'avait entendu ce qu'ils s'étaient dit. Et Folke Bengtsson ne pouvait naturellement pas savoir cela.

Il en allait de même de la célèbre Signe Persson et de ce qu'elle avait vu ou n'avait pas vu lorsqu'elle avait rencontré le camion dans la rue.

Il n'y avait qu'une seule chose certaine. Sigbrit Mård était morte et celui qui l'avait tuée avait fait tout son possible pour dissimuler son cadavre.

– Elle aurait pu rester là pendant tout l'hiver sans que personne la trouve, dit Nöjd. S'il n'y avait pas eu ces gens bizarres qui s'amusent à faire le tour des lacs.

Ils étaient sur le lieu du crime – si elle avait bien été tuée à l'endroit où on l'avait découverte – et observaient les agents qui s'efforçaient de trouver des indices à l'intérieur d'un périmètre délimité par des cordes.

Une autre chose certaine était que le terrain de la maison de Folke Bengtsson avait subi tout un labour d'automne pour rien, mise à part une éventuelle influence bénéfique sur la végétation, au printemps suivant. On avait également endommagé quelques mètres carrés du plancher de sa maison d'habitation et pratiquement démoli son poulailler. Et, en ce moment même, son camion était soumis à un examen approfondi.

Martin Beck poussa un profond soupir et Nöjd le regarda de ses yeux bruns et futés, l'air étonné. C'était au tour de Kollberg de poursuivre ce dialogue plutôt monotone avec Folke Bengtsson et Martin Beck avait oublié que son vieux complice n'était pas à côté de lui. Lorsque Martin Beck soupirait, Kollberg comprenait en général très bien ce qu'il voulait dire. Ils travaillaient ensemble depuis si longtemps qu'ils pensaient de la même façon. La plupart du temps. Sans avoir besoin de les exprimer, ils connaissaient les pensées et les déductions l'un de l'autre. Mais, naturellement, il n'en allait pas toujours ainsi.

Et il était fort peu probable que Nöjd puisse comprendre pourquoi Martin Beck soupirait. Pourtant, il demanda :

– Pourquoi est-ce que tu soupires?

Martin Beck ne répondit pas.

– Pas fameux comme lieu du crime, hein? Si tant est que ce le soit bien. Mais ça l'est sans doute.

– On le saura de toute façon après l'autopsie, dit Martin Beck.

Les promeneurs qui avaient trouvé le cadavre étaient vraiment des gens qui connaissaient la forêt : ils n'avaient pas laissé de détritus derrière eux ni causé de déprédations d'aucune sorte; mais il était indéniable que, tout autour de l'endroit où le corps avait été trouvé, ce n'étaient pas les traces de pas qui manquaient. Le fait que la police fût sur les lieux n'arrangeait évidemment rien, et, de plus, il s'était écoulé près de quatre semaines depuis le meurtre; le temps avait été assez instable et il y avait eu aussi bien de la pluie que de la tempête et des gelées nocturnes.

Du point de vue technique, l'endroit n'avait pas de quoi inciter à nourrir de bien grands espoirs. Une sorte de route y conduisait, tout du moins jusqu'à l'endroit où se trouvaient les arbres arrachés par la tempête quelques années auparavant, et de lourds engins forestiers y étaient passés récemment. En outre, si elle était presque labourée, à l'heure actuelle, c'était dû, selon les informations que l'on avait pu recueillir, au fait que des militaires l'avaient empruntée avec des véhicules tout-terrain, quelques semaines auparavant, alors que son état ne s'y prêtait guère. Elle n'était donc plus praticable pour les voitures de tourisme mais, d'un autre côté, elle pouvait fort bien l'avoir été quatre semaines plus tôt.

Si l'on se posait la question de savoir si l'endroit avait été choisi au hasard, on ne pouvait donc répondre autrement que par la négative. Dans son détail, cet endroit n'était connu que de son propriétaire et de quelques personnes qui y travaillaient de temps en temps. Le bâtiment le plus proche était une petite maison de vacances dans laquelle personne n'avait séjourné depuis la fin du mois de septembre. C'était un terrain difficilement pénétrable. Personne ne pouvait avoir l'idée de s'y aventurer en voiture sans s'être assuré au préalable qu'il pourrait en ressortir.

D'un autre côté, il était naturellement raisonnable de penser que nul n'était mieux placé pour connaître cet endroit que ceux qui habitaient à proximité.

Folke Bengtsson et Sigbrit Mård n'habitaient pas loin de là et, si l'on partait du principe que Bengtsson était coupable – ce que faisaient bien des gens, et personne, pour l'instant, ne pouvait apporter la preuve du contraire –, la localisation de l'endroit constituait pour lui une circonstance aggravante. Si la route était carrossable, il n'avait pas besoin de plus de dix minutes pour y parvenir à partir d'Anderslöv. En outre, l'itinéraire ne s'écartait guère de celui qu'il déclarait lui-même avoir suivi ce jour-là. Il lui aurait suffi de quitter la grande route un peu plus tôt et ensuite de prendre ce chemin forestier.

Martin Beck s'appuya sur une grande pile de troncs

sciés et regarda en direction du petit bois de sapins, par-dessus les arbres arrachés par la tempête.

– Qu'est-ce que tu en dis, Herrgott? Tu crois qu'on peut arriver ici dans une voiture ordinaire un 17 octobre?

Nöjd se gratta la nuque, ce qui donna un air encore un peu plus penché à son chapeau.

– Oui, dit-il. Je le pense. On doit pouvoir arriver jusqu'à cette pile de hêtres, en tout cas. Après, ce n'est pas possible, même avec un char d'assaut, pas plus à cette date-là que maintenant. Couché, Timmy, bon sang! C'est ça, c'est ça, bon chien.

Les gens qui étaient en train d'inspecter le lieu du crime avaient amené avec eux un berger, un vrai chien policier celui-là, et Timmy était trop intéressé par ses allées et venues pour pouvoir rester bien longtemps en place au bout de sa laisse.

– Si tu le lâchais, dit Martin Beck, en bâillant malgré lui. Il trouverait peut-être quelque chose.

– A moins qu'il ne se mette à se battre avec l'autre, dit Nöjd.

– On verra bien.

Nöjd détacha son chien qui se mit aussitôt à flairer le sol.

– Est-ce qu'on a vraiment besoin d'avoir Timmy sur les talons, en plus du nôtre? demanda Evert Johansson, l'un de ceux qui étaient chargés des constatations sur place.

– Oui, faites bien attention à ce qu'il va trouver, dit Nöjd.

Au bout d'un moment, Johansson revint vers eux; il était en bleu, portait des bottes à haute tige et avançait à pas lourds entre les arbres qui gisaient sur le sol.

– Elle est vraiment pas belle à voir, dit-il.

Martin Beck opina du chef. Il avait participé trop de fois à ce genre de chose pour être vraiment impressionné; les restes de Sigbrit Mård n'étaient sans doute pas les plus appétissants qu'il ait jamais vus, mais il s'en fallait de beaucoup qu'ils fussent les plus répugnants.

– Vous pourrez l'emmener dès que la fille aura fini de prendre ses photos, dit Martin Beck. Allons voir ce qu'ont trouvé les chiens.

– Timmy a trouvé quelque chose de bizarre, dit Evert Johansson en tendant un sac en plastique contenant quelque chose d'indescriptible.

– C'est ça, emmenez tout ce qui ne vous paraît pas faire strictement partie de la végétation, dit Martin Beck.

– Et moi je viens de trouver ce morceau de chiffon, dit Nöjd en montrant quelque chose du bout de sa botte.

– Emmène-le aussi.

Ils avaient fait le tour du tas de bois et approchaient de l'endroit où quelques journalistes infatigables montaient la garde, derrière la corde qui leur interdisait d'aller plus loin.

– Il y a aussi une chose que je voudrais faire remarquer, dit Nöjd. C'est que, si j'avais le vieux camion de Folke, je ne me hasarderais jamais par ici. Même pas par beau temps et quand le sol est relativement sec.

– Mais avec ta propre voiture, par exemple?

– Oui, ça serait sans doute possible. Avant que les militaires ne soient venus défoncer la route.

– Est-ce que tu as pensé au fait que Bertil Mård doit connaître le coin, lui aussi?

– Oui, j'y ai bien pensé, dit Nöjd.

Ils arrivèrent à la corde et l'enjambèrent. Un peu plus loin, l'un des assistants de Nöjd tenait compagnie aux journalistes.

Tout se déroulait très tranquillement.

– Tu n'es pas allé voir ça de près? demanda l'un des reporters.

– Ah ça non, pas de danger! dit l'agent.

Martin Beck sourit. L'atmosphère paisible de la campagne planait malgré tout sur ce spectacle tragique et navrant. On était bien loin de cette habituelle ambiance faite de soupçons et de bâtons prêts à s'abattre :

– Est-ce qu'elle est nue? demanda le reporter à Martin Beck.

– Pas entièrement, d'après ce que j'ai pu voir.

– Mais elle a bien été assassinée?

– Oui, elle en a bien l'air.

Il regarda tous ces journalistes qui n'étaient pas vraiment dans la tenue qu'il fallait pour un pareil endroit. Puis il dit :

– Nous ne pouvons rien dire de très intéressant avant le résultat de l'autopsie. Il y a un cadavre là-bas. Tout laisse penser qu'il s'agit de Sigbrit Mård et que quelqu'un a tenté de dissimuler son corps. Mon impression personnelle est qu'elle n'a pas beaucoup de vêtements sur elle et qu'elle a subi des violences. Si vous restez ici assez longtemps pour avoir les pieds gelés, vous verrez sans doute passer une civière recouverte d'une bâche. Mais pas grand-chose d'autre.

– Merci, alla jusqu'à dire l'un des reporters avant de se diriger en grelottant vers l'endroit, à quelques centaines de mètres de là, où les voitures étaient garées.

Il n'y eut pas grand-chose d'autre à voir pour Martin Beck non plus. Les constatations sur place étaient terminées, l'autopsie ne tarda pas à l'être également.

Le bilan était maigre.

C'était Timmy qui avait fait la trouvaille la plus étonnante : un morceau de poitrine d'oie fumée dont on avait tout lieu de penser qu'il avait été laissé là par les promeneurs qui voulaient faire le tour du lac. Le plus surprenant, pensa Martin Beck, c'était que le chien ne l'ait pas mangé.

Et puis un morceau de chiffon dont il était impossible de dire à qui il appartenait.

Sigbrit Mård elle-même, ses vêtements et son sac à main. Sa montre-bracelet marquait les jours et elle s'était arrêtée à quatre heures seize minutes et vingt-trois secondes la nuit du 18, parce qu'il n'y avait plus personne pour la remonter.

Sigbrit Mård avait été étranglée et portait des traces de violences au bas-ventre. Son pubis était contusionné, sans doute à la suite d'un coup très violent.

L'état de ses vêtements n'était pas dépourvu d'intérêt. Son manteau et son corsage avaient été retrouvés intacts à côté du cadavre. Par contre, sa jupe et sa culotte étaient déchirés. Ses organes sexuels étaient à nu et son soutien-gorge partiellement enlevé.

Martin Beck resta à Anderslöv, bien que les interrogatoires fussent en train de se dérouler à Trelleborg. Il était assis, plongé dans la lecture des rapports. Ils pouvaient naturellement être interprétés de bien des façons. L'une d'entre elles était assez évidente.

Le manteau et le corsage étaient intacts parce que c'était elle qui les avait enlevés. Ceci pouvait, à son tour, tendre à prouver qu'elle avait suivi son meurtrier de son plein gré.

Il était impossible de dire où, exactement, elle était morte. Probablement dans le voisinage du bourbier, mais cela restait du domaine de l'hypothèse. Le contenu de son sac à main n'avait rien que de très normal.

L'essentiel tendait à prouver que, juste après sa visite à la poste, elle était venue dans cet endroit écarté, où elle avait été retrouvée, et qu'elle avait été tuée à proximité.

Tout cela n'était pas fait pour arranger les affaires de Folke Bengtsson. Roseanna McGraw était morte d'une façon assez semblable, un peu plus de neuf ans auparavant. Et Bengtsson continuait à nier, l'air résigné, et ne faisait pas preuve du moindre désir de collaborer.

L'enquête était en train de s'enliser.

Les preuves n'étaient pas considérables mais Bengtsson avait l'opinion contre lui et cela suffirait probablement.

Martin Beck n'était pas content. Il y avait quelque chose qui ne collait pas. Mais quoi? Peut-être quelque chose qui avait trait à Bertil Mård. Martin Beck pensait souvent à lui et à son carnet de notes. C'était en effet un carnet vraiment extraordinaire. Le meilleur que Mård ait pu trouver en cent huit pays. Y avait-il vraiment tout noté? Par exemple la mort de ce graisseur brésilien, à Trinidad-Tobago? Martin Beck avait le sentiment très net qu'il lui fallait parler avec Mård encore une fois. Au moins.

Il pensait aussi à ce que Sigbrit Mård avait dans son sac et qui était extrêmement banal. Un mouchoir, une boîte de comprimés contre la migraine, des clés, quelques reçus, un peigne, un stylo à bille, une petite boîte de saccharine, un miroir de poche, son permis de conduire, son portefeuille contenant soixante-dix-sept couronnes et un nécessaire à maquillage comprenant de la poudre, du rouge à lèvres, du mascara, du fard à paupières et de la crème de base. Il contenait également une plaquette de pilules contraceptives, une pour chacun des jours de la semaine. Elle en avait pris une le lundi, le mardi et le mercredi mais pas le jeudi. Car ce jour-là elle était morte. Ces pilules avaient-elles une signification particulière? Naturellement pas. Sigbrit Mård avait trente-huit ans et elle était divorcée. Il était très pensable qu'elle ait simplement continué à prendre ses pilules même si elle ne couchait plus avec personne.

Et pourtant...

Il pensait à l'almanach et à ces deux morceaux de papier trouvés chez elle. Et, dans son trousseau de clés, il y en avait une qui n'ouvrait aucune des serrures qu'il connaissait.

Il y avait certainement des choses que Mård n'avait pas dites. Martin Beck avait l'intention de se rendre à Malmö et d'essayer de le rencontrer pendant qu'il était encore à jeun. Le vendredi de bonne heure serait sans doute un bon moment. Avant qu'il ait eu le temps de prendre son petit verre du matin.

Si Martin Beck n'était pas satisfait de l'affaire Sigbrit Mård et de la façon dont elle tournait, il y avait quelqu'un d'autre dans le même cas : Kollberg.

Lennart Kollberg portait sa part de l'enquête comme une véritable croix et le trajet le conduisant à la maison d'arrêt était pour lui une montée au Golgotha. C'était de plus en plus peine perdue que de parler avec Folke Bengtsson. Ils ne communiquaient pas et les mots paraissaient se dissoudre dans l'air, entre eux, comme s'ils n'avaient pas la force suffisante pour traverser la table.

Kollberg affirmait que Bengtsson était un peu bizarre sur le plan psychique – ou, pour rapporter fidèlement son opinion : complètement cinglé –, mais, pour lui, les fils qui reliaient Bengtsson à Sigbrit Mård étaient encore plus ténus, et la situation plus abstraite encore, que pour Martin Beck. Kollberg n'avait pas participé de la même façon à l'enquête sur la mort de Roseanna et il n'avait pas non plus tenté de pénétrer dans le psychisme de Bengtsson. Cette fois-là, à aucun moment il n'avait eu la responsabilité des interrogatoires les plus importants. Et maintenant il avait de plus en plus souvent le sentiment d'être là, en train de torturer quelqu'un qui était peut-être innocent et qui ne comprenait pas vraiment ce qui se passait.

A moins qu'il ne fût en train de se torturer lui-même. Il disait quelque chose et, avant que ses paroles aient atteint l'autre, elles s'étaient dissipées dans l'air.

Kollberg avait souvent à faire au commissariat de

Trelleborg et, lorsqu'il en ressortit le vendredi 16 novembre, il tomba sur quelqu'un qu'il connaissait. Åke Boman.

– Salut, dit Kollberg.

– Il vaudrait peut-être mieux qu'on ne nous voie pas parler l'un avec l'autre. On pourrait se faire fiche à la porte, tous les deux.

– Je m'en fous, dit Kollberg. Tu connais un endroit où on mange bien?

– Chez Jönsson. Là, on peut casser une bonne croûte.

– Alors je t'invite.

– Ou bien l'inverse.

– On s'invite mutuellement, alors. Comme ça ce sera parfait. Je vois que le grand bazar de Noël a déjà commencé, dit Kollberg en regardant autour de lui.

L'adresse était bonne. Elle convenait parfaitement aux intentions de Kollberg de casser une bonne croûte.

– C'est copieux, oui?

– A s'en faire péter le ventre. Et puis c'est bon.

– Parfait.

Ils s'assirent et Kollberg étudia attentivement le menu avant de passer sa commande.

– Tu bois un coup? demanda Boman.

Kollberg le regarda. Fidèle à son habitude, Boman avait demandé de l'eau minérale.

– Eh bien oui, un sacré coup, bon Dieu! Mademoiselle, apportez-moi la carte, s'il vous plaît.

Ses rapports avec Boman exigeaient au moins de casser une bonne croûte, de boire un bon coup et d'avoir une bonne conversation.

– Il m'est souvent venu à l'idée qu'on devrait se parler, tous les deux. Rien que quelques mots.

– Moi aussi, ça m'est venu à l'idée, dit Kollberg. Surtout en ce moment.

– Parce que tu m'as sauvé la vie, en fait, dit Boman.

Si tant est qu'il y ait eu quelque chose à sauver. Mais je voulais vraiment mourir, ce jour-là. Et bien d'autres fois par la suite.

– Je n'avais pas le choix, dit Kollberg. Telle que la situation se présentait, il n'y avait rien d'autre à faire. Qu'est-ce que tu avais pris, déjà?

– Du Vesparax.

– C'est ça. J'ai lu quelque part qu'on ne le trouve plus qu'en suppositoire, maintenant. Drôlement futé. Comme si ça pouvait empêcher les gens de se tuer, d'avoir à se le mettre dans le derche.

Boman eut un petit sourire triste. Kollberg dit :

– Il y a une chose que je voudrais te demander.

– Qu'est-ce que c'est?

– Tu n'as pas été loin de nous filer entre les pattes. Tu devais te marier avec une fille bien. Qu'est-ce que tu avais l'intention de faire? Vivre avec ça? Oublier?

– Non, dit Boman. Quand j'ai tué Affe, j'ai gâché ma vie. J'aurais pu échapper au châtiment mais je n'aurais jamais pu vivre avec ça. Je le sais maintenant.

– Boman, dit Kollberg.

– Tu peux dire Gunnarsson. Ça n'a plus d'importance.

– Pour moi tu es Åke Boman. Je vais te dire une chose. Moi aussi j'ai tué un homme. Il n'y en a pas beaucoup qui le sachent. Si tu veux, je peux te donner des détails.

Åke Boman secoua la tête.

– Bon, pas de détails alors. Je préfère ça. Tu sais l'effet que ça fait. On ne peut pas vivre avec ça. Tout devient différent. On ne s'en remet pas. Et je n'ai même pas été réprimandé. Le commissaire m'a comparé à Charles XII.

Il eut un petit rire creux.

– La vérité, c'est que je n'en peux plus d'être dans

la police. Ça ne va plus pouvoir durer longtemps. Souviens-toi de ce que je te dis. Ce qui m'a sauvé, c'est une femme bien et deux gosses qui sont bien également.

– J'ai vaguement eu envie de t'imiter, dit Boman. Mais je n'ose pas vraiment.

On apporta le hareng et les pommes de terre. Kollberg attaqua avec bel appétit. Boman n'avait pas aussi faim mais il eut l'air d'être incité à manger.

– Tu veux mon avis? demanda Kollberg.

– Oui et non.

– Alors je te le donne, franco de port et d'emballage. Je crois que Bengtsson est dingue. Mais qu'il est innocent. Tu peux écrire ça si tu veux. J'en suis presque convaincu.

– Tu crois qu'on pourrait être amis? demanda Boman.

– On l'est déjà, dit Kollberg.

Il leva son verre.

– A la tienne.

Boman but son eau minérale.

Le déjeuner traîna en longueur. Kollberg ne but rien d'autre mais ils parlèrent abondamment. De toutes sortes de choses. Ils étaient assis l'un en face de l'autre. Un meurtrier et un policier qui avait un mort sur la conscience. Ils se comprenaient. Peut-être avaient-ils un avenir.

– Tu m'as sauvé la vie, dit Boman.

– Peut-être bien. Mais qu'est-ce que tu voulais que je fasse d'autre?

– Je ne sais pas.

– Si tu veux, tu peux rapporter tout ce que je t'ai dit dans ton journal.

– Ça te mettrait dans le pétrin.

– Je m'en fous, dit Kollberg. Parole.

Il éprouvait un sentiment de liberté. Il mangea une glace avec de la sauce au chocolat.

– Je suis vachement trop gros, dit Kollberg.
– Je ne trouve pas.
– Toi, tu es trop maigre.
– Peut-être. Pourtant, je me porte pas trop mal.
– Malgré tout, dit Kollberg.
– J'ai un petit appartement dans le coin. Tu veux venir? Ce n'est qu'à cinq minutes d'ici.
– D'accord, dit Kollberg.
– Et ensuite, on se fait fiche à la porte tous les deux, dit Boman.
– On s'en fout, dit Kollberg.
L'appartement de Boman était agréable.
Sur la table, près du téléphone, se trouvait une photographie dans un cadre. Il la reconnut aussitôt. C'était une photo d'extérieur. Elle renversait la tête en arrière et riait dans la direction du photographe. Le vent ébouriffait ses cheveux blonds.
– Anne-Louise, hein?
– Ce qu'il y a eu de mieux dans ma vie. Maintenant elle est mariée. Avec un type bien, je crois. Deux enfants. Un garçon et une fille.
– Bon sang! dit-il tout à coup.
Ils parlèrent pendant une heure ou deux. De toutes sortes de choses.
Deux hommes qui avaient tué.

16

Chez Bertil Mård, rien n'avait changé. Cette lugubre tanière était toujours plongée dans la même pénombre et il y régnait toujours la même odeur de literie sale et de vomi. Mård lui-même était également habillé comme la fois précédente, en pantalon de marin et maillot de corps.

La seule chose qui avait changé c'était le fait que le réchaud à pétrole fumait, ce qui ne contribuait pas vraiment à améliorer l'atmosphère générale.

Heureusement, Mård lui-même était sobre, pour l'instant.

– Bonjour, capitaine Mård, dit poliment Martin Beck.

– Bonjour, dit Mård.

Il observait son visiteur entre ses paupières mi-closes, qui n'empêchaient cependant pas de voir le voile jaunâtre assez inquiétant qui recouvrait ses yeux. Mais son regard brun était toujours aussi dur et hostile.

– Qu'est-ce que vous voulez?

– Vous parler un peu.

– Je n'en ai pas envie.

Mård donna un coup de pied dans le réchaud.

– Vous pourriez peut-être me réparer ce truc-là, dit-il. Il ne marche pas et, la nuit, il fait un froid de canard, ici. Moi, j'y connais rien, à ces machins-là.

Martin Beck regarda l'objet en question, qui avait l'air d'être très vieux. Il ne se rappelait pas en avoir vu un pareil depuis bien des années.

– Je crois surtout que vous feriez mieux de vous en acheter un neuf, dit-il.

– Peut-être bien, dit Mård, légèrement absent. Bon, alors, de quoi est-ce que vous voulez causer?

Martin Beck ne répondit pas immédiatement. Il alla s'asseoir sur l'une des chaises, s'attendant presque à ce que Mård proteste, mais celui-ci se contenta de soupirer lourdement avant de s'asseoir, lui aussi.

– Vous voulez boire un coup? demanda-t-il.

Martin Beck secoua la tête. L'alcool était le même que la dernière fois : de la vodka russe d'importation extrêmement forte. Mais il n'y avait qu'une bouteille sur la table et, en outre, elle n'était pas ouverte.

– Ah bon, ça vous dit rien, dit Mård.

– Où vous procurez-vous ça, demanda Martin Beck en désignant du regard la bouteille.

– Ça ne vous regarde pas, répondit Mård.

– Non, sans doute pas vraiment.

– C'est dur de vivre dans un pays où une bouteille de whisky coûte cinq dollars, philosopha Mård.

– Je suppose que vous avez appris qu'on a retrouvé votre ex-femme?

– Oui, dit Mård. Ça m'est venu aux oreilles.

D'un geste habitué, il ôta la capsule de la bouteille et la jeta par terre. Puis il se servit la moitié d'un verre à eau et le contempla longuement, comme s'il s'était agi d'un être vivant ou de la flamme d'une bougie.

– Le plus curieux, c'est que je n'en ai pas envie moi-même, dit-il.

Il en avala tout de même une gorgée.

– Et puis, ça me fait drôlement mal, ajouta-t-il. C'est moche qu'on ne puisse pas se crever la paillasse en buvant sans que ça fasse mal. C'est sans doute ça, la malédiction de l'ivrogne.

– Vous êtes donc au courant pour Sigbrit?

– Oui. Mais c'est pas parce qu'on a pris la peine de m'en avertir. Heureusement, les serveuses lisent le journal, au bistrot.

– Ça vous fait de la peine? demanda Martin Beck.

– Qu'est-ce que vous dites?

– Ça vous fait de la peine? Vous la regrettez?

Mård secoua lentement la tête.

– Non, finit-il par dire. On ne peut pas regretter quelque chose qu'on n'a plus depuis longtemps. Mais...

– Mais quoi?

– Mais ça fait un drôle d'effet de se dire qu'elle n'existe plus. J'aurais jamais cru que Sigbrit passerait l'arme à gauche avant moi. Et je connais quelqu'un qu'aurait été encore plus surpris.

– Qui ça?

– Elle-même. Ça fait déjà bien longtemps qu'elle me considère comme pratiquement mort.

Mård frappa sur la table avec sa grosse main droite sans donner l'impression de vouloir dire quoi que ce soit de particulier par ce geste.

– Quand a-t-elle commencé à le faire?

– A partir du moment où j'ai cessé de lui donner de l'argent.

Martin Beck ne répondit pas.

– Mais je suis pas encore au bout du rouleau, dit Mård. Je crois que j'en ai encore pour quelques années.

Il lança un regard sombre à Martin Beck avant d'ajouter :

– Quelques années de cet enfer. Mais seul le diable sait combien.

Mård finit son verre avec une sorte de rage.

– Le « foyer du peuple * », tu parles! C'est ce qu'on

* Expression traditionnelle, en Suède, pour désigner cette société plus égalitaire qu'est censé être devenu le pays. *(N.d.T.)*

entend dire à l'étranger. Mais, quand on voit ça de près, on se demande comment on peut répandre autant de mensonges sur ce foutu trou à rats.

Il remplit à nouveau son verre.

Martin Beck ne savait trop quoi faire. Il désirait que Mård reste à peu près sobre mais également d'assez bonne humeur.

– Vous ne devriez pas boire autant, tenta-t-il de dire.

– Quoi? demanda Mård, l'air interloqué. Vous venez me dire ça ici, chez moi?

– J'ai dit que vous ne devriez pas boire autant. C'est un simple conseil d'ami. Et puis je désire obtenir de vous des réponses sensées.

– Des réponses sensées? Comment voulez-vous que je vous en fasse alors que je suis dans la merde? Et puis d'ailleurs, y a pas que moi qui me pinte à mort dans cette foutue société.

Martin Beck ne savait que trop bien qu'il disait la vérité. Pour une grande partie de la population, l'alcool et les stupéfiants étaient la seule solution. Pour les vieux aussi bien que pour les jeunes.

– Vous devriez voir les gars, là-bas, dans ce qu'on appelle mon restaurant. Le pire c'est qu'il y en a pas un qui s'amuse, quand il boit. C'est à peu près aussi drôle que d'ouvrir le gaz et de le refermer quand on commence à se sentir groggy. Et puis de rouvrir le robinet quand on est assez réveillé pour pouvoir regarder autour de soi.

Mård plongeait de lourds regards dans son verre sale.

– Pourtant j'ai eu du bon temps, à boire. Mais dans le temps jadis. C'est ça, la différence. Mais c'était pas triste. Et puis c'était pas ici, bien sûr. C'était ailleurs.

– A Trinidad ou Tobago, par exemple?

Mård ne broncha pas.

– Ah bon, dit-il. Vous avez réussi à déterrer cette vieille histoire. Mes compliments. Je vous en aurais jamais cru capable.

– Oh, on finit toujours par savoir certaines choses, dit Martin Beck. La plupart, en fait.

– On le dirait pas à voir les flics en ville, bon sang! Je me suis souvent demandé pourquoi on emploie des êtres humains pour ce genre de boulot. A Tivoli, à Copenhague, par exemple, il y a une sorte de machine qui représente un bonhomme qui sort son pistolet et qui tire quand on y met une pièce. Ce serait pas difficile de la perfectionner et de lui faire lever l'autre main aussi pour cogner avec son bidule. Et puis d'installer un magnéto qui dirait : « Qu'est-ce qui se passe ici? »

Martin Beck se mit à rire :

– C'est une idée, dit-il.

Ce qui le faisait rire, à la vérité, c'était l'idée de la tête que ferait le directeur de la police nationale en entendant pareille proposition. Mais il s'abstint bien de le mentionner.

– J'ai eu du pot, cette fois-là, poursuivit Mård. Buter un type et m'en tirer avec quatre livres d'amende. Je connais bien des endroits où on vous pend pour moins que ça.

– Peut-être bien.

– Pas ici, bien sûr. Mais ici, par contre, on laisse tout un tas de bandits empoisonner l'existence du pays tout entier. Ça ne leur vaut même pas une amende, d'ailleurs; on les nomme préfets et on leur donne des billets d'avion gratis pour aller voir leur compte en banque au Liechtenstein ou au Koweit. J'ai rien contre le Liechtenstein ni contre le Koweit, d'ailleurs. C'est des beaux pays.

Tout à coup, Mård poussa un grognement sourd et porta la main à sa taille.

– Qu'est-ce qu'il y a? demanda Martin Beck.

– Bon sang que ça fait mal! Mais ça va pas durer.

Mård prit son verre et en avala la moitié. Il respirait lourdement et Martin Beck attendit un instant. Puis le regard de Mård s'éclaircit légèrement et il dit :

– Vous vouliez parler de Sigbrit. Alors, comme ça, elle a été tuée par ce maniaque sexuel qu'habite à côté de chez elle. Et vous lui avez mis le grappin dessus et vous allez l'envoyer à l'ombre. C'est sa place. Si vous ne l'aviez pas épinglé vous-même, c'est moi qui serais allé lui faire son affaire. Ça lui évitera au moins ça. Alors, je ne vois pas très bien ce que je peux avoir d'autre à vous dire.

– Si on parlait un peu de ce voyage à Copenhague?

– Mais enfin, bon sang! vous le tenez, votre assassin.

– Je n'en suis pas trop sûr. Vous dites que vous êtes allé à Copenhague le 17 octobre?

– Oui.

– Vous avez pris le ferry *Malmöhus*?

– Oui. Et y a des gens qui m'ont vu. Aussi bien des serveuses que des gars du pont.

– Mais ils ne sont pas absolument certains du jour. C'est cela le hic.

– Qu'est-ce que vous voulez que j'y fasse, moi?

– Qu'avez-vous fait à Copenhague, par exemple?

– Je suis allé au bistrot et j'en suis ressorti *stinking drunk*, comme on dit en anglais. Je me rappelle même plus comment je suis revenu.

– Écoutez, capitaine Mård, vous avez déclaré que vous étiez assis dans le salon avant, qui était jadis le fumoir de première classe.

– C'est ça. Juste derrière la cloche du bord, à la table du milieu.

– Je m'y suis assis moi-même. On a une très belle vue.

– Oui, c'est presque comme si on était sur la passerelle. Je suppose que c'est pour ça que j'aime bien cet endroit.

– Vous êtes un vieux loup de mer et vous avez le sens de l'observation. Avez-vous remarqué quelque chose pendant le voyage?

– En mer, il se passe toujours quelque chose. Mais pas le genre qui vous préoccupe, vous.

– Vous ne devriez pas être aussi catégorique.

Mård plongea la main dans sa poche-revolver et en sortit son carnet de notes relié en cuir, qui portait la trace d'un usage fréquent.

– C'est quand même une traversée, dit-il. Même si on a plutôt l'impression d'être du fret qu'autre chose. Alors je m'amuse à prendre des notes. Si je ne suis pas complètement rond, bien sûr.

Il finit par trouver l'endroit qu'il cherchait dans son carnet.

– Ça y est, voilà, dit-il. « Départ de Malmö à onze heures quarante-cinq le 17 octobre 1973. Vitesse d'environ sept nœuds. Destination Copenhague. » J'ai aussi noté les rencontres qu'on a faites.

– Ah?

– Bien sûr, on les note toujours, en mer.

– Attendez une seconde, fit Martin Beck.

Il sortit son stylo et une feuille de papier, choses qu'il utilisait rarement lorsqu'il était sur le terrain.

– « A onze heures cinquante-cinq le *M/S Öresund*, destination le port de Malmö. »

– Oui, rien d'étonnant, il fait le service tous les jours.

– Je sais, c'est la ligne régulière... « A midi trente-sept le *M/S Gripen* », même chose. Il fait également la ligne régulièrement. Après son nom j'ai marqué : « ruban bleu ». Mais c'est pas précisément celui de la traversée de l'Atlantique.

– Qu'est-ce que ça signifie, alors?

– Eh bien, qu'il avait un ruban bleu peint sur toute la longueur du bordage.

– Et qu'est-ce que cela a de bizarre?

– Jadis ce ruban était vert. L'armateur a dû changer de couleur. A midi cinquante-cinq, une rencontre plus intéressante : un cargo du nom de *Runatkindar.* Battant pavillon des îles Féroé.

– Des îles Féroé?

– Oui, c'est pas souvent qu'on en voit mais ça existe. Ensuite, on a été dépassés par deux hydroglisseurs, le *Svalan* à treize heures cinq et le *Queen of the waves* à treize heures six. Et puis j'ai noté qu'il y avait un contre-torpilleur italien amarré à Langelinie et deux petits cargos allemands dans le port libre de Copenhague. C'est tout.

– Je voudrais noter ces noms, dit Martin Beck. Je peux vous emprunter votre carnet une seconde?

– Non. Mais je peux vous les épeler.

Il dicta lettre par lettre le nom du cargo des Féroé.

Martin Beck demanderait à Benny Skacke de vérifier tout cela. Mais, au fond de lui-même, il était déjà certain que Mård avait un alibi irréfutable. Cependant, il désirait encore tirer au clair certaines autres choses.

– Excusez-moi de continuer à bavarder. Mais comment pouviez-vous savoir que Folke Bengtsson était le voisin de votre ex-femme?

– Parce qu'elle me l'avait dit elle-même.

– Mais vous dites que vous n'êtes pas allé chez elle depuis plus d'un an et demi. A cette époque, Bengtsson n'avait pas encore emménagé.

– Qui est-ce qui vous a dit que je suis allé chez elle, bon sang? C'est elle qu'est venue ici, pour essayer de m'extorquer du fric. Je lui en ai d'ailleurs donné. Parce que je l'aimais bien, quand même. Et puis on a baisé un coup. Là, par terre.

Vous auriez dû entendre ça, comme elle criait, quand elle a eu son orgasme. C'est cette fois-là qu'elle m'a parlé de ce maniaque sexuel. C'est d'ailleurs la dernière fois que je l'ai vue.

Mård baissa son étrange regard vers le plancher.

– L'infâme salaud, dit-il. Il l'a étranglée, hein? Où est-ce que vous l'avez mis, au juste?

– Ce n'est pas de ça que je veux parler.

– Eh bien de quoi voulez-vous parler, alors, merde? Des putes? Apparemment, ça vous intéresse. Vous voulez des adresses?

– Non, merci.

Mård poussa un nouveau gémissement. Il s'enfonça le poing dans la taille, du côté droit, en dessous des côtes. Il se servit à nouveau à boire et vida son verre.

Martin Beck attendit qu'il eût fini puis il reprit :

– Il est évident que vous mentez sur un point, capitaine Mård.

– Je n'ai pas encore commis le moindre mensonge aujourd'hui, bon sang! Quel jour sommes-nous, au fait?

– Vendredi 16 novembre.

– Faudrait que je note ça sur mon carnet de bord. Journée sans mensonge. Il est vrai qu'elle n'est pas encore terminée.

– Bien que, selon vos dires, Bengtsson n'ait pas emménagé à Domme avant que vous ayez définitivement quitté l'endroit, il vous y a vu à deux reprises.

– Ça, c'est un foutu mensonge. Je n'y ai jamais mis les pieds.

Martin Beck réfléchit en se massant la racine des cheveux. Puis il dit :

– Êtes-vous au courant que votre femme avait une liaison avec un certain Kaj?

– Pas mauvaise, celle-là : elle était « à quai »!

– Non, je ne plaisante pas.

– Je n'ai jamais entendu parler de ça. D'ailleurs, je n'aurais pas toléré qu'elle ait d'autres hommes.

– Vous ne connaissez personne se prénommant Kaj?

– Pas que je me souvienne. Bien sûr, j'ai bien dû rencontrer des types de ce nom-là dans ma vie. Mais aucun qui ait quoi que ce soit à voir avec Sigbrit. Quel nom stupide d'ailleurs, entre parenthèses.

– Je ne vois pas très bien quel intérêt Bengtsson aurait à mentir sur ce point. Il affirme catégoriquement vous avoir vu deux fois près de la maison.

– C'est quand même un peu fort, soupira Mård. Voilà un type qu'est fou à lier, qui refroidit deux bonnes femmes l'une après l'autre et vous, un commissaire de police à ce qu'il paraît, vous venez me dire que vous n'arrivez pas à croire qu'il mente.

Mård cracha à terre.

– Ce flic automatique de Tivoli serait moins bête que vous.

Soudain, un déclic se produisit dans l'esprit de Martin Beck.

Beaucoup trop tard, hélas!

– Quelle voiture avez-vous, capitaine Mård?

– Une Saab. Une vieille guimbarde verte. Ça fait six ans que je l'ai. Elle est là-bas, quelque part, avec un bout de papier sur le pare-brise disant qu'il faut envoyer trente-cinq balles par la poste si on veut la revoir. Si c'est pas du chantage, ça... Mais je suis rarement assez sobre pour pouvoir conduire, alors...

Martin Beck le regarda longuement. Mård ne dit rien. Au bout d'une minute, ce fut Martin Beck qui rompit le silence en disant :

– Eh bien, je m'en vais et, selon toute vraisemblance, je ne reviendrai pas.

– Aucune objection en ce qui me concerne.

– Je vous aime bien, vous savez, en un certain sens, dit Martin Beck. Merci de votre patience.

– Je me fous pas mal si les gens m'aiment ou pas.

– Vous voulez un conseil d'ami, un dernier?

– Ça peut toujours être utile.

– Vendez ce restaurant et ce que vous pouvez avoir par ailleurs. Prenez cet argent et partez d'ici. Achetez-vous un billet d'avion pour Panama ou pour le Honduras et reprenez la mer. Même si vous ne pouvez plus le faire comme capitaine.

Mård le regarda de ses yeux bruns légèrement voilés, qui pouvaient passer avec tant de rapidité de la démence au calme le plus complet.

– C'est une idée, dit-il.

Martin Beck ferma la porte derrière lui.

Il ne manquerait pas de demander à Benny Skacke de vérifier les renseignements qu'il avait notés. Mais cela n'avait plus grande importance, maintenant. Folke Bengtsson avait, à deux reprises, vu un homme dans une Volvo beige près de la maison de Domme.

Et cet homme n'était pas Bertil Mård.

17

Lorsque Martin Beck fut de retour à Anderslöv, il entra dans le poste de police afin de parler à Herrgott Nöjd.

Il n'y avait personne de service mais, près du comptoir, se trouvait un vieil homme en sabots qui tournait entre ses mains une vieille casquette fourrée. La porte du bureau de Nöjd était entrouverte, il la poussa et passa la tête à l'intérieur. Britta, la préposée aux écritures, était à sa table de travail, en train de feuilleter des papiers.

– Herrgott est parti faire une course à Hönsinge, dit-elle. Il devrait être de retour dans une heure environ.

Martin Beck resta debout sur le seuil de la porte, hésitant quant à la conduite à tenir. Il désirait parler à quelqu'un mais il n'avait aucune envie d'attendre Nöjd pendant une heure entière et Kollberg n'était pas disponible. Il finit par dire :

– Dites-lui que je vais à Trelleborg et que je repasserai ce soir.

Il referma la porte et passa dans l'autre pièce afin d'appeler un taxi. L'homme en sabots posa sa casquette sur le comptoir et dit :

– Euh, je voudrais un permis de conduire.

– Ce n'est pas moi qui peux vous le délivrer.

– Mais c'est uniquement pour une voiture à cheval, implora l'homme.

– Voyez la secrétaire, dit Martin Beck en décrochant le combiné.

L'homme eut l'air tellement malheureux et désespéré que Martin Beck ajouta :

– Elle va venir, ne vous inquiétez pas.

Un permis de conduire les voitures à cheval, se dit-il ensuite. Ça existe vraiment?

Le conducteur du taxi était de l'espèce rare de ceux qui ne sont pas bavards. Il conduisait et Martin Beck réfléchissait. Il s'efforça de résumer ce qu'il savait de l'amant de Sigbrit Mård.

Il s'appelait Kaj. Il lui écrivait de petits billets sur du papier qui semblait avoir été arraché à un bloc-notes. Comment ceux-ci lui parvenaient-ils? Certainement pas par la poste. Il rencontrait Sigbrit le jeudi. Il pouvait arriver qu'ils se voient également un autre jour de la semaine, mais toujours le jeudi. A l'exception des jours de fête et des mois de juin et de juillet. Il était probablement en vacances, alors. Au cours du mois d'août, par contre, ils s'étaient vus beaucoup plus souvent que la normale. Cela voulait peut-être dire que Sissy, sa femme, était à la campagne avec les enfants, s'il en avait. Il possédait peut-être une Volvo beige. Il l'appelait Sigge.

Tout cela ne menait pas bien loin.

Martin Beck réfléchit à la clé trouvée dans le sac de Sigbrit Mård : celle qui n'allait dans aucune serrure de chez elle. Herrgott avait déjà réussi à savoir qu'elle n'avait pas la clé de son lieu de travail. Était-ce la clé de l'appartement de Kaj ou bien avaient-ils un petit nid d'amour?

Il se posait bien des questions; la plupart n'étaient d'ailleurs que des conjectures, basées sur ces petits mots et sur la lettre K qui figurait dans l'agenda de Sigbrit.

Mais cette lettre pouvait vouloir dire bien des choses : les mots commençant par un k ne manquent pas, en suédois. On pouvait donc penser aussi bien à du travail de nuit qu'à des cours par correspondance. Mais aucun indice de l'un ni de l'autre n'avait été trouvé chez elle et aucune des personnes interrogées n'en avait parlé. Il demanda au chauffeur de le déposer sur la Grand-Place de Trelleborg et fit à pied la distance qui le séparait du lieu de travail de Sigbrit Mård.

L'endroit semblait très fréquenté : la boutique était pleine et toutes les tables du salon étaient occupées. Martin Beck attendit un instant, cherchant à déterminer laquelle des femmes se trouvant derrière le comptoir était la directrice. Les clients ne cessaient d'arriver et les employées ne manquaient pas d'ouvrage. Il finit par prendre un plateau et se placer dans la queue.

La propriétaire était une femme dans la cinquantaine. Elle était dodue, paraissait à la fois joviale et maternelle, et Martin Beck se l'imagina fort bien évoluant en permanence au milieu d'une atmosphère sentant bon la brioche, les meringues et la crème à la vanille. Elle le fit entrer dans une petite pièce servant de bureau, derrière la cuisine.

– Je ne peux pas vous dire à quel point je suis révoltée par ce qui vient d'arriver à Sigbrit, dit-elle. J'ai eu de très sombres pressentiments lorsqu'elle a disparu comme cela, tout d'un coup, mais je n'aurais jamais pu imaginer qu'il s'agissait de quelque chose d'aussi affreux.

– Comment était-elle? demanda Martin Beck.

– Sigbrit? C'était une fille charmante, très soignée dans son travail et dans sa conduite, toujours de bonne humeur. Elle était aimée de tous, aussi bien des clients que de ses camarades de travail.

– Depuis combien de temps travaillait-elle chez vous?

– Oh, cela fait très longtemps. C'est l'une des plus anciennes. Voyons...

Elle ferma un instant les yeux pour mieux réfléchir.

– Douze ans, dit-elle. Très exactement, puisqu'elle a commencé à l'automne 61.

– Alors, vous deviez donc bien la connaître, dit Martin Beck. Avez-vous jamais parlé avec elle de choses personnelles, de sa vie conjugale, par exemple?

– Oh oui, mais c'était un ménage bien étrange. Je pense qu'elle a bien fait de se séparer de cet homme, qui n'était d'ailleurs jamais là.

– Savez-vous si elle fréquentait d'autres hommes?

La femme fit un grand geste de dénégation.

– Oh non, ce n'était pas du tout son genre, dit-elle. Elle était fidèle à son mari, ça je peux vous l'assurer. Bien qu'il ait sans arrêt été en mer et qu'il n'ait pas été très recommandable. A mon avis, en tout cas.

– Je voulais surtout dire : après son divorce, insista Martin Beck.

– Oui, c'est vrai, Sigbrit était encore jeune et assez jolie, alors c'est un peu étrange qu'elle n'ait pas trouvé un autre homme, en effet. Mais, autant que je sache, cela n'a pas été le cas.

– En quoi consistait son travail? Travaillait-elle dans la boutique ou bien servait-elle au salon?

– Les deux. Cela varie en fonction du travail qu'il y a à faire. Parfois il y a plus de clients dans la boutique et, à d'autres moments, il y a tellement de gens à servir à table qu'il faut qu'elles soient deux.

– Quelles étaient ses heures de travail?

– Là aussi, cela variait un peu. Comme nous ne fermons jamais avant dix heures du soir, les filles travaillent en équipes.

– Travaillait-elle le jeudi soir, par exemple?

La femme regarda Martin Beck, l'air un peu étonnée, puis secoua la tête :

– Non, dit-elle. Elle était toujours de congé le jeudi soir. Certains autres soirs aussi, bien sûr. Mais elle tenait beaucoup à être libre le jeudi soir.

– C'est donc elle qui l'a demandé?

– Oui, c'est cela. Par contre, elle ne faisait aucune difficulté pour travailler le vendredi et le samedi soir, ce qui arrangeait beaucoup les autres.

Martin Beck garda le silence quelques instants. C'est alors qu'il avisa le téléphone posé sur la table et il demanda :

– Recevait-elle des coups de téléphone personnels?

– Non, jamais. Je n'aime d'ailleurs pas beaucoup cela, mais on ne peut tout de même pas tout interdire, il peut y avoir des raisons familiales ou des messages d'urgence. Mais Sigbrit n'en recevait jamais.

Elle regarda soudain Martin Beck en fronçant les sourcils et dit :

– Mais pourquoi me demandez-vous tout cela, commissaire? Il est arrêté, ce fou qui l'a tuée, n'est-ce pas? Alors à quoi bon toutes ces questions?

– Il reste encore certains points à éclaircir, dit Martin Beck. Nous avons des raisons de croire qu'il y avait un homme dans la vie de Sigbrit Mård et nous aimerions bien savoir qui.

La femme secoua la tête.

– Ça non, je ne le crois pas. Elle n'était pas du genre à faire des cachotteries. Elle nous l'aurait certainement dit, si elle avait rencontré un autre homme.

– Réfléchissez bien, dit Martin Beck. Cela peut être important.

– Non, dit-elle. Il n'y a rien eu de tel.

– Vous n'avez jamais entendu parler de quelqu'un du nom de Kaj?

– Non. Jamais.

– Et vous n'avez jamais vu qui que ce soit venir la chercher ici en voiture?

Elle secoua à nouveau la tête.

– Avez-vous des objections à ce que j'interroge ses camarades? Ce ne sera pas long, soyez sans crainte.

– Je vous en prie, dit la femme. Restez ici, je vais vous les envoyer. Voulez-vous également parler à Mme Johansson, la personne qui travaille dans la cuisine?

– Oui, dit Martin Beck. J'aimerais bien leur parler à toutes, si c'est possible. Combien d'employées avez-vous?

– Cinq. Quatre filles, puisqu'il m'a fallu remplacer Sigbrit, et puis Mme Johansson, dont je viens de vous parler. Je possède également une boulangerie, un peu plus loin dans la rue.

Elle se leva. Lorsqu'elle ouvrit la porte, une odeur de café et de pain frais se répandit dans la pièce, venant de la cuisine.

Martin Beck vit une femme maigre, aux cheveux blancs et aux mains très rouges, en train de composer un plat de canapés. Étonné, il la regarda piquer une tranche de mandarine, une olive et un fruit pour cocktail sur un cure-dents et enfoncer celui-ci dans une grosse tranche de confit de veau reposant sur une feuille de salade.

La propriétaire revint avec un plateau qu'elle déposa devant Martin Beck.

– Bon appétit, commissaire. Ulla vient tout de suite.

Martin Beck sentit qu'il avait faim et, bien qu'il ne raffolât pas, à vrai dire, des gâteaux et des pâtisseries par trop crémeuses, il réussit presque à finir le plat avant l'arrivée d'Ulla.

Il parla avec les quatre filles ainsi qu'avec Mme Johansson, la préposée au buffet, de loin la plus imaginative. Leur opinion sur Sigbrit Mård n'était nullement unanime. Mme Johansson et deux des jeunes employées ne partageaient pas l'enthousiasme de leur patronne. Elles trouvaient que leur collègue était prétentieuse et aimait se donner des grands airs.

Aucune d'entre elles, par contre, ne pensait qu'elle ait pu avoir une liaison ni des relations avec un homme, de façon générale. Elles n'avaient jamais entendu parler d'un certain Kaj et ne l'avaient jamais vue dans une Volvo beige.

Martin Beck quitta la pâtisserie et descendit jusqu'au port. Le ferry-boat n'était pas à quai. Il gagna lentement l'hôtel de police. Il était deux heures, ce qui voulait dire que ses chances de trouver Kollberg avec Folke Bengtsson n'étaient pas grandes. Kollberg n'était pas du genre à se passer de manger.

Il aurait été très exagéré de dire qu'il se faisait une joie de revoir Folke Bengtsson, mais il ne pouvait pas y échapper et, cette fois, il avait des questions très précises à lui poser et pouvait espérer le voir se montrer un peu plus coopératif.

Il jeta un coup d'œil dans le restaurant situé dans le même pâté de maisons que l'hôtel de police. Kollberg n'y était pas, mais il vit quelques inspecteurs en train de manger un plat de poisson, dans un coin de la salle. Ils lui firent un petit bonjour de la tête et il répondit par un salut de la main avant de refermer la porte.

Folke Bengtsson avait été placé dans l'une des cellules du commissariat.

Martin Beck se vit confier un bureau donnant sur le port et, en attendant l'arrivée du prisonnier, il regarda par la fenêtre.

Un petit cargo allemand était à quai. Il vit une femme sortir sur le pont et vider un seau contenant des déchets. Une mouette solitaire, qui se laissait paresseusement porter par le vent, piqua aussitôt vers la surface de l'eau, prit quelque chose de long et de flasque dans son bec et s'envola en décrivant un grand cercle. La femme resta sur place, son seau à la main, guettant l'arrivée d'autres mouettes. Au bout d'une minute il y en avait toute une petite troupe qui se battait pour avoir droit au festin, dans un concert de cris et de battements d'ailes. Puis la femme disparut dans les profondeurs du bateau.

Folke Bengtsson était parfaitement calme et il salua poliment Martin Beck avant de s'asseoir dans le fauteuil du visiteur, devant le bureau.

– L'inspecteur Kollberg est déjà venu m'interroger ce matin, dit-il. Je ne vois pas ce que je peux dire de plus que ce que j'ai déjà dit. Je ne l'ai pas tuée, c'est tout.

– Je suis venu vous interroger sur un point bien particulier, dit Martin Beck. A propos de quelque chose que vous avez dit lorsque nous nous sommes entretenus, chez vous, à Domme, voici dix jours.

Folke Bengtsson leva les yeux vers Martin Beck, apparemment curieux. Il était assis bien droit, les mains jointes sur les genoux, et Martin Beck se prit à lui trouver l'air d'un écolier bien sage attendant gentiment la question de l'instituteur.

– Vous m'avez dit ce jour-là que vous aviez vu par deux fois l'ancien mari de Mme Mård? C'est bien exact?

– Oui, c'est exact. Je l'ai vu deux fois.

– Pouvez-vous me donner quelques détails? Vous souvenez-vous quand vous l'avez vu, par exemple?

Folke Bengtsson resta assis en silence un bon moment, en train de réfléchir. Puis il finit par dire :

– La première fois, c'était au printemps de cette année. Le dernier dimanche de mai. Je m'en souviens parce que c'était le jour de la fête des Mères et j'étais allé dans le bourg, pour téléphoner à ma mère à Södertälje. Je le fais toujours ce jour-là et celui de son anniversaire.

Il se tut et se replongea dans ses pensées. Martin Beck attendit la suite et finit par dire :

– Bon. Vous avez donc vu Mård. Pouvez-vous me dire comment cela s'est passé?

– Eh bien, j'avais sorti mon camion et j'étais redescendu pour fermer la barrière. C'est alors que j'ai vu arriver une Volvo beige et, comme elle allait très lentement, je me suis dit que c'était peut-être de la visite pour moi. Non pas que j'aie attendu quelqu'un; d'ailleurs, c'était dimanche. Mais il arrive que des gens viennent chez moi me demander à acheter des œufs ou du poisson.

– De quel côté venait cette voiture?

– De Malmö.

– Avez-vous vu qui la conduisait?

– Oui, c'était lui, son mari.

Martin Beck regarda l'homme qui se trouvait devant lui et dit :

– Comment était-il?

Folke Bengtsson resta d'abord muet, comme s'il n'avait pas entendu la question, puis il dit :

– J'avais entendu dire qu'il avait été capitaine au long cours. Mais il ne m'a pas du tout fait l'effet d'un marin. Il était assez bronzé, naturellement, mais plutôt maigre et il n'avait pas l'air très solide. Tout petit, avec des cheveux ondulés presque blancs et des lunettes.

– Vous l'avez vu très distinctement? Même s'il ne conduisait pas vite, vous n'avez pas pu l'observer bien longtemps.

– Non, je ne l'ai peut-être pas très bien vu ce jour-là. Mais je l'ai revu une autre fois.

– Quand cela?

Folke Bengtsson regarda par la fenêtre.

– Je ne me souviens pas exactement, mais il n'y a pas bien longtemps. Peut-être au début du mois de septembre.

– Comment cela s'est-il passé? Est-il arrivé en voiture, cette fois-là également?

– Non, mais la voiture était garée devant chez Sigbrit. J'étais allé dans l'enclos, voir si j'avais des champignons. J'en ai souvent et les gens aiment bien m'en acheter. Surtout des champignons de couche. Mais non, il n'y en avait pas, ce jour-là.

– Vous êtes donc passé devant la maison de Sigbrit Mård?

– Oui, c'est cela. Et juste à ce moment-là il est sorti et monté dans sa voiture. C'est peut-être surtout cette fois-là qu'il m'a fait l'effet d'être bien chétif pour un marin.

Il se tut à nouveau.

– En général, les marins sont assez forts, dit-il. Il est vrai que j'ai entendu dire qu'il avait été malade.

– Avez-vous vu Mme Mård, ce jour-là?

– En fait, non. Je l'ai simplement vu lui, en haut des marches, en train de boutonner son manteau, avant d'aller s'asseoir dans la voiture. Il est passé à côté de moi, au volant, juste avant que j'arrive chez moi.

– Dans quelle direction?

– Pardon?

– Dans quelle direction s'est-il dirigé? Une fois qu'il a rejoint la grande route?

– Vers Malmö. C'est bien là qu'il habite, à ce que je crois.

– Comment était-il habillé?

– Je me souviens seulement de son manteau. C'était une de ces peaux de mouton brunes avec le poil à l'intérieur. Il avait l'air neuf et chic mais il devait être bien chaud, un jour pareil. Il était nu-tête.

Il leva les yeux et regarda Martin Beck.

– Je me souviens qu'il faisait chaud.

– Vous rappelez-vous autre chose à son sujet?

Folke Bengtsson secoua la tête.

– Non, uniquement ce que je vous ai dit.

– Vous n'avez pas vu le numéro d'immatriculation de la voiture?

– Non, je n'ai pas pensé à le relever, naturellement.

– Vous souvenez-vous si c'étaient d'anciennes plaques, celles qui indiquaient le département d'origine?

On venait en effet de changer le système d'immatriculation, en Suède.

– Non, je ne m'en souviens pas.

Folke Bengtsson fut ramené dans sa cellule et Martin Beck regagna Anderslöv dans une voiture de la police.

Kollberg n'était pas encore rentré mais Nöjd était assis dans son bureau. Martin Beck lui raconta sa journée et Nöjd lui dit, l'air pensif :

– Ce doit être Kaj, cet homme à la Volvo beige. Je vais essayer de savoir si quelqu'un d'autre l'a vu, lui ou sa voiture, dans le village. Mais je n'y crois pas beaucoup. Si quelqu'un le connaissait, on serait déjà venu nous le dire. Pendant qu'on recherchait Sigbrit.

Ils gardèrent le silence pendant un moment. Nöjd finit par dire :

– Dans ce cas, Folke serait le seul à affirmer que cet homme existe bien.

18

La voiture n'était vraiment pas celle qu'il fallait. C'était une grosse Chevrolet vert clair avec trois sept dans son numéro d'immatriculation, beaucoup de chromes et de phares. Bien trop facile à repérer pour faire l'affaire. En outre, on l'avait déjà vue et un voisin aimant faire du zèle avait eu le temps d'appeler police-secours.

C'était tôt le matin et il faisait frisquet, bien que la journée promît d'être chaude pour certains. L'humidité montait du sol et se confondait avec une légère brume de mer. L'aube était glauque et traîtresse.

Sur le siège arrière de cette voiture verte étaient posés deux tapis roulés l'un dans l'autre, un poste de télévision, un transistor et cinq bouteilles d'alcool. Le coffre, lui, contenait quelques tableaux, une statuette de provenance douteuse, un piédestal et diverses autres bricoles.

Sur la banquette avant étaient assis deux voleurs. Ils étaient jeunes et maîtrisaient mal leurs nerfs. Ils commirent donc de nombreuses erreurs. Ils savaient qu'ils avaient été repérés et en outre ils n'étaient pas dans un jour de chance. Il avait mal commencé mais il allait se poursuivre bien plus mal encore.

Aucune lumière n'était encore allumée, à cette heure-là, mais une vague lueur en provenance du ciel se reflétait sur la couche de rosée qui s'était déposée sur la carrosserie. Le moteur tournait à bas régime tandis que la voiture avançait, comme sur un tapis aquatique, entre les haies des jardins. Au bout de la rue, elle ralentit et s'arrêta. Puis elle prit la grande route, prudemment, comme un tigre pénétrant dans l'arène. Bien qu'il n'ait pas plu depuis longtemps, le béton était humide et portait des traces qui pouvaient faire croire que l'on venait d'y faire passer un engin de nettoiement. Mais l'initié savait que ce service ne fonctionnait pas aussi loin de la ville.

Une voiture américaine vert clair, roulant tous feux éteints, qui avançait dans la brume, tel un fantôme, presque inaudible et impossible à saisir du regard.

La voiture de police, elle, par contre, était banale à pleurer. C'était une Valiant noir-et-blanc, à quatre portes, munie d'un projecteur et de deux gyrophares sur le toit. Personne ne pouvait s'y tromper. Pour plus de sûreté on y avait cependant porté le mot POLICE en grandes lettres sur les portes, le capot et le coffre.

L'étanchéité des voitures, en Suède, était toujours aussi grande. En ce qui concernait les voitures de police, elle était même anormalement grande. S'il arrivait bien, de plus en plus souvent, de voir ces véhicules s'arrêter et cracher des êtres étrangement vêtus tenant à la main des armes à feu, ceux-ci ne présentaient presque plus rien d'humain.

Ces voitures allaient tourner en rond dans les endroits les plus bizarres, ou bien restaient arrêtées, moteur en marche, pour mieux empester l'atmosphère, tandis que l'état du dos de leurs occupants empirait de jour en jour, que leur QI baissait au même rythme et qu'ils devenaient de plus en plus étrangers à la société dans son ensemble.

Voir un agent de police à pied relevait maintenant de l'exploit; de toute façon, c'était un spectacle qui ne présageait rien de bon.

Cette patrouille motorisée était constituée de trois hommes du nom d'Elofsson, Borglund et Hector.

Elofsson et Borglund faisaient équipe depuis de nombreuses années et ressemblaient tous deux au flic d'âge mûr typique. Hector était plus jeune et avait des réflexes plus vifs. Il était là en surnombre, peut-on dire pour être gentil, pour le plaisir et pour se faire un petit extra en heures supplémentaires. Il arborait fièrement des favoris bien peignés qui semblaient maintenant presque être de rigueur parmi les policiers de son âge.

Borglund était gras et paresseux et dormait, la bouche ouverte, sur le siège arrière. Elofsson buvait du café dans une thermos à carreaux et fumait nonchalamment une cigarette. Hector, pour sa part, avait horreur du tabac et avait tenté de le faire comprendre en baissant ostensiblement la vitre de son côté. Mais, à part cela, il ne faisait rien d'autre que de regarder à travers le pare-brise, sans rien dire, la mine renfrognée et l'air de s'ennuyer à cent sous de l'heure. Tous trois portaient des uniformes gris-bleu à ceinturon, du genre combinaison, avec pistolet et bâton dans des étuis de cuir blanc.

La voiture était arrêtée au bord de la route, veilleuses allumées. Le moteur tournait à vide, comme il se doit, et les gaz toxiques qui s'en échappaient recouvraient de leur voile de mort et d'asphyxie la végétation déjà bien maigre du talus.

Aucun des trois hommes n'avait rien dit depuis longtemps. Hector était en train de feuilleter distraitement son code radio ainsi libellé : *01 - état d'ivresse avancé; 02 - enfant disparu; 03 - enfant trouvé; 04 - escroquerie; 05 - incendie; 06 - querelle domestique; 07 - autres formes de querelle; 08 - animal accidenté (mort ou trouvé); 09 - décès; 10 - on recherche; 11 - ivresse sur la voie publique; 12 - conduite en état d'ivresse; 13 - scandale ou racolage sur la voie publique; 14 - personne disparue; 15 - violation de domici-*

le; 16 - appel à l'aide; 17 - vérification d'identité ou de véhicule; 18 - alerte; 19 - visite domiciliaire; 20 - mauvais traitement, actes de violence; 21 - vol de voiture; 22 - voiture retrouvée volée; 23 - désordres causés par des enfants ou jeunes gens; 24 - menaces; 25 - maladie psychique; 26 - vol à la tire; 27 - atteintes aux bonnes mœurs; 28 - accident, maladie; 29 - tentative de suicide; 30 - dommages à propriété privée; 31 - vol avec effraction; 32 - vol, autres formes; 33 - entorse au code de la route; 34 - embarras de circulation; 35 - accident de la circulation, ambulance; 36 - accident de la circulation, autres formes; 37 - convoi, escorte; 38 - convoi, autre forme; 39 - violences à agent; 40 - expulsion; 41 - alerte PAF; 42 - alerte douane, port de Malmö; 43 - alerte douane ferry; 44 - alerte douane Limhamn; 45 - trafic de stupéfiants; 46 - mission de recherche; 47 - personne psychiquement malade à arrêter; 48 - personne recherchée à poursuvre; 49 - prudence recommandée; 50 - personne armée; 51 - alerte générale; 52 - rapport préliminaire; 53 - individu à refouler; 54 - se porter au secours d'une autre patrouille; 55 - recherche sans résultat; 56 - ne pas répondre à l'appel; 57 - sans suites; 58 - divagation; 59 - note de mémoire; 60 - le plaignant dépose plainte; 61 - amende pour atteinte à l'ordre public; 62 - amende pour stationnement abusif; 63 - revient sur ses déclarations; 64 - exécuté; 65 - remis à qui de droit; 66 - autre; 67 - pause (brève); 68 - terminé.

Peu auparavant, Hector avait monté le volume de la radio, mais Elofsson l'avait immédiatement baissé à nouveau, avec l'autorité que donne l'ancienneté. Hector avait au moins eu le bon sens de ne pas protester et la voix ressemblait maintenant à un murmure berceur, on se serait cru à l'église. Elofsson n'écoutait pas le moins du monde, Borglund respirait bruyamment et Hector fut obligé de tendre l'oreille pour entendre ce que disait la radio.

– Bonjour, bonjour mes chers collègues, où que vous soyez. Voici quelques petites nouvelles brèves soigneusement sélectionnées à votre intention. On me signale un 06 à Björkgatan, quartier de Sofielund. Apparemment dû à un excès de libations. La patrouille la plus proche intervient immédiatement. Quoi? Oui, ils jouent de la musique et ils chantent. Björkgatan numéro 23. On soupçonne un 31 dans une maison vide de Ljunghusen. Une voiture américaine de marque Chrysler, bleue bicolore, immatriculée dans la ville de Stockholm avec deux six dans son numéro. La patrouille la plus proche intervient immédiatement. Adresse : Östersjövägen numéro 36. Peut-être en rapport avec le cambriolage en question. On a vu un jeune homme et deux jeunes filles. Contrôle de routine.

– Mais c'est ici, dit Hector.

– Quoi? dit Elofsson.

Borglund, lui, ne réagit qu'au moyen d'un ronflement légèrement vexé.

– Les collègues se trouvant à proximité peuvent toujours ouvrir l'œil, poursuivit la voix. Intervenir comme d'habitude. Ne pas prendre de risques. Examiner le véhicule s'il se manifeste. Destination inconnue. Évitez de faire sensation. Allez-y doucement, si vous voyez ce tas de ferraille. Contrôle de routine ordinaire. C'est tout pour l'instant. Bonjour, bonjour.

– Mais c'est ici, répéta Hector.

Elofsson était en train de siroter le contenu de sa thermos dans un gobelet et ne dit rien. Borglund se retourna dans son sommeil.

– Tout à côté, dit Hector.

– Doucement, doucement, petit, dit Elofsson, en plongeant la main dans son sac de gâteaux.

Il planta les dents dans un biscuit à la cannelle.

– C'est tout à côté, répéta Hector. On y va.

– Du calme, mon petit. Ce n'est certainement rien.

Et même si c'est quelque chose, on n'est pas les seuls, dans la police.

Hector rougit.

– Je ne vois pas ce que tu veux dire, dit-il.

Pour toute réponse, Elofsson se contenta de mâchonner. Borglund poussa un profond soupir suivi d'un petit cri. Peut-être était-il en train de rêver du directeur de la police nationale.

Ils n'étaient pas à plus de vingt mètres du croisement lorsque la Chevrolet vert clair déboucha sur la route.

– Les voilà, ces salauds, dit Hector.

– Tu crois? demanda Elofsson.

On comprenait à peine ce qu'il disait car il avait la bouche pleine.

– On va les coffrer, dit-il.

Il enclencha la première et mit les gaz à fond. La voiture fit un bon en avant.

– Quoi? demanda Borglund, du fond de son sommeil.

– Des voleurs, dit Hector.

– C'est toi qui le dis, fit Elofsson.

– Comment? dit Borglund, soudain réveillé. Qu'est-ce qui se passe?

Les jeunes occupants de la voiture verte ne virent pas la patrouille avant d'être à sa hauteur et alors il était trop tard.

Hector accéléra, leur coupa la route et freina brutalement. La voiture de police dérapa sur la rosée. La voiture américaine fut obligée d'obliquer sur la droite et s'arrêta, les roues avant à dix centimètres du fossé. Le conducteur n'avait pas eu le choix.

Hector fut le premier dehors. Il avait eu le temps d'ouvrir son étui et de tirer son Walther 7,65. Elofsson sortit de l'autre côté. Borglund arriva le dernier, tout essoufflé et désorienté.

– Qu'est-ce qui se passe? répéta-t-il.

– Ils roulaient tous feux éteints, répondit vivement Hector. Ils vont s'en souvenir. Allez, sortez, espèces de sales putes.

Il tenait son pistolet dans la main droite.

– Et quand je dis sortez, c'est pas demain matin, c'est tout de suite!

– Doucement, dit Elofsson.

– Je vous ai à l'œil, dit Hector à l'intention des occupants de la voiture, qui sortaient, chacun de son côté.

Leurs visages étaient blancs comme des linges dans la brume du matin.

– On voudrait simplement vous dire deux mots, fit Elofsson.

C'était lui qui était le plus près d'eux, mais il n'avait pas encore touché à son pistolet.

– Ne nous affolons pas, dit-il.

Hector se tenait derrière lui, légèrement de biais, le pistolet à la main et l'index droit sur la détente.

– On n'a rien fait, dit une voix qui paraissait jeune. Il était difficile de dire si c'était une fille ou bien un garçon en train de muer.

– C'est ce qu'on dit toujours. Mais vous ne pouvez tout de même pas nier que vous rouliez sans éclairage réglementaire. Jette un coup d'œil dans la bagnole, Emil.

A cette distance de quelques mètres, Elofsson vit très bien que les suspects étaient jeunes. Ils portaient tous deux une veste de cuir, des jeans et des chaussures de sport. Mais là s'arrêtaient les ressemblances. Car l'un était grand, brun, et avait les cheveux coupés court, tandis que l'autre était petit et avait de longs cheveux blonds qui lui tombaient sur les épaules. Ni l'un ni l'autre ne paraissait avoir plus de vingt ans.

Elofsson se dirigea vers le plus grand des deux, la main sur l'étui de son pistolet mais sans ouvrir celui-ci. Puis il se ravisa, sortit à la place sa lampe de poche et éclaira le siège arrière. Il la remit ensuite dans sa poche.

– Mmm, dit-il.

Puis il se retourna brusquement vers le plus grand des deux jeunes et l'attrapa par le collet.

– Espèces de petits salauds, dit Hector, toujours derrière.

– Qu'est-ce qui se passe? demanda une nouvelle fois Borglund.

De toute évidence, ce fut la réplique qui déclencha tout.

Elofsson continua à agir comme il en avait l'habitude. Il avait attrapé l'autre par sa veste, avec les deux mains. La phase suivante consistait à tirer la victime tout contre lui et à lui donner un coup de genou entre les jambes. Ensuite, tout serait réglé. Comme tant de fois auparavant. Sans que soit tiré le moindre coup de feu.

Mais c'était la dernière fois qu'Emil Elofsson procédait de la sorte. Le jeune aux cheveux courts ne l'entendit pas de cette oreille. Il tenait sa main droite à la hauteur de sa ceinture et la gauche dans sa poche. Enfoncé sous sa ceinture se trouvait un revolver et, apparemment, il savait s'en servir. Il le sortit et se mit à tirer.

Ce revolver était un Colt Cobra calibre 32 nickelé, avec six cartouches dans le barillet, fait pour les tirs rapprochés. Les deux premières balles touchèrent Elofsson à la taille, la troisième et la quatrième passèrent sous son bras gauche. Mais toutes deux atteignirent Hector pratiquement au même endroit, à savoir la hanche gauche, et le firent tomber en arrière sur la chaussée avant d'aller donner de la tête contre une petite clôture en fil de fer qui longeait la route.

Les balles numéro cinq et six manquèrent leur cible. Elles étaient probablement destinées à Borglund mais celui-ci avait très peur des coups de feu et, dès la première détonation, il s'était jeté à plat ventre dans le fossé situé au nord de la route. Celui-ci était profond et plein de boue et son corps très puissant s'y enfonça lourdement. Il resta là, sans bouger ni oser lever le visage et, presque aussitôt, il ressentit une douleur très vive sur le côté droit du cou.

Elofsson avait eu le temps de prendre son élan avec le pied et de lever le genou de quelques centimètres lorsque les balles l'atteignirent. Il s'agrippa à la veste de cuir et ne lâcha pas prise avant que le tireur ait fait quelques pas en arrière et libéré le barillet afin de recharger son arme.

Il tomba en avant et resta par terre, à moitié sur le côté, une joue sur la chaussée et le bras droit bloqué sous son corps, ainsi que son pistolet dans son étui toujours fermé.

Malgré le peu de lumière, il vit nettement l'homme au revolver reculer et commencer à recharger son arme avec des balles qu'il gardait apparemment dans la poche de sa veste.

Elofsson avait très mal et le devant de son uniforme était déjà taché et gluant de sang. Il ne pouvait ni parler ni bouger, seulement regarder. La situation était désespérée. Pourtant, il était plus étonné qu'effrayé. Comment une telle chose avait-elle pu se produire? Cela faisait vingt ans qu'il se comportait ainsi avec les gens, qu'il criait, leur donnait des coups de pied, de poing, de bâton ou du plat de son sabre. C'était toujours lui qui avait été le plus fort et avait eu le dessus. Il avait toujours eu une arme alors que les autres n'en avaient pas, toujours eu raison contre des gens qui n'avaient aucun droit, toujours eu le pouvoir de son côté.

Et maintenant il gisait là.

L'homme au revolver était à vingt pas de là. Il faisait maintenant plus clair et Elofsson le vit tourner la tête et entendit ces quelques mots :

– Dans la voiture, Kasper!

Puis l'homme leva le bras gauche, posa le canon de son arme sur son coude et visa soigneusement. Visa quoi?

Cette question était superflue. Une balle vint ricocher sur le béton de la chaussée à moins de cinquante centimètres du visage d'Elofsson. En même temps, celui-ci entendit un coup de feu en provenance de l'arrière. Est-ce que l'autre salaud tirait aussi? Ou bien était-ce Borglund? Il écarta cette pensée. Si Borglund était toujours en vie, il était certainement couché quelque part en train de faire le mort.

L'homme au revolver était maintenant immobile, jambes écartées, en train de viser.

Elofsson ferma les yeux. Il sentait son corps se vider de son sang. Il n'eut pas le temps de revivre sa vie, simplement de penser : je meurs.

Hector n'avait pas lâché son pistolet dans sa chute. Il gisait sur le dos, la tête calée par la clôture, et il vit lui aussi la silhouette au revolver et aux cheveux bruns et courts, bien que moins nettement, du fait de la distance. En outre, Elofsson se trouvait dans son champ de tir, mais tellement à plat sur la chaussée que la balle pouvait largement passer au-dessus de lui.

Contrairement à son camarade, Hector n'était pas tellement étonné. Il était jeune et ce qui venait de se passer correspondait à peu près à ce qu'il attendait de son travail dans ses rêves les plus fous. Son bras droit pouvait encore servir mais le gauche avait quelque chose et il eut beaucoup de mal à mettre la main sur la culasse afin d'armer son pistolet. Or ce geste était nécessaire car, conformément au règlement, il n'avait pas de balle dans le canon. (C'était par contre le cas d'Elofsson et de Borglund mais cela ne leur servait pas à grand-chose). Il ne réussit à l'effectuer qu'une fois que l'autre eut tiré la première balle de sa seconde salve.

Hector souffrait. La douleur qu'il éprouvait dans le bras et dans tout le côté gauche était extrêmement vive et sa vue commençait à se brouiller. Il tira la première balle sans vraiment le faire exprès, par une sorte de réflexe, et elle passa beaucoup trop haut.

Le moment ne se prêtait pas au tir au jugé. Il le comprit bien. En général, il ne se débrouillait pas trop mal sur le pas de tir, à l'entraînement, mais en ce moment il fallait vraiment se montrer excellent s'il voulait sauver sa peau. La silhouette qu'il apercevait là-bas, à vingt-cinq mètres, avait tous les avantages sur lui et tout, dans sa façon d'agir, indiquait qu'il n'avait pas l'intention de rentrer chez lui avant que les agents qu'il avait devant lui fussent bel et bien morts.

Hector respira profondément; cela lui fit tellement mal qu'il faillit s'évanouir. Une balle vint frapper la clôture et il entendit vibrer les mailles de fer. Le bruit se propagea à l'arrière de sa tête et cela lui permit, l'espace d'un instant, de voir avec beaucoup de netteté et de concentration. Il leva son pistolet, s'efforçant de garder le bras bien droit et la main ferme. La cible était confuse mais il la voyait.

Il appuya sur la détente puis perdit conscience et l'automatique lui tomba de la main.

Elofsson, par contre, avait encore ses esprits. Dix secondes plus tôt, il avait à nouveau ouvert les yeux et rien n'avait changé. L'homme au revolver était toujours au même endroit, jambes écartées et l'arme posée sur le coude. En train de viser. Sans se soucier de rien.

Il entendit à nouveau un coup de feu claquer derrière lui.

Et, miracle des miracles, l'homme au revolver sursauta et jeta les bras par-dessus la tête. Son arme décrivit un arc de cercle et, dans le même mouvement, il tomba sur la chaussée totalement désarticulé, comme s'il n'avait pas eu de squelette dans le corps. Puis il resta sur le sol, recroquevillé sur lui-même et sans que le moindre son s'échappât de ses lèvres.

Il serait faux de parler de coup de chance car Hector avait visé soigneusement et fait de son mieux. Par contre, comme coup dans le mille, on ne pouvait pas rêver mieux. La balle avait frappé l'épaule, suivi la clavicule et était allée se ficher dans la moelle épinière. L'homme était mort instantanément, peut-être même alors qu'il était encore debout. Il n'eut même pas le temps de se coucher pour rendre son dernier soupir.

Elofsson entendit une voiture démarrer en trombe et s'éloigner. Un silence total suivit, abstrait et absolument pas naturel.

Au bout d'un laps de temps qui lui parut une éternité, il entendit quelqu'un bouger à proximité.

Bien longtemps après encore, même s'il ne s'agissait en fait que de minutes ou même de secondes, Borglund approcha de lui à quatre pattes. Il gémissait et projetait un peu au hasard la lumière de sa lampe de poche. Il passa la main sous Elofsson, sursauta et la retira, effrayé à la vue du sang.

– Bon Dieu, Emil! dit-il.

Avant d'ajouter :

– Qu'est-ce que t'as fait, merde?

Elofsson sentait son corps se vider de toutes ses forces. Il pouvait encore moins parler ou bouger qu'auparavant. Borglund se mit debout, lourdement et en haletant. Elofsson l'entendit se diriger bruyamment vers la voiture et se brancher sur la fréquence d'urgence de la radio.

– Allô, allô, ici la nationale 100, près de Solbacksvägen à Ljunghusen. Deux collègues abattus. Moi-même blessé après échange de coups de feu. Demande de l'aide, vite!

Loin, très loin, Elofsson entendit répondre des voix

métalliques. Tout d'abord, les districts de police avoisinants.

– Ici Trelleborg. Nous arrivons.

– Ici Lund. Sommes en route.

Puis la centrale de Malmö.

– Bonjour, on arrive. Ça prendra un quart d'heure, vingt minutes au maximum.

Au bout d'un moment, Borglund revint, la trousse de premiers secours dans les mains. Il mit Elofsson sur le dos, déchira son uniforme et se mit à glisser, de façon totalement absurde, des compresses entre son ventre et ses sous-vêtements trempés de sang. Tout en répétant, d'une voix pâteuse et monocorde :

– Emil, enfin quoi, merde, Emil!

Autour d'Elofsson le sang se mêlait maintenant à la rosée. Il avait froid et de plus en plus mal. Mais il était toujours aussi étonné.

Un peu plus tard il entendit d'autres voix. Les gens qui habitaient de l'autre côté de la clôture s'étaient réveillés et osaient maintenant approcher. Une jeune femme vint s'agenouiller près d'Elofsson et lui prendre la main.

– Allons, allons, dit-elle. On va venir à votre secours.

Cela l'étonna encore plus que tout le reste. Quelqu'un lui tenait la main. A lui, un représentant des forces de l'ordre. Au bout d'un moment, la femme posa sa tête sur son giron et lui mit l'autre main sur le front.

Il était toujours dans cette position lorsqu'il entendit le hurlement des sirènes de plusieurs voitures, d'abord lointaines, puis de plus en plus fortes.

A ce moment le soleil perça la brume et répandit sa lueur jaune pâle sur toute cette scène absurde.

Cela se produisit le matin du 18 novembre 1973 à l'extrême limite du district de police de Malmö. Et à l'extrême limite de la Suède, par la même occasion. A quelques centaines de mètres de là, les vagues venaient lécher une baie de sable fin qui, du fait de la brume, paraissait s'étendre à l'infini. La mer.

Et, au-delà de la mer, se trouvait le continent européen.

19

Lundi 19 novembre.

Un grand ciel bleu, une belle journée froide et ventée.

C'était la Sainte-Elizabeth et c'était le tour de Kollberg de parler avec Folke Bengtsson.

Mais bien des choses avaient changé, en ce lundi. On aurait dit qu'Anderslöv avait tout à coup été rayé de la carte. On ne parlait plus que d'autre chose.

Que pouvait bien représenter une divorcée étranglée face à deux agents de police abattus? Sans compter un troisième, blessé, personne ne savait vraiment de quelle façon ni pourquoi. L'un des agresseurs était mort, l'autre était en fuite.

Martin Beck et Kollberg savaient bien, tous les deux, qu'il n'est pas particulièrement dangereux d'être dans la police, même si ses plus hautes instances et certains de ses membres, à la base, ne demandaient pas mieux que de dramatiser la situation.

Il est vrai qu'il arrivait que des policiers soient abattus; en fait, cela se produisait même plus fréquemment que l'on ne voulait bien en informer le public. La fréquence des accidents de tir sur les lieux d'entraînement de la police était vraiment alarmante, mais on préférait ne pas trop en parler. Elle tenait au fait que bien des jeunes policiers avaient la détente un peu trop facile et ne possédaient pas l'expérience et la prudence nécessaires en matière de maniement d'armes, contrairement aux civils participant régulièrement à des tournois. Pour tout dire, ils commettaient des négligences et c'est pourquoi il leur arrivait souvent de se blesser, soit eux-mêmes soit les uns les autres, heureusement fort peu souvent de façon mortelle.

Mais, à part cela, ce n'était pas un métier à hauts risques physiques. Ce qui souffrait le plus, chez les policiers, c'était le dos, à cause de l'excès de voiture. Mais bien d'autres corporations présentaient une fréquence d'accidents bien plus élevée.

Et ce n'était pas particulier à la Suède.

Sans aller bien loin, on pouvait noter, par exemple, que sept mille sept cent soixante-huit mineurs anglais avaient laissé leur vie dans l'exercice de leurs fonctions, depuis 1947, contre une douzaine de policiers seulement.

C'était peut-être un cas extrême, mais Lennart Kollberg ne manquait pas de le mentionner quand il était question de l'armement de la police. Comme on le sait, la police britannique ne porte pas d'armes. Et il fallait quand même bien qu'il y ait une explication à ce fait étrange que la Suède, pourtant bien moins peuplée, présentait des chiffres bien plus élevés de policiers blessés.

C'est Martin Beck qui reçut le premier coup de téléphone de la journée, mais il s'en serait bien dispensé car c'était Stig Malm qui était au bout du fil.

En fait, à une exception près, c'était l'être avec lequel il lui déplaisait le plus de parler.

– L'affaire est réglée, dit Malm.

– Euh.

– N'est-ce pas? Il me semble que tout est clair. L'assassin est sous les verrous. Il y était même avant qu'on retrouve le cadavre. Mais il est vrai que ce n'est pas grâce à toi.

Martin Beck pensa aux trous creusés dans le jardin de Folke Bengtsson mais s'abstint de tout commentaire. Le terrain risquait d'être glissant.

– N'est-ce pas? répéta Malm.

– Je n'affirmerais pas que tout est réglé, dit Martin Beck.

– Qu'est-ce que tu veux dire par là?

– Il existe bien des possibilités. Certains détails ne sont toujours pas vraiment élucidés.

– Mais vous avez arrêté l'assassin, non?

– Je n'en suis pas sûr, dit Martin Beck. C'est possible, naturellement, mais pas certain.

– Possible? Mais qu'est-ce qu'il te faut de plus, alors?

– Oh, dit Martin Beck, bien des choses.

Kollberg le regarda, l'air étonné.

Ils se trouvaient dans le bureau de Nöjd. Celui-ci était sorti promener son chien. Martin Beck hocha la tête.

– Bref, ce n'est pas pour ça que je t'appelle, reprit Malm. Garde tes mystères pour toi. Il s'agit de choses beaucoup plus importantes.

– Lesquelles?

– Tu le demandes? Trois policiers descendus par des gangsters, dont l'un est toujours en fuite, ça ne te suffit pas?

– Je ne suis pas au courant.

– Ah ça alors! Tu ne lis pas les journaux?

Martin Beck ne put s'empêcher de répondre :

– Si, mais ce n'est pas sur eux que je me base pour apprécier le travail de la police. Et puis je ne crois pas forcément toutes les salades que je lis.

Malm ne réagit pas. Chaque fois que Martin Beck pensait que cet homme était en fait son supérieur hiérarchique, il éprouvait le même mélange de dégoût et d'incrédulité.

– La chose est suffisamment choquante en soi, dit

Malm. Le patron est naturellement dans tous ses états. Tu sais à quel point il est sensible à tout ce qui peut arriver à nos hommes.

Cette fois, il était évident que le directeur de la police nationale n'était pas dans son bureau.

– Je sais, dit Martin Beck.

Et, naturellement, cet événement était aussi affreux que significatif de l'évolution. Mais il se trouvait que la façon qu'avait Malm d'en parler le faisait ressembler à l'un de ces pseudo-événements que, ces temps derniers, on avait soigneusement utilisés à des fins de propagande, au sein de la profession.

– Il est très probable que nous allons donner l'alerte sur le plan national, dit Malm. On n'a même pas encore retrouvé la voiture dans laquelle il a pris la fuite.

– Est-ce bien du ressort de la brigade criminelle? demanda Martin Beck.

– C'est le temps qui le dira, ainsi que la suite de ce drame affreux.

C'était bien dans le style grandiloquent qu'affectionnait tellement Malm.

– Comment vont-ils, les gars qui ont été abattus? demanda Martin Beck.

– Deux d'entre eux, au moins, sont toujours dans un état critique. Les médecins disent que le troisième a de bonnes chances de s'en tirer mais, naturellement, il lui faudra une longue convalescence.

– Ah.

– Il n'est pas à exclure que les recherches doivent être menées sur le plan national, répéta Malm. Il faut absolument lui mettre la main dessus, à ce type, et très vite.

– Je ne peux que te répéter que je ne vois pas en quoi cela me concerne, dit Martin Beck.

– Tu vas peut-être le voir plus vite que tu ne le penses, répliqua Malm avec un petit rire de satisfaction. C'est pour cela que je t'appelle.

– Ah bon.

– Il vient d'être décidé que c'est moi qui vais prendre personnellement la direction des recherches, dit Malm. Je serai le chef du commando tactique.

Martin Beck sourit : bonne nouvelle, autant pour lui-même que pour la personne recherchée. En ce qui le concernait, cela lui éviterait d'avoir constamment le directeur de la police nationale au bout du fil et, quant au criminel, cela lui laissait de très bonnes chances de passer à travers les mailles du filet.

Placer Martin Beck dans une sorte d'état-major dont Malm était le « chef tactique », comme il disait, aurait tout de même été un peu trop fort. En cela, il était privilégié. C'est pourquoi il se demandait bien ce que voulait Malm. Mais il n'eut pas longtemps à attendre car celui-ci s'éclaircit la voix avant de reprendre, d'un ton très sentencieux :

– Bien sûr, tu dois achever la mission qui t'occupe actuellement. Mais on est en train de constituer un groupe de travail à Malmö. C'est le préfet de police de là-bas qui s'en charge. Et nous venons de tenir une réunion, ici, ce matin.

Martin Beck regarda sa montre. Il n'était même pas huit heures. Il ne savait pas qu'on était aussi matinal que cela, à la direction nationale.

– Et alors?

– Nous avons décidé d'affecter immédiatement Lennart Kollberg à ce groupe. C'est un élément de première importance et tu n'as plus vraiment besoin de lui pour une affaire qui est déjà pratiquement réglée.

– Un instant, dit Martin Beck. Je vais te le passer.

– Inutile, coupa Malm. Il suffit que tu l'informes de la décision. Il doit se rendre immédiatement à Malmö et se mettre à la disposition de l'inspecteur Månsson, qui assure la coordination.

– Je vais lui transmettre.
– Très bien, dit Malm. Et encore toutes mes félicitations.
– Pourquoi?
– Eh bien, tu as été aussi rapide que d'habitude pour régler cette affaire de crime sexuel.
– Je ne sais même pas encore si c'est bien un crime sexuel, répliqua Martin Beck. Le rapport d'autopsie est loin d'être catégorique sur ce point.
– Tu as un coefficient de réussite étonnant, dit Malm. Sauf en ce qui concerne les chambres closes, évidemment *.
Très satisfait de cette petite plaisanterie, il éclata d'un rire bonhomme.
Martin Beck n'eut aucun mal à se retenir de rire en voyant le regard soupçonneux de Kollberg.
– Alors tu transmets cet ordre... enfin, ces instructions à Kollberg, n'est-ce pas?
– Je vais lui parler.
– Parfait. Salut!
– Au revoir, dit Martin Beck.
Et il raccrocha.
– Qu'est-ce qu'il voulait, cet enfoiré? demanda aussitôt Kollberg.
Martin Beck le regarda, l'air pensif.
– J'ai au moins une bonne nouvelle pour toi, en tout cas, dit-il.
– Laquelle?
– Tu ne vas plus avoir affaire à Folke Bengtsson.
Le regard de Kollberg se fit encore plus soupçonneux.
– Très bien, dit-il. Et la mauvaise, maintenant?
– Deux policiers se sont fait descendre du côté de Falsterbo, hier soir. Et un troisième a été blessé sans qu'on sache encore trop comment.

* Voir *La Chambre close*, 10/18, n° 1865. *(N.d.T.)*

– Je sais.
– Alors il faut que tu te présentes à Malmö.
– Pourquoi cela?
– Ils sont en train d'y constituer un groupe de travail. C'est Månsson qui est chargé de la coordination.
– C'est déjà cela.
– Il y a tout de même un petit hic que tu ne vas pas beaucoup apprécier.
– Le dirlo? demanda Kollberg, l'effroi inscrit sur son visage.
– Non, tout de même pas à ce point.
– A quel point, alors?
– Malm.
– Oh, merde!
– C'est lui qui est le chef du commando tactique.
– Du commando tactique?
– Oui, c'est ce qu'il a dit.
– Et qu'est-ce que c'est qu'un commando tactique, bon Dieu?
– Ça m'a l'air d'être quelque chose de militaire. On va peut-être être enrôlés dans une sorte de gendarmerie.
Kollberg fronça les sourcils.
– Il fut un temps où j'aimais bien être dans la police. Mais, ce temps-là, il est révolu depuis longtemps. Tu as encore autre chose du même genre?
– Non, je crois que c'est tout. Il faut que tu files immédiatement à Malmö.
Kollberg hocha violemment la tête en disant :
– Malm, ce trou du cul. Des flics descendus. Et puis ce jean-foutre à la tête d'un commando tactique, comme il dit. C'est grandiose. Il n'y a plus qu'à faire ses valises et filer.
– Que penses-tu de Folke Bengtsson? Personnellement?
– Honnêtement, je pense qu'il est innocent, dit

Kollberg. C'est vrai qu'il est détraqué mais, cette fois, ce n'est pas lui.

Avant qu'ils se séparent, Martin Beck eut encore le temps d'ajouter :

– Ne te mets pas une balle dans la tête, tout de même.

– On va essayer, dit Kollberg. Salut!

– Salut!

Martin Beck resta seul pendant quelques instants et s'efforça de rassembler ses pensées. Il avait autant confiance dans le jugement de Kollberg que dans le sien propre.

Kollberg ne pensait pas que Bengtsson ait étranglé Sigbrit Mård. Il ne le pensait pas non plus lui-même. Mais il n'en était pas aussi sûr. Bengtsson était tellement étrange.

Par contre, Martin Beck était certain d'une chose : Bertil Mård était innocent. Benny Skacke avait vérifié ses dires quant aux navires rencontrés. Cela n'avait pas été facile mais il n'est rien d'impossible pour un jeune policier doté de beaucoup d'ambition et possédant une voix agréable au téléphone.

Les affirmations de Mård concordaient bien avec la réalité. Le cargo battant pavillon des îles Féroé était la preuve décisive.

Nöjd entra dans la pièce, jeta son chapeau sur le bureau et s'assit dans le fauteuil. Timmy se dressa sur ses pattes arrière et se mit à lécher Martin Beck au visage. Celui-ci écarta le chien de la main et dit :

– Herrgott, es-tu absolument certain que tu ne connaisses pas un homme prénommé Kaj et dont la femme s'appelle Sissy? Petit et pas très costaud, mais bronzé. Avec des cheveux blancs ondulés et des lunettes?

– Il n'y a personne répondant à ce signalement dans mon secteur, dit Nöjd. Tu crois que c'est lui qui a fait son affaire à Sigbrit?

– Oui, dit Martin Beck, j'ai de plus en plus tendance à le croire.

– Couché, Timmy, dit Nöjd.

Le chien alla gentiment s'asseoir près de son fauteuil.

Il se gratta alors la tête et dit :

– En tout cas, ce serait bien que ce ne soit pas Bengtsson. Les gens commencent à regretter ses harengs fumés. Et puis ce serait mieux que ce ne soit pas quelqu'un d'ici.

20

Il conduisit toute la journée du dimanche et, le soir, il arriva à un endroit appelé Malexander.

Il avait évité les grandes routes nationales. En principe, il se dirigeait vers le nord en se guidant sur les poteaux indicateurs, mais il ne s'y connaissait pas très bien en géographie et ne disposait d'aucune carte. Il se trompa donc bien des fois. Il fut même parfois obligé de refaire en sens inverse le chemin qu'il venait de parcourir sur une autre route.

Ce qui venait de se passer lui faisait l'impression d'être abstrait et irréel. Il s'efforça de le revivre en esprit mais ne parvint à en revoir que des moments isolés, semblables aux images arrêtées d'un film.

Il avait tout d'abord été épouvanté mais cette frayeur avait fini par se calmer et il avait alors continué sa route sans plus penser à rien.

Il s'engagea sur une petite route qui menait à un lac puis gara la voiture. Ensuite il s'allongea sur le siège arrière, releva le col de sa veste, mit ses mains entre ses genoux et s'endormit aussitôt.

Du lac montait une brume qui vint envelopper la voiture dans un cocon d'humidité. Le froid le réveilla. Il ne se rappela pas immédiatement où il se trouvait mais bientôt les souvenirs lui revinrent et la frayeur s'empara à nouveau de lui.

Il faisait toujours nuit. Il enjamba le dossier, s'installa sur le siège avant, alluma les phares et mit le moteur en marche. Puis il fit une fois le tour de la voiture, en grelottant, afin de dégourdir ses membres. Devant le radiateur il s'arrêta, regarda la plaque minéralogique et se dit qu'il faudrait la changer dès que possible. Puis il s'installa au volant et repartit en direction du nord.

Ce jeune homme, qui se faisait appeler Kasper, était de petite taille, plutôt fluet, et avait des membres assez graciles. Ses cheveux tombant en boucles blondes sur ses épaules accentuaient encore le côté enfantin de son visage. Il lui arrivait souvent de devoir montrer son permis de conduire, lorsqu'il était au volant, car les agents avaient du mal à croire qu'il avait bien dix-huit ans. Cela l'agaçait toujours beaucoup et, en prenant ainsi les petites routes, il espérait pouvoir éviter les contrôles de police.

Ce permis de conduire, établi au nom de Ronnie Kaspersson, né le 16 septembre 1954, était parfaitement en règle et se trouvait dans la poche-revolver de son jean.

Il se demanda ce qu'était devenu son copain. En le voyant s'effondrer ainsi sur la route, il avait eu la certitude qu'il était mort, mais maintenant il n'en était plus très sûr. Il l'entendait encore lui dire : « Dans la voiture, Kasper ! » et le voyait encore mettre en joue l'un des policiers. Et pourtant c'était lui qui avait été atteint par une balle, tout à coup. Peut-être avait-il réussi à tuer un ou deux des flics auparavant, mais Kasper n'était sûr de rien non plus à ce propos car il avait pris peur et avait filé. Il ne savait même pas que son copain était armé.

Mais peut-être celui-ci n'était il pas mort et était-il en train de tout raconter aux flics. Heureusement, il n'avait pas grand-chose à leur dire : il ne savait même pas son véritable nom, seulement celui de Kasper qu'il se faisait donner. Et Kasper lui-même ne savait rien d'autre sur lui que son prénom.

Ils s'étaient rencontrés à Malmö le vendredi soir. Kasper était arrivé de Copenhague le matin; à vrai dire, il avait pensé regagner Stockholm mais l'argent lui manquait et il n'avait pas réussi à se faire prendre en stop. Il avait donc erré dans la ville toute la journée, cherchant un moyen de se procurer de l'argent. Il ne connaissait pas Malmö, n'avait personne à qui s'adresser et nulle part où aller. Il avait fini par échouer dans un parc où il avait rencontré quelques types qui lui avaient offert une bière. C'est ainsi qu'il avait fait la connaissance de Krister.

Les autres types étaient partis et il était resté seul avec Krister, à partager une ultime bière. Ce dernier n'avait pas d'argent, lui non plus, mais il avait une voiture. Il n'était pas tout à fait évident qu'elle lui appartînt vraiment, mais toujours était-il qu'il en possédait les clés. Il était de Malmö, lui, et connaissait les endroits où l'on pouvait facilement cambrioler des villas isolées.

Au cours de la nuit de vendredi à samedi, ils avaient tout d'abord effectué une tentative infructueuse dans l'une d'entre elles, juste à la sortie de la ville. Puis ils avaient pénétré dans une autre, apparemment fermée pour l'hiver. Ils y avaient trouvé quelques boîtes de conserves qu'ils avaient consommées avant de dormir une heure ou deux. Mais il n'y avait aucun objet de valeur et ils avaient donc dû se contenter de deux tableaux et d'une statuette en plâtre posée sur un piédestal.

De retour à Malmö, Krister avait réussi à voler quelques microsillons dans un magasin de musique. Connaissant bien la ville, il n'avait pas eu de mal à les revendre et, avec cet argent, ils s'étaient à nouveau acheté à boire. Ils étaient ensuite restés dans le parc et avaient erré en voiture jusqu'à la tombée de la nuit.

– Ce soir, on va aller dans un coin où il y a des gens qui ont du pèze, avait dit Krister.

Cet endroit s'appelait Ljunghusen et on pouvait voir de loin que ce n'était pas n'importe qui, les gens qui habitaient là. Ils s'étaient donc introduits dans plusieurs maisons et avaient pris le genre de choses faciles à revendre : un poste de télévision, un transistor, quelques tapis (de vrais tapis d'Orient, selon Krister). Ils avaient également mis la main sur quelques bouteilles d'alcool et même sur un peu d'argent : une trentaine de pièces de cinq couronnes toutes neuves trouvées dans une tirelire.

Bref, la nuit avait été bonne, jusqu'à l'arrivée de cette voiture de police surgie du néant.

Kasper revit une fois de plus tous ces événements. Tout d'abord le jeune flic qu'ils avaient vu surgir, soudain, le pistolet à la main, puis le plus âgé, qui avait attrapé Krister par le collet et ensuite les coups de feu, qui lui avaient paru venir de l'arme du plus jeune des flics. Mais il avait alors vu l'un d'eux tomber puis l'autre, juste après, et avait compris que c'était Krister qui avait tiré.

Ensuite, tout était allé très vite. Kasper avait pris peur et était parti au volant de la voiture sans même savoir si Krister était mort ou simplement blessé.

Il avait d'abord emprunté le même chemin qu'à l'aller, afin de rentrer en ville, mais, à l'entrée de l'autoroute, il avait changé de direction. Il s'était dit que l'alerte devait déjà être donnée et qu'ambulances et voitures de police ne manqueraient pas de venir de cette direction.

Soudain, il était tombé en panne sèche.

Lorsqu'ils avaient rencontré la voiture de police, Krister et lui étaient justement en train de se dire qu'il allait leur falloir trouver une voiture dont ils puissent siphonner le réservoir. Ensuite, lorsqu'il avait mis les gaz sous le coup de la panique, il avait naturellement oublié que le réservoir était pratiquement vide.

Il avait laissé le véhicule descendre une petite côte sur son élan, avant de le garer derrière un groupe de baraques presque en ruine. Il avait abandonné les marchandises volées.

Puis il avait marché le long de la route et était bientôt arrivé à un petit village. Au loin retentissait le hurlement des sirènes de police et ce bruit l'avait rendu fou de peur. Il avait essayé plusieurs voitures avant d'en trouver une qui convenait. Elle stationnait devant une grande maison, dans un garage qui n'était pas clos, et les portes n'étaient pas fermées à clé.

Kasper était bien conscient des risques : le propriétaire de la voiture pouvait sortir de chez lui à tout moment. Mais il était encore assez tôt, en ce dimanche matin, et il ne lui fallut qu'une ou deux minutes pour mettre le moteur en marche.

Puis il était parti vers le nord. Vers Stockholm, vers chez lui.

Kasper avait toujours habité Stockholm, au cours des dix-neuf années qui s'étaient écoulées depuis sa naissance, mais, en fait, jamais dans le centre de la ville. Il était né et avait grandi dans la banlieue, où il était allé à l'école, restant chez ses parents jusque trois ans auparavant. Puis il avait cherché du travail, sans grande conviction il est vrai. Deux ans plus tôt, ses parents avaient déménagé pour aller loger dans une maison mitoyenne de Södertälje. Il avait alors refusé de les suivre et avait commencé à mener une existence vagabonde dans la capitale.

Vivant d'allocations de chômage et d'aide sociale, il était exclu qu'il puisse se procurer un véritable logement. Il couchait donc chez des copains ou chez des filles rencontrées par hasard, de jeunes divorcées ayant un appartement et une place de libre dans leur lit.

Il avait ainsi fini par entrer en contact avec le genre de personnes qui pensent que le crime est rentable si on ne court pas de trop gros risques et si on est assez malin pour ne pas se faire prendre. Il participa donc à divers cambriolages et commit quelques menus larcins pour son propre compte avant de se consacrer au vol de voitures et au recel. Pendant quelques mois il avait vécu avec une fille qui faisait monter des clients chez elle pendant que lui était assis bien tranquillement dans sa cuisine, en train de boire de la vodka. Mais il avait tout de même deux principes bien arrêtés : ne jamais se livrer au trafic de drogue et ne jamais porter d'arme. Son allure de gamin lui avait d'ailleurs bien servi et il n'avait en fait été condamné qu'une seule fois.

Il n'avait aucun scrupule de conscience. Comme beaucoup d'autres jeunes Suédois, il n'éprouvait aucun sentiment de loyauté à l'égard d'un ordre social pour lequel le niveau de vie et le bien-être matériel étaient les seuls indices de la valeur de l'individu, alors même qu'il était incapable de fournir à ses jeunes un travail honnête et pas trop absurde. La question de la culpabilité ne le gênait donc nullement et il partageait cette façon de voir avec des milliers de semblables. Ce n'était pas lui qui avait choisi de vivre dans un système politique qu'il réprouvait pour son manque d'humanité, qui exigeait la solidarité en échange du mensonge et de la déloyauté et qui lui donnait l'impression que c'étaient bien plutôt les gouvernants qui auraient dû avoir honte.

A proximité de Katrineholm, il lui fallut faire le plein. Il paya avec ses pièces de cinq couronnes toutes neuves et le pompiste les regarda avant de les mettre dans une case à part de sa caisse en disant :

– C'est bien dommage de devoir les donner, hein?

Kasper haussa les épaules, cherchant vaguement une explication mais ne trouvant finalement rien à dire.

Soudain il sentit qu'il avait faim et pénétra dans la cafétéria qui jouxtait la station-service. Il prit le plat du jour, de la viande hachée qui nageait dans une sauce brunâtre poisseuse et sans aucun goût, accompagnée de quatre pommes de terre cuites à la vapeur et d'un rien de confitures d'airelles. C'était mauvais, ce n'était même pas chaud, mais il avait trop faim pour se soucier du goût que cela avait.

Après un nouveau bout de route il s'arrêta à un kiosque pour acheter un paquet de cigarettes, du chewing-gum et un journal. En regagnant la voiture, il jeta un coup d'œil sur les titres de la première page.

Il posa ensuite le journal à côté de lui et s'engagea sur une route latérale où il s'arrêta et le déplia sur le volant.

Krister était mort mais les trois agents s'en étaient tirés. La chasse était lancée à travers tout le pays afin de le retrouver, lui. L'auteur de l'article le traitait tour à tour de « gangster », de « desperado » et d'« assassin ». Il relut alors le début de l'article, qui parlait de l'état de santé des policiers. Celui-ci était bien décrit comme critique pour deux d'entre eux mais, apparemment, aucun d'eux n'était mort. Comment pouvait-on donc le traiter d'« assassin »? En outre, il n'était même pas armé, lui.

Il relut attentivement tout l'article. Ni Krister ni lui n'étaient identifiés et l'on n'avait pas encore retrouvé la voiture. La police était toujours sur les traces d'une grosse américaine, mais il n'avait pu la cacher suffisamment bien pour que cela dure très longtemps.

Après cette lecture, il resta assis un bon moment, s'efforçant de rassembler ses pensées. La peur, qui l'avait lâché pendant un moment, reprit son emprise sur lui. Il s'efforça de réfléchir avec calme et pondération.

Tout ce dont il était coupable, c'était d'un ou deux

cambriolages et d'un vol de voiture. Ce n'était pas lui qui avait tiré. Même s'il était arrêté, cela devait pouvoir être prouvé. La peine qu'il encourait pour ce qu'il avait réellement commis ne pouvait pas être bien lourde. Mais, pour l'instant, il avait encore l'avantage et, s'il ne perdait pas la tête, il avait de bonnes chances de s'en tirer.

Il finit par rouler le journal en boule et le jeter dans le fossé avant de continuer sa route. Il avait pris sa décision.

Dans un hypermarché, il acheta de quoi confectionner des plaques d'immatriculation ancien modèle. Puis il sortit de la ville et, sur un chemin de forêt, il composa un numéro et dévissa les plaques qui se trouvaient sur la voiture avant de les enterrer dans un coin. Puis il mit en place les nouvelles et reprit la route en direction de Södertälje.

Là, il rentra la voiture à la fausse immatriculation dans le garage du pavillon de ses parents. Avec un peu de chance, elle pourrait y rester quelques jours. Son père était représentant de commerce et était souvent parti plusieurs jours d'affilée avec la sienne.

Il eut en effet de la chance. Sa mère était à la maison mais son père ne rentrerait pas avant la fin de la semaine. Il n'eut aucun mal à convaincre sa mère que la voiture lui avait été prêtée par un ami.

Elle fut très heureuse de le revoir et encore plus d'apprendre qu'il allait rester quelques jours.

Le soir, elle lui servit son plat favori : une tranche de viande avec des oignons et des pommes de terre sautées et, comme dessert, un chausson aux pommes avec de la sauce à la vanille.

Il alla se coucher de bonne heure et, en s'endormant dans le lit de son père, il se sentit relativement en sécurité.

21

Le matin du 21 novembre, Gustav Borglund mourut au service des maladies infectieuses de l'hôpital de Malmö. Il était arrivé trop tard et les médecins n'avaient plus aucune chance de le sauver.

Par contre, Emil Elofsson et David Hector s'en tirèrent, grâce, en particulier, à l'habileté du chirurgien. Il n'en restait plus beaucoup de bons en Suède car, par leur politique stupide, les autorités du pays avaient contraint la plupart à quitter le pays. Mais Elofsson et Hector eurent de la chance. Ils reçurent des soins rapides et excellents et eurent même droit à un traitement de faveur.

Naturellement ils étaient assez mal en point, tous les deux, en particulier Elofsson, qui avait été touché au foie. Heureusement, la chirurgie avait fait des progrès depuis l'époque de James Garfield et les médecins qui avaient choisi de rester au pays, malgré le système politique et par loyauté envers leurs concitoyens, étaient vraiment des gens capables, même si la plupart étaient tellement surmenés et épuisés que le scalpel leur tombait presque des mains au cours des opérations.

Il fut impossible de parler à Elofsson et à Hector pendant toute la journée du lundi et celle du mardi. Quant à Borglund, il ne savait rien, même pas qu'il était en train de mourir.

Le « commando tactique » de la police parvint exactement aux résultats que l'on pouvait attendre de lui. Il ne réussit ni à retrouver la voiture qui avait servi aux malfaiteurs ni même à identifier la victime de la fusillade.

Borglund mit un point final à une carrière d'échecs assez débonnaires en rendant l'âme le mercredi matin vers quatre heures. Ce n'était pas un méchant homme et il lui était même arrivé, un jour, de suggérer à Elofsson de donner une pastille pour la gorge à un enfant yougoslave, malgré les complications que cela ne manquerait pas d'entraîner dans le service.

En l'espace de quelques heures, la nouvelle de sa mort parvint à la direction de la police nationale. Elle y fit tout de suite monter la température et déclencha une série de coups de téléphone de Stig Malm au préfet de police de Malmö. Le grand patron était derrière son dos, tandis qu'il parlait, et c'est presque un miracle que les fils n'aient pas été arrachés par les vibrations de sa voix.

La direction de la police nationale exigeait que l'on « s'active ». Cette expression signifiait que l'on devait immédiatement envoyer un peu partout des cars entiers de policiers vêtus de gilets pare-balles et de casques avec visière abaissable en plexiglas. Ainsi, bien sûr, que des tireurs d'élite équipés d'armes automatiques et de bombes lacrymogènes; le tout obligeamment prêté, comme d'habitude, par l'armée.

Pour Lennart Kollberg, par contre, « s'activer » voulait dire : parler aux gens.

Il avait passé la journée de lundi et celle de mardi à observer de façon assez passive tout un flot de jeunes gens arrêtés arbitrairement par des policiers pris d'un zèle soudain, sous le vague prétexte qu'ils étaient soit étrangers soit habillés de manière suspecte.

Kollberg était assez ancien dans le métier pour savoir que le signe distinctif de l'assassin n'est pas le fait qu'il ne soit pas allé chez le coiffeur depuis six mois. En outre, personne n'avait été tué, à ce qu'il sache, du moins dans les rangs de la police.

Mais, après la mort de Borglund, les choses s'envenimèrent à tel point qu'il fallait bien que quelqu'un finisse par faire quelque chose de constructif.

C'est pourquoi il alla chercher sa voiture dans le garage de l'hôtel Saint-Georges, où logeaient habituellement les personnalités les plus importantes de la police, et se rendit à l'hôpital général de la ville.

Il désirait parler à Elofsson et à Hector; les médecins avaient laissé entendre que ce serait possible et que tous deux étaient aussi lucides qu'on pouvait l'espérer.

Kollberg n'était pas une mauviette mais cela ne l'empêcha pas de recevoir un choc en entrant dans le service. Il regarda le pense-bête que Månsson lui avait remis. Si, c'était bien là. Quant au fait qu'il se trouvait en Suède, il le savait déjà.

Le bâtiment datait du XIXe siècle et la salle commune comportait une trentaine de lits. La plupart des patients étaient apparemment en bien triste état car le local résonnait de gémissements et d'appels à l'aide. L'odeur était pestilentielle et le spectacle dans son ensemble ressemblait fort à celui d'une infirmerie de campagne au cours de la guerre de Crimée. Les lits n'étaient même pas séparés par des paravents ou par des tentures.

Il s'adressa à une jeune fille en blouse blanche qui s'avéra être la femme de ménage. Lorsqu'il lui demanda à parler au professeur, elle le regarda de ses grands yeux bleu clair, très étonnée, et lui répondit :

– Vous voulez dire le docteur? Il n'est pas encore là.

C'est tout ce qu'il put tirer d'elle. Pourtant il y avait bien un médecin de permanence. C'était un homme noiraud portant une chemise ouverte jusqu'au nombril.

Il était assis dans une salle réservée au personnel, en train de boire une tasse de café. Le seul problème était qu'il était originaire d'Afghanistan, portait un nom impossible à prononcer et s'exprimait dans un anglais qui aurait peut-être fait honneur à un berger de la République populaire de Mongolie mais guère plus.

Si l'on manquait de médecins, ce qu'il paraissait difficile de nier, la pénurie d'infirmières n'était que plus criante encore. Il finit cependant par en trouver une, la seule qui se trouvât sur place. Elle était d'ailleurs chargée de faire le service de deux personnes, du fait d'une vacance de poste, et travaillait depuis quatorze heures d'affilée, bien que l'on ne l'eût pas cru à la voir. C'était une femme blonde de trente-cinq ans, robuste, calme et assez bien de sa personne, avec des yeux clairs et des mollets dodus.

Bon sang qu'elle est belle! ne put s'empêcher de se dire Kollberg, connaisseur en la matière. S'il avait eu dix ans de moins, il aurait aussitôt commencé à s'exciter. Mais maintenant la seule à parvenir à ce résultat était sa femme, une brune choisie avec beaucoup de soin afin de satisfaire ses besoins tant sur le plan intellectuel que sur le plan sexuel. C'était vraiment une femme magnifique et elle le rendait aussi heureux qu'il pouvait l'être.

Il resta là, un moment, à réfléchir à la répartition des tâches en fonction des sexes, dans notre société, et à l'absurde discrimination entre hommes et femmes.

Gun était belle et elle lui rappelait sa vedette de cinéma favorite : Tatiana Samoïlova. Il n'allait pas souvent au cinéma mais n'aurait pour rien au monde manqué un film où elle figurait au générique. Et pourtant, il trouvait que Gun était encore plus belle, ce qui n'était vraiment pas peu dire.

Il l'aimait. Elle était sa vie. Elle et les enfants. Bodil venait d'avoir six ans et devait bientôt commencer à aller à l'école. Joakim, lui, n'avait encore que trois ans. C'étaient de beaux enfants.

Ce matin il s'était observé dans la glace de sa chambre d'hôtel. Des pieds à la tête et entièrement nu. Si Gun était belle, il avait pour sa part une tendance très nette à l'embonpoint. Et cela ne lui plaisait pas du tout.

Une autre chose qui ne lui plaisait pas du tout c'était l'idée de la femme en tant qu'objet sexuel, dans le cadre d'une société où l'égalité des salaires entre hommes et femmes n'était même pas possible à réaliser.

Il regarda à nouveau cette infirmière. Comment pouvait-elle avoir l'air aussi fraîche et en aussi bonne santé? Alors qu'elle devait effectuer le travail de deux personnes. Elle avait l'air d'être de bonne humeur, d'aimer son travail. Et pourtant elle était chargée de veiller sur une cinquantaine de malades, certains d'entre eux très gravement atteints, voire mourants. Dans un hôpital qui était une honte.

Il lui montra sa carte.

– Vous vous êtes trompé, dit-elle. Ils ne sont pas dans la salle commune. Ils sont dans l'une des anciennes chambres particulières. Nous en avons quatre, avec deux lits dans chacune. Vos amis sont dans la chambre numéro 2.

– Ah bon.

– Oui, c'est là que nous mettons ceux qui sont vraiment très gravement atteints.

– Et ceux qui bénéficient d'un traitement de faveur?

– On peut peut-être le dire aussi.

Il observa ses mollets et la pliure de ses genoux. Il ne put tout simplement pas s'en empêcher. Pas plus que de remarquer qu'elle ne portait pas de soutien-gorge sous sa blouse blanche.

– Vous pouvez aller leur parler, dit-elle. Mais pas

trop longtemps. C'est Elofsson qui est le plus gravement atteint, mais je crois que c'est Hector qui devra garder la chambre le plus longtemps.

– Je ne serai pas long.

– C'est le professeur qui les a opérés lui-même. A quatre reprises. Sans cela, ils ne s'en seraient pas tirés. Pas Elofsson, en tout cas.

La chambre prouvait au moins que les responsables de la police n'oubliaient pas les leurs. Elle regorgeait de fleurs, de fruits, de boîtes de chocolat et elle était pourvue de la radio et d'un poste de télévision en couleurs.

C'est Hector qui paraissait le plus en forme, bien qu'il eût le bras gauche et les deux jambes en suspension.

Elofsson n'avait pas moins de quatre goutte-à-goutte : l'un contenait du sang, les autres des liquides de couleurs différentes. C'était un homme robuste et de belle taille, aux traits lourds et au regard pas très vif. Mais sans doute était-ce dû à son état de santé.

Kollberg les salua tous les deux. Il eut le sentiment d'avoir déjà rencontré Elofsson quelque part. Par contre, il était certain de n'avoir encore jamais vu Hector mais, d'un autre côté, celui-ci avait un air fort typique de la jeune génération des policiers de l'époque. Si tant est qu'un air puisse être qualifié de typique.

Il eut le sentiment qu'il convenait qu'il prononce quelques paroles de compassion, après tous les autres qui l'avaient déjà fait, depuis le préfet de police jusqu'au dernier des agents en patrouille se trouvant passer par là.

– Eh bien, mes pauvres! dit-il, très à court d'imagination.

– Notre heure n'a pas encore sonné, dit Hector.

Peut-être était-il croyant.

– Celui qui a tiré sur vous est mort, lui.

– Oui, je l'ai eu, dit Hector. Et pourtant, j'avais déjà deux balles dans le corps et mon collègue était sur la trajectoire. Et puis il faisait sombre.

– Mais nous n'avons pas encore pu mettre la main sur l'autre, dit Kollberg. Vous souvenez-vous de son signalement?

– On vient de vous dire qu'il ne faisait pas encore jour, répondit Elofsson.

– Mais vous l'avez vu?

– Je ne l'ai pas vraiment vu bien nettement, reprit Hector. Mon collègue se trouvait entre nous et puis je me concentrais sur celui que je visais. Mais il était blond.

– On n'a pas eu le temps de voir grand-chose, dit à son tour Elofsson. Mais c'était un jeune, je veux dire qu'il n'avait pas plus de vingt ans. Et il avait les cheveux blonds et longs.

– A-t-il dit quelque chose?

– J'ai entendu mes collègues leur parler, mais pas ce qu'ils ont répondu.

– Ils n'ont pas dit grand-chose, dit Elofsson. C'est seulement le grand qui a parlé. Je ne crois pas que l'autre ait ouvert la bouche.

– Je me souviens maintenant que le grand a dit qu'il n'avait rien fait, reprit Hector. Je lui ai fait remarquer qu'ils roulaient sans éclairage et alors il m'a dit qu'il n'avait rien fait.

– C'est vrai, dit à son tour Elofsson. Mon collègue leur a dit qu'ils étaient dépourvus d'éclairage réglementaire et alors il a répondu qu'ils n'avaient rien fait.

– C'est tout ce qu'ils ont dit? demanda Kollberg.

– Non, répondit Elofsson. Le grand a dit quelque chose, après avoir tiré. Il a dit : « monte dans la voiture », ou quelque chose comme ça, et puis un nom.

– Quel nom? Tu t'en souviens?

– Attends une seconde. C'était un nom pas tellement courant. Il me semble que ça commençait par un K. Klas, peut-être.

– C'est assez courant, au contraire.

– Non, c'était un nom plus bizarre que ça. Je vais m'en rappeler.

– Oui, dit Kollberg, c'est souvent ce qui se passe, ça vous revient au bout d'un moment.

– Moi, je n'ai pas entendu de nom, dit Hector.

– Et nous, nous n'avons toujours pas retrouvé la voiture, dit Kollberg.

– On nous a mal informés, à la radio, dit Hector. On nous a dit qu'ils étaient à bord d'une Chrysler. Mais moi, je suis certain que c'était une vieille Chevrolet.

– Comment peux-tu en être certain? demanda Elofsson.

– Je m'y connais en voitures, dit Hector. A la radio ils ont parlé d'une Chrysler bleue mais je te fiche mon billet que c'était une Chevrolet et qu'elle était verte, en plus de ça. Et puis on nous a pas donné le bon numéro, non plus.

– Oui, dit Elofsson, c'est toujours la même chose. On nous donne de faux renseignements. Mais moi, je ne me souviens pas bien de ce qu'ils ont dit, à la radio.

– Je m'en souviens, moi, intervint Hector. Ils ont dit que c'était une voiture américaine avec des plaques ancien modèle. Ça, c'était vrai, mais le reste était faux.

– Comme d'habitude, dit Elofsson.

Il respirait assez péniblement.

– Tu as mal? demanda Kollberg, compatissant.

– Oui, y a des moments où ça fait sacrément mal.

Kollberg se tourna vers Hector.

– Tu dis que le reste était faux. La marque et la couleur de la voiture, bon. Mais il y avait autre chose?

– Oui, le message parlait de deux filles et d'un gars. En fait, il y avait deux gars et pas de fille.

– Ça y est, je me souviens du nom, dit soudain Elofsson. Kasper.

– Kasper.

– Oui, c'est ça. « Monte dans la voiture, Kasper », qu'il a dit, le gars qui m'a tiré dessus. C'est bien le nom : Kasper.

– Tu es absolument sûr?

– Oui, oui. Je vous disais bien que c'était un nom bizarre. C'est bizarre, ça, comme nom : Kasper. Je ne connais personne qui s'appelle comme ça.

– Moi non plus, dit Kollberg.

– Et puis les plaques, reprit Hector. Le message parlait d'une bagnole immatriculée dans la ville de Stockholm, donc avec plaques ancien modèle, et trois six dans le numéro. Mais c'était faux parce qu'elle était immatriculée dans le département de Stockholm, et pas dans la ville, et le numéro commençait par deux sept. Ensuite il y avait un autre chiffre et peut-être encore un sept.

– Ça, j'en sais rien, dit Elofsson.

– Voyons, dit Kollberg, c'est très important. Tu dis que c'était une Chevrolet verte, immatriculée dans le département de Stockholm et dont le numéro comportait deux ou trois sept.

– Oui, ça c'est sûr et certain, dit Hector. J'ai l'œil pour ce genre de trucs, moi.

– Oui, dit Elofsson, c'est vrai qu'il est fort dans ce domaine, le collègue.

– Comment était-il habillé, ce Kasper? demanda Kollberg.

– Une veste sombre, en popeline, et des jeans, dit Hector. Un petit gars blond. Les cheveux longs, comme il vous a dit.

– Ils sont tous habillés comme ça, dit Elofsson.

Une élève infirmière entra avec tout un tas d'éprouvettes sur un chariot. Elle se dirigea vers Elofsson et Kollberg s'écarta légèrement pour lui faire de la place.

– Tu peux continuer à parler encore un peu? demanda Kollberg.

– Oui, oui, dit Hector. Ça va, t'en fais pas pour moi. Qu'est-ce que tu veux savoir d'autre?

– J'aurais surtout aimé savoir comment se sont passées les choses, exactement. Bon, vous arrêtez cette voiture et vous descendez. Auparavant, tu as déjà relevé sa marque, sa couleur et son numéro, au moins en partie.

– C'est exact.

– Qu'est-ce qu'ont fait les occupants de la voiture, alors?

– Ils sont descendus, eux aussi. Alors Emil, mon collègue, là, est allé jeter un coup d'œil dans la voiture avec sa lampe de poche. Puis il a attrapé celui des deux gars qui était le plus près de lui. Et à ce moment-là il s'est mis à tirer.

– Tu as été touché tout de suite?

– Oh oui, pratiquement. Je crois que c'est le collègue qui a pris les premières balles. Mais ça c'est passé extrêmement vite et j'ai été touché aussitôt après.

– Pourtant, tu as pu dégainer?

– C'était déjà fait.

– Tu tenais donc ton pistolet à la main quand tu es descendu de la voiture?

– Oui, on aurait dit que j'avais un pressentiment.

– Crois-tu que les occupants de la voiture l'aient remarqué?

– Oh oui, certainement. Mais je n'avais pas de balle dans le canon, puisque c'est interdit. Alors il a fallu que j'arme avant de pouvoir tirer.

Kollberg jeta un regard à Elofsson, qui semblait de moins en moins conscient. L'enquête technique avait révélé que Borglund et lui avaient une balle dans le canon de leur pistolet. Mais aucun d'eux n'avait tiré et, quant à Elofsson, on pouvait même affirmer qu'il n'avait pas ouvert l'étui contenant son arme.

– Dis donc, demanda Hector, j'ai entendu dire que Gustav Borglund a été tué : c'est vrai?

– Oui, dit Kollberg. Il est mort ce matin de bonne heure. Dans cet hôpital. Mais dans un autre service.

– C'est affreux, fit Hector.

Kollberg approuva d'un signe de tête.

– Je ne l'ai pas du tout vu pendant tout ce temps, reprit Hector. Il était derrière moi. Il a dû être touché en premier.

– Je l'ai vu, moi, dit Elofsson d'une voix pâteuse. Il s'est amené à quatre pattes une fois que tu as eu descendu ce salaud. C'est lui qui a donné l'alerte. Et il m'a aidé. Mais on voyait bien qu'il était blessé. Alors, comme ça, il est mort?

Kollberg remarqua qu'Elofsson commençait à donner des signes très nets de fatigue mais il fallait absolument qu'il lui pose encore une ou deux questions.

– Savez-vous si les deux types vous ont tiré dessus?

– Je crois que l'autre l'a fait aussi, dit Elofsson. Sur le moment, j'en étais sûr. Parce que j'ai entendu quelqu'un tirer derrière moi, également. Mais maintenant je comprends que ça devait être David, mon collègue qu'est là.

Kollberg se retourna alors vers Hector et lui demanda :

– Et toi, qu'en penses-tu?

– La seule chose dont je sois sûr c'est que j'ai vu le brun nous tirer dessus, à Emil et à moi, pendant que nous étions à terre. Ensuite j'ai tiré à mon tour. Après ça, je me souviens de rien. Mais Emil était toujours conscient, lui.

– Non, dit Elofsson d'une voix faible. J'ai vu celui

qui m'avait tiré dessus lever les bras au ciel et s'effondrer, tout d'un coup. Ensuite, j'ai entendu une voiture faire marche arrière, tout d'abord, et puis démarrer sur les chapeaux de roue.

– Ainsi, ni l'un ni l'autre d'entre vous n'a eu l'impression que le blond ait tiré ou même qu'il ait eu une arme?

– Non, dit Hector. Pas à ce que j'ai vu.

Elofsson, lui, ne répondit pas. Il semblait avoir presque perdu connaissance. Kollberg regarda Hector un moment. Il formula une question dans sa tête mais ne la prononça pas à voix haute : « Ça t'arrive souvent, ce genre de pressentiment? De dégainer d'abord et de poser ensuite ta question? » Mais il s'abstint de poser la sienne, lui. Le moment paraissait mal choisi.

– Bon, eh bien salut, les gars, dit-il à la place. Tâchez de bien vous remettre.

En sortant, il voulut tenter de parler au chef de service.

– Il est en train d'opérer, dit l'infirmière.

– Et le docteur Aklam...

– Aztazkanzakerski, rectifia l'infirmière. Il est également en train d'opérer. Que désirez-vous savoir?

– Il m'a semblé qu'Elofsson était mal en point.

– C'est vrai, il est encore faible, dit l'infirmière. Mais il n'est plus considéré comme étant en danger immédiat. Ils vont s'en tirer, tous les deux. Encore que...

– Encore que quoi?

– Qu'il s'agisse de blessures graves, acheva-t-elle. Ils ne se remettront peut-être pas complètement.

Kollberg se secoua.

– C'est bien triste, dit-il.

– Il faut essayer de voir le bon côté des choses, dit-elle.

– Oui, vous avez sans doute raison, répondit Kollberg. Eh bien, au revoir.

Cet entretien avait été très fructueux, tant du fait des informations qu'il lui avait permis de recueillir que des questions qu'il soulevait.

A l'hôtel de police de Malmö, Per Månsson en cassa le cure-dents qu'il était en train de mâcher, fidèle à son habitude. Il en jeta les morceaux dans la corbeille à papiers et dit :

– Sensationnel! Ainsi, pendant trois jours, nous avons recherché dans tout le pays une voiture qui n'était pas la bonne. Ni la marque, ni la couleur, ni le département d'immatriculation, ni le numéro lui-même. Qu'est-ce qu'on peut demander de mieux, en matière d'erreur?

– De quoi est mort Borglund? demanda Kollberg.

– Il est mort à l'occasion de cette fusillade, dit Månsson, très grave. C'est du moins ce qu'il y aura de marqué dans les journaux.

Il tira de sa poche un nouveau cure-dents qu'il sortit de son emballage en cellophane.

– Je viens de mettre tout ça par écrit pour éviter les malentendus.

Il tendit le papier à Kollberg, qui put lire : « L'assistant de police Gustav Borglund, âgé de trente-sept ans, est décédé ce matin des suites des blessures qu'il a reçues lors de la fusillade qui s'est déroulée, à Ljunghusen, entre la police et deux desperados armés. Deux autres policiers ont été grièvement blessés en cette occasion. Leur état est cependant, pour l'instant, jugé aussi satisfaisant que possible. »

Kollberg posa le papier sur la table et demanda à nouveau :

– Oui, mais de quoi est-il mort véritablement?

Le regard de Månsson alla se perdre par la fenêtre, impénétrable, tandis qu'il lâchait :

– Il a été piqué par une guêpe.

22

Malm fit véritablement tinter les oreilles de Månsson et de Kollberg, tout ce mercredi après-midi. Il ne les lâcha pas, au bout du fil. Leur seule consolation était que le chef du commando tactique devait malgré tout avoir recours au téléphone, ce qui les mettait à l'abri du pire.

Alors, qu'est-ce qui se passe? Avez-vous retrouvé la voiture? Avez-vous identifié l'assassin? Qui est l'autre desperado?

Et puis la question qui éclipsait toutes les autres : pourquoi ne faites-vous rien?

C'est Månsson qui y eut droit, mais il ne se laissa pas décontenancer.

– Oh! mais nous faisons pas mal de choses en ce moment, répliqua-t-il.

Kollberg l'observait par-dessus le bureau, admirant son flegme. Månsson mâchait son éternel cure-dents, comme si de rien n'était, tandis que Malm s'obstinait à s'égosiller au bout du fil.

– Nous avons maintenant quelque chose à nous mettre sous la dent, poursuivit Månsson.

Puis, au bout d'un moment :

– Non, ce n'est pas la peine. Il vaut certainement mieux que les recherches soient coordonnées de façon centrale par quelqu'un qui puisse avoir une vue globale de la situation. Oui, c'est ça, nous donnerons de nos nouvelles.

Månsson raccrocha.

– Il menace de venir ici, dit-il. Si ce foutu zinc n'a pas une avarie, il peut nous tomber sur le poil en l'espace de deux heures.

– Oh non, dit Kollberg, au désespoir. Tout mais pas ça.

– Je ne crois pas que ce soit aussi sérieux que ça, dit Månsson. Et puis la situation ne va pas tarder à se débloquer. Et, en plus, il n'aime pas l'avion, je le sais depuis longtemps.

Månsson avait raison. Malm ne montra pas le bout du nez et, le jeudi matin, les choses commencèrent en effet à se débloquer.

Kollberg avait mal dormi, après un repas presque immangeable dans un restaurant qu'on disait bon marché. Lorsqu'il se réveilla, il eut une pensée jalouse pour Martin Beck, qui avait sans doute dîné comme un prince à l'auberge d'Anderslöv et devait être en train de parler de l'affaire Sigbrit Mård avec Nöjd.

Puis il ingurgita une double portion d'œufs au bacon, à l'hôtel, et il se sentait déjà de meilleure humeur lorsqu'il poussa la lourde porte de cuivre de l'hôtel de police et grimpa au premier afin de retrouver Månsson et de s'informer des dernières nouvelles. Au passage, il avait vu les mots UN AGENT ASSASSINÉ s'étaler sur les affichettes de tous les journaux.

– Salut, dit Månsson. Je n'ai pas voulu te déranger pendant ton petit déjeuner mais nous savons maintenant qui a tiré sur Elofsson et Hector.

– Qui?

– Il s'appelait Krister Paulson. Le fichier central des empreintes digitales a fini par nous fournir le bon renseignement. Comme d'habitude, ils ont prétexté des ennuis d'ordinateur.

Panne d'ordinateur. Kollberg poussa un soupir.

Depuis que la police avait été centralisée, son existence à lui était pleine de ce genre de calamités.

– Et puis nous avons retrouvé la voiture. Elle était garée derrière les bâtiments désaffectés d'une ferme, près de Vellinge. Le paysan nous a dit qu'elle était là depuis dimanche mais qu'il avait cru que c'était un vieux tas de ferraille que quelqu'un avait laissé là pour s'en débarrasser. Il avait bien vu notre avis de recherche dans le journal mais comme on s'était trompé de marque, de couleur et d'immatriculation, n'est-ce pas... Benny est allé la chercher. Il ne va pas tarder à nous l'amener ici.

– Mmm, dit Kollberg.

Le pays était couvert de ces vieilles carcasses de voitures que les gens abandonnaient n'importe où. C'était sans conteste le moyen le plus simple et le plus économique de se débarrasser d'une voiture hors d'état.

– Que sait-on de ce Krister Paulson? demanda Kollberg.

– Pas mal de choses, déjà. Il est sorti récemment d'un établissement pénitentiaire. Il avait vingt-quatre ans et un casier judiciaire assez chargé. Il est originaire du centre de la Suède, mais cela faisait un certain temps qu'il était par ici.

– Et maintenant il est mort, donc?

– Oui. C'est vrai, Hector l'a abattu. Légitime défense, n'est-ce pas? Mais pour l'instant on ne sait pas grand-chose d'autre sur lui. Il y a bien un rapport de psychiatrie parlant de névrose...

Månsson jeta un coup d'œil sur les papiers posés devant lui.

– Ah oui, c'est ça. Un asocial. En révolte contre la société. Il n'avait aucune formation et n'a occupé aucun emploi. Mais, auparavant, il n'a jamais été condamné pour des actes de violence, bien qu'il apparaisse qu'il ait déjà été trouvé en possession d'une arme. Il voulait sans doute jouer au dur. Drogué, en plus de cela.

Kollberg poussa un soupir. Ce genre de personne était devenu tellement courant dans ce qu'il était convenu d'appeler la société de bien-être qu'il était impossible de les compter. Pis encore : on ne savait absolument pas quoi faire d'eux.

Tout ce que la police faisait pour eux, en général, c'était de leur taper sur la tête à coups de bâton et de les passer à tabac au poste.

– Je me demande s'il aurait tiré si Hector ne lui avait pas braqué son pistolet sous le nez? demanda Kollberg.

– Qu'est-ce que tu dis?

– Rien. Je pensais tout haut.

Månsson garda le silence pendant un instant puis il dit :

– J'ai parfaitement entendu. Je me suis déjà posé la même question. Mais j'ai décidé de ne plus y penser. Parce que nous ne pourrons jamais connaître la réponse.

– Tu as déjà tué?

Månsson examina son cure-dents, mâché au point d'être méconnaissable, et se prit à rire intérieurement.

– Oui, dit-il. Une fois. Une vache qui s'était échappée de l'abattoir et qui gambadait dans les rues de la ville. C'était à l'époque où nous avions encore des tramways et cette pauvre vache s'en est pris à l'un d'entre eux. Tu aurais vu cela. On se serait cru à Pampelune. Quelle corrida!

– Mmm, dit à nouveau Kollberg.

– Mais il y a longtemps de ça, poursuivit Månsson. Et puis, c'était un cas particulier. J'ai toujours regretté de ne pas avoir eu mon sabre sur moi, ce jour-là. J'aurais pu jouer les matadors.

– Je n'ai jamais tué de vache, dit Kollberg.

– N'aie pas de regret, dit Månsson. Elle était là, au milieu de la rue, en train de se vider de son sang et de me regarder. Alors, depuis ce temps-là, je ne porte plus mon pistolet sur moi. Il reste là, dans mon tiroir.

Il donna un coup de pied dans son bureau.

– Je sais ce que tu veux me faire dire, reprit-il. Que je ne crois pas beaucoup aux armes à feu. Mais il faut ajouter que je n'y vois plus très bien.

Kollberg ne dit rien.

– Il m'est arrivé quelque chose de beaucoup plus intéressant, voici quelques années, poursuivit Månsson. C'était à l'époque où j'espérais encore pouvoir passer commissaire. J'étais donc allé faire un voyage d'étude en Angleterre. Pas à Londres mais dans une autre ville. Luton. Un soir, les agents de l'endroit ont eu un cas difficile. Un fou qui avait pénétré chez son ancienne femme et qui faisait un chambard de tous les diables et la menaçait. Il tenait un pistolet dans une main et un sabre de samouraï dans l'autre.

– Qu'est-ce qui s'est passé?

– Eh bien, quand on est arrivés, deux agents, de simples *bobbies*, étaient sur le point d'entrer pour le maîtriser. Mais il était vraiment très excité et il faisait de grands moulinets avec son sabre : l'un des agents en a reçu un coup sur la main. Puis il a tiré plusieurs coups de feu en l'air. Tu sais ce qu'ils ont fait, alors?

– Non.

– Ils ont fait venir deux autres agents qui sont arrivés avec un grand filet. Ils l'ont jeté sur lui et ainsi ils l'ont attrapé comme un vulgaire animal de cirque. Un filet, tout simplement.

– Pas bête, en effet, dit Kollberg.

– J'ai eu pendant un moment envie de raconter ça dans le journal de la police. Mais ils seraient morts de rire, là-haut, à la direction. D'ailleurs, l'article ne serait même pas passé.

– Et on ne sait toujours rien sur l'autre, ce Kasper? demanda Kollberg.

– Non, mais nous avons deux bons atouts. D'une part, nous allons pouvoir parler avec les copains de ce Krister Paulson. Si tant est qu'ils veuillent bien parler. Les jeunes sont tellement bizarres, de nos jours.

– Pas si on parle avec eux soi-même, dit Kollberg.

– D'autre part, on devrait trouver ses empreintes dans la voiture. Ou bien autre chose.

Månsson tambourinait sur la table avec ses doigts.

– Ce Krister Paulson venait de Stockholm, dit-il. C'est typique. C'est tellement moche là-haut, maintenant, que même les sales types n'osent plus y rester. Ils viennent nous emmerder ici, à la place.

Il y avait du vrai dans les propos de Månsson, mais Kollberg se contenta de hausser les épaules.

Le téléphone se mit à sonner. Månsson fit un grand geste de générosité.

– Je t'en prie, après toi, dit-il. Chacun son tour.

Kollberg fit une grimace de tristesse en soulevant le combiné. Mais, pour une fois, ce n'était pas Malm. C'était Benny Skacke.

– Salut, dit-il. Je suis toujours à Vellinge et j'attends le camion qui va prendre la bagnole en remorque. Y a plus une goutte d'essence dedans. Mais c'est bien celle-là. Tout ce qu'ils ont volé est toujours dedans.

– Bon, alors ne va pas coller tes empreintes partout, si tu veux bien, dit Kollberg.

– Non, non, dit Skacke. Pas de danger. Tu peux me faire confiance. Mais je voulais te signaler autre chose.

Skacke n'était pas très sûr de lui quand il parlait à Kollberg. Ils avaient certains souvenirs en commun que Skacke préférait oublier.

– Alors vas-y, mon gars, qu'est-ce que tu as sur le cœur? demanda Kollberg.

– Eh bien, Vellinge c'est un de ces petits bleds où tout le monde sait tout sur tout le monde, bien que ce soit dans notre district.

– Alors, qu'est-ce que tu as appris?

– Il y a eu une voiture de volée, ici, dimanche. Mais son propriétaire n'a signalé sa disparition qu'hier. D'ailleurs, c'est sa femme qui a déposé la plainte.

– Parfait, Benny, dit Kollberg, donne-moi le numéro, la marque et le reste et on va lancer un avis de recherche.

Kollberg nota sous la dictée puis porta le tout au télex.

– Tout cela m'a l'air de coller, dit Månsson.

– Oui, ça commence à ressembler à quelque chose, répondit Kollberg.

– Reprenons, dit Månsson. Krister Paulson et ce Kasper font un coup ensemble. Ils sont surpris pendant le cambriolage. La patrouille Elofsson-Borglund-Hector se trouve par hasard à proximité. Ils arrêtent la voiture. Krister Paulson abat Hector et Elofsson mais Hector réussit à sortir son pistolet...

– Pas besoin, il était déjà sorti, coupa Kollberg.

– Bon, d'accord. Quoi qu'il en soit, il tue Paulson. Kasper prend peur, se précipite dans la voiture et quitte les lieux à toute allure. Il réussit à passer le pont de Höllviksnäs, qui est le seul endroit difficile. Après, il peut prendre des petites routes où il ne court pas grand risque d'être arrêté.

Kollberg ne connaissait pas très bien la Scanie mais il savait tout de même que Ljunghusen se trouve sur la péninsule de Falsterbo, séparée du reste du pays par le canal du même nom, que franchit une seule route.

– Il a le temps d'y arriver avant la première voiture de police?

– Largement. Il en a pour une minute, pas plus.

Ljunghusen est situé juste à côté du canal. Et puis, tu comprends, ça se bousculait un peu, ce matin-là, dans le secteur. On avait pas mal de gars dans le coin mais la plupart étaient en train de faire de la vitesse sur le nouveau tronçon d'autoroute entre Malmö et Vellinge. Il y en a d'ailleurs deux qui se sont rentrés dedans, à cette occasion. Mais notre cher ami Kasper arrive donc à Vellinge. Et là, panne d'essence. Il laisse la voiture sur le bord de la route. Puis il en fauche une autre et il file.

– Où ça?

– Au diable vauvert, sans doute. Il n'est probablement plus dans nos parages, ce type. Mais nous possédons maintenant le signalement de sa nouvelle voiture. Il doit être possible de la repérer.

– Oui, dit Kollberg.

Il pensait à autre chose.

– Si le propriétaire ne s'est pas trompé de numéro d'immatriculation, de marque ou de couleur dans sa déclaration, ajouta Månsson, caustique.

– Je voulais te demander une chose, dit Kollberg. Peut-être un peu délicate, mais enfin. Ce n'est pas que je veuille mettre en doute la version officielle des faits, mais j'aimerais bien savoir ce qui s'est passé exactement.

– Ne te gêne pas pour moi, dit Månsson.

– Qu'est-ce qui s'est passé exactement pour Borglund?

– Je ne suis pas sûr de le savoir, dit Månsson.

– Mais selon toi?

– Je crois que Borglund était en train de dormir sur le siège arrière de la voiture lorsqu'ils ont arrêté la voiture des voleurs. Quand il est sorti, tout s'est passé très vite. Krister Paulson s'est mis à tirer, ainsi peut-être que ce Kasper, et ensuite Hector a répliqué, avec le résultat que l'on sait. Dès qu'il a entendu le premier coup de feu, Borglund s'est mis à couvert, c'est-à-dire qu'il s'est jeté dans le fossé. Il semblerait qu'il soit tombé en plein sur un nid de guêpes et qu'un frelon l'ait piqué à la carotide. Il a essayé de prendre son service le dimanche mais il était tellement mal en point qu'on a dû le renvoyer chez lui. Et le lundi il a été admis à l'hôpital. Il avait déjà perdu connaissance et ne l'a jamais retrouvée.

– C'est donc un accident, marmonna Kollberg.

– Oui. Mais pas unique. Autant que je sache, c'est déjà arrivé.

– Lui as-tu parlé avant son entrée à l'hôpital?

– Oui. Mais il ne savait pratiquement rien. Ils avaient arrêté une voiture sans qu'il sache pour quelle raison et l'un des occupants de celle-ci s'était mis à tirer. Il s'était alors mis à couvert. En fait, il a tout simplement eu peur.

– Maintenant je sais ce qu'ont à dire tous ceux qui ont été impliqués dans cette affaire sauf Kasper, dit Kollberg. Et aucun d'entre eux n'affirme que celui-ci ait tiré ni même qu'il ait exercé quelque violence que ce soit sur quiconque. Dans ces conditions, je trouve qu'il est plutôt hypocrite de soutenir que Borglund a été tué.

– Personne ne le soutient, en fait. Tout ce qu'il a été dit, c'est qu'il est mort des blessures qu'il a subies à l'occasion de cette fusillade. Et c'est bien le cas. Où veux-tu en venir?

Månsson regardait Kollberg d'un air soucieux.

– Je pense à ce jeune que nous recherchons, dit Kollberg. Pour l'instant, nous ne savons pas qui c'est mais nous ne tarderons certainement pas à le savoir. Il est l'objet d'une chasse à l'homme qui peut faire perdre la tête à n'importe qui. Or il peut très bien se faire que tout ce dont il est coupable, ce soit un cambriolage dans une villa vide. Je n'aime pas ça.

– Non, dit Månsson. Mais on aime rarement ce qu'on est amené à faire, dans ce métier.

Le téléphone se mit à sonner à nouveau.

– Malm. Alors? Qu'est-ce que vous avez fait?

Kollberg passa le combiné à Månsson.

– Il est mieux informé, osa-t-il dire, pour se tirer de ce mauvais pas.

Månsson rendit compte, chronologiquement, des derniers événements sans se départir de son flegme.

– Qu'est-ce qu'il a dit? demanda Kollberg, une fois la communication terminée.

– « Parfait », dit Månsson. C'est tout ce qu'il a dit. Il a seulement ajouté qu'il fallait qu'on mette le paquet.

Une heure plus tard, Benny Skacke arriva avec la fameuse voiture. Après le passage des spécialistes des empreintes digitales, on put enfin l'examiner de près.

– Tu parles d'un vieux machin, dit Månsson. Et voilà donc ce qu'ils ont volé : une vieille télé, quelques tapis, une espèce de statue, quelques bouteilles d'alcool. Il n'y en avait pas pour bien cher. Plus quelques pièces de cinq couronnes dans une tirelire.

– N'oublie pas les deux morts et les deux qui sont à l'hôpital, peut-être handicapés pour le restant de leurs jours.

– Oui, c'est vraiment cher payé, dit Månsson.

– Ce qu'il faut faire, maintenant, c'est essayer que ça s'arrête là, dit Kollberg.

Ils examinèrent avec beaucoup de soin la vieille Chevrolet. Ils avaient l'habitude, tous les deux, et Månsson pouvait même se vanter d'être très fort pour remarquer le genre de choses que personne d'autre ne réussissait à voir.

Et ce fut lui, en effet, qui fit la découverte.

C'était une mince feuille de papier, pliée plusieurs fois, qui avait glissé entre le dossier et le siège sur la place à côté de celle du conducteur. Le tissu était déchiré et ce petit bout de papier était resté coincé là, à l'intérieur du capitonnage. Kollberg était presque certain qu'il ne l'aurait jamais découvert.

Pour sa part, il trouva deux cartes postales dans la boîte à gants. Toutes deux étaient adressées à Krister Paulson, Stenbocksgatan, Malmö. Elles semblaient avoir été écrites par deux filles différentes. Le texte ne présentait pas le moindre intérêt. Elles auraient été beaucoup plus utiles vingt-quatre heures plus tôt mais maintenant elles ne servaient plus à rien. La police avait retrouvé l'adresse du mort par l'intermédiaire du service social de la ville.

Ils montèrent ce qu'ils avaient trouvé dans le bureau de Månsson.

Kollberg déplia le petit morceau de papier et Månsson sortit sa loupe.

– Qu'est-ce que c'est? demanda Kollberg.

– Un reçu de banque danoise pour une opération de change, dit Månsson. Ou plutôt le double. Le type même du truc qu'on jette aussitôt ou bien qu'on plie et qu'on fourre dans sa poche de pantalon. Et puis qu'on perd dès qu'on tire son mouchoir afin de se moucher.

– Mais on le signe, non? On inscrit son nom?

– En général, dit Månsson. Mais pas toujours. Ça dépend de la banque et de ses habitudes. Celui-ci est signé.

– Tu parles d'une écriture, dit Kollberg.

– Les jeunes de maintenant n'écrivent pas souvent beaucoup mieux, dit Månsson. Qu'est-ce que tu lis, toi?

– Ronnie, on dirait.

– Et puis un nom commençant par K. Suivi d'un a et de tout un gribouillis.

– Ronnie Kaspersson, ou bien Kasparsson. Mais c'est plutôt de la devinette.

– En tout cas, Ronnie est sûr.

– Eh bien, voyons s'il existe un Ronnie Kaspersson, dit Månsson.

A ce moment, Skacke entra dans le bureau. Il resta là, pendant un certain temps, à ne pas trop savoir sur quel pied danser. Puis Kollberg le regarda et dit :

– Bon, ça suffit comme ça, Benny. Le passé est oublié, je peux te l'assurer. Si on veut pouvoir travailler ensemble, il ne faut pas que tu te conduises comme un enfant de cinq ans qui a pris des confitures derrière le dos de sa mère. Qu'est-ce qu'il y a?

– Eh bien, j'ai ici quelques jeunes qui connaissaient Krister Paulson. Une fille et deux gars. C'est le service social qui nous les a indiqués. Il y en a d'autres mais ceux-ci sont les seuls qui aient l'air décidés à parler. Peut-être. Est-ce que l'un d'entre vous veut les voir?

– Oui, dit Kollberg. Moi, je veux bien.

Les jeunes en question étaient parfaitement banals. C'est-à-dire qu'ils auraient paru fort étranges sept ou huit ans plus tôt. Ils étaient vêtus de longues vestes de daim brodées, les garçons portaient des jeans, également brodés à tous les endroits possibles, et la fille une jupe lui tombant jusqu'aux pieds, de fabrication indienne ou marocaine, apparemment. Tous portaient des bottes de cuir et leurs cheveux leur tombaient sur les épaules.

Ils regardèrent Kollberg avec une profonde indifférence qui semblait pouvoir, à tout instant, se changer en une violente hostilité.

– Salut! dit Kollberg. Vous voulez prendre quelque chose : du café, un croissant?

Les garçons marmonnèrent une réponse positive, sans rien dire véritablement, mais la fille écarta ses cheveux de son visage et dit très clairement :

– C'est mauvais de se gaver de café et de sucreries. Pour garder la santé, dans notre société, il faut s'en tenir aux produits naturels et éviter la viande et tout ce qui est cuit.

– Bien, dit Kollberg.

Il se tourna vers le stagiaire qui se tenait près de la

porte et qui semblait partagé entre le désir de se montrer arrogant envers les trois jeunes et celui de se montrer très obéissant envers Kollberg.

– Va nous chercher trois cafés et des croissants, dit Kollberg. Et puis fais un saut jusqu'à la boutique macrobiotique au coin de la rue et achète un peu de carottes biodynamiques.

Le stagiaire tourna les talons. Les garçons pouffèrent bêtement de rire mais la fille resta de marbre, raide comme un I sur sa chaise.

Lorsqu'il revint avec son plateau à café et ses carottes, ce jeune policier plein d'espoir avait le visage un peu rouge.

Cette fois, ils pouffèrent de rire tous les trois et Kollberg faillit bien les imiter lui-même. Mais les circonstances ne s'y prêtaient pas.

– Bon, dit Kollberg. C'est chic de votre part d'être venus. Vous savez de quoi il s'agit, naturellement?

– De Krister, dit l'un des garçons.

– Exactement.

– Krister n'était pas un mauvais gars, au fond, dit la fille. C'est la société qui l'a détruit et il la détestait. Et maintenant, les flics l'ont descendu.

– Il en a descendu deux lui-même, objecta Kollberg.

– Oui, dit-elle. Mais ça ne m'étonne pas.

– Comment ça?

Au bout d'un moment de silence, l'un des deux garçons dit :

– Il était toujours armé. Un couteau, un flingue ou autre chose. Il disait qu'on ne peut pas faire autrement, maintenant. C'était un peu comme qui dirait une tête brûlée.

– C'est mon boulot de fouiller dans ce genre de choses, dit Kollberg. C'est plutôt ingrat et pas très ragoûtant, mais c'est ainsi.

– Et notre boulot ingrat et pas très ragoûtant à nous, c'est d'hériter de cette société pourrie que nous n'avons pas contribué à détruire, dit la fille. Et d'essayer de la rendre vivable.

– Quelle idée Krister se faisait-il de la police? demanda Kollberg.

– On déteste les flics, tous autant qu'on est, dit la fille. Et c'est bien naturel. Puisqu'ils nous détestent, eux.

– C'est vrai, dit l'un des garçons. On n'a le droit d'être nulle part ni de faire quoi que ce soit. Dès qu'on s'assied sur un banc ou sur une pelouse, on a les flics sur le dos. Et, dès qu'ils en ont l'occasion, ils nous tabassent.

– Ou bien ils se foutent de nous. C'est peut-être encore pire, dit la fille.

– L'un d'entre vous a-t-il rencontré le gars qui était avec Krister à Ljunghusen?

– Ah oui, Kasper, dit celui des garçons qui n'avait pas encore parlé. Je ne l'ai vu qu'un petit moment. Ensuite, je suis parti parce qu'il y avait plus de bière.

– Comment était-il?

– Un type sympa. Pas violent, pas plus que tous les autres.

– Tu savais qu'il se faisait appeler Kasper?

– Oui, mais je crois que c'était pas son vrai nom. Il m'a semblé l'entendre marmonner Robin, Ronny ou quelque chose comme ça.

– Qu'est-ce que vous pensez de ce qui vient d'arriver?

– C'est typique, dit le premier des deux garçons. Ça ne peut pas se passer autrement. Tout le monde nous déteste et les flics en particulier. Alors, quand l'un d'entre nous finit par prendre le mors aux dents et par résister, voilà ce que ça donne. Je ne comprends pas qu'il y en ait pas plus qui soient armés. Pourquoi est-ce qu'il faut que ce soit toujours nous qui prenions les coups?

Kollberg réfléchit un instant puis il dit :

– Si vous pouviez faire ce que vous voulez, qu'est-ce que vous feriez?

– Moi, je serais cosmonaute et je foutrais le camp dans l'espace, dit l'un des garçons.

Mais la fille dit :

– Moi, je voudrais aller vivre dans une ferme, pour mener une vie saine, avoir des tas d'animaux et d'enfants, essayer qu'ils ne soient pas empoisonnés par tout ce qu'il y a autour d'eux et d'en faire des êtres humains dignes de ce nom.

– Je pourrai cultiver un peu de hasch, dans ton potager? demanda l'autre garçon.

La partie intéressante de cette conversation s'arrêta là et Kollberg alla bientôt retrouver Månsson et Skacke.

A partir de ce moment, les choses allèrent très vite. On trouva en effet trace de quelqu'un répondant au nom de Ronnie Kaspersson. Il était fiché et ses empreintes correspondaient à celles trouvées sur le volant et sur le tableau de bord de la voiture.

Un pompiste relativement attentif du voisinage de Katrineholm signala également qu'il avait, le dimanche, fait le plein d'une voiture semblable à celle qui avait été volée à Vellinge. Il se rappelait également que le jeune homme qui la conduisait avait de longs cheveux blonds et surtout qu'il l'avait payé avec des pièces de cinq couronnes. Il était prodigieusement observateur, cet homme : il se souvenait même du numéro de la voiture. Lorsque Kollberg lui demanda comment c'était possible, il répondit :

– Je note tous les numéros des voitures qui passent ici. C'est une habitude que j'ai prise. Est-ce qu'il va y avoir une récompense?

– Oui, je viendrai faire le plein chez toi la prochaine fois que je passerai par là, dit Kollberg. Mais ne t'étonne pas si j'ai une fausse barbe et si la bagnole porte un faux numéro.

Le vendredi, on savait presque tout sur Ronnie Kaspersson : où habitaient ses parents, où on l'avait vu la dernière fois, dans quelle direction il se dirigeait, c'est-à-dire vers le nord, et même sa date de naissance.

Tout cela entraîna les enquêteurs bien loin du district de Malmö. La chasse à l'homme devait maintenant se déployer ailleurs dans le pays.

– Le groupe de travail de Malmö est dissous, lança Malm, avec cet air martial qu'il aimait se donner. Présente-toi à Stockholm dès que possible.

– Mon cul! dit Kollberg.

– Quoi?

– Euh, rien du tout, dit Kollberg.

Lorsqu'il alla rechercher sa voiture, sa valise faite, il comprit que la coupe n'allait pas tarder à déborder.

23

Le mercredi soir, Ronnie Kaspersson apprit que l'un des agents impliqués dans la fusillade de Ljunghusen était mort.

Tels furent exactement les propos de la présentatrice du journal télévisé : la fusillade de Ljunghusen.

Il était assis à côté de sa mère et entendit comme elle le signalement. L'homme que la police recherchait dans tout le pays était petit, âgé d'une vingtaine d'années, il avait de longs cheveux blonds et portait des jeans et une veste de popeline de couleur sombre.

Il observa sa mère du coin de l'œil mais celle-ci était occupée avec son tricot. Elle fronçait les sourcils et remuait les lèvres : elle devait être en train de compter ses mailles.

Le signalement n'était pas très détaillé et ne cadrait que sur quelques points. Il était vrai qu'il venait d'avoir dix-neuf ans mais il savait par expérience qu'on lui en donnait rarement plus de seize ou dix-sept. En outre, il portait une veste de cuir noire et, tout en faisant semblant de protester, il s'était laissé couper les cheveux par sa mère la veille au soir.

La speakerine précisa également qu'on avait tout lieu de supposer que cette personne se déplaçait dans une Chevrolet vert clair dont le numéro comportait trois sept.

Curieux qu'ils n'aient pas trouvé la voiture. Il ne s'était pas donné beaucoup de mal pour la dissimuler. Cela ne pouvait plus tarder bien longtemps, maintenant.

– Demain, il faut que je file, maman, dit-il.

Elle leva la tête de son tricot.

– Mais enfin, Ronnie, tu ne peux pas attendre le retour de ton père? Il va être désolé de savoir que tu es venu et qu'il n'a pas pu te voir.

– Il faut que je rende la voiture. Le gars qui me l'a prêtée en a besoin demain. Mais je vais revenir.

La mère poussa un soupir.

– Oui, oui, c'est ce que tu dis toujours, dit-elle, résignée. Et puis on ne te revoit pas pendant un an.

Le lendemain matin, il prit la route en direction de Stockholm. Il ne savait pas trop où aller mais, si la police réussissait à percer à jour son identité, il préférait ne pas être chez sa mère, à attendre qu'on vienne l'arrêter. A Stockholm, il avait plus de chances de pouvoir se perdre dans la foule.

Il n'avait pas beaucoup d'argent. Il ne lui restait plus que deux de ses pièces de cinq couronnes et deux billets de dix que sa mère lui avait donnés. L'essence ne le souciait pas beaucoup. Il avait coupé un morceau de tuyau d'arrosage dans le garage de ses parents et, dès qu'il ferait sombre, ce serait l'affaire de quelques minutes. Bien sûr, beaucoup de voitures étaient maintenant équipées de serrures sur le bouchon du réservoir. Mais, avec un peu de patience et d'adresse, ce n'était pas bien difficile de les faire sauter.

La question du logement était plus délicate. Il avait bien un couple de copains disposant d'un appartement, auquel il comptait rendre visite et demander de l'héberger pendant quelques jours, mais ia plupart de ses autres connaissances étaient dans la même situation que lui, c'est-à-dire sans domicile fixe.

Il était encore tôt le matin lorsqu'il arriva à Stockholm et il tourna en rond dans les rues, pendant un certain temps, avant qu'il ne lui vienne à l'idée qu'il ferait peut-être mieux d'aller chez ses amis pendant qu'il avait encore une chance de les trouver au lit.

Ils habitaient Henriksdal. Il fut très prudent au volant, faisant bien attention à respecter scrupuleusement le code de la route afin de ne pas attirer l'attention sur lui. La voiture marchait bien, elle était confortable et agréable à conduire.

Sur la porte de l'appartement, il trouva un morceau de papier portant un nom qu'il ne connaissait pas. Il sonna tout de même et une femme en robe de chambre et en pantoufles vint lui ouvrir. Elle lui répondit qu'ils n'étaient là que depuis quelques jours et qu'elle ne savait pas où étaient partis les anciens locataires.

Kasper ne fut pas tellement étonné. Il avait lui-même participé à une ou deux petites fêtes bien arrosées chez ses amis et savait qu'ils avaient plusieurs fois été menacés d'expulsion.

Il revint donc vers le centre de la ville. Le réservoir n'allait pas tarder à être à sec, maintenant, et il n'avait pas envie de gâcher ses derniers sous en essence alors qu'il pourrait en avoir gratuitement une fois le soir venu. Il eut de la chance et trouva une place de stationnement sur le quai de Skeppsbron.

Alors qu'il attendait que le feu passe au vert pour les piétons, au pied de la statue de Gustave III, il se retourna pour regarder la voiture. Elle datait de l'année précédente et ne présentait pas la moindre bosse ou rayure sur la carrosserie, toujours absolument impeccable. Elle faisait distingué mais sans clinquant et, comme elle était de marque courante, elle n'attirait pas particulièrement l'attention. Avec ses fausses plaques il devait pouvoir continuer à s'en servir sans courir trop de risques.

Il s'enfonça dans la vieille ville, se demandant bien ce qu'il allait faire maintenant.

Il avait quitté Stockholm deux semaines auparavant mais il avait l'impression que cela faisait une éternité. Quinze jours plus tôt, il avait eu un peu d'argent en poche et il était parti pour Copenhague avec des copains; une fois à court d'argent, il était revenu à Malmö et le malheur avait voulu qu'il rencontre Krister. Feu Krister. Il avait toujours du mal à comprendre ce qui s'était passé, au juste. Ce matin-là, à Ljunghusen, constituait une sorte de page arrachée au livre de sa vie, quelque chose qui ne le concernait pas et qu'il lui semblait avoir vu au cinéma ou bien entendu rapporter, mais non pas l'avoir vécu lui-même.

Il éprouvait un besoin très intense de parler avec quelqu'un, de rencontrer des copains, de retrouver son existence habituelle et de s'assurer ainsi que tout était comme par le passé.

Mais rien n'était plus comme par le passé, justement. Bien sûr, il avait déjà été amené à se cacher, auparavant, mais jamais comme cette fois-ci.

Cette fois-ci, c'était vraiment sérieux; la télévision avait bien dit qu'on le recherchait dans tout le pays.

Quant à ses amis, il ne pouvait pas aller les voir car ils se trouvaient précisément aux endroits où la police le rechercherait en tout premier lieu : le parc de Humlegården, le jardin de Kungsträdgården ou encore la place de Sergelstorg.

Il avait faim et entra donc dans une boutique de Köpmangatan afin d'acheter des petits pains. Une fille en jeans et veste de cuir se tenait devant le comptoir, en train de payer une boîte de thé qu'elle avait glissée sous son bras. Elle avait les cheveux blonds coupés court et, lorsqu'elle se retourna, Kasper se rendit compte qu'elle était plus vieille qu'il n'avait cru. Elle devait bien avoir la trentaine. Elle le fixa droit dans les yeux, avec son regard bleuté et inquisiteur, et il eut un instant l'impression qu'elle le reconnaissait. Il sentit la peur lui nouer le ventre.

– M. Beck n'est toujours pas rentré? demanda la vendeuse. Alors, la femme au regard perçant et curieux détourna enfin son attention de lui.

– Non, mais il ne devrait plus tarder, maintenant, dit-elle.

Sa voix était un peu rauque. Elle se dirigea vers la porte sans plus prêter attention à Kasper et, lorsqu'elle franchit le seuil, l'employée lui dit :

– A bientôt, madame Nielsen, merci.

Kasper acheta ses petits pains mais il lui fallut un petit moment avant de pouvoir les manger.

Je suis en train de devenir dingue, pensa-t-il. Il ne faut pas que je me laisse aller.

Il quitta la Vieille ville, traversa l'Écluse et gagna la place de Södermalstorg. Devant l'entrée du métro, il aperçut deux Finlandais qu'il reconnut pour leur avoir parlé une ou deux fois, mais, alors qu'il s'apprêtait à emprunter l'escalier pour aller les rejoindre, il avisa deux agents qui descendaient la côte à pied, juste au coin de la rue. Il changea donc immédiatement de direction et pénétra dans Götgatan.

En arrivant sur Medborgarplatsen, son attention fut attirée par les affichettes du kiosque à journaux. On pouvait y lire, en gros caractères : MORT DE L'AGENT DE POLICE. Puis, en dessous, en plus petit : *Le desperado recherché dans tout le pays*; ou, sur une autre : *L'assassin court toujours.*

Kasper savait que c'était de lui qu'il s'agissait mais n'arrivait pas à comprendre comment on pouvait le qualifier de desperado et d'assassin. Lui qui n'avait jamais tenu une arme à feu entre ses mains et qui, de toute façon, n'aurait jamais osé l'utiliser contre quelqu'un d'autre, même s'il était réduit à la dernière extrémité.

Il n'avait pas encore pensé à acheter le journal, ce jour-là. Mais, en voyant ces affichettes, il eut peur de lire ce qu'ils avaient à dire.

Il pensa à la voiture verte, remplie d'objets volés et portant ses empreintes un peu partout. Une fois qu'ils l'auraient retrouvée, ils n'auraient pas beaucoup de mal à l'identifier.

Il ne se souvenait que trop bien la seule fois, un an et demi auparavant, où il s'était fait pincer et revoyait encore le tampon encreur et la carte sur laquelle il avait dû appuyer le bout des doigts. Tous les dix, les uns après les autres.

Kasper acheta cependant un journal et continua à marcher au hasard, sans vraiment savoir où il allait. Il réfléchissait intensément, essayant de trouver où il pourrait dénicher une cachette à peu près sûre. Il était exclu de retourner chez ses parents. La police s'y rendrait dès qu'elle saurait qui il était. Elle le savait même sans doute déjà.

Il eut de la peine pour sa mère et aurait bien voulu pouvoir lui dire ce qui s'était passé exactement. Lui dire qu'il n'avait tué personne. S'il réussissait à trouver où se cacher il tâcherait de lui envoyer une lettre.

A quatre heures de l'après-midi le soir commença à tomber et cela le rassura un peu. Après tout, il n'avait tué personne; tout cela n'était qu'un vaste malentendu et on ne pouvait tout de même pas vous condamner pour quelque chose que vous n'aviez pas commis. N'est-ce pas?

Mais il n'en était pas trop sûr. Certes, on disait bien que la Suède était un État de droit. Mais Kasper avait le sentiment que l'on y condamnait sévèrement beaucoup d'innocents, alors que les vrais coupables, ceux qui exploitaient le travail de leurs semblables, leur extorquaient de l'argent et les privaient du goût de vivre, n'avaient aucun souci à se faire parce que leurs méthodes étaient qualifiées de légales.

Kasper sentit qu'il avait froid. Il ne portait qu'un mince tricot sous sa veste de cuir et ses jeans délavés et usés jusqu'à la corde ne constituaient pas une protection bien efficace. Mais il avait surtout froid aux pieds, dans ses chaussures de toile à semelle de caoutchouc. Il eut un moment envie d'aller rechercher la voiture, de tenter de voler un peu d'essence et de partir à la campagne pour dormir sur le siège arrière. Mais il se souvint alors de cette nuit glaciale passée au bord du lac, quelques jours plus tôt. En outre, il était encore trop tôt.

Outre ses petits pains, il avait mangé deux saucisses chaudes et acheté un paquet de cigarettes et il lui restait encore dix-neuf couronnes en poche.

Arrivé au boulevard circulaire du quartier sud, il entra dans une cafétéria où il n'était encore jamais allé. Il commanda une tasse de café et deux tartines au fromage avant d'aller s'asseoir à une table, près du radiateur. Alors qu'il levait sa tasse pour avaler la première gorgée, il entendit soudain une voix derrière lui.

– Mais c'est Kasper! J' te reconnaissais pas. Tu t'es coupé les tiffes, ma parole?

Il posa la tasse et se retourna. Il devait avoir l'air véritablement effrayé car la fille assise à la table derrière lui poursuivit aussitôt :

– Fais pas cette tête-là! Ce n'est jamais que moi, Maggan. Tu me reconnais pas?

Bien sûr qu'il la reconnaissait. Elle avait été la petite amie de son meilleur copain pendant plusieurs années et il l'avait rencontrée le jour même de son arrivée à Stockholm, près de trois ans auparavant. Elle avait rompu six mois plus tôt et le copain de Kasper était alors parti en mer. Il n'avait pas revu Maggan depuis. Mais c'était une chic fille et il l'aimait bien.

Elle vint s'installer à sa table et ils se mirent à parler de l'ancien temps. Au bout d'un moment, Kasper finit par lui dire ce qu'il en était. Il lui raconta tout, exactement comme cela s'était passé. Maggan avait lu les journaux et comprit aussitôt la situation dans laquelle il se trouvait. Quand il eut terminé elle lui dit :

– Mon pauvre ! C'est complètement dingue ! En fait, je devrais te conseiller d'aller trouver les flics et de leur dire ce qui s'est passé mais je ne le fais pas parce que je n'ai pas confiance dans ces salauds-là.

Elle réfléchit un moment, tandis que Kasper attendait, sans rien dire lui non plus. Elle finit par reprendre la parole.

– Viens chez moi. Je perche du côté de Midsommarkransen, en ce moment. Mon mec va peut-être faire une drôle de tête au début mais il ne peut pas piffer les flics, lui non plus, alors il comprendra. Et puis il n'est pas méchant, au fond.

Kasper ne put trouver les mots pour exprimer à la fois son soulagement et sa reconnaissance. Il réussit tout de même à dire :

– Tu es une chouette de môme, Maggan. Je l'ai toujours pensé.

Maggan paya pour eux deux et elle retourna avec lui jusqu'à Skeppsbron pour chercher la voiture.

– Dans ta situation, vaut mieux pas risquer de te faire flanquer une contredanse, dit-elle. Et puis j'ai du fric pour l'essence, t'as pas besoin de te faire de bile.

Ensuite ils prirent la direction de Midsommarkransen. C'était Maggan qui conduisait. Kasper, lui, chantait à pleine gorge.

24

Herrgott Nöjd fit un petit bruit avec sa bouche et passa deux doigts de la main derrière son oreille droite, de sorte que son chapeau lui tomba sur l'œil gauche. On aurait dit Huckleberry Finn – avec trente-cinq ans de plus, naturellement.

– Si on allait tirer un faisan? On pourrait se faire un bon petit plat, après. Je m'y connais pas mal en cuisine. C'est l'un des avantages de la vie de célibataire. On apprend à faire de la bonne bouffe.

Martin Beck marmonna quelque chose.

Question cuisine, on ne pouvait pas rêver pire que lui. Peut-être était-ce dû au fait qu'il était devenu célibataire trop tard dans la vie. Mais sans doute pas, en fait. Dès qu'il touchait à une casserole, il avait l'impression d'avoir le pouce au milieu de la main.

– Et où est-ce qu'on va le tirer, ce faisan? Tu as une chasse gardée?

– Non, mais j'ai des amis, répondit Nöjd. Nous pouvons nous considérer comme invités. Tu vas prendre ma seconde paire de bottes. Et puis je vais te prêter un fusil, parce que j'en ai deux, également.

Nöjd fouilla dans les papiers qui se trouvaient sur sa table.

– A moins que tu ne trouves plus intéressant

d'échanger des pensées avec Folke, pour l'édification de ton âme, ajouta-t-il malicieusement.

Martin Beck haussa les épaules. Les entretiens avec Bengtsson ne menaient nulle part. On aurait dit une partie d'échecs où chacun des adversaires n'a plus que son roi et un cavalier.

– Je viens de lire quelque chose d'intéressant, reprit Nöjd, en sortant de sa pile de papiers un journal de police étranger. A Dayton, Ohio, ville de l'importance de Malmö, à peu près, il a été commis, cette année, cent cinq meurtres. C'est-à-dire environ dix fois plus qu'à New York, proportionnellement. La seule ville qui la batte, dans la mesure où on peut se fier aux statistiques, c'est Detroit. Soixante et onze des meurtres en question ont été commis au moyen d'une arme à feu. Ce doit être encore pire qu'à Stockholm.

– Est-il marqué combien ils ont eu d'attaques à main armée, également?

– Non, bien sûr que non. En comparaison, nous autres, à Trelleborg, nous en avons eu un seul. Ce qui est déjà beaucoup plus que d'habitude.

– Un seul, reprit Martin Beck. Mais il suffit pour m'empêcher de dormir, celui-là. J'ai encore rêvé de Bengtsson, cette nuit.

Nöjd éclata de rire.

– De Folke! Ç'aurait été de Sigbrit, encore, j'aurais compris.

Nöjd touchait là un phénomène psychologique qui valait pour Martin Beck mais certainement aussi pour bien d'autres policiers de son rang. Il était en général capable d'aller examiner, sans sourciller, un cadavre mutilé ou réduit en bouillie. Même s'il éprouvait au fond de lui-même une certaine gêne, il était en mesure de s'en débarrasser, comme d'une vieille veste, en rentrant chez lui. Par contre, il était très affecté par des situations dans lesquelles il croyait savoir qu'il y avait quelque chose qui ne collait pas, comme dans cette histoire entre Sigbrit Mård et Folke Bengtsson. Un homme condamné à l'avance et dans l'impossibilité de se défendre. Une sorte de lynchage.

– Une autre nouvelle de la journée concerne les constatations sur place, dit Nöjd. Plus précisément ce chiffon que j'ai personnellement découvert à proximité du cadavre. La vérité m'oblige à dire que je l'avais complètement oublié.

Il éclata d'un grand rire très sonore.

– Qu'est-ce qu'il a, ce chiffon? demanda Martin Beck.

– On l'a examiné en laboratoire, dit Nöjd. J'ai les conclusions devant moi. On a trouvé des fibres de coton, du gravier, de la boue, de l'argile, de la graisse, de l'huile et des raclures de nickel. Le gravier et la boue avaient exactement la même composition que l'échantillon prélevé dans le trou où on a découvert Sigbrit. Par contre, à l'endroit où j'ai trouvé le chiffon, le sol était de nature toute différente. On peut donc échafauder une théorie selon laquelle la personne qui a tué Sigbrit a utilisé ce chiffon pour essuyer ses bottes. Parce qu'il fallait bien avoir des bottes d'un genre ou d'un autre pour venir là.

– Les raclures de nickel sont plus difficiles à expliquer, dit Martin Beck.

– Oui, en effet. En tout cas, ce n'est pas un élément qui peut être retenu à la charge de Folke.

Ce qui ne l'empêchera pas d'être condamné, pensa Martin Beck. A moins que...

– Bon allez, on y va, dit Nöjd. Les faisans nous attendent.

Cette chasse fut une expérience pour Martin Beck qui, en fait, n'avait jamais participé à quoi que ce soit de ce genre. Vêtu d'une paire de jeans, d'un duffel-coat, des vieilles bottes de Nöjd et d'un bonnet de laine tricoté par la femme d'Evert Johansson, il arpenta les champs à côté de son ami, qui retenait difficilement

Timmy au bout de sa laisse. Martin Beck portait le fusil de chasse de Nöjd dans la pliure de son bras gauche. Comme il avait vu de vrais chasseurs le faire – sans doute dans un film.

– Tu tires le premier, dit Nöjd, parce que c'est toi l'invité. Je tirerai après toi.

Le sol était meuble et souple sous leurs pieds et l'herbe était haute et blanche, après une nuit de gel. Quelques fleurs s'obstinaient à défier l'approche de l'hiver et, en certains endroits, on pouvait voir des champignons bleuâtres disposés en cercle.

– Des mousserons d'automne, dit Nöjd. Parfaitement comestibles. On pourra en ramasser quelques-uns après, comme accompagnement. C'est bien le mot, n'est-ce pas?

Le chapeau des champignons était gelé, totalement ou partiellement, mais c'était une journée drôlement belle, pour cette époque de l'année. Martin Beck marchait sans mot dire; il avait lu ou entendu quelque part que c'était la conduite à tenir. Et il ne pensa que très peu aux pauvres divorcées étranglées, aux maniaques sexuels en liberté, aux clés qui n'ouvraient aucune serrure et aux chiffons contenant des raclures de nickel.

Le ciel était haut et dégagé, avec quelques petits nuages blancs seulement. Tout était magnifique.

Tout à coup un oiseau s'envola d'un endroit situé à vingt centimètres de ses pieds. Martin Beck fut totalement pris de court, il sursauta, tira; l'oiseau, lui, partit tout droit, comme projeté par une catapulte.

– Bon sang! dit Nöjd en riant, je ne voudrais pas être dans la même équipe que toi au ball-trap. Heureusement, tu nous as manqués, Timmy et moi.

Martin Beck rit lui aussi; il avait bien prévenu Nöjd que ses capacités en matière de chasse au gibier à plumes étaient tout à fait limitées.

Le faisan suivant prit son envol environ quarante minutes plus tard et Nöjd l'abattit avec beaucoup de facilité, comme en passant.

Sur le chemin du retour, Martin Beck se consacra à la cueillette des champignons.

– C'est plus facile, commenta Nöjd. Ils ne bougent pas, eux.

En arrivant près de la voiture de Nöjd, toujours aussi rouge, Martin Beck dit soudain :

– Des raclures de nickel. D'où est-ce que ce genre de choses peut bien provenir?

– D'un atelier mécanique fabricant des pièces un peu particulières. Je ne sais pas, moi.

– Ça peut se révéler important.

– Peut-être, dit Nöjd.

On aurait dit qu'il ne pensait qu'à une seule chose : le repas. Et celui-ci fut en effet excellent. Martin Beck avait bien du mal à se souvenir d'un autre qui fût aussi bon, ces derniers temps. Encore que Rhea Nielsen fût une excellente cuisinière, elle aussi.

Nöjd s'avéra posséder toutes sortes de trésors gastronomiques dans son congélateur : par exemple des morilles qu'il avait cueillies lui-même et un délicieux mélange de myrtilles, de mûres et de framboises sauvages. Cela constitua un succulent dessert, surtout avec de la crème fouettée « exempte de tout traitement en usine » comme il se plut à le dire.

Il venait de s'essuyer la bouche lorsque le téléphone sonna.

– Nöjd?

– ...

– Ah bon, vraiment?

– ...

– C'est bien ça. Raconte.

– ...

– Comment? Dans une lettre?

– ...

– Je vais lui transmettre la nouvelle. On va venir te voir demain matin.

– ...

– Si tu continues comme ça, tu vas finir par être nommé à Anderslöv.

– ...

– Comment? Tu ne veux pas? Je n'ai jamais rien entendu d'aussi stupide.

– ...

– Oui, salut.

Nöjd raccrocha et regarda Martin Beck d'un air finaud.

– Qui était-ce?

– Un collègue de Trelleborg. Il a trouvé l'appartement qu'ouvre la clé qui était dans le sac de Sigbrit.

Martin Beck fut très surpris mais ne fit rien pour le cacher.

– Comment a-t-il fait? demanda-t-il.

– Il y a un dicton, dans le coin, qui dit que ce sont les paysans les plus bêtes qui ont les plus grosses betteraves. On pourrait croire qu'il s'applique également à un cas comme celui-ci. Mais ce n'est pas vrai, en fait.

Nöjd commença à desservir tout en continuant à parler.

– Il se trouve que quelques gars de Trelleborg se sont juré de finir par trouver cette porte, si elle était située dans le pays. Ils ont fait faire plusieurs doubles et ont sacrifié pas mal de leurs loisirs. Et puis, Trelleborg ce n'est tout de même pas Stockholm ou Dayton, Ohio, par exemple. Ce n'est pas immense et, si on est vraiment décidé, on finit par y arriver.

Il observa une pause et gloussa de satisfaction. Martin Beck était revenu de sa surprise et l'aida à desservir et à faire la vaisselle.

– A cela s'ajoute, selon moi, un facteur très important. Les gars en question sont bien; ici, on a quand même un peu le choix, ce n'est pas comme à Stockholm ou à Malmö.

Martin Beck avait rarement eu autant conscience qu'il existait en fait beaucoup de policiers de valeur, au milieu de bien des médiocres et d'un nombre considérable d'incapables absolus, que depuis qu'il se trouvait à Anderslöv.

– Et ces gars-là ont voulu montrer aux grands pontes de Stockholm, et à toi en particulier, qu'on est quand même bons à quelque chose aussi, dans notre trou perdu. Alors ils ont cherché jusqu'à ce qu'ils trouvent. Cet après-midi. Et, si je les connais bien, ils auraient continué jusqu'à pouvoir jurer que cette serrure ne se trouve pas à Trelleborg.

– Tu as d'autres détails?

– Bien sûr. J'ai l'adresse, par exemple. Et certaines autres choses. Ils n'ont touché à rien, sois sans crainte. C'est un petit studio, très simplement meublé. Loué par Sigbrit sous son nom de jeune fille, qui se trouve être Jönsson. Le loyer était payé en espèces le premier de chaque mois, depuis trois ans et demi, dans une enveloppe timbrée blanche dont l'adresse était tapée à la machine. Il est d'ailleurs payé également pour ce mois-ci, bien que Sigbrit ait déjà été morte, ce jour-là, et ait difficilement pu le faire elle-même. Il semblerait donc que ce soit quelqu'un qui le payait pour elle.

– Kaj.

– Peut-être.

– Ça me paraît probable.

– Au verso de l'enveloppe il y avait toujours marqué la même chose; deux mots et une initiale tapés à la machine : « Loyer S. Jönsson. »

– Il faut qu'on aille voir ça demain.

– Avec plaisir. Les scellés sont apposés.

– Kaj, répéta Martin Beck, surtout à l'intention de lui-même. Je vois mal Folke Bengtsson...

– Pourquoi pas?

– Il est bien trop radin, dit Martin Beck.

– Bah! le loyer n'était pas bien élevé. Soixante-quinze balles. Il y avait toujours la somme exacte dans l'enveloppe, dit le propriétaire.

Martin Beck secoua la tête.

– Non, dit-il. Pas Bengtsson. Ce n'est pas lui. Ça ne cadre pas avec le reste de sa conduite.

– Bah! dit Nöjd, il a ses habitudes, lui aussi.

– Non, ça ne cadre pas avec sa façon de se conduire avec les femmes. L'idée qu'il se fait de ce qu'on appelle le sexe opposé est bien différente.

– Le sexe opposé, répéta Nöjd. Je crois qu'on peut le dire, en effet. Est-ce que je t'ai raconté l'histoire de la fille d'Abbekås? La plante carnivore?

Martin Beck fit signe que oui.

– En ce qui concerne Kaj, reprit Nöjd, nous ne savons pas grand-chose de lui. Je suis sûr à quatre-vingt-dix-neuf pour cent qu'il n'est pas d'ici. Et je sais que les gars de Trelleborg se sont donné beaucoup de mal pour essayer de le retrouver. Ils considèrent que ce signalement ne correspond à personne de Trelleborg ni du district.

– Mmm, dit Martin Beck.

– Il reste donc la possibilité que Folke ait inventé ça de toutes pièces, le type aussi bien que la voiture, afin de détourner les soupçons.

– C'est pensable, en effet, dit Martin Beck.

Mais il ne le croyait pas.

Le lendemain, ils se rendirent à Trelleborg afin d'examiner la situation.

L'appartement se trouvait dans un immeuble assez vieillot, au fond d'une cour. L'ensemble aurait eu besoin d'être rénové mais ne tombait pas vraiment en ruine et se trouvait dans une petite rue latérale qui paraissait extrêmement paisible.

Le petit nid d'amour de Sigbrit Mård se trouvait au

premier étage. Martin Beck laissa à Nöjd le soin de briser les scellés, ayant le sentiment que cela lui ferait plaisir.

L'appartement ne payait vraiment pas de mine. Tout d'abord, il sentait le renfermé. Il n'avait certainement pas été aéré depuis plus d'un mois.

Dans la petite entrée très sombre, une pile de courrier gisait sur le sol en dessous de l'ouverture de la boîte à lettres. Mais c'était uniquement de la publicité ou des imprimés. Sur la porte figurait, en lettres de plastique blanches détachables, le nom de S. JÖNSSON.

Sur la droite en entrant se trouvait un cabinet pourvu d'un siège de W.-C. et d'une simple étagère sur laquelle étaient disposés quelques articles de toilette : deux brosses à dents dans le même verre, un paquet de tampons hygiéniques, du rouge à lèvres, du fond de teint, une lime à ongles et du fard à paupières. Une petite boîte ronde en plastique contenait un pessaire. Apparemment, Sigbrit Mård n'aimait pas beaucoup prendre de risques.

Il y avait aussi un savon, un rasoir et un blaireau, ce qui n'indiquait par forcément la présence d'un homme : Sigbrit avait les aisselles rasées.

La pièce principale était meublée d'une table et de deux chaises. Le long de l'un des murs se trouvait un matelas de mousse du modèle le plus courant, légèrement égayé par un couvre-pied multicolore, lui aussi article de bazar.

Sur le matelas étaient posés un traversin et un oreiller bleu ciel. A côté de la table était placé un radiateur électrique que l'on pouvait brancher à une prise murale. Mais il ne semblait pas l'avoir été depuis pas mal de temps.

Ils jetèrent un coup d'œil dans les tiroirs de la table. Ils étaient vides, mis à part quelques feuilles vierges et un bloc de papier rayé fin, de couleur bleu clair. Martin Beck crut le reconnaître.

Dans la cuisine ils trouvèrent une cafetière, deux tasses, deux verres, une boîte de Nescafé, une bouteille de vin blanc non entamée, un bouteille de whisky à moitié vide, au contraire, et pas de n'importe quelle marque (du Chivas), quatre bières en boîte (de la Carlsberg) et une chope de provenance mystérieuse.

Il y avait un cendrier dans la cuisine et un dans la pièce principale. Tous deux étaient nettoyés.

Au mur était accroché un unique objet décoratif, pour employer un bien grand mot. C'était une carte postale imprimée dont le texte était totalement impénétrable au non-initié.

– Pas terrible, comme nid d'amour, dit Herrgott Nöjd.

Martin Beck ne répondit rien. Nöjd s'y connaissait en beaucoup de choses, mais en matière amoureuse il aurait peut-être mieux fait de ne pas trop s'avancer.

Il n'y avait même pas d'abat-jour aux lampes, qui pendaient, nues, au bout des fils électriques. Mais le ménage était bien fait et il y avait tout le nécessaire dans un placard de la cuisine.

Martin Beck se pencha sur le traversin. Il y avait deux sortes de cheveux. Les uns étaient longs et blonds et les autres étaient nettement plus courts et presque blancs.

Il examina également le matelas et y trouva des taches, certainement possibles à analyser, et des poils bouclés.

– Il va falloir faire examiner tout ça par le laboratoire. Et très méticuleusement.

Nöjd acquiesça d'un signe de tête.

– Il n'y a pas de doute, c'est bien l'endroit que nous cherchions, dit Martin Beck. Félicitations à la police de Trelleborg.

Il observa Nöjd un instant puis il dit :

– As-tu de quoi remettre les scellés sur la porte?

– Mais oui, dit Nöjd avec une lenteur inhabituelle.

Ils partirent.

Peu après ils rencontrèrent l'assistant qui avait découvert l'appartement. Il était de patrouille dans la rue principale. C'était un rouquin mais il ne parlait pas avec l'accent scanien.

– Beau travail, dit Martin Beck.

– Merci.

– As-tu interrogé les voisins?

– Oui, mais ça n'a rien donné. Ce sont surtout des personnes âgées. Ils ont bien remarqué qu'il y a parfois du monde dans l'appartement, le soir, mais la plupart sont du genre à se coucher à sept heures. Ils n'ont jamais vu d'homme, mais une femme, oui. La dame qui l'a vue s'est souvenue qu'il s'agissait de l'une des serveuses de la pâtisserie, mais il a fallu que je la mette sur la piste. Et puis certains des voisins ont parfois vu une voiture beige garée dans la rue. Une Volvo, d'après eux.

Martin Beck hocha la tête. Les morceaux du puzzle commençaient à se mettre en place.

– Beau travail, dit-il, avec le sentiment de se répéter.

– Oh! c'est un plaisir, dit le policier. Dommage seulement qu'on n'ait pas pu mettre la main sur ce Kaj.

– S'il existe bien, dit Nöjd.

– Il existe, tu peux en être sûr, dit Martin Beck, tandis qu'ils se dirigeaient vers l'hôtel de police.

– Si c'est toi qui le dis...

Il faisait un froid de canard, bien que le ciel fût toujours aussi pur. Dans le port, un ferry-boat en provenance d'Allemagne de l'Est, le *Rügen*, était à quai.

Qu'est-ce qu'il peut être laid, pensa Martin Beck.

Cela faisait un certain temps que les bateaux n'arrêtaient plus d'enlaidir.

Kaj, pensa-t-il. Chiffon. Raclures de nickel. Volvo beige. Et puis cet impossible Folke Bengtsson.

Mais à présent il voyait les choses d'un œil plus optimiste.

25

Karl Kristiansson et Kenneth Kvastmo n'allaient pas du tout ensemble. Bien qu'ayant occupé la même voiture radio depuis un an et demi, ils n'avaient pas grand-chose à se dire et encore moins d'estime l'un pour l'autre.

Kvastmo était originaire du Värlmand, à l'ouest du pays. C'était un homme de haute taille, ressemblant assez à un sac de foin avec sa calotte de cheveux blonds, son cou de taureau et son front en forme de planche à laver au-dessus d'un nez bien en chair. Dans son métier, il était méticuleux et entêté, pressé et agressif. Il faisait du zèle, quoi. En outre, il était très curieux de nature.

Kristiansson, lui, avait toujours été paresseux, mais les choses ne faisaient qu'empirer au fil des ans. Il ne pensait presque jamais au service, mais bien plutôt au loto sportif et à ce qu'il allait manger. Parfois, une vieille blessure lui faisait mal. Un autre agent de police l'avait blessé au genou deux ans plus tôt, très exactement le 13 avril 1971 *. Ce jour-là avait été le plus malheureux de tous dans une vie qui comportait pourtant plus de mécomptes qu'autre chose.

* Voir *L'Abominable Homme de Säffle*, 10/18, nº 1827. *(N.d.T.)*

Le même jour, en effet, il avait perdu son meilleur copain, été blessé lui-même et, de plus, il avait fait un nombre record de pronostics erronés dans sa grille de loto.

Kristiansson était d'avis que Kvastmo était un âne bâté qui ne cessait de se plaindre à tout bout de champ et compliquait le travail par des interventions intempestives. Pour sa part, Kristiansson n'intervenait que sur ordre exprès ou sur provocation caractérisée. Et, tant qu'il restait bien enfermé dans sa voiture, se contentant de regarder par le pare-brise avec des yeux qui ne voyaient rien, il était vraiment à l'abri des provocateurs, même les plus endurcis.

Mais Kvastmo faisait tout pour compliquer l'existence. Il livrait une guerre sans merci à tout ce qui était pourri dans la société. Bien que le système d'avancement, dans la police suédoise, fût tel qu'il ne servît presque à rien de se distinguer d'une façon quelconque, il était sans cesse à l'affût de méfaits à réparer. Et, les choses étant ce qu'elles sont dans notre société, il n'avait pas à chercher bien loin ni bien longtemps. Il rêvait d'être transféré dans le célèbre district d'Östermalm où, chaque jour, on arrêtait en pure perte cinq fois plus de gens que dans tous les autres districts réunis. La nouvelle loi sur la police offrait à ses membres les plus zélés des possibilités considérables de tracasser les gens, et en particulier les jeunes, du fait que ceux-ci n'avaient nulle part où aller. Les êtres de cette espèce étaient considérés comme des suspects tout désignés qui devaient être immédiatement appréhendés. Ensuite, on pouvait les retenir pendant six heures, les passer à tabac au poste et les relâcher, pour mieux se livrer aussitôt à une nouvelle descente, menée selon des méthodes militaires, et faire à nouveau monter les mêmes personnes dans les paniers à salade. Kvastmo trouvait que c'était là une disposition excellente mais, malheureusement, il était affecté dans un district où les chefs n'étaient pas tout à fait aussi sanguinaires.

Au cours de ses nombreux mois de patrouille avec Kvastmo, Kristiansson avait en tout cas appris deux choses. L'une négative : il était impossible de lui emprunter quoi que ce soit, même pas cinq couronnes. L'autre positive : il était presque drogué de café et, quand il commençait à se montrer vraiment trop impossible, on pouvait toujours lui proposer d'observer une pause café.

Ce liquide noirâtre avait sur lui un effet étonnant. Kvastmo pouvait alors rester tranquille pendant une demi-heure, voire plus longtemps, occupé à siroter et à se gaver de petits pains et de pâte d'amandes.

Mais, aussitôt que la voiture se remettait en marche, tout était fichu. Il recommençait à se lamenter sur cette société pourrie et à se livrer à la chasse aux suspects.

Kristiansson n'aimait pas le café, mais c'était le prix qu'il était prêt à payer pour quelques minutes de détente.

Ils venaient donc de terminer l'une de ces pauses, assez longue, et se trouvaient à nouveau dans la voiture, une Plymouth noir-et-blanc équipée d'un projecteur, d'une radio à ondes courtes et d'autres perfectionnements techniques.

La voiture, elle, se trouvait sur la rocade qui, enjambant le lac Mälar sur un très grand pont, s'enfonce vers le cœur de Stockholm, venant du sud.

Kristiansson roulait à allure modérée, comme d'habitude, lorsque Kvastmo lui posa l'une de ses éternelles questions :

– Pourquoi ne réponds-tu pas, Kalle?

– Quoi?

– Je te parle de choses importantes et tu n'écoutes même pas.

– Bien sûr que si, que je t'écoute.

– Ah oui? Tiens, je t'en fiche! Tu penses à quelque chose d'autre.
– Moi?
– Oui, à quoi penses-tu?
– Bah!
– Je sais : aux filles.
– Bof!
En fait, Kristiansson pensait à une assiette de flocons d'avoine à la confiture de fraises arrosés de lait froid. Mais, afin de lutter contre sa gourmandise, il avait aussitôt fait venir à son esprit l'image d'un vieux cadavre que, grâce à l'obstination de Kvastmo, ils avaient réussi à découvrir l'année précédente *. Cependant, ne voulant pas livrer à autrui des pensées aussi intimes, il chercha une autre réponse. Et il dut bientôt y avoir recours, car Kvastmo s'obstina :
– Hein? A quoi penses-tu? Pourquoi ne réponds-tu pas?
Kristiansson lâcha alors :
– Au fait que Leeds a joué vingt-huit matchs de championnat de suite à domicile sans en perdre un seul alors que Millwall s'est déjà fait rétamer cinq fois chez lui depuis le début de la saison. C'est dingue.
– Espèce d'idiot, dit Kvastmo. Je ne comprends pas comment un policier adulte peut perdre son temps à des bêtises comme ça. Elles ne sont même pas suédoises, ces équipes-là.
Kristiansson prit très mal la chose. Il était scanien et, dans ces provinces méridionales, on ne badine pas avec le mot idiot. C'est une insulte caractérisée.
Béatement ignorant de la réalité des choses, Kvastmo continua à pérorer imperturbablement :
– Ce que je peux dire, c'est que nous sommes mal protégés par la loi et que les chefs sont trop mous. Il y a beaucoup de collègues qui ont une tenue vestimen-

* Voir *La Chambre close*, 10/18, nº 1865. *(N.d.T.)*.

taire négligée et personne ne fait rien pour y remédier. Tu te rappelles ce type à moto, l'été dernier? Celui qui n'avait même pas sa casquette? Et qui transportait sa veste sur son porte-bagages?

– Il faisait trente-cinq degrés.

– Et alors? Un policier est un policier quelle que soit la température. Je lisais l'autre jour dans le journal qu'à New York il arrive que les agents aient les pieds collés à l'asphalte lorsqu'il y a une vague de chaleur. Ça ne les empêche pas de rester à leur poste et il faut presque les décoller quand on vient les relever. Si même on les relève.

Ce journal était le magazine de la police suédoise, qui aimait rapporter à ses lecteurs ce genre de nouvelles édifiantes.

Kristiansson ne répondit pas. Il avait souvent vu, sur des films utilisés pour l'instruction, les équivalents américains des CRS charger et ils n'avaient pas vraiment l'air d'avoir les pieds collés à l'asphalte.

– Tu m'écoutes, Kalle?

Kristiansson se demandait également ce que la tenue des agents de police pouvait bien avoir à voir avec la protection offerte par la loi.

– Pourquoi ne réponds-tu pas?

– Je réfléchis.

– A quoi?

– Bah!

– Tu es vraiment impossible. Il faudrait mobiliser chaque homme disponible vingt-quatre heures sur vingt-quatre pour lutter contre le crime et, toi, tu es là à penser à tes matchs de foot, à répondre « bah! » ou « bof! » et, quand ça commence vraiment à barder, tu dis tout juste : « Bon sang! » Tu ne te rends pas compte à quel point nous sommes exposés, nous autres dans la police? Le ministre de la Justice est une vraie chiffe. C'est pour ça que nous ne sommes pas vraiment protégés par la loi. Et même pas protégés du tout, d'ailleurs. Tiens, par exemple, le fait de ne pas avoir le droit d'avoir une balle dans le canon. Qu'est-ce que tu peux faire si tu te trouves nez à nez avec un desperado en armes, si ton pistolet n'est pas armé?

– Le mien, il est toujours armé.

– Tu es complètement cinglé, dit Kvastmo, scandalisé. Tu enfreins les instructions. Enfin bon, mettons que tu n'en aies pas. Dans ce cas-là, tu es absolument sans défense, face à ce type. Tu es foutu d'avance. Et à qui la faute? Qui est responsable? Le ministre de la Justice et personne d'autre. Comment veux-tu qu'on fasse le ménage, si on ne peut même pas avoir une balle dans le canon de son flingue?

– J'ai tiré une fois, dit Kristiansson. Dans un bus *.

– Tu as touché quelqu'un?

– Non, il n'y avait personne dedans. Mais j'ai touché l'autobus, bien sûr.

– Qu'est-ce qui s'est passé, alors?

– Ça a fait un ramdam de tous les diables. Le grand type de la brigade des agressions, celui qu'est tellement désagréable, m'a passé un de ces savons!

– Tu vois! Les chefs ne nous soutiennent pas. Alors, ça n'est pas étonnant que les choses soient comme elles sont. Regarde ces trois collègues qui se sont fait descendre, en Scanie. Qu'est-ce que tu crois que leur femme et leurs enfants pensent du ministre de la Justice? Et on n'a même pas encore retrouvé l'assassin. Je suis persuadé qu'il se cache quelque part dans le secteur, d'ailleurs. Bon sang! si on pouvait le harponner, celui-là. Je n'hésiterais pas une seconde, si je le tenais au bout de mon flingue. C'est une plaie, ce genre de types.

– Bah!

– Qu'est-ce que tu veux dire : « Bah »? Deux col-

* Voir *Le policier qui rit*, 10/18, n° 1718. *(N.d.T.)*

lègues à l'hosto. Et puis un mort : Borglund. Mort. Assassiné.

– Bof!

– Qu'est-ce que tu veux dire : « Bof »? Enfin, bon sang!

– J'ai entendu dire qu'il s'est fait mordre par un animal enragé, une grenouille ou quelque chose comme ça.

– T'es complètement fou de croire des histoires pareilles! Tu n'as pas assisté à la conférence sur les forces perversives dans notre société? Euh, non, je veux dire : subversives. Les communistes et toute la bande. C'est eux qui répandent ce genre de mensonges pour nous nuire et nous affaiblir. Pour saper les fondements, c'est-à-dire les bases, de notre société. Mais j'aurais tout de même pas cru qu'il y aurait des collègues qui goberaient ce genre de bobards. Tu me fais peur, il y a des fois, Kalle.

– Ah?

Kristiansson s'était mis à penser à autre chose. Il avait échafaudé un plan. Au supermarché, quelques jours plus tôt, il avait vu un énorme pain de pâte d'amandes, probablement destiné à des boulangers-pâtissiers. La prochaine fois qu'il gagnerait au loto sportif, il en achèterait un et le placerait entre les sièges avant de la voiture. Kvastmo n'arriverait pas à se retenir, fou comme il était de pâte d'amandes. Il n'y avait que deux choses qui inquiétaient Kristiansson : combien de temps durerait un tel pain? Avec lui, il durerait bien toute la vie mais Kvastmo était parfaitement capable de l'ingurgiter en l'espace d'une demi-heure. L'autre problème était tout aussi grave. Et si Kvastmo réussissait à parler même avec la bouche pleine de pâte d'amandes?

– Il y a des limites, tu sais, reprit Kvastmo au bout d'un instant. Il y a des limites à ce que peut supporter un simple agent de police. Norman Hansson, par exemple, il les souligne bien, ces limites. La semaine dernière, pendant que tu étais en congé de maladie, il a fallu que j'intervienne pour arrêter une bagarre dans un appartement et que j'appréhende un type qui se met à faire des histoires quand j'arrive. Je ne le cogne qu'une fois dans la rue et ensuite dans la voiture, jusqu'à ce qu'il se calme. Le lendemain, je suis convoqué par Hansson qui me demande pourquoi j'ai tabassé un journaliste du nom de je ne sais plus qui. Bien sûr que j'ai joué un peu du bâton pour qu'il se calme, mais c'était pas un passage à tabac. Et tu sais ce qu'il a dit, Norman Hansson?

Kristiansson était juste en train de se demander combien pouvait coûter ce pain de pâte d'amandes.

– Pourquoi ne réponds-tu pas?

– Quoi?

– Tu sais ce qu'il a dit, Norman Hansson?

– Non.

– Eh bien, il a hoché la tête et il a dit : « Il faut que ça cesse, ce genre de choses, Kenneth. La prochaine fois que je reçois une plainte, je te coffre. » Alors comme ça, c'est moi qui paierai parce qu'une espèce d'ivrogne met la musique trop fort et dérange ses voisins.

– Je croyais que tu avais parlé d'une bagarre.

– Oui, enfin c'est-à-dire... Ce type était tout seul chez lui et il avait un peu trop bu, alors il a mis sa musique à hurler. Mais c'était pas ma faute, à moi, hein? On peut tout de même pas me mettre ça sur le dos? Est-ce que c'est ma faute si ce type était rond et si Norman Hansson est une nouille?

Kristiansson observait d'un air las le ruban d'asphalte qui semblait se dérouler sous la voiture et être avalé au fur et à mesure. Norman Hansson était l'un des officiers du district. Kristiansson l'aimait bien, dans l'ensemble.

– Moi, j'attends des collègues une solidarité de tous

les instants et en toutes circonstances, dit Kvastmo d'un air très décidé. Oh! t'as vu ça, Kalle? Hein?

Ils venaient d'être dépassés par une Jaguar rouge qui roulait indiscutablement à très vive allure.

– Rattrape-le, Kalle.

Kristiansson appuya, non sans un soupir, sur la pédale de l'accélérateur, tandis que Kvastmo allumait les feux d'urgence et mettait la sirène en marche.

– Ça peut très bien être notre homme, dit Kvastmo.

– Qui ça, le préfet de police?

– Mais non, l'assassin!

– Dans une Jaguar rouge?

– Il peut très bien l'avoir volée.

Kristiansson savait très bien qu'il n'est pas facile de voler une Jaguar si la porte n'est pas restée ouverte et la clé de contact sur le volant. Avec feu son collègue Kvant, il avait une fois failli arrêter un célèbre voleur de voitures qui s'était spécialisé dans les voitures anglaises très chères et que l'on avait, pour cette raison, surnommé « le Jag ». Le tout s'était terminé pour eux dans une meule de foin tandis que « le Jag » disparaissait dans la campagne environnante.

La voiture filait dans la nuit, sirène bloquée. Les feux arrière de la Jaguar se rapprochaient. Tout autour d'eux, et surtout à droite, Stockholm étendait ses centaines de milliers de lumières, réfléchies par la surface sombre de l'eau. On voyait des clochers se profiler sur le ciel car il y avait un très beau clair de lune.

– On le tient, ce salaud, dit Kvastmo. Ça faisait longtemps que j'attendais quelque chose comme ça.

Kristiansson regarda le compteur : cent trente-cinq. Il conserva cette allure et arriva à la hauteur de la voiture rouge. Kvastmo avait déjà le panneau « stop » dans une main et le bâton dans l'autre.

C'est alors qu'il se produisit quelque chose d'étrange. Le conducteur de la voiture qu'ils poursuivaient regarda Kristiansson, sourit et leva la main droite comme pour le saluer ou le remercier de quelque chose. Puis il mit les gaz à fond et les laissa derrière lui.

– Merde alors, dit Kvastmo. T'as vu ça?

– Oui.

– Mais ça ne fait rien, je le reconnaîtrai. J'ai son signalement. Moi, je n'oublie jamais un visage, comme tu sais. Tu le sais, n'est-ce pas?

– Tu as le numéro, également?

– Tu crois que j'aie fermé les yeux ou quoi? FZK 011, c'est bien ça, non?

– Moi, je n'ai rien vu. On lance un appel radio?

– Non, bon sang! On s'en charge tout seuls, de ce gars-là. Colle-lui aux fesses, Kalle. Tu peux?

– Bah!

Leurs chances n'auraient pas été bien grandes si le bolide rouge n'avait pas quitté la rocade et ne s'était pas dirigé vers le centre de la ville. Mais, de ce fait, le conducteur de l'autre véhicule dut réduire légèrement sa vitesse et Kristiansson réussit à ne pas le perdre de vue.

La chasse se poursuivit, dans un grand hurlement de sirène, à travers les rues désertes. Apparemment, le bandit ne se donnait pas grand mal pour leur échapper et la voiture de police n'était guère qu'à environ deux cents mètres lorsque la Jaguar rouge freina sec et s'arrêta devant une maison de Nybrogatan, dans le quartier chic d'Östermalm. Le conducteur en sortit d'un bond et se hâta de traverser le trottoir sans même se donner la peine de fermer la porte à clé.

Avant d'être blessé, Kristiansson avait été affecté à Solna – et avant cela à Malmö. Il ne connaissait donc pas très bien encore le centre de la capitale. S'il avait été un peu mieux au fait de la géographie de Stockholm, il est probable qu'il aurait été légèrement étonné de voir le bandit disparaître dans l'entrée de la clinique de la Fondation Bethanie.

Même si Kvastmo, pour sa part, avait reconnu l'immeuble, cela ne lui avait pas inspiré le moindre doute. Il s'attendait à tout, de la part des criminels. Comme il aimait à le répéter, il ne fallait s'étonner de rien dans une société comme la nôtre. C'est pourquoi il dit à son collègue :

– Par les temps qui courent, ça n'a rien de surprenant, n'est-ce pas, Kalle? Mais on le tient. Il va faire une drôle de tête. Il vaut quand même mieux qu'on entre tous les deux, hein?

Kristiansson était venu s'arrêter juste derrière la Jaguar rouge. Il l'examina à travers le pare-brise et lança ensuite un regard dubitatif dans la direction de l'entrée de l'immeuble.

– Bah! dit-il.

Pour une fois, Kvastmo ne répondit rien. Il avait ouvert la portière et s'était arraché de son siège. Il portait sur son visage les marques d'une inébranlable résolution.

– FZK 011, c'est le même numéro, dit Kristiansson. C'est bien lui.

– Qu'est-ce que tu croyais?

– Bah!

– Allez, grouille-toi, pressa Kvastmo.

Kristiansson poussa un soupir et sortit de voiture. Il remit son ceinturon en place, fit le tour du véhicule et suivit à pas lents son collègue, qui traversait le trottoir.

Kvastmo poussa la porte d'un air martial, monta un escalier puis poussa une autre porte, restée entrouverte.

Ils arrivèrent dans une pièce qui ressemblait à une salle d'attente. Devant eux se trouvait une porte munie d'une vitre opaque. Derrière celle-ci, ils entendaient quelqu'un parler à mi-voix.

Kvastmo lança un regard d'intelligence à Kristiansson, saisit la poignée et ouvrit brutalement la porte.

Kristiansson, lui, se figea sur le seuil devant le spectacle. Il avait devant lui deux personnes : l'une était le conducteur de la Jaguar, qui était maintenant revêtu d'une sorte de blouse verte très longue faite d'un tissu fort peu commun, l'autre était une femme d'un certain âge, vêtue, elle aussi, de façon un peu étrange; elle ressemblait à une infirmière ou même à une sœur. Elle tenait devant elle une paire de gants afin de permettre à l'homme de les enfiler sans les toucher.

Il regarda également Kvastmo, qui avait lâché l'étui de son pistolet et plongeait maintenant la main dans sa poche intérieure pour en sortir son carnet et son stylo, tout en disant :

– Qu'est-ce qui se passe ici?

L'homme jeta sur les deux policiers un regard étonné et distrait. Il enfila les mains dans les gants en caoutchouc transparent, en disant :

– Merci de votre aide.

Puis il leur tourna le dos, s'apprêtant de toute évidence à s'en aller.

C'est alors que Kvastmo s'écria, le visage congestionné :

– Hé là! Comment vous appelez-vous? Montrez-nous votre permis de conduire. On fait notre boulot. Mon collègue est témoin. Pas vrai, Kalle?

– Mon collègue fait son boulot, marmonna Kristiansson, légèrement mal à l'aise.

L'homme semblait s'être complètement désintéressé d'eux. La femme lui mit un masque sur le visage et il se dirigeait vers une grande porte double lorsque Kvastmo le prit par le bras et lui dit :

– Allez, ça suffit comme ça. Veuillez nous suivre, maintenant.

L'homme vêtu de vert se retourna, jeta à Kvastmo un regard étonné puis frappa.

Le coup était précis et bien assené. Il toucha Kvastmo à la pointe du menton et le policier tomba sur le derrière avec un bruit de chair molle.Il en perdit son carnet et son stylo et son regard se fit encore plus hébété qu'à l'accoutumée.

Kristiansson, lui, ne bougea pas mais dit :

– Bon sang!

L'homme et la femme quittèrent la pièce, laissant les lourdes portes se refermer derrière eux. Puis on entendit une clé tourner dans la serrure.

Kvastmo était toujours assis par terre. On aurait dit Harry Persson après son célèbre knock-down contre Johnny Widd.

– Bon sang! répéta Kristiansson.

Au bout d'environ une minute, Kvastmo sembla reprendre quelque peu ses esprits. Mais il paraissait encore loin d'avoir vraiment compris ce qui venait de se passer. Il se mit d'abord à quatre pattes puis réussit à se tenir debout, quoique de façon assez chancelante.

– Il va me le payer, ce salaud! dit-il d'une voix particulièrement pâteuse. Voie de fait sur un agent de la force publique, ça va chercher loin.

Il se prit le menton et se mit à gémir comme un chien malade. Apparemment, cela lui faisait mal quand il parlait.

– Kalle, murmura-t-il d'une voix presque inaudible. Peux pas parler.

C'est trop beau pour être vrai, se dit Kristiansson. Puis il se mit à réfléchir. Ce qui venait de se passer ne manquerait pas d'avoir des suites désagréables. Pourquoi fallait-il toujours que cela tombe sur lui? pensa-t-il amèrement. Alors qu'il faisait tout pour éviter les complications.

Il passa le bras autour de la taille de Kvastmo, comme pour l'aider, et marmonna :

– Allez, viens, on file.

– Oui, c'est ça. Faut que j'aille déposer ma plainte. Il va en prendre pour un mois au bas mot. Peut-être même trois. Plus les dommages-intérêts.

On aurait dit qu'il avait la bouche pleine de pâte d'amandes.

26

Gunvald Larsson était furieux. Il ne se souvenait pas d'avoir été autant en colère depuis des années. Il frappa sur la table avec sa grosse patte velue et demanda le silence.

Un an plus tôt, il était enfin passé inspecteur; d'ailleurs, le système d'avancement ne laissait guère le choix : il fallait soit le mettre à la porte, soit lui accorder cette promotion.

Mais ce barreau franchi sur l'échelle de la hiérarchie n'avait rien changé en lui. Seules les années, au nombre de quarante-huit maintenant, laissaient lentement leur trace sur lui. Il n'avait pas grandi mais il pesait bien ses cent dix kilos, désormais, et ses cheveux blonds peignés en arrière avaient commencé à se clairsemer sur les tempes. Il était plus fort que jamais, ou tout au moins il en avait l'impression, et constituait sur le plan physique un adversaire considérable pour quiconque.

Mais il n'était pas négligeable non plus sur le plan verbal.

– Ouvre la bouche quand tu dis quelque chose, bon sang ! dit-il en s'adressant à Kvastmo. Tu es capable de parler, oui ou non ?

– Oui, mais avec beaucoup de difficultés, dit Kenneth Kvastmo d'une voix tout de même un peu plus claire que précédemment.

Gunvald Larsson se retourna alors vers Kristiansson et dit :

– C'est étrange le nombre de fois où nous nous sommes trouvés dans cette situation, ces dix dernières années. Est-ce que ça ne pourrait pas être dû au fait que tu es encore plus idiot que tous les autres imbéciles qui déshonorent la police de cette ville?

– Je ne sais pas, répondit Kristiansson, l'air très malheureux.

Les deux agents se tenaient debout près de la porte. Kristiansson avait l'habitude; mais, pour Kvastmo, la situation avait tout le piquant de la nouveauté. Pourtant, c'était lui qui semblait le plus affecté.

– Veux-tu avoir l'amabilité de me raconter ce qui s'est passé, exactement? dit Gunvald Larsson.

Cela sur le ton de la plus grande courtoisie et de la plus profonde compréhension, du moins à son avis.

– Eh bien... commença Kristiansson en suppliant Kvastmo du regard, mais celui-ci gardait le silence.

– Nous étions en patrouille sur la rocade, dit Kristiansson à mi-voix. Et puis on a été doublés par ce... monsieur qui filait à toute allure dans une Jaguar rouge.

– En infraction à la limitation de vitesse, précisa Kvastmo.

– Qu'avez-vous fait, alors?

– Nous l'avons rattrapé, dit Kristiansson.

– Qu'a-t-il fait, lui, à ce moment-là?

– Il m'a fait signe de la main, dit Kristiansson. Et puis il nous a semés.

Il avait si triste mine que Gunvald Larsson se sentit soudain plusieurs années et quelques kilos de plus. Il poussa un grand soupir. Puis il reprit :

– Et ensuite, vous lui avez donné la chasse?

– Nous pensions que c'était l'assassin de l'agent de Scanie, dit Kvastmo.

– Il avait donc les cheveux blonds et paraissait avoir moins de vingt ans?

Kvastmo ne répondit pas. Gunvald Larsson poursuivit à sa place :

– Or il se trouve que le conducteur en question a cinquante-sept ans et qu'il est professeur de médecine. Il avait été appelé d'urgence pour procéder à un accouchement de jumeaux particulièrement délicat. Vous savez ce que ça veut dire?

Kristiansson hocha la tête. Il était lui-même père de famille.

– Ça n'empêche pas qu'il conduisait trop vite, s'obstina à dire Kvastmo.

– Espèce d'abruti, dit Gunvald Larsson.

– Injures à agent, objecta Kvastmo.

Kristiansson fronça les sourcils.

– Pas de la part d'un supérieur, fit-il remarquer.

– Il se trouve encore que, dix minutes plus tôt, ce même professeur avait téléphoné à la police pour demander une escorte, poursuivit Gunvald Larsson. Il a donc pensé que vous veniez pour l'aider. Qu'est-ce que vous faisiez, dix minutes avant, au fait?

– On prenait le café, dit Kristiansson, la mine sombre. On n'était pas dans la voiture, alors on ne pouvait pas entendre la radio.

– Très bien, dit Gunvald Larsson, résigné. Ensuite vous lui donnez la chasse jusqu'à la clinique et vous tentez de l'empêcher de pénétrer dans la salle d'opération. Et en plus vous avez le culot de venir porter plainte contre lui pour violence à agent. Je peux vous dire que, dans la même situation, je vous aurais réduits en compote, moi.

– Je n'ai porté plainte contre personne, marmonna Kristiansson.

– Le directeur de la police nationale a dit lui-même... commença Kvastmo, très sentencieux, avant d'être interrompu par Gunvald Larsson qui s'écria :

– Si vous prononcez ce nom devant moi, je vous passe par la fenêtre.

– Belle solidarité, dit Kvastmo.

Gunvald Larsson se dressa de toute sa hauteur et adopta l'attitude de Charles XII, dans le jardin de Kungsträdgården, à cette différence que sa main n'indiquait pas la direction de la Russie mais celle de la porte. Et il s'écria d'une voix de stentor :

– Foutez-moi le camp! Et retirez-moi cette plainte plus vite que ça.

Une heure plus tard, il reçut un coup de téléphone qui figea de colère son regard bleuté.

– Malm à l'appareil. On vient de me rapporter que tu as adopté une attitude parfaitement déloyale vis-à-vis d'éléments en patrouille. Ça ne plaît pas en haut lieu. Maintenant que tu es sous mes ordres, tu ferais bien de faire attention à ta conduite. Sinon, il pourrait t'en cuire.

– Quoi? dit Gunvald Larsson, interloqué et incapable de toute autre réaction.

– Je te signale aussi que l'assassin de l'agent de Scanie est encerclé à Midsommarkransen, poursuivit Malm d'un ton détaché. En compagnie d'un gangster du nom de Lindberg. Filez là-bas, Kollberg et toi. En espérant arriver à temps. Parce que nous n'allons pas tarder à passer à l'action. C'est moi qui ai la responsabilité de l'opération. Je suis en ce moment à l'hôtel de police sud.

Gunvald Larsson raccrocha brutalement et se précipita dans le bureau d'à côté, où Rönn et Kollberg étaient en train de faire une partie de morpion.

Rönn se distinguait par son nez rouge et son parler norrlandais. Il avait une grande expérience des actes de violence et c'est pourquoi il avait été placé sous les ordres de Malm.

– Vite, dit Gunvald Larsson. Le fou vient de téléphoner et de dire qu'ils ont encerclé Ronnie

Kaspersson et Limpan du côté de Midsommarkransen.

– Le fou? demanda Rönn.

– Eh bien oui, quoi : Malm. Allez, grouillez-vous. On prend ma voiture.

– Le pauvre gosse, dit Kollberg. Mais l'autre, j'ai un petit compte à régler avec lui.

En suivant Maggan à Midsommarkransen, Ronnie Kaspersson tombait tout droit dans un piège, mais il ne pouvait naturellement pas le savoir. Le nouveau petit ami de Maggan était en effet « Limpan » Lindberg en personne et l'appartement était placé sous surveillance.

Il est vrai que celle-ci avait été exercée de façon particulièrement peu énergique et imaginative par des policiers en civil qui, d'une part, restaient à bonne distance de l'immeuble, par peur des audaces et de l'insolence fréquemment attestées de Limpan, et, d'autre part, n'avaient pas l'expérience nécessaire en matière de filature. Mais cela n'avait pas empêché Limpan de se douter de leur présence et, lorsqu'il vit arriver Ronnie Kaspersson, il hocha la tête en disant :

– Tu aurais mieux fait de choisir une autre planque, Kasper.

Mais Ronnie Kaspersson n'avait pas vraiment le choix. Et, même si Limpan était un bandit, c'était quelqu'un qui savait rester de bonne humeur, car il poursuivit aussitôt :

– Mais ça ne fait rien, reste; je connais un endroit vachement bien où on peut filer si jamais ils essayent de nous prendre. Et puis personne ne te reconnaîtra, avec les cheveux coupés comme ça.

– Tu crois?

Ronnie Kaspersson était découragé, il avait peur et maintenant il avait l'impression que la société tout entière lui en voulait. Auparavant, il avait seulement été « aliéné », comme avait dit le psychologue du service social.

– Allez, dit Limpan. Te fais pas de bile. Tu as simplement tué un flic et moi une bonne femme surgie de je ne sais pas où. Ça peut arriver à tout le monde.

– Il se trouve simplement que je n'ai tiré sur personne.

– Ils s'en foutent pas mal, alors je ne vois pas pourquoi tu te ferais du mouron, toi. Et puis, je te l'ai déjà dit, personne n'est capable de te reconnaître.

Lindberg avait déjà été recherché de nombreuses fois par la police, auparavant, et il se doutait bien qu'il était toujours sous surveillance. Mais il prenait la chose avec beaucoup de calme et même avec un sens presque exagéré de l'humour.

– Ils sont déjà venus fouiller ici, dit-il. Et même à deux reprises. Alors ils ne vont certainement pas tarder à revenir. Le seul ennui est que Maggan va avoir une personne de plus à sa charge.

– Bah! dit Maggan. Tu touches du fric du service social et des indemnités de chômage, alors ça ira. Mais ne me demandez pas grand-chose d'autre que du boudin et des spaghetti.

– Dès que je pourrai mettre le nez dehors sans risques et aller jusqu'à ma planque en campagne, pas loin d'ici, on bouffera du foie gras et on boira du champagne, tu peux me faire confiance, dit Limpan. Et ça va pas tarder beaucoup maintenant. Tu vas voir ça, mon vieux Kasper.

Il passa le bras autour de Kasper et le serra sur lui pour le réconforter. Il avait au moins vingt ans de plus et Kasper ne tarda pas à voir en lui une sorte de père, ou en tout cas d'adulte, qui le comprenait. Il n'en avait pas si souvent eu l'occasion, dans sa vie. Ses propres parents avaient des siècles de retard. Tout ce qu'on pouvait faire, c'était avoir pitié d'eux, qui s'ennuyaient à mort dans leur belle maison mitoyenne, avec leur voiture achetée à tempérament dans le garage et le regard rivé sur leur télé en couleurs. Ils ne pensaient jamais à rien d'autre qu'à avoir assez de fric jusqu'à la fin du mois et ils étaient désespérés de voir le genre d'existence que menait leur fils, le considérant comme perdu pour la société.

Malgré tout ce qu'ils avaient fait pour lui.

Ils ne cessaient de revenir sur ce point.

Il leur arrivait parfois de parler politique. C'étaient des sociaux-démocrates convaincus et ils étaient capables de passer des heures à chanter les louanges de l'économie mixte. Pour eux, tout était parfait – sauf cette question du fric qui avait du mal à durer jusqu'à la fin du mois. Et puis ils étaient d'avis que les jeunes de l'époque n'étaient pas assez reconnaissants d'avoir la vie aussi belle qu'ils l'avaient.

Ils ne se rendaient pas compte le moins du monde qu'ils avaient pour leur part été complètement fossilisés par leur matérialisme obtus. Pas plus qu'ils ne comprenaient que leur fils, comme beaucoup d'autres de sa génération, était au chômage en dépit de sa volonté et cherchait désespérément quelque chose qui puisse lui redonner un peu d'espoir ou bien conférer un minimum de sens à sa vie.

La société en tant que telle était quelque chose de purement abstrait et d'hostile, gouvernée par une collection de bons à rien très fiers de leur importance qui leur en voulaient au fond, à lui et à ses semblables, d'exister.

Limpan était un adulte qui avait réussi à supporter tout cela sans être acculé au suicide, et pourtant il avait très bien compris que les responsables étaient un petit nombre de familles riches et une poignée de politiciens incapables et corrompus qui menaient la grande vie à répéter sans cesse les mêmes mensonges : en affirmant, par exemple, que l'égalité régnait dans le pays, que tout allait bien et irait bientôt encore mieux.

Le bonheur incomparable qui, ailleurs au monde, accompagnait de façon tellement évidente le simple fait de travailler honnêtement était uniquement quelque chose qui revenait sur le tapis l'espace de quelques semaines, une fois tous les trois ans, pendant les campagnes électorales. Mais noyé dans de grandes phrases ampoulées qui puaient la fausseté et la perfidie.

Ronnie Kaspersson n'était pas un imbécile. Il comprenait qu'il avait été floué par la vie avant même de l'avoir vécue. Il se rendait également compte que bon nombre de ses réactions étaient naïves et que sa fixation envers des gens comme Krister, ou comme Limpan maintenant, était à classer sous cette même rubrique. Il avait toujours été facilement influencé par des gens doués de plus de caractère que lui-même.

Quelque chose l'avait brisé dès sa jeunesse. Peut-être était-ce l'abîme qui le séparait de parents que, malgré tout, il aimait. Peut-être était-ce l'école, avec son méli-mélo de semi-réformes abandonnées, avant même d'être réalisées, parfois au profit d'autres nouveautés tout aussi incompréhensibles, parfois pour revenir purement et simplement à l'ancienne. Les mathématiques modernes, par exemple. Il n'y avait rien compris du tout et elles lui avaient ôté toute envie de continuer à étudier.

La dernière année où il était allé à l'école il avait pris la peine de regarder dans le dictionnaire. Et pas dans n'importe lequel : celui de l'Académie suédoise. C'était marqué en grosses lettres. Un livre énorme, de seize cents pages.

Il avait cherché le mot « vachement », mot qu'il entendait prononcer quotidiennement. Il n'y était pas. Par contre, il avait trouvé : vacciniacées, vaciet, vacuité, vacuolaire...

Il n'avait pas compris.

Ailleurs, il était tombé sur le mot « récuser », dont le sens était : refuser un juge, un juré, qu'on soupçonne de partialité.

Il n'avait saisi le sens de ce mot que plus tard, lors de sa première comparution devant un tribunal. Le procureur avait alors « récusé » une fille qui devait témoigner en sa faveur parce qu'ils avaient baisé. Elle n'avait pas pu témoigner et il avait été condamné.

Le verbe « baiser », au fait.

Lorsqu'il l'avait pu, il l'avait également cherché dans le dictionnaire. Il avait trouvé : appliquer sa bouche sur le visage de quelqu'un. Il n'avait pu s'empêcher de rire.

Et ce n'était pas tout. Il avait cherché « chier » et « pisser », des choses que les gens faisaient tous les jours et dont ils ne se privaient pas de parler. Mais l'Académie suédoise, elle, ne consentait pas à en parler.

Pour finir, il avait cherché trois autres mots : « bitte », « con » et « cul ».

L'Académie ne connaissait pas non plus ces parties du corps humain.

Avant de remettre le livre en place, sur les rayons de la bibliothèque de la prison, il avait vérifié l'année d'édition : 1973.

Ronnie Kaspersson avait du mal à tenir en place. Il n'avait jamais beaucoup aimé attendre tranquillement qu'arrivent les événements et, avec le recul, il lui semblait comprendre que c'était la passivité régnant au foyer de ses parents qui l'avait conduit à quitter celui-ci.

Lorsqu'il se regardait dans la glace, il voyait le visage de milliers d'autres jeunes comme lui. Maggan et Limpan avaient probablement raison. Personne ne pourrait le reconnaître.

C'est pourquoi, dès le vendredi, il sortit. Il prit le

métro pour aller dans le centre et traîna un moment aux endroits habituels. Il évita malgré tout ceux du genre de Humlegården, où il savait que la police faisait sans arrêt des descentes, plus pour se distraire qu'autre chose. Il ne voulait tout de même pas que les flics le prennent aussi facilement et pratiquement par hasard, simplement parce qu'il s'asseyait sur un banc ou bien parce qu'il se mettait à parler à quelqu'un qui était sur le point de se faire arrêter.

Le samedi et le dimanche, il sortit également quelques heures. Il savait que tous les journaux avaient maintenant publié sa photographie, que la police était venue rendre visite à ses parents et que l'on avait opéré des descentes chez des amis ou dans des clubs où il se rendait fréquemment. Il avait également bien conscience de passer maintenant pour une sorte d'ennemi public numéro un, pour quelqu'un qu'il fallait mettre hors d'état de nuire par tous les moyens possibles : il était désormais l'assassin de l'agent de police.

Kasper avait cependant un défaut : il ne prenait pas d'initiatives et agissait sans réfléchir, sans penser au lendemain. Il en était bien conscient lui-même, mais n'était pas capable d'y remédier. Il lui arrivait de se demander comment il avait bien pu en arriver là, de même que tant d'autres jeunes de son âge.

Peut-être cela tenait-il au système social qui, de son point de vue, paraissait totalement absurde, ou bien à la génération des adultes, qui ne se souciait que de réussite matérielle mais ne semblait jamais satisfaite; une génération qui s'arrachait les cheveux sur sa déclaration d'impôts et autres documents incompréhensibles du même genre dont l'abreuvaient les autorités. Des gens qui ne dormaient pas la nuit tellement ils étaient préoccupés par la façon dont ils allaient bien pouvoir payer toutes leurs mensualités, tout en ayant constamment peur du chômage croissant, et qui se gavaient de stimulants afin de pouvoir aller travailler, quitte à prendre des tranquillisants, le soir, pour pouvoir rester tranquille un petit moment devant la télé avant que vienne l'heure d'absorber des somnifères pour s'assurer quelques heures de repos hanté de cauchemars.

Limpan était plus calme de nature que Kasper, mais il avait été dans l'obligation de se faire oublier pendant pas mal de temps et il commençait à éprouver, lui aussi, un certain besoin d'action.

Alors qu'ils étaient assis devant la télévision, le dimanche soir, il dit en effet à Kasper :

– Si les flics te trouvent et essayent de te mettre le grappin dessus, on file tous les deux. J'ai un plan tout préparé. Je l'ai conçu pour moi mais il sera encore plus facile à exécuter si on est deux.

– Tu veux parler de ta planque à la campagne?

– C'est ça.

Maggan ne dit rien mais elle pensa : vous n'allez pas tarder à vous faire coffrer, les gars. Et alors fini de rigoler, encore une fois.

Le lundi, Kasper fut enfin identifié.

Celui qui le reconnut fut un inspecteur en civil relativement âgé qui, en fait, était simplement venu vérifier que ceux qui avaient pour tâche de surveiller les allées et venues de Limpan ne dormaient pas complètement.

Cet inspecteur s'appelait Fredrik Melander et c'était l'un des meilleurs collaborateurs de Martin Beck. Il était maintenant affecté, depuis plusieurs années, à la brigade des vols et larcins, l'un des boulots les plus désespérants de toute la police stockholmoise. Vols, cambriolages et attaques en tous genres étaient de plus en plus fréquents et la police n'arrivait absolument plus à soutenir le rythme. Mais Melander était un homme stoïque et calme, pas le moins du monde enclin à la névrose ni à la dépression. En outre, il possédait la mémoire la plus phénoménale de toute la corporation, bien plus précieuse que tous ces ordinateurs sans cesse en panne.

Il gara sa voiture à quelque distance de l'immeuble de Midsommarkransen et aperçut immédiatement Ronnie Kaspersson, qui rentrait après avoir fait une petite promenade rapide, sans but précis, au milieu de la journée. Melander le suivit de loin et constata qu'il pénétrait dans l'appartement où logeaient Limpan et sa petite amie.

Par contre, il lui fallut un certain temps avant de réussir à dénicher l'agent qui était pour l'instant chargé de leur surveillance. Il faut dire que c'était ce bon à rien notoire de Bo Zachrisson, qui était en train de dormir dans sa voiture, deux pâtés de maisons plus loin.

Zachrisson était précisément le genre de policier qui n'aurait probablement pas su reconnaître Limpan ni Kasper, même s'ils étaient arrivés à la tête d'un troupeau d'éléphants. Autant que pût le savoir Melander, il n'avait jamais rien fait correctement et avait par contre causé beaucoup d'ennuis à tout le monde, du fait d'une tendance marquée à apprécier de travers toutes les situations possibles.

Melander se trouvait donc dans une situation assez délicate. Sa longue expérience et son jugement très sûr lui disaient qu'il n'y avait qu'une seule façon d'agir, c'est-à-dire d'emmener avec lui Zachrisson, de préférence menottes aux mains, de monter jusqu'à l'appartement et d'arrêter Limpan et Kasper avant qu'ils aient eu le temps de s'organiser. Tout ce dont il avait besoin pour cela, c'était d'un stylo à bille et d'un carnet, accessoires qu'il transportait toujours sur lui.

Mais, d'un autre côté, Melander était informé des ordres très stricts qui avaient été donnés pour le cas où un membre isolé de la police reconnaîtrait Ronnie Kaspersson. Dans ce cas, l'intéressé devait immédiatement se mettre en rapport avec le contrôleur général Stig Malm, qui mettrait alors en œuvre les moyens nécessaires pour procéder à l'arrestation.

Melander se contenta donc de rapporter, à l'aide de la radio de la voiture de Zachrisson, ce qu'il avait vu. Puis il regagna tranquillement son propre véhicule et rentra chez lui, avec la perspective d'un bon dîner.

A partir de ce moment, la machine était en marche et rien ne pouvait plus l'arrêter.

Le « commando tactique » de Malm avait soigneusement échafaudé ses plans en vue d'une telle situation. On avait estimé les effectifs nécessaires à cinquante hommes, dont la moitié équipé de casques à visière, de pistolets-mitrailleurs et de gilets pare-balles. On avait prévu sept minibus pour les transporter sur les lieux ainsi que deux chiens entraînés en vue de ce genre de mission, quatre spécialistes des gaz lacrymogènes et un homme-grenouille, afin de parer à toute éventualité. En outre, un hélicoptère se tiendrait en permanence prêt à décoller, sans que Malm voulût dire pourquoi : c'était son arme secrète.

Stig Malm avait un faible pour les hélicoptères, de façon générale, et, maintenant que la police s'en était vu livrer non moins de douze, ils se trouvaient en première ligne chaque fois que le haut commandement de la police de Stockholm s'occupait des préparatifs.

Le commando tactique disposait également de quatre spécialistes de la filature qui, convenablement déguisés, seraient immédiatement acheminés sur place pour veiller au grain jusqu'à l'arrivée du gros de la troupe.

Kasper et Limpan étaient dans la cuisine, en train de manger des céréales au lait et à la confiture d'airelles, lorsque Maggan vint les rejoindre et leur dire :

– Il se passe quelque chose. Il y a deux voitures

garées devant l'immeuble. J'ai l'impression que c'est des flics déguisés.

Limpan se rendit aussitôt à la fenêtre et regarda dans la rue.

– Hé oui, dit-il. Les voilà.

L'un des policiers était déguisé en employé du téléphone et assis au volant d'une voiture jaune vif de cette administration. L'autre portait une blouse blanche et conduisait une ambulance désaffectée. Il était, lui aussi, absolument immobile sur son siège.

– Alors, on file, dit Limpan. Tu la fermes, hein, Maggan?

Elle fit signe que oui tout en émettant une objection :

– Tu n'as pas besoin de partir, en fait, Limpan. Ce n'est pas toi qu'ils recherchent, c'est Kasper.

– C'est peut-être vrai mais ça n'empêche pas que je commence à en avoir marre de les avoir constamment accrochés à mes basques. Allez, viens, Kasper.

Il prit Maggan dans ses bras et l'embrassa sur le bout du nez.

– Ne prends pas de risques, dit-il. Je ne veux pas qu'ils te fassent du mal. N'oppose pas la moindre résistance.

A part peut-être le couteau à pain, il n'y avait rien dans l'appartement qui pût ressembler à une arme.

Limpan et Kasper montèrent jusqu'au grenier, ouvrirent une lucarne donnant sur l'arrière de la rangée de maisons et continuèrent jusqu'au bâtiment suivant, où il y avait également une lucarne ouverte. Ils traversèrent de la sorte cinq immeubles avant de sortir par une cuisine, d'escalader deux clôtures et de se retrouver dans la rue où Limpan avait garé la voiture qui devait lui permettre de prendre la fuite.

C'était un vieux taxi noir aux fausses plaques d'immatriculation et Limpan avait poussé l'amour de l'art jusqu'à se procurer une casquette et une veste d'uniforme afin de pouvoir passer pour un chauffeur de taxi.

Lorsqu'ils prirent la route en direction du sud, le hurlement des sirènes de plusieurs véhicules d'intervention se faisait entendre derrière eux.

Mais cette gigantesque opération tourna en eau de boudin dès le début. Le quartier ne fut bouclé qu'un quart d'heure après que Limpan et Kasper eurent quitté cette partie de la ville.

Lorsque Malm arriva au volant de la voiture qui lui servait de poste de commandement, il renversa malencontreusement l'un des chiens policiers. Celui-ci paraissait gravement atteint aux pattes arrière et resta sur le sol, à pousser des gémissements. Malm sortit de voiture et lança les opérations en se penchant sur son collaborateur blessé et en le caressant sur la tête. Il avait dû voir un chef quelconque de la police américaine faire ce geste dans un film ou à la télévision. Il était sans conteste calculé pour le rendre populaire et il regarda autour de lui pour voir si la presse était déjà arrivée. Mais ce n'était pas le cas et ce fut d'ailleurs une chance car, un instant plus tard, le chien le mordait à la main. Il avait peut-être du mal à faire la distinction entre les bandits et les grands pontes de la police, ce pauvre animal.

– Tu as drôlement bien fait, Grim, dit le maître-chien.

Il était apparemment très attaché à sa bête.

– Beau chien, ajouta-t-il pour plus de sûreté.

Malm lui lança un regard étonné, puis banda sa main sanguinolente au moyen de son mouchoir et dit à ceux qui se trouvaient autour de lui :

– L'opération continue comme prévu. Prenez simplement des dispositions pour me faire soigner.

Les plans étaient passablement compliqués. Tout d'abord, des policiers armés de pistolets-mitrailleurs devaient pénétrer dans l'immeuble et s'efforcer d'évacuer les occupants des appartements voisins dans la cave. Puis des tireurs d'élite devaient faire voler en éclats les vitres de l'appartement, ce qui permettrait d'y lancer des grenades lacrymogènes.

Si les bandits ne se rendaient pas instantanément l'assaut serait donné par cinq policiers munis de masques à gaz, appuyés par les deux maîtres-chiens. Étant donné les récents événements, il ne fallait cependant plus compter que sur l'un des quadrupèdes. Une fois l'opération menée à bien, l'un des agents ferait le signal convenu à l'une des fenêtres et Malm en personne pénétrerait dans l'immeuble, en compagnie de quelques autres hauts responsables de la police. Pendant ce temps, l'hélicoptère surveillerait les environs du haut des airs, dans l'éventualité où les deux criminels tenteraient de s'échapper.

Maggan avait commencé à faire la vaisselle dans la cuisine lorsque les vitres volèrent en éclats. Elle eut alors très peur et décida de sortir de l'appartement et de tenter de se rendre.

Avant qu'elle en ait eu le temps, l'assaut était donné.

Ce qui ne fut pas vraiment difficile car, afin que personne ne risque d'être blessé, elle n'avait pas fermé la porte à clé.

Elle était en train de sortir lorsque cinq policiers lourdement armés et un chien s'engouffrèrent par la porte.

Le chien ne devait pas être de très bonne humeur après ce qui venait d'arriver à son collègue. Il se jeta sur la jeune femme, qui tomba à la renverse sur le sol. Puis il la mordit à la cuisse gauche, tout près de l'aine.

– Il sait où il faut mordre les putes, ce chien, dit l'un des policiers en riant.

Voyant que Limpan et Kasper n'étaient pas dans l'appartement, ils laissèrent le chien la mordre encore une fois, à peu près au même endroit.

– Comme ça, l'ambulance servira au moins à quelque chose, dit le policier qui venait déjà de se distinguer par son sens de l'humour.

Gunvald Larsson et Kollberg arrivèrent juste au moment du déclenchement de l'opération et donc trop tard aussi bien pour se rendre utiles que pour aggraver les choses. C'est pourquoi ils se contentèrent de rester assis dans leur voiture et d'observer les événements.

Ils virent l'accident du chien, suivi de la blessure de Malm puis des soins administrés à celui-ci. Ils virent également l'ambulance faire marche arrière et Maggan sortir de l'immeuble sur une civière. Ni l'un ni l'autre ne dit mot, mais Kollberg hocha la tête, l'air consterné.

Lorsque tout parut terminé ils sortirent de la voiture et se dirigèrent vers Stig Malm. Gunvald Larsson demanda :

– Personne, hein?

– Uniquement cette jeune fille.

– Comment a-t-elle été blessée? demanda Kollberg.

Malm regarda sa main pansée et dit :

– Il paraît que le chien l'a mordue.

Malm était un homme d'une élégance et d'une vigueur inhabituelles, malgré ses cinquante ans. Il savait sourire de façon contagieuse et, si l'on n'avait pas su qu'il était de la police – ce qui n'était d'ailleurs pas le cas, à vrai dire –, on aurait fort bien pu le prendre pour un metteur en scène de cinéma ou pour un homme d'affaires prospère. Il passa la main sur ses cheveux bouclés et dit :

– Ronnie Kaspersson et Lindberg. Ce n'est plus à un desperado que nous avons affaire mais à deux. Ni l'un ni l'autre ne reculera devant le fait de tirer.

– Tu en es certain? demanda Kollberg.

Malm fit semblant de ne pas avoir entendu la question et dit :

– La prochaine fois, il faudra frapper plus fort : deux fois plus de monde et une rapidité d'intervention encore plus grande. Autrement, tout s'est déroulé comme je l'avais prévu et le plan a parfaitement fonctionné.

– Ah ah! dit Gunvald Larsson, il se trouve que je l'ai lu, ton foutu plan. Et il m'a fait l'effet d'être de la folie pure. Il faut vraiment être bouché à l'émeri pour ne pas penser qu'un vieux de la vieille comme Limpan repérerait immédiatement deux agents déguisés qui restent immobiles au volant d'une ambulance désaffectée et d'une voiture du téléphone.

– Je n'ai jamais aimé ta façon de t'exprimer, dit Stig Malm, très froissé.

– Le contraire m'étonnerait. Puisque je dis ce que je pense. Où est-ce que tu es allé chercher tout ça? Il ne s'agit pas de livrer à nouveau la bataille de Breitenfeld *. Si tu nous avais laissés venir ici tout seuls, Lennart et moi, Kasper et Limpan seraient déjà à l'ombre depuis pas mal de temps.

Malm poussa un soupir.

– Je me demande ce que le patron va penser de tout ça, dit-il.

– Si tu n'oses pas aller lui demander toi-même, tu peux toujours envoyer ce chien qui mord si bien à ta place, dit Gunvald Larsson. Il pourrait peut-être le mordre là où je pense. Ce serait toujours ça.

– Ce que tu peux être vulgaire, Larsson, dit Malm. Je ne sais pas si tu te rends compte du genre que ça te donne.

– Et toi, quel est ton genre? Les chiens écrasés?

– Le principe de la concentration des forces est une excellente idée.

Malm caressa de la main ses belles boucles.

* Lieu des deux victoires suédoises (1631 et 1642) au cours de la guerre de Trente Ans. (*N.d.T.*)

– *Only number can annihilate*, ajouta-t-il pour faire étalage de ses connaissances.

– Tu as l'intention de passer amiral?

– Oh non! répondit Malm. Moi qui ai le mal de mer dès que je mets le pied sur un bateau.

– Alors sais-tu quel est l'auteur de cette formule?

– Non.

– Nelson. Le type qui est en haut de la colonne, à Trafalgar Square.

– Il avait raison. Même à terre.

– J'en doute un peu. Et puis il n'était pas dans la police.

– Nous y croyons, reprit Malm.

– On le dirait bien, hélas!

L'espace d'un instant, Malm eut l'air presque humain.

– Je me demande ce que le directeur de la police va penser de ça, répéta-t-il.

– Il risque de ne pas être très content et de grimper aux rideaux encore une fois.

– Ne dis pas ça, dit Malm. C'est sur moi que ça retombera.

– La prochaine fois, vous les aurez.

– Tu crois? demanda Malm, pessimiste.

Kollberg n'avait rien dit depuis longtemps. Il semblait absorbé par ses pensées.

– A quoi tu penses, Lennart? demanda Gunvald Larsson.

– A Kasper. Je ne peux pas m'en empêcher. Il doit avoir l'impression d'être une bête traquée. Il a certainement peur. Et il n'a probablement rien fait de très répréhensible.

– Mais on n'en sait rien, n'est-ce pas?

– C'est simplement une sorte d'intuition, comme on dit.

– Bah! dit Malm. Il faut que je file à la DN. Allez, salut.

Il monta dans sa voiture et se laissa emmener loin du théâtre de ses exploits, mais non sans avoir laissé tomber ces fortes paroles avant de partir :

– Tâchez de faire en sorte que ça ne s'ébruite pas; rien ne doit transpirer!

Kollberg haussa les épaules, accablé.

– Ça ne doit pas être drôle d'occuper un pareil poste, tout compte fait.

Ils gardèrent le silence pendant quelques minutes.

– Comment ça va, Lennart? finit par demander Gunvald Larsson.

– Mal. Mais je crois que j'ai une idée. Peut-être. On a affaire à des êtres plutôt bizarres, tu ne trouves pas?

– Quel boulot de cons! répondit Gunvald Larsson.

27

Le mardi matin, Lennart Kollberg se leva tôt. Puis il enfila son peignoir, se rasa, alla dans la cuisine et se fit chauffer du café. Pour une fois, il était levé avant les enfants : on n'entendait pas le moindre bruit en provenance de la chambre de Bodil ni de celle de Joakim. Gun dormait également. Il l'avait tenue éveillée jusqu'au milieu de la nuit et elle ne s'était endormie qu'une heure auparavant.

Lorsqu'il s'était couché la veille au soir, après cette opération assez peu réussie – c'est le moins que l'on puisse dire – à Midsommarkransen, il avait été incapable de dormir. Il était resté allongé sur le dos, les mains derrière la nuque, à réfléchir. Il entendait à côté de lui la respiration régulière de Gun et, de temps en temps, une rame de métro freinait pour s'arrêter à la station puis se remettait lentement en marche. Il était souvent resté dans cette position, ces dernières années, à ruminer le même problème. Mais, cette fois, il sentait que la mesure était comble.

Vers trois heures, il se rendit dans la cuisine, sortit une bière et de quoi manger un brin, mais il tarda pas à voir Gun arriver, sans faire de bruit, pour lui tenir compagnie. Puis ils retournèrent se coucher et il lui parla de la décision qu'il avait prise. Pour elle, ce ne fut pas une surprise; ils avaient discuté de cela bien des fois et elle avait appuyé ses projets de façon de plus en plus franche et de plus en plus énergique. A son retour de Scanie il avait paru renfermé et fébrile et elle avait compris que le moment décisif n'était plus loin maintenant.

Ils parlèrent pendant une heure ou deux puis ils firent l'amour et, au bout d'un moment, Gun s'endormit dans ses bras.

Lorsque Bodil et Joakim se réveillèrent, il leur prépara leur petit déjeuner et, quand ils l'eurent terminé, il les renvoya tous les deux dans leur chambre en leur demandant avec insistance de ne pas faire de bruit pour ne pas réveiller leur mère. Non pas qu'il eût beaucoup d'influence sur eux : seule Gun était capable de les faire obéir. Mais il espérait qu'ils la laisseraient en paix au moins pendant un petit moment.

Ils lui donnèrent chacun un baiser un peu poisseux et il partit au volant de sa voiture.

Lorsqu'il passa devant le bureau vide de Martin Beck, dans le couloir qui menait au sien, il se dit, comme bien des fois auparavant, que la seule chose qu'il regretterait vraiment ce serait la collaboration avec lui.

Puis il accrocha sa veste au dossier de sa chaise, s'assit et installa sa machine à écrire devant lui. Il glissa une feuille de papier derrière le rouleau et commença à écrire :

Stockholm, le 27 novembre 1973.

Destinataire : Direction de la police nationale.

Objet : Démission.

Puis il posa son menton sur sa main et regarda par la fenêtre. Comme toujours à cette heure de la matinée, l'autoroute était pleine de véhicules se dirigeant vers le centre de la ville sur trois files. Kollberg observa ce flot apparemment intarissable de voitures particulières bien astiquées et se dit qu'il n'existait probablement aucun pays au monde où les gens prenaient autant soin de leur voiture qu'en Suède. Ils n'arrêtaient pas de la laver et de la bichonner et une simple éraflure sur la peinture ou une bosse sur la carrosserie étaient considérées comme une catastrophe nécessitant immédiatement des réparations. La voiture était un symbole social de la plus haute importance et, pour être à la hauteur, bon nombre de gens changeaient de modèle inutilement et bien plus souvent qu'ils n'en avaient les moyens.

Il lui vint soudain une idée. Il enleva la feuille de papier de la machine à écrire et la déchira en petits morceaux qu'il laissa tomber dans la corbeille. Puis il enfila sa veste et gagna l'ascenseur d'un pas rapide. Il appuya sur le bouton correspondant à l'étage du garage, où se trouvait sa voiture, véhicule vieux de sept ans, passablement bosselé et encore tout couvert de glaise de Scanie. Mais il changea soudain d'avis et arrêta l'ascenseur au rez-de-chaussée.

Midsommarkransen n'était pas loin de là. S'il n'avait pas été à l'hôtel de police de Kungholmsgatan, la veille, il aurait presque pu voir ce magnifique fiasco de sa fenêtre.

Elle était garée sur le parking situé derrière l'immeuble où habitait Maggan : c'était une Volvo beige portant un numéro différent de celui qu'avaient indiqué Skacke et le pompiste de Katrineholm. Les plaques étaient de l'ancien modèle, facile à composer soi-même, et Kollberg ne douta pas un instant que ce fût bien là la voiture qu'ils recherchaient. Il nota le numéro et revint à l'hôtel de police sud.

Une fois assis à son bureau, il repoussa la machine à écrire et tira le téléphone vers lui.

Il eut très rapidement le service central d'immatriculation des automobiles; le numéro ne figurait pas au registre et n'avait en fait jamais existé. Les lettres désignant la ville de Stockholm sur cette plaque étaient en effet suivies d'un numéro qui n'était pas encore atteint. Et qui ne le serait d'ailleurs jamais puisque l'on avait déjà commencé à attribuer aux véhicules de Stockholm les nouvelles immatriculations, qui, elles, étaient indépendantes du département.

– Merci, dit Kollberg, légèrement surpris.

Il ne s'attendait pas à obtenir aussi vite confirmation du fait que cette Volvo portait de fausses plaques. Il n'avait pas grande confiance dans les ordinateurs, en général.

Mis en appétit par ce succès, il décrocha à nouveau le combiné, composa le numéro de l'hôtel de police de Malmö et demanda à parler à Benny Skacke.

– Inspecteur Skacke, s'entendit-il répondre au bout de quelques instants.

Tout nouveau tout beau : Skacke était tellement fier de cette promotion qu'il était incapable de le cacher.

– Salut Benny! dit Kollberg. Écoute, tu pourrais peut-être me rendre un service, plutôt que de te tourner les pouces.

– Euh! en fait je suis en train de rédiger un rapport. Mais ça peut attendre. De quoi s'agit-il?

Il avait perdu un peu de sa superbe.

– Est-ce que tu pourrais me retrouver assez rapidement le numéro de châssis et de bloc-moteur de la Volvo qui a été volée à Vellinge?

– Bien sûr. J'en ai pour un instant. Ne quitte pas.

Kollberg ne quitta pas et entendit donc Skacke fouiller dans son bureau, claquer des tiroirs, tourner des feuilles de papier et marmonner quelque chose, puis une voix qui disait :

– Voilà, je les ai. Tu veux que je te les donne?

– Oui, bien sûr. Pourquoi est-ce que tu crois que je te les ai demandés?

Il prit note des chiffres que lui lut Skacke. Puis il demanda :

– Tu seras dans ton bureau pendant l'heure qui va suivre?

– Oui, il faut que je finisse ce rapport, je vais bien en avoir pour le restant de la matinée. Pourquoi ça?

– Je te rappellerai, dit Kollberg. Je voudrais te parler d'une ou deux autres choses, mais je n'ai pas le temps pour l'instant. A tout de suite.

Cette fois, Kollberg ne se donna même pas la peine de raccrocher le combiné. Il se contenta d'enfoncer la fourche avec le pouce et le petit doigt. Puis il attendit la tonalité et composa un nouveau numéro.

Incroyable mais vrai : tout le monde semblait à son poste, ce matin. Le directeur du laboratoire répondit à la première sonnerie.

– Hjelm à l'appareil.

– Kollberg. Salut.

– Tiens! Qu'est-ce qui t'amène aujourd'hui?

Le ton de Hjelm était résigné et semblait laisser entendre que Kollberg n'arrêtait pas de le harceler de coups de téléphone qui lui empoisonnaient l'existence. Pour sa part, Kollberg ne se souvenait pas de lui avoir parlé depuis des semaines. Mais Oskar Hjelm était un misanthrope qui pensait qu'il était très sous-estimé et considérait qu'il était traité par-dessous la jambe par des membres de la PJ qui l'accablaient de tâches plus impossibles les unes que les autres. Il réussissait pourtant presque toujours à les effectuer, ce qui lui valait de passer pour un professionnel très capable, sérieux, méthodique et ingénieux. Mais tous ne savaient pas montrer à quel point ils l'appréciaient ou prendre le temps d'écouter ses descriptions inutilement compliquées de points de détail, formulées dans un langage absolument incompréhensible pour le profane.

Kollberg, par contre, savait très bien comment le prendre : par la douceur et la flatterie. Mais il n'avait pas la patience d'user de diplomatie et la flatterie n'était pas son genre.

– Eh bien, il s'agit d'une voiture, dit-il.

– Bon, soupira Hjelm. Dans quel état est-elle, cette voiture? Réduite en bouillie, carbonisée, au fond de l'eau...

– Non, pas du tout. C'est une voiture parfaitement normale, garée sur un parking de Misommarkransen.

– Et qu'est-ce que tu veux que j'en fasse?

– C'est une Volvo de couleur beige. Je vais te donner l'adresse et le numéro d'immatriculation et ensuite le numéro de châssis et de bloc-moteur. Tu as un stylo?

– Oui, j'ai un stylo, dit Hjelm, qui commençait déjà à perdre patience. J'ai même du papier. Alors?

Kollberg lui lut les chiffres et lui laissa le temps de les noter. Puis il demanda :

– Est-ce que tu pourrais envoyer un de tes gars vérifier si tous ces numéros figurent bien sur cette voiture? Si oui, qu'il l'emmène chez vous, à Solna. Sinon, qu'il la laisse où elle est et qu'il me rappelle.

Hjelm ne répondit pas tout de suite, mais il finit par dire, d'une voix peu amène :

– Pourquoi est-ce que tu ne vas pas y voir toi-même ou bien tu n'envoies pas un gars de chez vous? C'est presque en face de ton bureau. Si ce n'est pas la bonne bagnole, il va falloir déplacer quelqu'un de chez nous depuis Solna pour rien. On n'a pas que ça à faire, ici...

Kollberg mit un terme à sa tirade.

– Tout d'abord parce que je ne suis pas sûr que ce soit la bonne voiture, ensuite parce que je n'ai personne à envoyer et enfin parce que, les bagnoles, c'est votre rayon puisqu'il faut procéder à un examen technique.

Il prit sa respiration avant de poursuivre, sur un ton un peu plus doux :

– Et puis, toi et ton personnel, vous savez comment

procéder en pareil cas. Nous autres, on laisserait nos empreintes partout, on effacerait celles qui existent et on risquerait de détruire des indices importants. Il vaut mieux vous laisser ça à vous, puisque vous êtes spécialistes.

Il s'en voulut d'être aussi hypocritement flatteur, mais enfin...

– Bon, je vais envoyer quelqu'un, dit Hjelm. Mais qu'est-ce que tu veux savoir au juste? Est-ce qu'il faut rechercher quelque chose de particulier?

– Non, gardez-la chez vous pour l'instant, c'est tout, dit Kollberg. Martin te rappellera par la suite pour te donner des instructions.

– Bon, dit Hjelm. J'envoie un gars tout de suite. Et pourtant j'ai besoin de tout mon monde, en ce moment. Je ne sais même pas où je vais la mettre, ta bagnole. On en a déjà cinq à regarder à la loupe. On a tout un tas de trucs en stock, pour l'instant, ici. Tu ne devineras jamais ce qu'on nous a apporté hier, par exemple.

– Quoi? dit Kollberg sans vraiment réussir à feindre l'intérêt.

– Deux tonneaux de harengs. Les poiscailles étaient ouverts par le milieu et recousus et, dans chacun, il y avait un sachet en plastique contenant de la morphine-base. Tu le sens peut-être même au bout du fil.

– Non, mais j'imagine assez bien, dit Kollberg en riant. Qu'est-ce que vous avez fait de la matière première? Je peux te donner une recette de harengs aux petits oignons, je ne te dis que ça.

– C'est ça, rigole, dit Hjelm, vexé. Ici, on ne rigole pas, nous.

Il raccrocha au nez de Kollberg, qui riait encore lorsqu'il reposa lui-même le combiné.

L'idée de tous ces harengs lui avait donné faim. Pourtant, il avait pris son petit déjeuner peu de temps auparavant.

Il resta un moment à faire des dessins sur le bloc qui se trouvait devant lui, tout en pensant à son prochain coup de téléphone. Puis il empoigna à nouveau l'appareil.

– Inspecteur Skacke.

– C'est moi, Kollberg, à nouveau. Il est fini, ce rapport ?

– Non, pas tout à fait. De quoi voulais-tu me parler ?

– Cette Volvo que Kaspersson a volée à Vellinge, dit Kollberg. Est-ce que tu as la plainte correspondante ?

– Oui, je l'ai ici, dans mon tiroir, répondit Skacke. Attends une seconde.

Cette fois, il ne reposa pas le combiné et il lui fallut bien une demi-minute pour trouver le papier.

– Voilà, dit-il. Je l'ai.

– Parfait, dit Kollberg. Peux-tu me donner le nom du propriétaire ?

Il eut l'impression qu'il s'écoula une éternité avant que lui parvienne la réponse de Skacke.

– Kaj Evert Sundström.

Excellente réponse, pensa Kollberg.

Il ne fut absolument pas surpris mais éprouva le petit frisson de satisfaction bien connu à l'idée d'avoir eu raison. Peut-être également un soupçon de quelque chose qui est profondément enfoui dans tout être humain : l'instinct de chasse, le fait de flairer le gibier.

« C'est ce qui te reste de Goupil le rouge – et peut-être de Pierrot lapin », comme avait dit le poète Gunnar Ekelöf. Quand j'aurai le temps, il faudra que j'essaie d'apprendre le poème tout entier, pensa-t-il, il est très beau.

– Lennart ?

– Oui, j'ai entendu. Kaj Evert Sundström. Mais ce n'est pas lui qui a porté plainte, n'est-ce pas ?

– Non c'est sa femme : Cecilia Sundström.

– Tu es allé chez eux, à Vellinge, n'est-ce pas?

– Oui, ils habitent un pavillon. La voiture était dans le garage, qui donne sur le devant de la maison. Mais il n'a pas de porte, ce qui fait que le voleur a pu la repérer en passant.

– Les as-tu rencontrés tous les deux quand tu es allé là-bas? demanda Kollberg.

– Oui, mai c'est surtout elle qui a parlé. Lui, il n'a pas dit grand-chose.

– Comment est-il?

– La cinquantaine. Un mètre soixante-dix à peu près. Maigre mais pas du genre nerveux; on dirait plutôt qu'il a été malade. Les cheveux blonds tirant sur le gris, même presque blancs. Des lunettes cerclées d'écaille sombre.

– Quelle est sa profession?

– Industriel.

– Et qu'est-ce qu'il fabrique?

– Je ne sais pas. C'est ce qu'il y a de marqué sur la plainte déposée par sa femme.

– A-t-il expliqué pourquoi il n'a pas signalé le vol immédiatement?

– Non. Sa femme a dit qu'elle avait voulu aller à la police dès le lundi matin mais lui pensait que la voiture serait rapidement retrouvée et que ce n'était pas la peine de se donner ce mal.

– Te rappelles-tu autre chose de cette conversation? Est-ce qu'ils ont parlé entre eux?

– Pas vraiment, il a surtout été question de cette voiture. Je leur ai demandé s'ils avaient vu ou entendu quoi que ce soit cette nuit-là, mais ils m'ont dit que non. En fait, je n'ai parlé qu'avec la femme. C'est elle qui est venue m'ouvrir et nous sommes restés dans l'entrée. Il est simplement venu nous retrouver un instant pour dire que tout ce qu'il savait c'était que la voiture n'était plus là quand il était sorti de chez lui, le dimanche midi.

Kollberg examina ce qu'il avait dessiné sur son papier. Il avait en fait esquissé la carte de la Scanie, avec Vellinge, Anderslöv, Malmö et Trelleborg marqués par des points.

– Sais-tu où se trouve son usine? demanda-t-il en tirant un trait entre Vellinge et Anderslöv.

– J'ai eu l'impression qu'il travaillait à Trelleborg, dit Skacke, légèrement dubitatif. Il me semble que sa femme a dit quelque chose dans ce sens-là.

Kollberg traça ensuite un autre trait entre Anderslöv et Trelleborg, puis un troisième entre Trelleborg et Vellinge.

Il en résulta un triangle avec la pointe en bas, à Trelleborg, et la base constituée, au nord, par la ligne qui joignait Anderslöv à Vellinge.

– Parfait, Skacke, dit Kollberg. Bon travail.

– Vous avez trouvé la voiture? demanda Skacke. J'ai entendu dire qu'il a réussi à filer, ce Kasper.

– Oui, c'est vrai, dit sèchement Kollberg. Mais je crois que nous avons retrouvé la voiture. As-tu parlé à Martin récemment?

– Non, dit Skacke. Ça fait un bout de temps. Mais je suppose qu'il est toujours à Anderslöv.

– Certainement, dit Kollberg. Alors, dès que j'aurai raccroché, je te demande de l'appeler et de lui raconter tout ce que tu viens de me dire. A propos de ce Kaj Evert Sundström, de son aspect physique et de tout le reste. Dis-lui aussi qu'il peut appeler Hjelm, au labo, pour savoir s'ils ont ramené la voiture. Tout de suite, si tu veux bien.

– Entendu, dit Skacke. Mais qu'est-ce qu'il a, ce Sundström? Il a fait quelque chose?

– On verra bien, dit Kollberg. Parles-en à Martin, c'est lui qui décidera. Compris? Mais n'oublie surtout pas de terminer ton rapport. S'il y a quelque chose, je suis dans mon bureau pendant un certain temps. J'ai moi aussi une sorte de rapport à rédiger. Dis bonjour à Martin. Salut!

– Salut!

Kollberg mit alors un terme à ses communications téléphoniques. Il repoussa l'appareil et fourra dans son tiroir le bloç sur lequel figurait le dessin au triangle la tête en bas censé représenter la Scanie.

Puis il tira vers lui la machine à écrire, y glissa une feuille de papier et commença à écrire :

Stockholm, le 27 novembre 1973.

Destinataire : Direction de la police nationale.

Objet : démission.

28

Lennart Kollberg écrivit lentement, en tapant uniquement avec l'index des deux mains. Il savait que cette lettre, à laquelle il pensait depuis longtemps, n'était qu'une formalité, mais il ne voulait pas qu'elle soit trop longue et il s'efforça également, dans toute la mesure du possible, de lui donner un ton qui ne soit pas celui des rapports habituels.

Après mûre réflexion, j'ai décidé de quitter la police. Mes raisons sont d'ordre personnel mais je veux tout de même tenter d'en donner une idée. Je désire tout d'abord souligner que cette décision ne constitue pas un acte politique, même s'il doit se trouver bien des gens pour lui attribuer ce caractère. Il est vrai qu'au cours de ces dernières années la police s'est de plus en plus politisée et a, en même temps, été de plus en plus souvent utilisée à des fins politiques. J'ai observé cette évolution avec beaucoup d'inquiétude, mais j'ai personnellement réussi à éviter presque totalement de participer à cet aspect de ses activités.

Au cours de mes vingt-sept années de service dans la police, la tâche et l'organisation de celle-ci ont été modifiées d'une façon telle que je suis convaincu que je ne possède plus les qualités requises de l'un de ses membres – si tant est que je les aie jamais possédées.

Il m'est en particulier impossible d'être solidaire d'une pareille organisation. C'est pourquoi il est de son intérêt aussi bien que du mien que je quitte ses rangs.

Le point qui, sous ce rapport, me paraît depuis longtemps le plus important est celui du droit qu'ont les agents de police de porter des armes. Cela fait plusieurs années que je me suis rangé à l'opinion que, dans les conditions normales de service, les policiers ne doivent pas être armés. Cela vaut aussi bien pour les éléments en uniforme que pour ceux en civil.

Je suis convaincu que l'accroissement spectaculaire du nombre des actes de violence au cours de la décennie écoulée dépend en grande partie du fait que les policiers portent des armes à feu en toute occasion. C'est un fait bien connu, confirmé par maints exemples en provenance de pays étrangers, que le nombre des actes de violence augmente aussitôt que la police se met, pour ainsi dire, à donner le mauvais exemple. Les événements de ces dernières années, en particulier, montrent bien qu'il est évident que l'on ne peut rien attendre d'autre, dans les conditions actuelles, qu'une dégradation encore plus poussée de la situation. Cela vaut en particulier pour Stockholm et les autres grandes villes du pays.

Lors de la formation du personnel de la police, il est accordé trop peu d'importance à la psychologie. De ce fait, ses membres se voient privés de l'un des atouts les plus importants parmi ceux qui peuvent leur permettre de mener à bien leur tâche.

Dans ces conditions, le fait qu'il existe ce qu'il est convenu d'appeler des psychologues d'intervention qui, dans les situations délicates, sont chargés de tenter de raisonner les criminels ne me paraît rien d'autre qu'un aveu d'impuissance. En effet, il n'est pas possible de camoufler la violence derrière la psychologie. Il me semble que c'est là l'un des principes les plus élémentaires de celle-ci.

Dans ce contexte, je désire souligner que, depuis plusieurs années, je ne porte plus d'arme pendant le service. Cela m'a souvent amené à agir à l'encontre des ordres reçus, mais je n'ai jamais eu le sentiment que cela ait nui en quoi que ce soit à mon efficacité professionnelle. Il me semble au contraire que l'obligation d'être armé aurait eu sur moi un effet néfaste et aurait pu causer de regrettables accidents qui auraient rendu plus difficile le contact avec le public.

En conclusion, je voudrais donc dire que je ne peux plus supporter l'idée d'être membre de la police de mon pays. Il est possible que toute société ait la police qu'elle mérite, mais c'est une thèse que je n'ai pas l'intention de développer, du moins ici et maintenant.

Je me trouve placé devant un fait accompli. Lorsque je suis entré dans la police, il m'était impossible d'imaginer que celle-ci connaîtrait de telles transformations ou se verrait assigner les tâches qui sont maintenant les siennes.

Au bout de vingt-sept années de service j'ai tellement honte de mon métier que ma conscience m'interdit de continuer à l'exercer.

Kollberg sortit la feuille de la machine et se mit à relire ce qu'il avait écrit. Maintenant qu'il était lancé, il pourrait continuer ainsi pendant des pages et des pages. Mais cela suffisait comme cela. Il se contenta donc d'ajouter :

C'est pourquoi j'ai le regret de vous donner ma démission à compter de ce jour.

Signé : Sten Lennart Kollberg.

Il plia la feuille et la glissa dans l'une de ces enveloppes brunes réservées au service. Il y porta l'adresse du destinataire et la jeta ensuite dans la corbeille du courrier à faire partir.

Puis il se leva, regarda une dernière fois autour de lui, referma la porte et rentra chez lui.

29

Cette petite maison au fond des bois de Haninge, près de Dalarö, était une bonne cachette. Elle était située tellement à l'écart que personne ne pouvait y arriver par hasard et elle était équipée d'une façon qui prouvait que Limpan Lindberg ne se faisait aucune illusion. Il y avait de la nourriture et de la boisson, des armes et des munitions, du pétrole et des vêtements, des cigarettes et des piles de vieux hebdomadaires, bref tout ce qu'il fallait pour pouvoir rester longtemps caché ou pour soutenir un siège qui ne fît pas appel à des moyens par trop puissants. Encore qu'il valût mieux pouvoir s'en dispenser.

Si l'on trouvait leur piste, ils n'auraient plus le choix qu'entre deux solutions : se rendre ou se battre.

La troisième éventualité – à savoir s'échapper à nouveau –, il valait mieux ne pas y penser. Car ce ne pourrait alors être qu'une fuite solitaire, à pied, à travers bois. L'approche de l'hiver n'avait rien pour rendre cette perspective très séduisante, surtout du fait qu'elle impliquerait de laisser derrière soi une quantité appréciable de marchandises très précieuses.

Limpan Lindberg n'était pas une étoile de première grandeur au firmament du crime et ses plans étaient les plus simples possibles. Il avait enterré des objets de valeur et de l'argent à proximité immédiate de la maison; maintenant, tout ce qu'il pouvait espérer, c'était que la police mette un bémol à la chasse qu'elle leur livrait et leur permette ainsi d'oser se montrer à nouveau dans les rues de Stockholm. Là, il leur serait possible de convertir très rapidement les objets volés en argent liquide, de se procurer de faux papiers et, ensuite, de quitter le pays.

Ronnie Kaspersson, lui, n'avait aucun plan. Tout ce qu'il savait, c'est que la police le traquait, avec tous les moyens à sa disposition, pour un crime qu'il n'avait pas commis, en fait. Au moins n'était-il pas livré à lui-même tant qu'il se trouvait en compagnie de Limpan, et, de plus, l'optimisme de celui-ci et ses idées simples sur l'existence étaient plutôt réconfortants. S'il disait qu'ils avaient de bonnes chances de s'en tirer, il était certainement sincère et Kasper se fiait à lui. Limpan ne s'était pas réfugié plus tôt à cet endroit parce qu'il ne voulait pas y être seul.

Maintenant ils étaient deux, ce qui égayait tout de suite la situation.

Pour Kasper, il n'y avait qu'un seul hic : c'était le fait que Limpan finissait toujours par se faire prendre. Mais tous deux se disaient que cela ne pouvait pas toujours durer et que tout ce dont ils avaient besoin c'était d'un peu de chance. Au cours de ces dernières années nombre de gangsters endurcis avaient réussi à quitter le pays, leurs forfaits accomplis, et à disparaître quelque part dans le monde occidental, sains et saufs et pourvus d'un beau petit magot.

La maison offrait de nombreux avantages. Elle était située dans une clairière et on avait donc le champ libre de tous côtés. Il n'y avait que deux bâtiments annexes : les cabinets et une grange à moitié en ruine dans laquelle ils avaient dissimulé la voiture de Limpan.

Le bâtiment d'habitation lui-même était en bon état de conservation : c'était une ferme suédoise du modèle le plus banal, avec trois fenêtres sur le devant, une sur l'arrière et une sur chacun des pignons. Au rez-de-chaussée se trouvaient la cuisine, la chambre et une grande pièce. Un seul chemin y conduisait et celui-ci aboutissait tout droit à la cour et à un petit perron couvert.

Dès le premier jour, Limpan avait inspecté très soigneusement leur arsenal. Il était constitué de deux pistolets-mitrailleurs du type en usage dans l'armée suédoise et de trois pistolets automatiques de modèle et de calibre variés. De plus, ils ne manquaient pas de munitions, disposant entre autres de deux caisses entières de cartouches pour les pistolets-mitrailleurs.

Limpan dit à Kasper :

– Au cas où, contre toute attente, nous serions découverts et encerclés, il n'y a plus que deux choses à faire, telle que je connais la police.

– Lesquelles?

– Tirer pour couvrir notre fuite. Même si nous touchons un ou deux flics, ça ne changera rien à notre situation. Et ils auront bien du mal à nous déloger sans mettre le feu à la baraque. S'ils utilisent les gaz lacrymogènes, j'ai des masques à gaz dans ce coffre-là.

– Je n'ai aucune idée de la façon dont ça fonctionne, ce truc-là, dit Kasper, qui était en train d'examiner l'un des pistolets-mitrailleurs.

– Y en a pas pour dix minutes à l'apprendre, répliqua Limpan.

Et il n'avait pas tort. Un cours accéléré de dix minutes était tout à fait suffisant. Le lendemain matin, ils firent des essais qui donnèrent d'excellents résultats. La maison était tellement isolée qu'ils pouvaient s'y livrer sans risquer d'attirer l'attention.

– Eh bien, il n'y a plus qu'à attendre, maintenant, dit Limpan. S'ils viennent, ils vont voir de quel bois je me chauffe. Mais il est probable qu'il ne viendra personne. Où désires-tu passer les fêtes de Noël? Aux Baléares ou bien quelque part en Afrique?

Ronnie Kaspersson n'avait encore jamais été capable de penser à Noël et ne l'était toujours pas. Plusieurs semaines les en séparaient encore. Par contre, il réfléchissait beaucoup à la question de savoir s'il oserait tirer. Mais il se dit que ce ne devrait pas être trop difficile de loger une ou deux balles dans un de ces salauds assoiffés de sang.

D'après ce qu'il avait pu voir du comportement de la police au cours de diverses descentes ou échauffourées, il était difficile de la considérer comme composée d'êtres humains.

Pendant tout le temps où ils restèrent dans la maison, ils ne cessèrent d'écouter la radio. Mais celle-ci n'avait pas grand-chose de nouveau à leur apprendre. La chasse à l'assassin de l'agent de police se poursuivait toujours avec autant d'intensité. On avait maintenant la conviction qu'il se trouvait à Stockholm et les responsables du commando tactique lancé à ses trousses étaient certains que sa capture était imminente.

En fait, Limpan et Kasper n'avaient négligé qu'un seul facteur, mais celui-ci s'avéra décisif : il s'agissait de Maggan.

Si elle avait été dans son état normal, elle n'aurait représenté aucun danger pour eux, car c'était une fille loyale, véritablement capable de garder un secret. Mais elle avait été blessée et se trouvait maintenant à l'hôpital sud.

Les morsures ne mettaient pas ses jours en danger, mais elles étaient mal placées, comme disent les médecins. On dut l'opérer et, après l'intervention, elle eut de la fièvre et se mit à délirer.

Elle parla beaucoup, au cours de ces moments-là; elle ne savait pas très bien où elle se trouvait, mais elle avait l'impression qu'elle parlait à quelqu'un qu'elle connaissait ou, tout au moins, à qui elle inspirait de la sympathie.

Et, à son chevet, se tenait en effet une personne qui, avec l'aide d'un magnétophone, ne perdait pas une bouchée de ce qu'elle disait.

Cette personne s'appelait Einar Rönn. Il ne posa pas une seule question, se contentant d'écouter et d'enregistrer tout ce que disait Maggan.

Il ne tarda pas à comprendre qu'il avait recueilli un certain nombre d'informations importantes, mais il ne savait pas très bien quoi en faire. Au bout d'une minute de réflexion, il se mit en quête d'un téléphone et appela Gunvald Larsson.

– Oui, c'est moi. Qu'est-ce que tu veux?

Rönn se rendit tout de suite compte que Gunvald Larsson n'était pas seul dans son bureau de l'hôtel de police de Kungsholmsgatan. Il avait l'air de bien mauvaise humeur.

– Euh, c'est-à-dire que cette fille, eh bien, elle délire. Elle vient de dire où se trouvent Limpan et Kasper. Dans une maison au fond des bois, du côté de Dalarö.

– Tu as d'autres détails?

– Oui, une description très précise du chemin qu'il faut suivre pour y arriver. Si tu peux trouver une carte, je pourrai t'indiquer l'endroit exact.

Gunvald Larsson garda le silence pendant un bon moment. Puis il dit, de façon fort énigmatique :

– C'est une décision d'ordre technique extrêmement compliquée. Es-tu armé?

– Non.

Nouveau silence de quelques instants. Puis Rönn reprit la parole :

– Est-ce qu'il ne faudrait pas aviser Malm?

– Oui, bien sûr, il faut absolument que tu le fasses, dit Gunvald Larsson.

Puis il ajouta, à voix nettement plus basse :

– Pas avant de voir ma voiture devant l'entrée. A ce moment-là seulement, mais alors très vite.

– Entendu, dit Rönn.

Il descendit dans le vaste hall de l'hôpital et prit position près d'un téléphone automatique.

Au bout de moins de dix minutes, il vit la voiture de Gunvald Larsson s'arrêter devant les portes. Aussitôt, il appela à nouveau Kungsholmsgatan et ne tarda pas à entrer en communication avec Malm. Il lui rapporta très fidèlement les propos de Maggan.

– Parfait, dit Malm. Retourne à ton poste.

Rönn alla aussitôt retrouver Gunvald Larsson, qui tendit le bras pour ouvrir la portière de la voiture.

– La carte et le pistolet sont dans la boîte à gants, dit-il.

Après avoir légèrement hésité, Rönn glissa le pistolet sous la ceinture de son pantalon. Puis il regarda la carte et dit :

– Euh, la maison est là.

Gunvald Larsson étudia la carte afin de trouver le meilleur moyen de s'y rendre. Puis il jeta un coup d'œil à sa montre et dit :

– Nous allons avoir environ une heure d'avance. Ensuite, Malm va s'amener avec tout son régiment. Son état-major a certainement prévu ce genre de situation, hélas! Il va disposer d'une centaine d'hommes, de deux hélicoptères et d'une dizaine de chiens. Il a même commandé une vingtaine de grands boucliers en métal blindé. Ça va être le carnage.

– Tu crois qu'ils vont opposer de la résistance?

– Certainement, dit Gunvald Larsson. Limpan n'a plus rien à perdre et Kaspersson a dû perdre à moitié la boule, après les événements de ces derniers jours.

– Euh! dit Rönn, en guise de réponse, en tâtant le pistolet.

Ce n'était pas vraiment un adepte de la violence.

– Pour ma part, je me fous pas mal de ce qui peut

arriver à Limpan, reprit Gunvald Larsson. C'est un professionnel du crime et il vient encore d'abattre quelqu'un de sang-froid. C'est au jeune que je pense. Il n'a encore tiré sur personne ni blessé qui que ce soit. Mais, si on laisse faire Malm, je te fiche mon billet qu'il va être tué lui-même ou bien abattre deux ou trois agents. C'est pour ça qu'il faut agir vite et arriver les premiers.

Agir vite était l'une des spécialités de Gunvald Larsson. Ils partirent en direction du sud, traversèrent Handen et cette nouvelle zone infernale de la banlieue connue sous le nom de Brandbergen.

Dix minutes plus tard, ils étaient parvenus au carrefour d'où partait le chemin menant à la ferme et, au bout de dix autres, ils virent enfin celle-ci. Gunvald Larsson arrêta la voiture au milieu du chemin, à une cinquantaine de mètres de la maison.

Il examina la situation pendant quelques instants, puis il dit :

– Ce sera difficile, mais tant pis. On descend ici et on avance, sur la gauche du chemin. S'ils commencent à tirer, on se met à couvert derrière les chiottes. Moi, j'essaierai aussitôt de faire le tour de la maison pour les prendre à revers. Toi, tu restes à l'abri et tu continues à tirer une balle de temps en temps, en direction du toit ou de l'auvent, à gauche du perron.

– Mais je tire tellement mal, marmonna Rönn.

– Tu es peut-être capable d'atteindre la maison, quand même?

– Euh, oui. Enfin, j'espère.

– Dis donc, Einar?

– Oui, quoi?

– Ne prends pas de risques. Si ça tourne mal, reste à couvert ici et attends le débarquement.

A l'intérieur de la maison, Limpan et Kasper avaient entendu arriver la voiture avant même qu'elle fût visible. Ils étaient maintenant tous les deux à la fenêtre, aux aguets.

– Drôle de bagnole, dit Limpan. J'en ai encore jamais vu de comme ça.

– C'est peut-être bien des promeneurs qui se sont égarés, suggéra Kasper.

– Pas impossible, dit sèchement Limpan.

Il prit l'un des pistolets-mitrailleurs et tendit l'autre à Kasper.

Rönn et Gunvald Larsson descendirent de voiture et commencèrent à approcher de la maison.

Limpan les observa un instant puis dit :

– C'est des flics. Je les connais tous les deux. Je les ai déjà vus à Stockholm. Ils ne vont pas être durs à avoir.

Il brisa le carreau inférieur de la fenêtre avec le bras gauche, visa et commença à tirer. En entendant le bruit de verre, Rönn et Gunvald Larsson comprirent immédiatement ce que cela signifiait. Ils réagirent très rapidement tous les deux, se mirent à courir et plongèrent derrière les cabinets.

De toute façon, ils n'auraient pas été atteints car Limpan n'avait pas l'habitude de cette arme à pareille distance et avait tiré trop haut. Il n'eut pas l'air mécontent de lui, malgré tout, car il dit :

– Ils sont faits comme des rats. Tout ce que tu as besoin de faire, Kasper, c'est de me couvrir.

Gunvald Larsson ne resta que quelques secondes derrière les cabinets. Ensuite il gagna en rampant un buisson de mûres sauvages derrière lequel il se dissimula.

Rönn était bien protégé, là où il était. Il passa le canon de son pistolet au coin des cabinets et tira deux balles en direction du toit. La riposte ne se fit pas attendre. Cette fois, la salve fut plus abondante et mieux dirigée. Il reçut une pluie de gravillons dans la figure.

Rönn tira encore une fois, manquant probablement sa cible, mais cela n'avait aucune importance.

Pendant ce temps, Gunvald Larsson avait gagné la maison. Il en longea rapidement l'arrière à quatre pattes, tourna prudemment le coin du mur et se retrouva en dessous de la fenêtre du pignon. Il se mit alors à genoux et tira son Smith & Wesson 38 Master, qu'il portait accroché sur sa hanche droite. Puis il se redressa très lentement, le pistolet prêt à tirer, et regarda par la fenêtre : il vit une pièce déserte, la cuisine. A trois mètres de lui une porte était entrouverte. Limpan et Kasper devaient se trouver derrière cette porte.

Gunvald Larsson attendit que Rönn continue à tirer. Il n'eut besoin que d'une demi-minute avant d'entendre claquer deux coups de feu en provenance de l'endroit où se trouvait ce dernier.

La réplique survint aussitôt sous la forme d'une salve suivie d'un petit bruit métallique indiquant que le chargeur était vide.

Gunvald Larsson prit alors son élan et se précipita sur la fenêtre en mettant les bras devant lui afin de se protéger.

Il se retrouva sur le plancher de la cuisine, au milieu d'éclats de verre et de morceaux de bois, fit un tour sur lui-même, se mit debout et ouvrit d'un coup de pied la porte entrebâillée, avant de se précipiter dans la pièce voisine.

Lindberg avait reculé d'un pas par rapport à la fenêtre et se tenait légèrement penché en avant, en train de changer le chargeur de son arme. Derrière lui, dans le coin de la pièce, se tenait Ronnie Kaspersson, avec un autre pistolet-mitrailleur dans les mains.

– Tire, bon Dieu, Kasper! cria Limpan. Ils ne sont que deux. Tue-le!

– Ça suffit comme ça, Lindberg, dit Gunvald Larsson.

Il fit un pas en avant, leva le bras gauche et frappa Limpan à la clavicule, tout près du cou.

Lindberg lâcha son arme et tomba, comme frappé par un coup de masse.

Gunvald Larsson regarda Ronnie Kaspersson, qui laissa lui aussi tomber son arme et mit ses deux mains devant son visage.

– Comme ça, dit Gunvald Larsson pour lui-même. Très bien.

Puis il ouvrit la porte d'entrée et s'écria :

– Tu peux venir, maintenant, Einar.

Rönn fit son entrée.

– Il vaut mieux lui mettre les menottes, à celui-là, dit Gunvald Larsson en poussant Limpan du bout du pied.

Puis il regarda Ronnie Kaspersson et lui dit :

– Toi, tu n'en as pas besoin, n'est-ce pas?

Le jeune homme secoua la tête, les mains toujours devant le visage.

Un quart d'heure plus tard, ils avaient placé leurs deux prisonniers sur le siège arrière de la voiture et avancé jusque dans la cour afin de faire demi-tour. Lindberg s'était remis du coup qu'il avait reçu et avait même retrouvé toute sa bonne humeur.

C'est alors qu'ils virent un homme arriver dans la cour au petit trot, vêtu d'un survêtement et tenant à la main une boussole. Il regardait alternativement la voiture et la maison, l'air passablement stupide.

– Bon Dieu! dit Limpan Lindberg. Un flic déguisé en coureur d'orientation. Il a bien une boussole mais je ne vois pas la carte.

Et il éclata de rire.

Gunvald Larsson baissa la vitre et cria :

– Hé, dis donc!

L'homme en survêtement s'approcha de la voiture.

– Tu as ta radio sur toi?

– Bien sûr.

– Bon, alors dis à Malm que ce n'est pas la peine de déranger autant de monde. Il suffit d'envoyer un type pour fouiller la baraque.

L'homme manipula alors sa radio pendant un certain temps puis revint leur dire :

– Les prisonniers doivent être immédiatement conduits au poste de commandement du contrôleur général Malm, à deux mille mètres à l'est du deuxième « e » de Österhaninge, sur la carte.

– C'est ça, on s'en occupe, dit Gunvald Larsson en remontant la vitre.

Malm avait l'air très satisfait, au milieu de tous ses subordonnés.

– Je dois reconnaître que tu as agi avec célérité, Larsson, dit-il. Mais qu'est-ce que je vois : pourquoi n'a-t-il pas les menottes, celui-là ?

– Il n'en a pas besoin.

– Cesse de dire des bêtises et passe-les-lui tout de suite.

– Je n'en ai pas d'autres, dit Gunvald Larsson.

Puis il quitta les lieux en compagnie de Rönn.

– J'espère qu'il va avoir un bon avocat, le petit, dit-il au bout d'un moment.

Rönn ne répondit pas. Il se contenta de faire remarquer :

– Dis, Gunvald, ta veste est déchirée. Elle est bonne à jeter, en fait.

– Oui, ça me fait pas rire, répondit Gunvald Larsson, lugubre.

30

Une fois que Martin Beck eut parlé à Benny Skacke, le reste alla très vite.

Une première inspection sommaire de la Volvo beige, au laboratoire de Solna, permit à Hjelm de faire savoir que le coffre contenait, entre autres choses, un morceau de chiffon. L'analyse révéla qu'il renfermait de petites particules de nickel semblables à celles contenues dans la guenille trouvée sur le lieu du crime.

Dès l'après-midi du même jour, une perquisition fut opérée dans l'usine de pièces détachées, de mécanique de précision et d'outillage spécialisé de Kaj Sundström. Le nickel entrait pour une part non négligeable dans plusieurs de ces articles et des particules du même métal furent trouvées en abondance dans les locaux de l'usine. Mieux encore, on trouva un carton entier de chiffons de coton pleins de raclures de nickel dans le coin où l'industriel rangeait sa voiture.

L'expertise graphologique confirma que les deux billets découverts dans la table de nuit de Sigbrit Mård étaient bien de la main de Sundström.

Dans l'un des tiroirs de son bureau, à l'usine, on trouva également des enveloppes du même type que celles qui servaient au règlement du loyer mensuel du studio. La machine à écrire à l'aide de laquelle était portée la mention *Loyer S. Jönsson* était posée sur une étagère.

De plus, on releva d'abondantes empreintes digitales dans l'appartement qui avait servi de nid d'amour. Les preuves contre Kaj Sundström dans l'affaire du meurtre de Sigbrit Mård étaient donc maintenant accablantes.

L'usine se trouvait bien à Trelleborg mais la femme de Sundström en avait hérité de son père et elle portait toujours le nom de celui-ci, ce qui expliquait que, malgré tous leurs efforts, les enquêteurs n'aient pas réussi à identifier Kaj. Il était en fait employé de sa femme, comme directeur de l'usine.

Il n'était pas présent dans les bureaux de l'usine pendant la perquisition, le mardi après-midi; il s'était senti mal et avait pris un taxi pour rentrer chez lui, aussitôt après le déjeuner.

Martin Beck se demanda s'il était vraiment malade ou bien s'il s'était douté de ce qui allait se passer. Avant même que ne parvienne l'autorisation de perquisitionner dans les locaux de l'usine, Månsson avait dépêché deux de ses hommes à Vellinge, afin de surveiller discrètement la maison des Sundström.

Le soir était venu avant que l'on ait tout passé au peigne fin, effectué les analyses et les rapprochements nécessaires et réuni les preuves indispensables pour justifier un mandat d'arrêt.

Martin Beck et Benny Skacke prirent alors le tronçon d'autoroute récemment ouvert et parvinrent à Vellinge peu avant huit heures. Ils cherchèrent d'abord les deux inspecteurs en civil, qui avaient garé leur voiture sur une petite route d'où ils pouvaient surveiller la maison sans éveiller l'attention.

– Il est toujours chez lui, dit l'un d'entre eux lorsqu'il vit arriver Martin Beck.

– Sa femme est sortie faire des courses vers cinq heures, dit le second. Mais, depuis, personne n'a quitté la maison. Les filles sont rentrées il y a environ une heure.

Les Sundström avaient en effet deux filles, âgées respectivement de douze et de quatorze ans.

– Parfait, dit Martin Beck. Restez là pour l'instant.

Puis il alla retrouver Skacke.

– Avance jusqu'au portail et attends-moi dans la voiture, dit Martin Beck. Je vais entrer seul, mais ouvre l'œil. On ne sait jamais comment il peut réagir.

Skacke mit la voiture en marche pour faire ces quelques mètres et Martin Beck poussa la large porte en fer forgé. L'allée gravillonnée était bordée de buissons de roses et, devant la porte d'entrée, une roue de moulin coupée par la moitié constituait une marche semi-circulaire. Il appuya sur le bouton et entendit une sonnerie à deux tons résonner derrière la lourde porte de chêne.

La femme qui vint ouvrir était à peu près aussi grande que Martin Beck lui-même. Elle était svelte ou plutôt maigre, car elle donnait l'impression de n'avoir qu'une peau très pâle sur les os, tellement elle était sèche et anguleuse. L'arête de son nez était assez mince et légèrement courbée, ses pommettes hautes et proéminentes et son visage était couvert de taches brun clair. Ses cheveux châtains étaient semés de gris mais abondants et bouclés. Apparemment, elle n'était pas maquillée; ses lèvres étaient minces et pâles et leurs commissures avaient quelque chose d'amer. Sous ses lourdes paupières, elle avait de beaux yeux aux iris d'un vert assez doux et elle haussa ses sourcils déjà arqués en le regardant, l'air très étonné.

– Je suis le commissaire Beck, de la police judiciaire, dit Martin Beck. Je voudrais parler à M. Sundström.

– Mon mari n'est pas bien et il est monté se reposer dans sa chambre, dit-elle. De quoi s'agit-il?

– Je suis navré de devoir vous déranger à une heure aussi tardive, mais c'est malheureusement indispensable. C'est vraiment très urgent, alors, s'il n'est pas trop mal...

– S'agit-il de l'usine? demanda-t-elle.

– Non, pas directement, répondit Martin Beck.

Comme il détestait ce genre de situation. Il ne savait presque rien de cette femme et peut-être n'était-elle pas particulièrement heureuse, mais elle menait sans doute une vie de famille paisible et normale. Et, dans quelques instants, elle allait apprendre qu'elle était mariée à un homme qui avait tué sa maîtresse.

Les assassins ne devraient pas avoir de famille, pensa Martin Beck, de façon totalement absurde, avant de reprendre :

– Il s'agit de quelque chose dont je dois absolument m'entretenir avec votre mari personnellement, alors...

– Cela ne peut vraiment pas attendre jusqu'à demain matin?

– Non, c'est impossible.

Elle ouvrit alors la porte en grand et Martin Beck pénétra dans l'entrée.

– Si vous voulez bien attendre ici un instant, je vais l'appeler.

Elle monta l'escalier conduisant à l'étage. Elle se tenait très droite.

Tandis qu'il attendait, Martin Beck put entendre le son de la télévision en provenance de l'une des pièces situées à droite de l'entrée.

Il fallut bien cinq minutes avant que Kaj Sundström ne fasse son apparition. Il portait un pantalon de flanelle gris foncé, un pullo-over en laine des Shetlands de la même couleur et, sous celui-ci, une chemise bleue dont le col n'était pas boutonné. Sa femme descendit derrière lui et, lorsqu'ils se trouvèrent tous deux devant Martin Beck, celui-ci se rendit compte qu'elle avait une tête de plus que son mari.

– Va retrouver les filles, Sissy, dit Kaj Sundström.

Elle lui jeta un regard étonné et inquiet avant d'ouvrir la porte située à gauche de l'escalier. Le bruit de la télévision amplifia aussitôt mais elle referma très vite derrière elle.

Kaj Sundström correspondait bien à la description qu'en avaient donné aussi bien Folke Bengtsson que Benny Skacke, mais Martin Beck fut frappé par l'expression de lassitude et de résignation de sa bouche et de ses yeux. Peut-être avait-il été bronzé lorsque Folke Bengtsson l'avait vu, quelques mois plus tôt; maintenant, sa peau faisait l'effet d'être jaune et distendue. Il avait l'air très éprouvé. Mais ses mains étaient grandes et bronzées et ses doigts longs et noueux.

– Eh bien? demanda-t-il. De quoi s'agit-il?

Martin Beck vit très bien la peur inscrite dans son regard, derrière ses lunettes. Il était incapable de la dissimuler.

– Vous le savez très bien, dit Martin Beck.

Il secoua la tête mais de petites gouttes de sueur se mirent à perler à la racine de ses cheveux et sur sa lèvre supérieure.

– Sigbrit Mård, dit Martin Beck.

Kaj Sundström se détourna et fit quelques pas en direction de la porte d'entrée. Puis il s'arrêta et dit, le dos tourné vers Martin Beck :

– Pourrions-nous aller parler de cela dehors? Je crois que j'ai besoin d'un peu d'air.

– Volontiers, dit Martin Beck, pendant que l'autre enfilait son manteau en peau de mouton.

Ils sortirent et Kaj Sundström se dirigea vers le portail, les mains dans les poches de son manteau. Au milieu de l'allée, il s'arrêta et leva les yeux vers le ciel. Celui-ci était tout étoilé. Il ne dit rien. Martin Beck vint se placer à côté de lui et prit la parole à sa place :

– Nous avons des preuves que vous l'avez tuée. Nous avons également découvert le studio de Trelleborg. J'ai un mandat d'arrêt contre vous.

Kaj Sundström ne bougea pas d'un pouce. Au bout d'un moment il dit :

– Des preuves? Comment pouvez-vous avoir des preuves?

– Nous avons par exemple trouvé un morceau de chiffon qui vous appartient. Pourquoi l'avez-vous tuée?

– Je n'ai pas pu faire autrement.

Sa voix était différente, maintenant. Haletante.

– Comment vous sentez-vous? demanda Martin Beck.

– Pas très bien.

– Il vaudrait peut-être mieux que vous veniez avec nous à Malmö. Nous serions plus à l'aise pour parler.

– Ma femme...

Il n'acheva pas sa phrase. Celle-ci fut interrompue par une sorte de sifflement affreux sortant de sa gorge. Il porta la main à son cœur, chancela, se pencha en avant et tomba soudain, la tête la première, dans le massif de rosiers.

Martin Beck le regarda sans comprendre.

Benny Skacke arriva alors en courant et, à eux deux, ils mirent Sundström sur le dos.

– C'est un infarctus, dit Skacke. J'en ai déjà vu. Je vais appeler une ambulance.

Il regagna la voiture en courant et Martin Beck l'entendit parler dans le micro de la radio.

Au même moment, la femme de Sundström sortit de la maison en courant, ses filles sur les talons. Elle avait dû voir ce qui s'était passé par la fenêtre et écarta du geste Martin Beck pour s'agenouiller à côté de son mari inconscient, tout en intimant à ses filles l'ordre de regagner la maison. Elles obéirent mais s'arrêtèrent sur le seuil, observant d'un œil à la fois surpris et inquiet leurs parents et ces deux étrangers, là, dans le jardin.

L'ambulance arriva au bout de sept minutes.

Benny Skacke la suivit au volant jusqu'à l'hôpital général de Malmö et, lorsqu'elle s'arrêta devant l'entrée des urgences médicales, il n'était qu'à quelques mètres derrière.

Martin Beck resta assis dans la voiture et vit les infirmiers se précipiter avec une civière. Mme Sundström les suivit et, lorsque les portes se refermèrent derrière elle, Skacke demanda :

– Tu n'entres pas?

– Si, dit Martin Beck. Mais ça ne presse pas. Ils vont lui faire un traitement de choc, lui masser le cœur et le placer sous respirateur. S'il supporte ça, il se remettra très vite. Sinon...

Il resta assis, sans rien dire, fixant du regard ces portes fermées. Au bout d'un moment les infirmiers ramenèrent la civière roulante, la mirent dans la voiture et refermèrent les portes. Puis ils s'installèrent sur le siège avant et l'ambulance s'éloigna.

Martin Beck se redressa et dit :

– Bien, je vais aller voir ce qui se passe.

– Qu'est-ce que je fais? Je reste là ou bien je m'en vais? demanda Skacke.

Martin Beck ouvrit la portière et descendit de voiture. Puis il se pencha en avant et dit :

– Il est possible qu'il reprenne ses esprits et que les médecins me permettent de lui parler très bientôt. Il serait bon que je puisse disposer d'un magnétophone.

Skacke tourna la clé de contact et lança le moteur.

– Bon, je file en chercher un, dit-il.

Martin Beck acquiesça d'un signe de tête et Skacke partit.

Kaj Sundström avait été transporté au service des soins intensifs et, par la vitre de la porte, Martin Beck pouvait voir sa femme. Elle se tenait debout près de la fenêtre, le dos tourné à la porte, très droite et très calme.

Martin Beck attendit dans le couloir. Au bout d'un moment, il entendit un bruit de sabots et une femme en blouse blanche et en jeans approcha dans sa direction mais disparut par une porte avant qu'il ait eu le temps de lui dire quoi que ce soit. Il avança jusqu'à cette porte et vit qu'elle portait une plaque portant la mention « Bureau des médecins ». Il frappa et ouvrit sans attendre la réponse.

La femme se tenait debout près de la porte et feuilletait une liasse de papiers. Elle trouva celui qu'elle cherchait, nota quelque chose dessus, le plaça dans une pince et posa le tout sur une étagère accrochée au mur, derrière elle. Puis elle se tourna vers Martin Beck, qui lui montra sa carte et lui dit ce qui l'amenait.

– Je ne peux encore rien vous dire, répondit-elle. On est en train de pratiquer un massage cardiaque. Mais vous pouvez attendre ici.

Elle était jeune, avait des yeux bruns et vifs et ses cheveux blond foncé formaient une grosse natte qui lui tombait dans le dos.

– Je vais faire en sorte que vous soyez tenu au courant, dit-elle en sortant rapidement de la pièce.

Martin Beck alla lire la feuille qu'elle avait posée sur l'étagère. Mais elle ne concernait pas Kaj Sundström.

Au mur était accroché un appareil comportant un écran sur lequel un point lumineux de couleur verte courait de gauche à droite. Au milieu de l'image, le point faisait un bond et on entendait alors un son assez aigu mais bref. Il décrivait une courbe régulière et le petit bruit revenait avec une fréquence monotone. Le cœur de quelqu'un battait normalement. Martin Beck se dit donc que ce ne devait pas être l'électrocardiogramme de Kaj Sundström.

Pendant un quart d'heure, il ne se passa rien. Puis Martin Beck vit par la fenêtre Skacke revenir en voiture. Il alla chercher le magnétophone et dit à son collègue de rentrer chez lui. Celui-ci eut l'air quelque peu déçu. Sans doute aurait-il préféré rester mais il ne pouvait être d'aucune utilité.

A dix heures et demie, la femme à la natte revint. Il s'avéra que c'était le médecin de garde.

Sundström avait surmonté l'attaque. Il avait même repris connaissance et son état était satisfaisant, étant donné les circonstances. Il avait parlé avec sa femme pendant quelques minutes et celle-ci avait ensuite quitté l'hôpital. Maintenant il dormait et il ne fallait pas le déranger.

– Revenez demain, nous verrons, dit le docteur.

Martin Beck expliqua la situation et elle finit, à contrecœur, par accepter de le laisser parler à Kaj Sundström dès que celui-ci se réveillerait. Elle introduisit Martin Beck dans une salle d'examen où il pourrait attendre.

Dans cette pièce se trouvait une couchette revêtue d'un tissu vert, un tabouret et un porte-revues contenant trois publications bien-pensantes en fort mauvais état. Martin Beck posa son magnétophone sur le tabouret, s'allongea et regarda le plafond.

Il pensa à Kaj Sundström et à sa femme. Elle lui avait fait l'effet d'une femme de caractère, solide psychiquement. Mais peut-être n'était-ce qu'une apparence qu'elle se donnait ou bien de la froideur. Il pensa également à Folke Bengtsson, mais pas très longtemps. Puis il pensa à Rhea et, au bout d'un moment, il s'endormit.

Lorsque le docteur vint le réveiller, il était cinq heures et demie du matin et ses yeux bruns n'étaient plus aussi vifs.

– Il est réveillé, dit-elle. Mais ne restez pas plus longtemps que le strict nécessaire.

Kaj Sundström était couché sur le dos et regardait la porte. Un jeune homme en blouse et pantalon blancs était assis sur une chaise, au pied du lit, en train de se ronger les ongles. Lorsque Martin Beck entra, il se leva.

– Je vais en profiter pour aller prendre un café, dit-il. Appuyez sur ce bouton, avant de partir.

Sur une étagère, au-dessus du lit, était posé un appareil analogue à celui que Martin Beck avait vu dans le bureau des médecins. Trois fils assez minces et de couleurs différentes le reliaient à de petites électrodes rondes, fixées sur la poitrine de Kaj Sundström au moyen de sparadrap. Le petit point lumineux vert était bien visible, mais le sifflement, lui, était assez faible.

– Comment allez-vous? demanda Martin Beck.

Kaj Sundström tira légèrement sur ses draps.

– Eh bien, je ne sais pas trop, dit-il. Je ne me souviens pas de ce qui s'est passé.

Il ne portait pas ses lunettes et, sans elles, son visage paraissait plus jeune et plus doux.

– Vous rappelez-vous de moi? demanda Martin Beck.

– Je me rappelle que vous êtes venu chez moi et que nous sommes sortis dans le jardin. C'est tout.

Martin Beck tira un tabouret bas de dessous le lit, posa le magnétophone dessus et accrocha le micro au bord du drap. Puis il approcha sa chaise et dit :

– Vous souvenez-vous de quoi nous parlions?

Kaj Sundström fit signe que oui de la tête.

– Sigbrit Mård, reprit Martin Beck. Pourquoi l'avez-vous tuée?

L'homme ferma les yeux, sur son lit, et, lorsqu'il les ouvrit à nouveau, il dit :

– Je suis malade. Je préfère ne pas parler de cela.

– Comment avez-vous fait sa connaissance?

– Vous voulez dire : comment nous nous sommes rencontrés?

– Oui. Racontez-moi.

– Nous nous sommes rencontrés dans la pâtisserie où elle travaillait. A l'époque, j'allais de temps en temps y prendre le café.

– Quand était-ce?

– Il y a trois ou quatre ans.

– Bien. Et ensuite?

– Je l'ai vue un jour en ville et je lui ai proposé de l'emmener quelque part. Elle m'a demandé si je ne pourrais pas la raccompagner chez elle, à Domme, parce qu'elle venait de laisser sa voiture au garage. J'ai alors accédé à son désir. Par la suite, elle m'a avoué qu'elle avait inventé ce prétexte de toutes pièces parce qu'elle voulait faire ma connaissance. Elle a donc laissé sa voiture à Trelleborg, tout simplement, et elle a pris le bus le lendemain matin pour aller la rechercher.

– Êtes-vous entré chez elle, cette fois-là? demanda Martin Beck.

– Oui, et nous avons même couché ensemble. C'est bien ce que vous voulez savoir, n'est-ce pas?

Kaj Sundström observa Martin Beck un petit moment, puis détourna la tête et regarda la fenêtre.

– Avez-vous continué à vous rencontrer chez elle?

– Quelquefois, oui. Mais c'était trop risqué. J'étais marié; bien sûr, elle était divorcée, pour sa part, mais les gens jasent si facilement dans un petit pays comme celui-là. Alors je me suis procuré un petit studio à Trelleborg, pour que nous puissions nous y retrouver.

– Vous l'aimiez?

Kaj Sundström eut un petit rire.

– L'aimer, non. Mais je la désirais, ça oui. Je voulais coucher avec elle. Ma femme, ça ne l'intéressait plus. Ça ne l'a jamais beaucoup intéressée, d'ailleurs. Il m'a semblé que j'avais le droit de prendre ce qu'on appelle une maîtresse. Mais ma femme serait devenue folle si elle l'avait appris. Elle aurait immédiatement demandé le divorce.

– Sigbrit Mård vous aimait-elle?

– Sans doute. J'ai tout d'abord cru qu'elle cherchait seulement quelqu'un avec qui coucher, comme moi, mais ensuite elle s'est mise à parler de vivre ensemble.

– Quand a-t-elle commencé à le faire?

– Au printemps. Tout marchait très bien, on se voyait un soir par semaine dans ce petit studio et voilà que tout d'un coup elle s'est mis dans la tête que nous devions nous marier et avoir des enfants. Le fait que j'étais déjà marié et que j'avais des enfants moi-même ne la gênait absolument pas. « Tu n'as qu'à divorcer », disait-elle.

– Et vous ne le vouliez pas?

– Bien sûr que non. Tout d'abord parce qu'on s'entendait bien, ma femme et moi et les enfants. Et ensuite parce que cela aurait représenté pour moi une catastrophe sur le plan financier. La maison appartient à ma femme, de même que l'usine, même si c'est moi qui la dirige tout seul. Un divorce m'aurait mis sur la paille, et je n'aurais même plus eu de travail. J'ai cinquante-deux ans. J'ai trimé comme une bête pour cette usine. Sigbrit était complètement folle de croire que je quitterais tout ça pour elle. Et puis elle voulait de l'argent.

Kaj Sundström avait retrouvé un peu de couleur et son regard n'était plus aussi terne.

– D'ailleurs, je commençais à en avoir assez d'elle,

poursuivit-il. Au printemps, déjà, j'avais essayé de trouver une façon élégante de me débarrasser d'elle.

Celle qu'il avait trouvée ne l'était pas particulièrement, pensa Martin Beck, avant de dire à voix haute :

– Qu'est-ce qui s'est passé, alors? Elle a fait des difficultés?

– Elle a commencé à me menacer, dit Sundström. Elle disait qu'elle irait trouver ma femme. J'ai fini par être obligé de lui promettre de lui parler moi-même de divorce, ce que je n'avais pas la moindre intention de faire, bien entendu. Je ne savais vraiment plus quoi faire : je n'en dormais plus la nuit...

Il se tut et se mit le bras sur les yeux.

– N'auriez-vous pas pu dire à votre femme...

– Non, c'était absolument exclu. Elle n'aurait jamais accepté ni pardonné une chose pareille. Elle est extrêmement à cheval sur les principes pour toutes ces questions de morale. En outre, elle a peur de ce que peuvent dire les gens et tient absolument à sauver les apparences. Non, il n'y avait qu'une... il n'y avait pas de solution.

Après un moment de silence, Martin Beck dit :

– Vous avez fini par en trouver une. Même si elle n'était pas excellente.

– J'ai cru que j'allais devenir fou. J'étais vraiment à bout. J'en avais assez d'elle, de ses exigences et de ses menaces. J'ai tourné et retourné ça dans ma tête. Et puis j'ai pensé à ce maniaque sexuel qui habitait à côté de chez elle et je me suis dit que si je m'arrangeais pour que cela ait l'air d'un crime sexuel, tout le monde penserait que c'était lui.

Il lança un coup d'œil rapide à Martin Beck et dit, d'un air de victoire :

– Et c'est bien ce que vous avez pensé, n'est-ce pas?

– Vous ne vous êtes jamais dit qu'un innocent

risquait d'être condamné pour quelque chose que vous aviez fait?

– Ce n'était pas un innocent.Il avait déjà tué et il n'aurait jamais dû être en liberté. Non, je ne me suis pas fait cette réflexion.

– Comment avez-vous fait?

– Je l'ai prise à bord de ma voiture alors qu'elle attendait l'autobus. Je savais que la sienne était à la révision, ce jour-là. Puis je l'ai emmenée dans un endroit que j'avais repéré auparavant. Elle pensait qu'on allait coucher ensemble. On le faisait parfois à l'extérieur, en été.

Soudain son regard se figea sur Martin Beck. Son visage changea d'expression, il ouvrit la bouche, ses lèvres se tendirent sur ses dents et un râle lui sortit de la gorge. Il leva la main gauche, Martin Beck lui saisit le poignet et se leva. La main de Sundström se serra convulsivement sur la sienne et ses yeux s'écarquillèrent, fixant toujours l'endroit où se trouvait, un instant auparavant, le visage de Martin Beck. Celui-ci leva alors le regard vers l'appareil et vit le petit point lumineux se déplacer lentement sur l'écran en ligne absolument droite. Il émettait maintenant un sifflement faible et continu.

Martin Beck sentit la main qu'il tenait dans la sienne se desserrer. Il la posa sur le couvre-pieds et appuya sur le bouton de la sonnette avant de se précipiter à l'extérieur.

En l'espace d'une minute, la chambre fut envahie par une foule de gens en blouse blanche. Avant que la porte donnant sur le couloir ne se referme, il vit que l'on glissait une sorte de planche sous ce corps sans vie.

Il attendit devant la porte. Au bout d'un moment elle s'ouvrit et quelqu'un lui tendit son magnétophone.

Il ouvrit la bouche pour demander quelque chose

mais l'homme en blanc secoua la tête en disant :

– Cette fois, je ne crois pas qu'on va réussir à le tirer de là.

La porte se referma et Martin Beck resta là, son magnétophone à la main. Il roula le fil du micro et le fourra dans sa poche. Il alla y rejoindre un mandat d'arrestation en bonne et due forme, plié en quatre, qui n'avait pas encore servi.

Et qui ne servirait jamais. Trois quarts d'heure plus tard, un médecin vint le rejoindre dans la salle d'attente et lui dire que l'on n'avait pas réussi à sauver la vie de Kaj Sundström. Le second caillot de sang avait pénétré directement dans le cœur et y était resté.

Martin Beck gagna en voiture le commissariat de Davidshallstorg, où il rendit son magnétophone à Per Månsson en lui disant que l'affaire était close.

Puis il prit un taxi et gagna Anderslöv.

Une brume argentée et dense était tombée sur la plaine. On n'y voyait qu'à quelques mètres devant soi et, sur les côtés, Martin Beck n'apercevait rien d'autre que l'herbe jaune du fossé et, çà et là, une plaque de neige. S'il n'avait pu admirer le paysage auparavant, par temps clair, il n'aurait eu aucune idée de ce qui se dissimulait derrière cette brume. Mais maintenant il savait à quoi ressemblait cette plaine de Scanie. Il savait qu'elle n'était pas plate et monotone, comme on peut le croire quand on la voit d'avion, mais qu'elle était doucement ondulée, couverte de champs de blé et de betteraves, de talus longés par des rangées de saules aux branches nues et comme ébouriffés, de petites églises aux murs blanchis à la chaux et de fermes entourées de hêtres et d'ormes majestueux. Et il avait pu voir le ciel au-dessus de cette plaine par un jour de beau temps, vaste comme il n'avait encore pu le voir qu'en mer ou bien agrémenté de légers nuages qui projetaient sur ce paysage de lumière des ombres fugitives. Mais maintenant la brume se dressait, tel un mur, des deux côtés de la route et il lui semblait traverser un endroit irréel et hors du temps.

Ils passèrent près de l'embranchement conduisant à Domme mais il ne put voir les maisons, là-haut sur la butte.

Nöjd était assis à son bureau, en train de boire du thé, tout en feuilletant une liasse de stencils. Timmy était allongé de tout son long sur ses pieds, sous la table. Martin Beck se laissa tomber dans le fauteuil du visiteur et Timmy le salua avec l'empressement habituel. Martin Beck l'écarta de la main et s'essuya le visage. Nöjd posa ses papiers, le regarda et dit :

– Fatigué?

– Oui.

– Du thé?

– Oui, merci.

Nöjd sortit et revint avec une tasse en porcelaine dans laquelle il versa le reste de la théière.

– Tu rentres chez toi tout de suite? demanda-t-il.

Martin Beck fit signe que oui de la tête.

– L'avion part dans deux heures, dit-il. S'il peut décoller, par ce temps-là.

– Dans une heure on téléphonera pour savoir. La brume va peut-être se lever.

– Tu as toujours ta chambre, à l'auberge?

– Oui, dit Martin Beck. Je suis venu ici directement.

– Alors, va te coucher et dormir un peu. Je te réveillerai quand il sera l'heure.

Martin Beck se laissa convaincre. Il était vraiment très fatigué.

Il mit ses quelques affaires dans sa valise, puis il s'allongea sur le lit et s'endormit presque immédiatement. Il eut cependant le temps de se dire qu'il fallait qu'il téléphone à Rhea.

Il se réveilla en entendant Nöjd cogner à la porte et

entrer. Il regarda sa montre et s'aperçut, à sa grande surprise, qu'il avait dormi plus de trois heures.

– La brume est en train de se lever, dit Nöjd. Ils pensent pouvoir décoller dans trois quarts d'heure. J'ai attendu la dernière minute pour te réveiller. Mais il faut y aller, maintenant.

Une fois dans la voiture, en direction de Sturup, Nöjd dit :

– Folke est rentré chez lui. Je suis passé par Domme il y a une demi-heure et il était en train de réparer son poulailler.

– Que va devenir la maison de Sigbrit Mård? demanda Martin Beck. Elle n'avait pas de parents à qui la léguer, n'est-ce pas?

– Non. Je suppose qu'elle va être vendue aux enchères. Tu n'as pas l'intention de venir vivre par ici?

Nöjd regarda Martin Beck et éclata de rire en ajoutant :

– Parce que, dans ce cas-là, je t'interdis d'amener avec toi le reste de la brigade criminelle.

Le soleil commençait à percer la brume et, à l'aéroport, on l'assura que l'avion allait bientôt décoller. Martin Beck enregistra sa valise et raccompagna Nöjd jusqu'à sa voiture. Il s'assit sur le siège arrière et caressa Timmy derrière l'oreille. Puis il frappa un grand coup dans le dos de Nöjd et dit :

– Merci, mon vieux.

– Tu ne seras tout de même pas sans revenir, dit Nöjd. Je veux dire : autrement qu'en service commandé. De toute façon, je n'ai pas l'intention d'avoir d'autres meurtres dans mon district. Viens passer tes vacances dans le coin.

– Peut-être, dit Martin Beck. Allez, salut.

Nöjd monta dans sa voiture.

– On pourrait aller à la chasse au faisan, ajouta-t-il, avec un clin d'œil complice.

Martin Beck regarda partir la voiture rouge. Puis il pénétra dans le bâtiment de l'aéroport et appela Rhea Nielsen au téléphone.

– Je serai à Stockholm dans deux heures, dit-il.

– Alors je vais chez toi et je te prépare à manger. Tu es d'accord?

– Oh oui!

– Je viens de trouver une nouvelle idée. Un pot-au-feu nouvelle manière. Et puis je vais acheter une bouteille de vin, en passant.

– Parfait. Tu m'as manqué.

– Toi aussi. Reviens vite.

Quelques minutes plus tard, il était entre ciel et terre. La plaine de Scanie s'étendait en dessous de lui et, au loin, la mer toute bleue, avec ses reflets de lumière. Puis le spectacle disparut, l'avion pénétra dans les nuages et mit le cap au nord.

Il rentrait chez lui et quelqu'un l'attendait.